Franz-Josef Körner
Bamberger Bluthochzeit

PIPER

Zu diesem Buch

»Das Gesicht der Frau, die dort nackt am Bach lag, war schön und friedlich wie im Schlaf. Rot glänzte der Mund, mit rundem Schwung und vollen Lippen. Aus diesem Mund kroch der gezackte Leib einer kopflosen Schlange, die sich durch das Tal zwischen den Brüsten der Toten wand. Der Schlangenkopf, gezeichnet mit dem kleinen dunklen Kreuz, lag, wie ausgespien, auf ihrer Scham …« Bamberg, im Jahr 1208: Die letzten Vorbereitungen für die bevorstehende königliche Hochzeit werden getroffen – Beatrix, die Nichte des Königs Philipp von Schwaben, soll den Bruder des Bamberger Bischofs Eckbert heiraten. Doch dann wird im Klostergarten von St. Michael eine junge Frau ermordet aufgefunden. In aller Eile berufen König Philipp und Bischof Eckbert zwei Ermittler, die den Mord so rasch wie möglich aufklären sollen: Lupold, Kanzler des Königs, und Tankred, bischöflicher Kaplan. Als zwei weitere Morde geschehen und ein Anschlag auf den König droht, beginnt ein dramatischer Wettlauf mit der Zeit …

Franz-Josef Körner, geboren 1958 in Bamberg, studierte Englisch und Sport in Würzburg und Austin/Texas und unterrichtet heute als Gymnasiallehrer an der Fachoberschule Kaufbeuren. Seit 1996 wohnt er mit seiner Familie in Marktoberdorf im Allgäu. Von ihm erschienen bisher die Romane »Der Domreiter«, »Feuerspur«, »Das Gänsespiel« und »Sophies Labyrinth«.

Franz-Josef Körner

Bamberger Bluthochzeit

Historischer Roman

Piper München Zürich

Mehr über unsere Autoren und Bücher:
www.piper.de

Mix
Produktgruppe aus vorbildlich bewirtschafteten Wäldern und anderen kontrollierten Herkünften
www.fsc.org Zert.-Nr. GFA-COC-001223
© 1996 Forest Stewardship Council
FSC

Originalausgabe
Juli 2009

Umschlag: Büro Hamburg. Anja Grimm, Stefanie Levers
Bildredaktion: Büro Hamburg. Alke Bücking, Sandra Schmidtke
Umschlagabbildungen: Gerard David, »Die Hochzeit von Kana«,
Ausschnitt; Bridgeman Berlin (oben) und akg-images (unten)
Satz: Filmsatz Schröter, München
Papier: Munken Print von Arctic Paper Munkedals AB, Schweden
Druck und Bindung: CPI – Clausen & Bosse, Leck
Printed in Germany ISBN 978-3-492-25320-8

Für meinen Vater

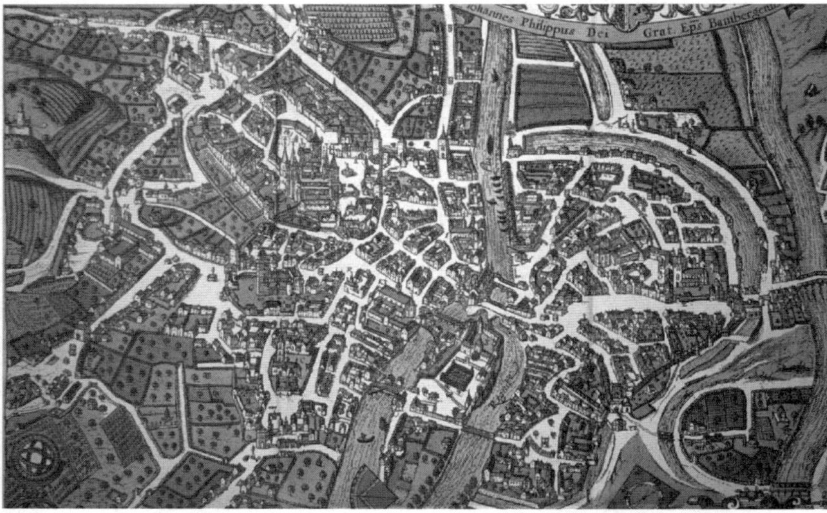

BAMBERG
(nach Georg Braun und Franz Hogenberg)

INHALT

I. Buch
Sankt Michael

Dû bist mîn, ich bin dîn,
des solt dû gewis sîn.
dû bist beslozzen
in mînem herzen,
verlorn ist daz sluzzelîn:
dû moust ouch immer darinne sîn.
Anonym

1
Schlange

Bruder Michael, der füllige Benediktinermönch, schnaufte und blinzelte kurzsichtig. Dann seufzte er schicksalsergeben. Er schlug drei Kreuzzeichen und stemmte sich in die Höhe und blickte sich hastig um. Wenn man sein Vorhaben bemerkte, würde er sich damit gewiss das Missfallen seiner Mitbrüder zuziehen. Ein Mönch sollte seinen Arbeitsplatz nur im äußersten Notfall verlassen. Indes erfolgte sein Verstoß gegen diese ungeschriebene Regel keineswegs grundlos. Sein Entschluss lag nicht in Faulheit begründet, die man ihm ob seiner Fettleibigkeit leichtfertig unterstellen mochte, und auch nicht in dem ständig schmerzenden Rücken oder den chronisch brennenden Augen. Darunter litten alle Mönche, die im oft düsteren Licht des Skriptoriums Texte und Bilder kopierten.

Nein, sein Ungehorsam hatte eine andere Ursache: Beim Abzeichnen einer Heilpflanze von einem alten, aber bestens erhaltenen Pergament war ihm ein Missgeschick widerfahren, das sich vor Bruder Bartholomäus, dem Prior des Klosters, wohl nicht verbergen ließe: Da Michael ständig von Hunger geplagt wurde, hatte er während der Arbeit mit Tinte, Blattgold und Farben gegessen. Dabei war das Unglück geschehen – und dies ausgerechnet bei der Auftragsarbeit für ein äußerst wertvolles Buch, das die Nichte des Königs zu ihrer Hochzeit in Bamberg geschenkt bekommen sollte.

»Oh, verflucht!«, schimpfte er und verstieß damit gleich gegen zwei weitere Ordensregeln: Ein Benediktinermönch sollte seine Arbeit schweigend verrichten. Und eine solch derbe Wortwahl war in den Mauern Sankt Michaels erst recht ganz und gar verpönt.

Der grobe Kanten Schwarzbrot aus der Klosterbäckerei, dick bestrichen mit Schweineschmalz, musste ihm vom Teufel persönlich aus den Fingern gerissen und auf das Original geworfen worden sein, natürlich mit dem Griebenschmalz zuunterst. Nun zierte dort, wo eigentlich die zu kopierende Pflanze ihre Blütenpracht zeigen sollte, ein dicker Fettfleck das wertvolle Pergament. Und als der Mönch mit einer verzweifelten Handbewegung den Schmalzfleck wegzutupfen versuchte, musste er feststellen, dass er den Schaden nicht behoben, sondern vergrößert hatte.

»Pst!«, zischte der Schreiber neben ihm, ein schwerfälliger Riese namens Theobaldus, in dessen Pranke der Stylus winzig und zerbrechlich wirkte. »Du sollst nicht sprechen und schon gar nicht fluchen.« Doch von Neugier getrieben, beugte er sich weit über sein Schreibpult herüber und flüsterte: »Was ist denn passiert?«

»Sieh dir das nur an!«, jammerte Michael, auf dessen Tonsur sich feine Schweißperlen bildeten. »Dieser Fleck lässt sich nicht wieder entfernen. Und außerdem kann ich die Blüte nicht mehr sehen. Wie soll ich sie dann abzeichnen?«

»Wie heißt denn die Blume?«

Bruder Michaels Finger glitt zu den Buchstaben unter dem fein gezeichneten Wurzelgeflecht der Pflanze. »*Calla palustris*«, flüsterte er schließlich. »Kennst du sie?«

»Nein!« Mit gerunzelter Stirn musterte Theobaldus den Schmalzfleck. »Weißt du denn nicht mehr, wie die Blüte aussah?«

»Nicht genau. Sie war oval und weiß, mit einem roten Kolben. Aber ohne Vorlage kann ich keine exakte Kopie anfertigen.«

»Das stimmt.« Der riesenhafte Mönch schob seinen runden Schädel näher heran. Die kahle Oberfläche seiner Kopfhaut glänzte speckig. Die wässrigen Äuglein blinzelten kurzsichtig. Trotzdem erkannte er, wie hervorragend die halb fertige Kopie des Mitbruders ausgeführt war. Aufmerksam betrachtete er die Initiale links oben auf dem Pergament, ein kunstvoll bemaltes, mit Blattgold verziertes und mit bunten Farben ausgemaltes schlangengleiches *S*. Eine solche Initiale war das Schmuckstück einer jeden Seite, ein Ornament zur Ehre Gottes. Die Herstellung verlangte viel Aufwand, Geduld, Genauigkeit und Geschick. Das Blattgold wurde mit einem feinen Marderhaarpinsel auf einen Haftgrund aus feuchtem, reliefartigem Gips aufgetragen. Sobald sich die Goldplättchen mit dem Untergrund verbunden hatten, mussten sie einzeln poliert werden. Bruder Michael tat dies, wie er behauptete, mit einem an einem Holzstiel befestigten Wolfszahn.

»Aber was soll ich nur tun? Der Auftrag ist sehr wichtig und muss fristgerecht fertig sein. Du weißt doch, mein Blatt ist Teil eines wertvollen Buchs, das die Nichte des Königs als Geschenk zu ihrer Vermählung erhält.« Die Stimme des dicken Klosterbruders klang angstvoll, fast weinerlich. Unruhig glitten seine Finger am Rosenkranz entlang über die kleinen Holzkugeln, eine jede Merkpunkt für ein Ave Maria oder Paternoster. Die Gebetsperlen hingen neben seinem Essbesteck an dem schmalen Ledergürtel, der das schwarze Habit der Benediktiner zusammenhält.

»Sachte, sachte«, zischte Theobaldus leise. Auch in seinem Flüstern schwang leise Sorge mit, die er aber zu verbergen suchte. Er nahm einen kräftigen Schluck aus dem Bierkrug auf seinem Pult. »Du musst die Blume irgendwoher bekommen. Dann kannst du sie abzeichnen.« Er wischte sich den Bierschaum von den wulstigen Lippen und dachte angestrengt nach. »Zu dumm, dass man das Skriptorium jetzt nicht verlassen darf.«

»Aber warum sollte ich es verlassen?« Michaels Frage klang zaghaft, doch ein Unterton der Hoffnung war deutlich zu hören.

»Nun, du könntest zum Beispiel zum Kräutergarten laufen und Bruder Richard fragen, ob dort ein *pallum castris* …«

»*Calla palustris!*«

»… ob diese Blume im Herbarium wächst.«

»Und dann?«

»Frag nicht so töricht, du bringst sie her und zeichnest sie schnellstens ab«, knurrte Bruder Theobaldus ungehalten und warf einen prüfenden Blick durch den düsteren Raum. Dann zeigte er mit einem Nicken seines gewaltigen Schädels auf die ihnen zugewandten gekrümmten Rücken der anderen Benediktiner, die im Skriptorium arbeiteten, und raunte: »Los jetzt, lauf schnell, bevor die Glocke zum Mittagsgebet läutet!«

Mit zitternden Händen zog Bruder Michael die schmale Tür auf, die zum Klosterinnenhof mit der Zisterne und dem Kräutergarten führte. Schuldbewusst hastete er den Kreuzgang entlang. Es war schon schlimm genug, dass er ein wertvolles Originalmanuskript beschädigt hatte, und zwar nicht wegen eines verzeihbaren Versehens, sondern aufgrund verachtenswerter Essgier. Beinahe noch schwerwiegender war jedoch, dass er dem Kloster auch enormen finanziellen Schaden zufügen würde, sollte die in Auftrag gegebene Arbeit nicht fristgerecht abgegeben werden, ganz zu schweigen von der Schande, wenn ein so wichtiges Hochzeitsgeschenk der gastgebenden Stadt nicht fertig wurde. Und so beschleunigte er seine Schritte noch mehr, bis er keuchend und heftig schwitzend das Herbarium erreichte. Dort stand, vornübergebeugt, Bruder Richard und beharkte ein Beet, in dem ordentlich aufgereiht verschiedene Pflanzen wuchsen. Nun richtete er sich auf, stemmte stöhnend die Handflächen in die Seiten und schielte zu dem unerwarteten Besucher hinüber. Dabei wurde sein Blick höchst vorwurfsvoll.

Sein Ordensbruder zuckte verzweifelt mit den Schultern und flüsterte, nach Atem ringend: »Ich weiß schon, dass ich im Skriptorium sein sollte. Aber es ist ein Notfall. Ich brauche deine Hilfe! Wächst in deinem Garten eine *calla palustris?*«

Der Gärtner wartete mit fragend hochgezogenen Brauen. Als Bruder Michael seine hastig gemurmelte Erklärung beendet hatte, wischte Bruder Richard behäbig mit dem Zeigefinger über das Blatt der Harke. Schließlich sprach er ohne erkennbares Bemühen, den Tonfall seiner tragenden Stimme zu senken: »*Calla palustris*? Hat dich etwa eine Schlange gebissen?«

»Pst! Nicht so laut! Nein, mich hat nichts gebissen … warum fragst du?«

»*Calla palustris* – Schlangenwurz. Ein probates Mittel gegen Kreuzotternbiss.«

Bruder Michael hatte eine lebhafte Phantasie, und außerdem hasste er Schlangen. Er schluckte sichtbar. »Wächst die Pflanze in deinem Herbarium oder nicht?«

»Nein! Hier gedeihen fast nur Küchenkräuter, und außerdem ist es viel zu trocken. Schlangenwurz verlangt nach sumpfigem Boden.«

»Dann vielleicht in unseren Gärten außerhalb des Gebäudes?«

»Auch da nicht! Du musst unten am Bach oder am Teich suchen.«

»Aber das hieße, das Kloster zu verlassen!« Bruder Michael hatte nun selbst seine Stimme erhoben, so unerhört war die Vorstellung, sich zu dieser Stunde vom Grundstück der Abtei zu entfernen. Verzweifelt begann er nun wieder zu flüstern: »Stell dir vor, ein anderer Bruder sieht mich … oder gar unser ehrwürdiger Prior.«

Richard der Gärtner hob nur die schmalen Schultern. Mit dem Vorbeugen des Oberkörpers und dem Heben der Harke tat er unmissverständlich kund, dass für ihn die Unterhaltung beendet war und er sich wieder schweigend seiner eigentlichen Aufgabe widmen wollte.

Die schwere, eisenbeschlagene Pforte, durch die man die äußeren Klostermauern verlassen konnte, ächzte in den Angeln, als Bruder Michael sie aufschob. Erneut blickte er angstvoll um sich, bevor er hastig durch den steinernen Rundbogen auf die schräg abfallende Wiese hinaustrat. Das Frühsommergras stand hoch, und ihm schien, als umschließe es den unteren Teil seiner Mönchskutte wie ein sich enger ziehendes Netz. Unschlüssig blickte er zurück zum Kloster, als suche er mit den Blicken Halt an dessen steinernen Mauern, während er Verbotenes tat.

Die ehrwürdige Abtei Sankt Michael war noch zu Lebzeiten des heiligen Kaisers Heinrich und seiner Gemahlin Kunigunde nördlich des Doms auf dem höchsten der sieben Bamberger Hügel für den Benediktinerorden errichtet worden. Innerhalb des Außenwalls erstreckten sich die Weinberge, Äcker, Obstgärten und Gemüsebeete der Mönche auf steilen Hängen bis zu den Sandsteinmauern der Klosteranlage. Diese bestand aus einem lang gezogenen Rechteck, das durch verschiedene Gebäude gebildet wurde: Am nördlichen Eingang, dem Hauptportal gegenüber, erhob sich die Kirche mit dem Langhaus und den beiden Glockentürmen. Diese wurden westlich flankiert von den Gemächern des Priors und der Verwaltung. Im Osten lagen der Schlafsaal der Mönche und die Latrinen, angrenzend das Hospiz sowie die Herberge für Pilger; im Süden Küche, Speise- und Kapitelsaal. Den Innenhof mit Brunnen und Kräutergarten umschloss der Kreuzgang.

Das Benediktinerkloster wurde einst dem heiligen Michael geweiht. Der Mönch Michael trug den Namen des Erzengels mit großem Stolz. Seine uneingeschränkte Bewunderung, ja Anbetung galt dem mutigen Bezwinger Luzifers; den Aufsässigen und sein gesamtes Gefolge hatte der Engel nach heiligen Berichten in den Schlund der Hölle geworfen. Nun schickte der Mönch ein stummes Stoßgebet zu seinem Schutzheiligen in den grauen Himmel empor, bekreuzigte sich noch einmal in aller Eile und lief, das hohe Frühsommergras mit seinem schweren Leib teilend, den steil abfallenden Hügel hinab.

Er kannte die Blumen und Kräuter, die auf der Wiese wuchsen und von denen sich einige mit voller Blütenpracht geschmückt hatten. Im Vorbeigehen murmelte er beschwörend die Namen, die ihm einfielen: »Ackerwitwenblume,

Hahnenfuß, Pfennigkraut, Löwenzahn, Wiesenlabkraut, Teufelskralle, Wiesenkerbel, Lichtnelke, Schafgarbe, Margerite, Wiesenschaumkraut.«

Nun war er am Bach angelangt und folgte seinem schmalen Lauf. Im feuchten Erdreich am Ufer wuchsen Pflanzen, die er schon oft auf Pergament kopiert hatte: Kriechender Hahnenfuß, Sumpfdotterblume, Gilbweiderich, dessen viele feine gelbe Blütenblätter zu zeichnen größte Geduld erforderte. Doch nirgendwo wuchs eine Blume, die auch nur annähernd so aussah wie das undeutlich in seiner Erinnerung vorhandene Bild der weißblütigen Schlangenwurz.

Unvermittelt blieb er stehen. Durch die Büsche schimmerte etwas, das, wie er spürte, nicht hierher gehörte, weiß, marmorgleich. Zögernd hob er den Kopf, doch seine kurzsichtigen Augen nahmen nur bleiche Schemen wahr. Zögernd setzte er einen Fuß vor den anderen. Dann hatte er das Gebüsch erreicht und schob die Zweige zur Seite, die ihm die Sicht versperrten.

Zunächst schlug Bruder Michael, der wie alle Benediktinermönche das dreifache Gelübde Armut, Gehorsam und Keuschheit abgelegt hatte, erschrocken die Hand vor die Augen. Im Schatten der Zweige lag da offensichtlich etwas, das nicht für die Augen eines Mönchs bestimmt war – nämlich der nackte weiße Leib eines Weibs. Gleichwohl, und dies spürte er sofort, hatte dies nichts, rein gar nichts mit jenen fleischlichen Gelüsten zu tun, die einem Benediktinermönch verboten sind. Obwohl Bruder Michael die Hand vor Schreck hochgerissen hatte und trotz seiner Kurzsichtigkeit erkannte er doch deutlich die runden Hügel der Brüste mit fahlen, hochgewölbten Warzen. Die Finger seiner Hand öffneten sich vor den Augen gleichsam ohne sein Zutun, und die nackte Gestalt auf der Erde nahm feste Konturen an. Bruder Michael beugte sich vor, würgte und erbrach sich ins Gebüsch. Dann hob er den Kopf, denn das, was er gerade zu sehen glaubte, musste eine Sinnestäuschung sein. Er tat einen Schritt vorwärts, so langsam und vorsichtig, als bewege er sich auf Eis, das sein Gewicht tragen mochte, vielleicht aber auch nicht.

Das Gesicht der Frau, die dort nackt am Bach lag, war schön und friedlich wie im Schlaf. Rot glänzte der Mund, mit rundem Schwung und vollen Lippen. Aus diesem Mund kroch der braune, mit einem schwarzen Band gezackte Leib einer kopflosen Schlange, die sich durch das Tal zwischen den Brüsten der Toten wand. Der Schlangenkopf, gezeichnet mit einem kleinen dunklen Kreuz, lag wie ausgespien auf ihrer Scham.

Gerade hob Bruder Michael an, sich erneut zu übergeben. Doch dann fiel er in eine tiefe, erlösende Ohnmacht.

2
Schwert

»Wenn das nur kein Fehler ist …«

Philipp ließ den Blick aus dem geöffneten Fenster der Bamberger Bischofspfalz schweifen. Der Wind trieb Wolkenfetzen über den Frühsommerhimmel.

»Hör auf, dich zu sorgen! Es wird schon gut gehen.« Lupold wandte sein pausbäckiges Gesicht mit dem glatt geschabten Kinn dem König zu. »Du musst ihm ja nicht unbedingt die Wahrheit sagen. Fest steht, er ist jähzornig und unberechenbar. Sein ungezügeltes Temperament wird noch viel Unheil über ihn und andere bringen.«

Nachdenklich betrachtete Philipp seinen Kanzler. Als Nachfolger des ermordeten Konrad von Würzburg hatte der Wormser seit drei Jahren dieses Amt inne. Er hatte sich im Dienst des Königs nicht nur als hervorragender Berater erwiesen, sondern auch als – allerdings mäßig erfolgreicher – Kriegsmann bewährt.

»Ich weiß nicht … Otto bezeichnet mich als seinen Freund! Ist es da nicht recht und billig, wenn ich ihm die Vermählung mit meiner Tochter Kunigunde erlaube? Ich will ihn nicht enttäuschen. Schließlich habe ich seinerzeit der Verlobung zugestimmt. Wenn ich ihm jetzt einen Knüppel zwischen die Beine werfe, wird er das bestimmt nicht verkraften. Wer weiß, was er dann anstellt. Ich habe Angst, dass er irgendeine Dummheit begeht.«

»Du sagst es selbst. Er ist unberechenbar. Es ist kein Gerücht, was man sich über ihn erzählt: Er reitet nie aus ohne Stricke am Gürtel. Jeden Dieb, und wenn er auch nur einen Pfennig gestohlen hat, knüpft er damit erbarmungslos auf. Er ist grausam! *Meine* Tochter würde ich ihm nicht anvertrauen.«

»Was soll ich ihm denn sagen? Dass er Kunigundens nicht würdig ist?«

»Offiziell können wir die Auflösung der Verlobung mit der allzu nahen Verwandtschaft begründen.«

»Das wird er durchschauen. Es werden Ehen mit weit näherer Verwandtschaftsbeziehung geschlossen und sogar vom Papst gesegnet.«

Der Kanzler überlegte. »Vielleicht versuchst du, ihm den Stand der Dinge mit der politischen Lage zu erklären. Du musst ihm ja nicht unbedingt auf die Nase binden, dass wir Kunigunde für unsere Verhandlungen mit dem Papst brauchen. Aber in diesen Zeiten sind Verbündete wichtiger denn je. Und nie gewinnt man sie leichter als durch die Bande der Verwandtschaft – außer durch die Macht des Gelds, natürlich. Otto weiß doch selbst, wie es steht: Die politische Lage hat sich verändert. Als die Verlobung beschlossen wurde, sah alles noch ganz anders aus. Doch nun schart Ottos Namensvetter, der Welfe, der sich auch König nennt, immer mehr Anhänger um sich. Und der bevorstehende Feldzug gegen den Dänen Waldemar macht die Sache auch nicht leichter. Da kann man seine Kinder nicht einfach mit jenen verheiraten, die man sowieso schon auf seiner Seite weiß. Bei der Vermählung deiner Tochter Maria mit Herzog Heinrich von Brabant hast du schließlich auch streng nach diesem Prinzip gehandelt – ein weiterer Fürst wurde verwandtschaftlich an dich gebunden. Selbst Otto muss das verstehen.«

Philipp verzog das Gesicht. Seit Tagen plagte ihn ein schmerzender Zahn, aber er scheute sich, einen seiner Ärzte zu konsultieren. Einen Zahn gezogen zu bekommen gehörte nicht gerade zu den Vorstellungen, die ihm Freude bereiteten. Die Augen zusammengekniffen, strich er über das teure venezianische Bleiglas des Fensterflügels.

»Otto wird es aber nicht wahrhaben wollen«, gab er zu bedenken. »Er wird argumentieren, dass wir seiner Freundschaft so dringend bedürfen wie jeder anderen auch. Und wie gesagt – wie ich ihn kenne, wird sein Ungestüm jedes klare Denken über den Haufen werfen. In seinem Zorn ist ihm alles zuzutrauen.«

Sie warteten schweigend, während ein Mundschenk Rotwein in die Krüge auf dem Kaminsims goss. Philipp wusste um den großen Wert einer Feuerstelle. Damit konnte der Bamberger Bischof Eckbert im Winter den Gästetrakt der Bischofspfalz beheizen – die Räume also, die er für die Dauer der anstehenden Festlichkeiten dem Herrscher und seinem Gefolge überlassen hatte. Der König selbst schätzte solchen Luxus sehr und verbrachte deshalb die kalte Jahreszeit, sooft es das höchste Staatsamt zuließ, in seiner Lieblingspfalz Hagenau, wo es sogar Öfen gab. Nächtelang saß er dort in der Bibliothek und studierte die wertvollen Manuskripte aus jener berühmten Sammlung, die seinem Vater so viel bedeutet hatte. Ein anderer verehrter deutscher Kaiser war Gründer der Bibliothek gewesen: Karl der Große. Noch lebhaft erinnerte sich Philipp an sein ungläubiges Staunen, als er erfahren hatte, dass der von allen bewunderte Herrscher und fast wie ein Gott verehrte Kaiser des Reichs, Karl der Große, niemals das Schreiben oder Lesen erlernt hatte.

»Das mit Kunigunde musst du selbstverständlich allein entscheiden, ich kann dir nur mit meinem Rat zur Seite stehen«, meinte Lupold schließlich. Doch bevor Philipp etwas erwidern konnte, entstand draußen ein Tumult. Dann wurde die Tür aufgestoßen, und Otto von Wittelsbach stürmte in den Raum.

»Stellt euch vor«, schrie er, »dieser Schwachkopf von einem Diener wollte mich nicht vorlassen!«

Hinter der massigen Gestalt des Wittelsbachers erkannte Philipp einen verzweifelt gestikulierenden Bediensteten, der nun rief: »Majestät ... ich konnte nicht verhindern, dass ...«

»Lass gut sein! Schließ die Tür hinter dir!« Philipp bedeutete dem Diener, den Raum zu verlassen, und musterte Otto mit gerunzelter Stirn. Dessen bartloses Gesicht war noch stärker gerötet als sonst, und er fuchtelte heftig mit seinen groben, fleischigen Händen herum.

»Philipp, leih mir dein Schwert! Ich muss dir etwas zeigen.«

Zögernd deutete der König auf seinen Schwertgürtel, der über einem Sessel hing.

Mit einer raschen Bewegung ergriff Otto den reich verzierten Schwertknauf und riss die Klinge aus der Scheide. Anders als sein Wittelsbacher Namensvetter hatte er sich bisher nicht mit Heldentaten im Kampf hervorgetan – sah man vom Zerschlagen von Tischen und Bänken oder dem Begrapschen von Mägden anlässlich seiner zahlreichen Trinkgelage ab. Jenem berühmten Otto von Wittelsbach, der seinerzeit zusammen mit Kaiser Barbarossa so manchen Sieg errungen hatte, ähnelte er nur in seinem wilden Draufgängertum. Zwar schätzte Philipp seine Gabe, ein ganzes Festgelage mit Witzen, Possen und Kunststücken zu unterhalten, aber viel mehr fürchtete er die Unberechenbarkeit und den Jähzorn des selbst ernannten Freunds. Nun ließ Otto die scharfe Klinge des Schwerts mit einer Geschwindigkeit durch die Luft zischen, die ebenso bemerkenswert wie furchterregend war.

»Seht her!«, schrie er dabei, von seiner eigenen Fähigkeit begeistert, und wirbelte mit dem Schwert so nahe vor Lupolds Nase herum, dass der Kanzler erschrocken zwei Schritte zurücksprang und sich hinter seinem König versteckte. Dieser machte gute Miene zum bösen Spiel und kommentierte das Ganze, als sei er zutiefst beeindruckt.

»Du bist wahrlich ein echter Künstler im Umgang mit dieser Waffe«, nickte er wohlwollend, um seine Beklommenheit zu überspielen. Denn Lupold hatte mit Sicherheit recht: Dieser Mann war nicht der Richtige für seine Tochter. Eine Verheiratung mit Kunigunde war schlicht undenkbar. Wie hatte er jemals in die Verlobung einwilligen können?

»Hört zu!«, rief Otto, immer noch das Schwert über dem Kopf haltend. »Ich hatte vorhin einen großartigen Einfall. Deshalb bin ich gleich hergeeilt.« Achtlos ließ er die wertvolle Waffe des Königs zu Boden fallen und trat auf Philipp und seinen Kanzler zu. »Es geht um die Hochzeit.«

Lupold warf dem König einen warnenden Blick zu.

»Die Hochzeit?« Philipp zog die Brauen hoch.

Otto nickte begeistert. »Ja! In zwei Wochen wird doch hier in Bamberg die Vermählung des Andechsers mit Beatrix gefeiert.«

»Deshalb sind wir hier. Es soll ein würdiges Fest werden.«

»Genau! Und da dachte ich mir ...!« Otto legte eine nachdrückliche Pause ein, während die Blicke seiner dunklen Augen, die nun vor Begeisterung glühten, zwischen Philipp und Lupold hin und her flogen.

»Was ...?«

»Dass doch nichts dieser Feier einen würdigeren Rahmen verleihen könnte als ...« Wieder hielt er inne, doch als weder der König noch sein Kanzler Anstalten machten, ihn zum Weitersprechen aufzufordern, platzte es aus ihm heraus. »... als *eine weitere* Hochzeit! Und zwar die der Königstochter mit – mir!«

Ein peinliches Schweigen verbreitete sich im Raum. Während Otto immer noch mit geöffnetem Mund, nun krebsrotem Gesicht und aufgerissenen Augen dastand, schüttelte Philipp langsam den Kopf und ergriff den Arm des Wittelsbachers.

»Hör zu ...«, begann er vorsichtig.

Doch Otto, ohne Gespür für die Peinlichkeit der Situation, wurde von seiner eigenen Begeisterung fortgerissen. »Ich habe es schon deutlich vor Augen!«, rief er euphorisch und malte mit beiden Händen Figuren und Bilder in die Luft. »Du, Philipp, schreitest voran, mit Kunigunde am Arm.« Er erstarrte in seinen klobigen Gesten. »Nein! Warte! Zuvorderst schreitet natürlich deine Leibgarde und dahinter dein Schwertträger – der Bischof. Jawohl! Bischof Eckbert von Andechs-Meranien trägt die königliche Waffe. Hinter dem König und der ersten Braut dann der zweite Brautvater. Er führt deine Nichte Beatrix. Und überall das jubelnde Volk – ein Spalier der Freude, Frühlingsblüten regnen herab ...«

»Otto!« Philipps Stimme klang jetzt schneidend und veranlasste den Wittelsbacher innezuhalten. Er ließ die Arme sinken, ein erster Funke von Misstrauen glomm in seinen aufgerissenen Augen.

»Was …?«

Der König blickte Otto ernst an. »Ich muss deine Verlobung mit Kunigunde lösen. Glaub mir, ich habe keine andere Wahl. Es tut mir leid.«

Lupold betrachtete abwartend die Szene. Otto, dieser grobe Klotz von einem Mann, schien unfähig, das Gesagte zu verstehen. Seine Lippen öffneten und schlossen sich mehrmals. Er hob die Hände und senkte sie wieder. Sein Atem schien in seinem mächtigen Brustkorb eingeschlossen, bis er ihn mit einem Zischen ausstieß. Die Röte war ihm aus dem Gesicht gewichen.

»Was … du … du erlaubst dir einen üblen Scherz mit mir. Es … es ist nicht wahr …«, stammelte er nach geraumer Zeit.

Philipp trat einen Schritt vor. »Bitte, Otto, hör mir zu! Die Zeiten sind schwierig. Natürlich würde ich Kunigunde niemandem lieber anvertrauen als dir. Aber du musst verstehen …«

»Du meinst es also tatsächlich ernst.« Ottos Stimme klang brüchig und rau. »Du willst sie mir wegnehmen.«

»Nein – so ist es nicht«, versuchte Philipp zu beschwichtigen. »Es liegt allein daran, dass Kunigunde eine rein politische Ehe eingehen muss. Ich brauche jeden Fürsten und Grafen auf meiner Seite. Wir können uns in diesen Zeiten keine Empfindsamkeiten erlauben …«

»Empfindsamkeiten …? Ich verstehe.«

Lupold, der alles mit einem gewissen Abstand beobachtete, nahm erstaunt zur Kenntnis, dass Otto nur noch flüsterte. Seine Sorge wuchs, die Starre des Wittelsbachers werde sich sogleich in hemmungsloses Toben verwandeln. Fieberhaft überlegte er, wie er seinen König schützen könne.

Doch nichts geschah. Noch ehe der Kanzler nach den Wachen läuten konnte – von denen man bestimmt ein halbes Dutzend Männer benötigt hätte, um einen rasenden

Otto zu bändigen –, wischte sich dieser mit dem Handrücken über die fiebrig glänzenden Augen. Dann wandte er sich wortlos um und verließ mit gesenktem Haupt den Raum.

Nun war es an Philipp und Lupold, den angehaltenen Atem auszustoßen. Der unerwartet stille Abgang des Wittelsbachers zeichnete nachdenkliche Falten auf die Stirn des Königs, und der Kanzler nickte bekümmert, als Philipp aussprach, was auch er selbst dachte.

»Das war soeben die Ruhe vor dem Sturm.«

3
Verdacht

Wenige Stunden nach dem denkwürdigen Abgang des Wittelsbachers stürmte Bischof Eckbert von Bamberg, der Gastgeber des Königs, gefolgt von seinem Kaplan, hinter einem Bediensteten in den Raum. Die Miene des Kirchenmanns spiegelte weit mehr als nur Sorge wider. Philipp glaubte sogar, Entsetzen darin zu erkennen.

»Ihr erlaubt!«, schnaubte er, langte nach einem der vollen Weinbecher auf dem Kaminsims, setzte an und stürzte den Inhalt in einem Zug hinunter. Dann knallte er das leere Trinkgefäß auf seinen Platz zurück.

Philipp trat auf den Bischof zu und ergriff dessen Arm. Seine Stimme klang besorgt. »Ihr scheint äußerst erregt. Was ist geschehen?«

Der Bamberger, für gewöhnlich eine äußerst würdevolle Erscheinung in den besten Jahren, mit ebenmäßigen, gütig wirkenden Zügen, machte eine hilflose Geste. Er wechselte einen Blick mit seinem Kaplan, einem blassen, dem Jungenalter kaum entwachsenen Mann, dessen zusammengepresste Lippen auf übertriebenen Ehrgeiz schließen ließen. Er hatte dünnes rotblondes Haar, abstehende Ohren und eine schmale, gebogene Nase.

Nun stöhnte Eckbert auf. »Ein Mord!«

Das schreckliche Wort hing für einen Moment wie eine Drohung im Raum. Beinahe gleichzeitig wiederholten der König und sein Kanzler: »Ein Mord? Hier in Bamberg?«

»Es besteht kein Zweifel. Im Benediktinerkloster beziehungsweise vor den Mauern Sankt Michaels. Eine Frau.« Der Bischof räusperte sich, hob die Hand zum Mund und hüstelte. »Unbekleidet.«

»Weiß man …?«

Eckberts Kaplan stieß ein unsicheres, beinahe schrilles Lachen aus. »Wer sie ermordet hat? Wir wissen noch nicht einmal, wer die Frau ist.« Das Lachen erstarb. »Fest steht lediglich, dass sie erwürgt wurde. Und dass es vermutlich sehr schwierig sein wird, die wahre Person der Toten festzustellen.« Der junge Priester hatte seine Ausführungen mit großem Eifer vorgetragen. Vor Erregung, hervorgerufen durch die Tatsache, dass er dem König einen so wichtigen Sachverhalt berichten durfte, glühten seine Ohren geradezu.

»Es ist die schiere Katastrophe«, jammerte Eckbert und vermied es, Philipp anzusehen. Dieser konnte sich sehr gut vorstellen, warum der Bischof so verzweifelt war: Da reiste er, der König, in die Stadt, um sich davon zu überzeugen, dass die Festlichkeiten im richtigen und vor allem in einem sicheren Rahmen stattfanden. Und ausgerechnet da geschah ein Mord. Nun war der gewaltsame Tod eines Menschen nichts ganz Ungewöhnliches oder besonders Beunruhigendes, denn es kam nicht selten vor, dass mordlüsternes Gesindel einem Menschen kurzerhand den Garaus machte. Die beschriebenen Umstände jedoch ließen darauf schließen, dass die Tat in diesem Fall von einem gemeinen Totschlag oder Raubmord entschieden abwich. Also gaben die Schilderungen des Kaplans tatsächlich Anlass zur Sorge. Es mochte gut sein, dass ein Verrückter in der Stadt sein Unwesen trieb.

Inzwischen hatte der Eifer des jungen Kaplans dessen gesamtes Gesicht mit fiebriger Röte überzogen. Aufgeregt fuhr er fort: »Das Beste kommt noch! Man stelle sich vor, der Mörder hat seinem Opfer den Schwanz einer Schlange bis tief in den Rachen hineingeschoben …«

»Eine Schlange …?«

»Eine Kreuzotter«, stöhnte der Bischof. »Die kommen in dieser Gegend häufig vor.«

Nun schien sogar Triumph in der Stimme des Kaplans mitzuschwingen. »Es sah so aus, als winde sich der Körper der Schlange aus dem Mund der Toten über ihren Leib. Und eine weitere Einzelheit ist höchst bemerkenswert: Der Mörder – oder wer auch immer – hat den Kopf vom Schlangenleib gehackt und auf das Dreieck der Lust geworfen.«

Philipp und Lupold tauschten einen fragenden Blick.

»Die Scham der Toten«, erklärte der Bischof beklommen. »Der Kopf der Kreuzotter lag auf ihrem Schamhaar. Und es ist richtig: Vermutlich wurde der Kopf des Reptils abgeschnitten und dorthin gelegt.«

Philipp fuhr sich durch das helle Haar. Seine knabenhaften Züge wirkten angespannt. »Was glaubt Ihr, soll das alles bedeuten? Seht Ihr irgendeine Botschaft in dem Ganzen?«

Verzweifelt schüttelte der Bischof den Kopf. »Ich glaube überhaupt nichts, als dass Gott allmächtig ist. Aber ich bin zutiefst erschüttert, dass so etwas gerade jetzt in meinem Bistum geschehen ist. Was sollt Ihr nur von uns Bambergern denken ... dass wir ein Haufen von Mördern und Verrückten sind?«

Philipp war bemüht, den Bischof zu beruhigen. »Nicht doch ... es ist ja nicht Eure Schuld.«

Da ergriff der Kaplan nochmals das Wort. Vor Ehrgeiz zitterte seine Stimme. »Meiner Meinung nach zeigt der Mord eine klare Botschaft.«

»Und die wäre?«, fragte Lupold.

»Nun, die Schlange ist doch ein eindeutiges Zeichen.«

»Ihr wollt sagen ...«

»Sie symbolisiert das Böse, den Satan. Wenn der Mörder sie aus dem Mund der Toten kriechen lässt, heißt das für mich, er hat ihr den Teufel ausgetrieben.«

»Ihr meint – eine Form des Exorzismus?«

»Daran gibt es für mich keinen Zweifel.«

Philipp schaltete sich wieder ein. »Aber warum der abgetrennte Kopf?«

Der Kaplan hob an, seine Erklärung zu vertiefen, da unterbrach ihn sein Bischof. »Ich glaube, für Vermutungen ist es viel zu früh. Wir müssen den Fall genauer untersuchen, bevor wir Schlüsse daraus ziehen.«

Der Priester biss sich auf die blassen Lippen und schwieg, während Eckbert fortfuhr: »Ihr müsst verzeihen, Hoheit, dass Ihr mich so aufgebracht seht, und vor allem, dass ich

Euch mit derlei Unbill belästigen muss. In diesem Augenblick, da es gilt, Euer großes Fest vorzubereiten, kann ich mir einen Mörder in meinem Bistum überhaupt nicht leisten. Aber ich versichere Euch, wir fassen ihn so rasch wie möglich.«

Für einen Augenblick herrschte Schweigen. Draußen ging ein kurzer, heftiger Regenschauer nieder. Sofort eilte ein Diener herbei. Bevor er das Fenster schloss, ließ Philipp einen Blick über die Dombaustelle schweifen. Noch immer waren die Spuren jenes verheerenden Feuers zu sehen, das den ehemaligen Heinrichsdom und Teile der Stadt samt Bischofspfalz bis auf die Grundmauern niedergebrannt hatte. Dies war nun schon über zwanzig Jahre her. Philipp wusste von dem Lebensziel des Bamberger Bischofs, das Gotteshaus wiederaufzubauen. Eckbert hatte ihn um finanzielle Unterstützung gebeten und ihm seine großartigen Pläne dargelegt. Sie zeigten ein gewaltiges Langschiff, im Osten und Westen begrenzt von zwei Querhäusern. Vier hohe Türme sollten stolz in den Himmel emporragen. Der junge König hatte sofort die Besessenheit des Bischofs verstanden, diesen Dom zur Ehre Gottes – und seiner eigenen Ehre – zu errichten.

Doch vorerst gab es andere Dringlichkeiten.

Philipp räusperte sich, um das Schweigen zu brechen, und sagte zum Bamberger Bischof: »Wir müssen gezielt und planmäßig vorgehen. Habt Ihr schon jemanden ausgewählt, der sich um den Fall kümmert?«

»Tankred, meinen Kaplan.« Eckbert wies auf den jungen Priester, der sich steif verbeugte. »Ich habe ihn angewiesen, mich über die Untersuchungen stets auf dem Laufenden zu halten.«

Der König tauschte einen Blick mit seinem Kanzler, und dieser nickte bedächtig. »Gut«, befand er daraufhin. »Ich stelle Euch Lupold zur Seite. Da ich bald wieder abreisen muss, wird er in meinem Namen mit Euch den Mörder suchen.«

»Es ist mir eine Ehre.« Philipps Kanzler neigte leicht den

Kopf in die Richtung des Kaplans und bot ihm freundlich die Rechte. »Ich freue mich auf eine gute Zusammenarbeit.«

»Ganz meinerseits«, erwiderte der Kaplan steif und ergriff zögernd die ausgestreckte Hand.

Unruhig drehte Bischof Eckbert ein silbernes Kreuz, das über seinem grauen Obergewand hing, zwischen den Fingern. »Eine wichtige Erkenntnis darf ich Euch nicht vorenthalten.« Er machte eine Pause, während die Blicke der anderen erwartungsvoll auf ihm ruhten. »Einen Verdächtigen gibt es bereits.«

»Tatsächlich?« Philipp zeigte offen seine Überraschung. »Das geht aber rasch. Wer ist es? Habt Ihr den Mann schon festgenommen?«

Eckbert verdrehte die Augen und schien über eine Formulierung nachzugrübeln. Da ergriff der Kaplan das Wort für ihn.

»Er ist noch flüchtig. Zwei Benediktinermönche berichteten, sie hätten gesehen, wie er völlig verwirrt und offensichtlich aufgewühlt in der Nähe des Tatorts umherirrte.«

»Aber sie kannten ihn nicht?«

Nun schien auch der Priester peinlich berührt. Er räusperte sich, scharrte mit dem Fuß und sagte dann leise: »Doch! Und leider passt die Beschreibung haargenau auf einen Mann aus Eurem Gefolge.«

Nun wurde Philipp ungeduldig. »Wie ist sein Name?«

»Otto von Wittelsbach«, stotterte der Priester.

»Wie bedauerlich, dass Eure Gemahlin, die Königin, an unserem bescheidenen Fest nicht teilhaben kann! Ich glaube, sie hätte auch Gefallen an unserem neu gestalteten Festsaal gefunden.« Bischof Eckbert, der neben dem König an der Stirnseite der langen Tafel Platz genommen hatte, deutete in den beachtlich großen Raum. Die Wände waren mit wertvollen Teppichen geschmückt, Jagdszenen wechselten mit biblischen Motiven ab. Die Farben der Stickereien wirkten neu und frisch, die üblichen Rußspuren der Fackeln fehlten noch.

Linker Hand waren die hohen, bogenförmigen Fensterarkaden mit purpurnen Samtvorhängen verhängt.

»Sie hat versprochen, mich auf meiner nächsten Reise nach Bamberg zu begleiten«, erwiderte Philipp höflich. Gleichzeitig unterdrückte er ein Gähnen. Die Tage in Eckberts Stadt waren mit Zusammenkünften und Besprechungen vollgestopft gewesen, und es hatte immer den Anschein gehabt, als müsse der König überall gleichzeitig sein. Obwohl sich Lupold und die Ministerialen seiner Kanzlei um vieles kümmerten, blieb immer noch eine schier unendliche Anzahl von Verpflichtungen: angefangen beim Besuch umliegender Burgen und Klöster wie dem Zisterzienserkloster Ebrach über endlose Beratungen mit weltlichen und kirchlichen Fürsten bis hin zum Gerichtstag, der dem gemeinen Volk die Gelegenheit bot, den König persönlich um einen Schiedsspruch zu bitten.

Der Bischof hatte sich als hervorragender Gastgeber erwiesen. Im blumengeschmückten Prunksaal waren Domherren, Fürsten nebst Damen sowie Philipps Ritter versammelt. Alle trugen Festgewänder, der Wein floss reichlich. Auf der üppig gedeckten Tafel wurden Fasan, Schwan sowie ein gebratener Pfau angeboten, geschmückt mit seinem eigenen Gefieder. Dazu schleppten Domestiken auf großen Platten Schwarzbrot und Gemüse herein.

Gerade endete im Saal ein Wettstreit zwischen einem Bamberger Troubadour und einem Ritter aus Philipps Hofstaat. Die beiden verneigten sich, und der Beifall der Gäste brandete auf.

»Wer hat Euch besser gefallen, Euer Künstler oder meiner?«, fragte Philipp den Bamberger. Eckbert schob den Weinbecher von sich und musterte die beiden Männer.

»Um ganz ehrlich zu sein, ich verstehe so gut wie nichts von dieser Kunst.« Er deutete auf den Sänger des Königs. Der war groß gewachsen, von schlanker Gestalt und auffallend gut aussehend. Sein blondes Haar fiel ihm bis auf die Schultern, und er wirkte mit seinen weichen, ebenmäßigen

Gesichtszügen beinahe mädchenhaft. »Die schönere Stimme hat eindeutig Euer Sänger.«

Philipp schenkte dem Troubadour seines Hofstaats einen wohlwollenden Applaus und nickte dem Bischof zu. »Sein Name ist Reinmar. Ich kenne keinen Besseren. Über seine außergewöhnlichen Fähigkeiten sind sich alle einig. Seht Ihr, wie die Augen der Damen bei seinem Anblick glänzen? Selbst die Königin ist stets ganz hingerissen von ihm.« Mit einem Stirnrunzeln fügte Philipp hinzu: »Beinahe möchte man neidisch werden auf sein Äußeres und die Reinheit seiner Stimme.«

»Nicht doch«, lächelte Eckbert. »Welcher Mann möchte schon aussehen wie ein Mädchen? Und so schön seine Stimme auch sein mag, ich finde die Worte solcher Lieder albern. Für meinen Geschmack ist dieses Leiden aus der Ferne nicht unbedingt erstrebenswert. Er klagt, dass er der Geliebten fern ist, flieht aber, wenn sie seine Nähe sucht. Er singt, dass er jene liebt, die ihm feindselig gesinnt ist, verzehrt sich nach der Unerreichbaren. Geradezu widersinnig, findet Ihr nicht auch?«

»Aber dies scheint genau der Grund zu sein, warum die Frauenherzen schmelzen wie Schnee in der Sonne. *Vous out la mort!* Euch oder der Tod, so lautet das Motto. Ist das nicht wahrhaft ritterlich?«

Der Bischof schmunzelte. »Nun, zum Glück muss ich in meinem Alter und in meinem Amt nicht als Ritter um die Gunst der Frauen buhlen.«

Philipp, dessen Zahn heftig schmerzte, war müde und wollte am nächsten Morgen zeitig aufbrechen. Doch die Höflichkeit seinem Gastgeber gegenüber verbot es, den festlichen Abend, der eigens für ihn veranstaltet wurde, allzu frühzeitig zu verlassen.

Während die Musikanten eine fröhliche Melodie anstimmten, eilten Diener herbei, um Platz zu schaffen für das nächste Vergnügen. Bald hallte der Saal wider von Tanzschritten, Gelächter und Wortfetzen. Der Bischof winkte einem Bediensteten und wies ihn an, einen Tisch mit Stühlen in eine ruhige Ecke zu schieben.

»Folgt mir!«, forderte er Philipp und seinen Kanzler auf. »Dort können wir uns ungestört unterhalten.«

Sofort eilte der Mundschenk des Bischofs herbei, um Wein nachzugießen. Philipp hielt die Hand über seinen Krug.

»Ihr wollt nichts mehr trinken?« Der Bamberger tat bekümmert. »Hoffentlich liegt es nicht am Wein! Sonst muss ich meinen Kellermeister in den Burgkerker werfen lassen. Ich habe ihn angewiesen, nur die besten Jahrgänge auszusuchen.«

»Keineswegs! Euer Wein ist vorzüglich, Ihr könnt Eurem Zellular mein ausdrückliches Lob aussprechen. Aber noch ein Becher, und ich werde es morgen früh bereuen. Ein anstrengender Ritt liegt vor mir.«

Eckbert beugte sich vor. »Darf man erfahren, wohin Ihr von hier aus reist?«

»Das ist kein Geheimnis«, antwortete der König. »Außerdem zähle ich Euch zu meinen Vertrauten. Ich kann Euch also gern mitteilen, dass meine Reise nach Lothringen führt, nach Hagenau. Dort treffe ich meine Legaten, die endlich aus Rom zurückgekehrt sein werden. Meine Neugierde ist groß, was ihre Verhandlungen mit Papst Innozenz erbracht haben.«

»Es ist an der Zeit, dass er Euch endlich zum Kaiser krönt«, bemerkte der Bamberger Bischof ernst. Lupold, der Kanzler, schaltete sich ein. Wie immer hatte er keinen Tropfen Wein angerührt und die ganze Festlichkeit mit undurchdringlicher Miene über sich ergehen lassen.

»Die Briefe, die wir bekommen haben, klingen abwartend. Wolfger, Gebhard von Querfurt und Heinrich von Schmalneck – sie vertreten die Sache des Königs an der päpstlichen Kurie – bieten Innozenz einen Handel an. Wir wissen nicht, ob er darauf eingehen wird.«

»Darf man fragen, welcher Art dieser Handel ist?«

Der Kanzler wartete, bis Philipp zustimmend genickt

hatte, dann erklärte er: »Es geht um die Vermählung eines Neffen des Papsts mit einer Tochter des Königs.«

Bischof Eckbert schob die Handflächen zusammen wie zum Gebet. »Es wäre Euch und dem Reich zu wünschen, und ich bitte darum zu Gott, dass der Königsstreit endlich ein Ende hat. Mit Eurer Salbung zum Kaiser würde Papst Innozenz ein deutliches Zeichen setzen. Otto der Welfe müsste seine Niederlage eingestehen.« Eckbert hatte sehr eindringlich gesprochen, nun senkte er die Stimme. »Es steht mir als Bischof nicht zu, dem Papst kluge Ratschläge zu erteilen, auch wenn ich damit nicht gegen meine Gehorsamspflicht verstoße. Aber Ihr habt die Macht und auch die Mittel, um zu regieren. Und die kaiserlichen Insignien befinden sich sowieso schon in Eurer Hand.«

Philipp drückte mit dem Daumen auf die Stelle über dem schmerzenden Backenzahn. Es war sehr wichtig, treue Verbündete wie Eckbert von Bamberg auf der eigenen Seite zu wissen. Aber so einfach, wie der Bischof die Sache darstellte, war sie wahrhaftig nicht. Sein Entschluss, selbst für das Königsamt zu kandidieren, war ihm seinerzeit nicht leichtgefallen. Begonnen hatte alles mit dem Tod Heinrichs IV., seines Bruders. Dieser hatte sein Söhnchen Friedrich als späteren Thronfolger bestimmt. Es war eine heikle Angelegenheit. Von Heinrich erhielt Philipp damals den Auftrag, Friedrich, den gerade erst Dreijährigen, aus Italien nach Deutschland zu holen, wo das Kind zum König gekrönt werden sollte. In einer kleinen Stadt namens Montefiascone wurden der Bote und sein Gefolge von den Einwohnern bei ihrer Ankunft wütend angegriffen. Keiner der Reisenden verstand zunächst, warum sie plötzlich als Feinde betrachtet wurden. Buchstäblich in letzter Sekunde gelang ihnen die Flucht. Erst später wurde klar: Heinrich IV. war überraschend in Messina gestorben. Die durch seine Herrschaft unterdrückten Italiener konnten nach seinem Tod ihrem Hass nun endlich freien Lauf lassen und richteten ihn gegen den ersten Deutschen, der ihren Boden betrat.

»Es ist mit den Jahren alles recht kompliziert geworden«, unterbrach Lupold Philipps Erinnerungen und erntete einen fragenden Blick des Bischofs.

»Man muss sich zwischen zwei Kandidaten entscheiden, entweder Otto der Welfe oder – Ihr verzeiht – Philipp der Staufer. Ist das denn wirklich so schwierig?«, warf Eckbert ein.

»Nun, nach Heinrichs Tod ging es zunächst einmal darum, dass sein Sohn Friedrich König werden sollte.«

»Ein dreijähriges Kind!«

»Sein jugendliches Alter war nicht von Belang. Papst Coelestin weigerte sich damals, die Krönung vorzunehmen, weil Friedrich noch nicht getauft war. Das war der Streitpunkt. Ohne die Zustimmung des Papsts wurde der Junge als Herrscher aber nicht anerkannt. Somit war der Königsthron sozusagen vakant. Natürlich musste dies die Welfen und ihre Anhänger auf den Plan rufen. Endlich bot sich ihnen die Gelegenheit, mit ihrem Kandidaten Otto der langen Stauferherrschaft ein Ende zu bereiten. Kein Wunder, dass sie alles versuchen, um für Otto den Thron zu gewinnen.«

»Wenn Papst Innozenz jetzt richtig entscheidet, wird ihnen dies aber nicht gelingen.«

In diesem Augenblick hastete ein Bote in den Saal. Er kämpfte sich zwischen den Tanzenden hindurch, beugte sich zu dem Bischof hinunter und flüsterte ihm etwas zu. Eckbert lauschte, dann entließ er den Mann.

»Der Bote meldet«, brummte er, »dass Euer Gefolgsmann Otto von Wittelsbach sein Pferd gesattelt hat und aus der Stadt geflohen ist. Ob er vielleicht …?«

Philipp beobachtete, wie Eckbert beunruhigt das Silberkreuz zwischen den gepflegten Fingern drehte, hob erstaunt die Brauen und schüttelte den Kopf. »Otto von Wittelsbach – ein Frauenmörder? Gewiss neigt er zu Gewalt und gerät leicht in Wut. Aber ich kann mir kaum vorstellen, dass er etwas mit der Tat zu tun hat. Meiner Meinung nach hat er lediglich den Kopf verloren, weil ich seine Verlobung mit meiner Tochter gelöst habe.«

Der Bamberger runzelte die Stirn. »Jedenfalls tut er alles Erdenkliche, um sich verdächtig zu machen. Eine Flucht ist doch ein klares Schuldbekenntnis, findet Ihr nicht auch?«

»Das ist richtig. Aber vielleicht hat ihn auch nur sein Jähzorn davongetrieben. Ich kenne ihn: Er nimmt sein Ross und galoppiert auf und davon, ohne zu wissen, wohin. Im Grunde flieht er dabei vor keinem anderem als vor sich selbst. Bestimmt weiß er nicht einmal, dass überhaupt ein Mord geschehen ist. Wenn er erst einmal sein überstürztes Handeln überdacht hat, kehrt er sicherlich rasch wieder zurück, und Ihr könnt ihn befragen.«

»Solange wir nicht wissen, wer die Tote ist, wird es schwierig sein, etwas herauszufinden.« Lupolds pausbäckiges Gesicht war zur Tanzfläche gerichtet, wo sich die Paare im Kreis drehten. Der Kanzler beobachtete sie schweigend.

»Ich hoffe, irgendjemand wird uns bald melden, dass er ein Weib vermisst«, fuhr er nach einer Weile fort. »Wenn wir die Ermordete kennen, findet sich vielleicht auch ein Motiv. Dann ist der Weg zum Mörder meist nicht weit.«

Lupold murmelte zustimmend. Er und der junge Kaplan waren am späten Nachmittag von der Besichtigung des Tatorts zurückgekehrt. Der Kanzler, der in seiner Zeit als Kriegsmann viele Grausamkeiten hatte erleben müssen, hatte Philipp mit sichtbarem Entsetzen Bericht erstattet. Der tatsächliche Anblick der Toten schien noch schrecklicher gewesen zu sein als alle Schilderungen zuvor.

Nun erhob sich der König. »Es ist spät«, sprach er, an den Bischof gewandt. »Mich schmerzt ein schlimmer Zahn, und ich brauche dringend Ruhe. Mein Kanzler wird in Bamberg bleiben und Euch helfen, den Mord aufzuklären.«

Der Bischof verbeugte sich höflich. »Ich werde Euch morgen früh persönlich verabschieden. Doch lasst mich schon jetzt sagen, dass Euer Besuch eine große Ehre für Bamberg ist. Ich hoffe, Ihr könnt den schlimmen Vorfall vergessen, und wünsche eine angenehme Reise.« Er lächelte. »Unsere Aufgabe wird es sein, den Mörder zu fangen, bis Ihr wiederkommt. Ihr holt Euch, so Euch Gott helfe, die Kaiserkrone.«

Eckbert hob die Rechte. Die Musik verstummte, und die Tanzenden hielten inne. Während Philipp durch den Raum schritt, verbeugte sich die Festgesellschaft, bis der König den Prunksaal verlassen hatte.

4
Befragung

Am nächsten Morgen verließen Lupold und der Kaplan den Gästetrakt der Bischofspfalz und durchquerten den Festsaal. Bedienstete waren dabei, dort aufzuräumen, wo am Abend zuvor getafelt und gefeiert worden war. Über eine hölzerne Freitreppe gelangten der Kanzler und sein Begleiter in den im Norden durch die Thomaskapelle begrenzten Innenhof. Die dunkle, weite Priesterrobe des Kaplans flatterte im Wind, er lief geduckt und so rasch, dass der Kanzler kaum folgen konnte. Plötzlich jedoch blieb der Priester stehen, und Lupold wäre beinahe gegen dessen knochigen Rücken geprallt.

»Von dort aus« – er wies auf das südliche Ende der Bischofspfalz – »konnte man früher ungehindert in den Dom gelangen. Doch der Brand hat die Verbindung zwischen den beiden Gebäuden zerstört, ebenso einen Teil der Andreaskapelle.«

Der Kanzler musterte das achteckige Kirchlein mit dem regennass glänzenden, spitz zulaufenden Ziegeldach. Von Bischof Eckbert wusste er, dass man die an der Kapelle entstandenen Brandschäden mühevoll behoben hatte.

Die beiden Wachsoldaten am Haupttor der Pfalz grüßten respektvoll, als Lupold und der Priester auf den Domplatz traten. Die rauchgeschwärzten Ruinen des Heinrichdoms lagen zu ihrer Rechten.

»Würde es Euch etwas ausmachen, ein wenig langsamer zu gehen?«, schnaufte der Kanzler gegen den auffrischenden Wind und fügte die Frage an: »Warum brannte der Dom damals eigentlich ab?«

»Blitzschlag«, erwiderte der Kaplan unfreundlich. Während er mit raumgreifenden Schritten an den Mauerresten des Ostchors entlanglief, begann er zu dozieren. »Es war ein furchtbares Gewitter, das damals über Bamberg wütete. Zunächst fing der hölzerne Dachstuhl Feuer. Danach breiteten sich die Flammen, angefacht durch den Sturm, mit vernichtender Schnelligkeit aus. Alles brannte nieder – bis auf Kaiserin Kunigundens Rosenstock.«

Schwer atmend blieb Lupold stehen und musterte das behelfsmäßige Holzgebäude, das man über der Apsis des Ostchors hochgezogen hatte. So konnten wenigstens die sonntäglichen Gottesdienste halbwegs würdig zelebriert werden. Der Bau glich eher einer schlichten Hütte denn einer Kirche. Daran änderte auch das Holzgerüst des Glockenturms nichts. Selbst die Glocke, die dort hing, hatte man ausleihen müssen. Neben dem Holzbau, der nun als Kirche diente, standen noch zwei windschiefe Hütten. Dort bewahrte der Bischof die wenigen Steinmetzarbeiten auf, die man aus dem brennenden Dom hatte retten können.

Der Kaplan bemerkte das fehlende Geräusch von Lupolds Schritten hinter sich. Er blieb stehen, drehte sich um und lief zurück. Der Kanzler lächelte insgeheim. Die Ohren des Kaplans standen wie Segel im Wind.

»Verzeiht mir, Ihr könnt offensichtlich nicht mit mir Schritt halten.« Hochnäsig musterte er Lupold. »Als Kanzler des Königs muss man wohl nicht oft zu Fuß gehen.«

Lupold überhörte die Unhöflichkeit. Stattdessen fragte er: »Ihr sagt, ein Rosenstock trotzte dem Brand? Was hat es damit auf sich?«

»Es heißt, Kaiserin Kunigunde pflanzte ihn einst. Kein Mensch konnte sich vorstellen, wie es möglich war, dass dieses schreckliche Feuer ihn nicht vernichtete. Für die Bamberger ist es ein Wunder. Man stelle sich vor, das Feuer war so mörderisch heiß, dass selbst die Domglocken schmolzen. Aber Kunigundens Rosenstock konnte es nichts anhaben. Noch aus der Asche heraus trieb die Pflanze frische Blätter und Blüten. Inzwischen geht die Sage um, Bamberg werde niemals Schaden nehmen, solange diese Rosen blühen.«

»Eine schöne Geschichte«, brummte der Kanzler und hakte sich beim Kaplan unter. Deutlich spürte Lupold, wie sich dessen Körper versteifte. Die vertrauliche Geste empfand er offensichtlich als äußerst unangenehm.

»Lasst uns über Otto von Wittelsbach reden«, sagte Lupold. Er hatte den Arm des Kaplans nicht etwa deshalb ergriffen, weil er ihm besondere Zuneigung entgegenbrachte. Aber so konnte er die Schritte, mit denen sie über den Domberg auf den äußeren Mauerring des Hügels zusteuerten, selbst bestimmen. Es ließ sich besser reden, wenn man nicht ständig nach Atem ringen musste.

»Ihr meint den Verdächtigen?«

»Glaubt Ihr, Otto hat etwas mit dem Mord an der Frau zu tun?«

»Aber natürlich glaube ich das! Offensichtlich ist er deswegen auf und davon geritten. Ist es überhaupt möglich, sich noch verdächtiger zu machen?«

»Wohl wahr. Der Wittelsbacher ist nicht nur jähzornig, sondern auch unberechenbar und blindwütig. Und jetzt, da man ihm sozusagen die Frau weggenommen hat …«

»Und genau das ist das Motiv! Er verliert das ihm versprochene Weib und rächt sich auf schreckliche Weise an einer anderen, vielleicht sogar an der Erstbesten, die ihm über den Weg läuft. Ihr sagt selbst: Er ist jähzornig.«

Sie durchschritten das Haupttor des Ringwalls zwischen den Domhöfen. Arbeiter rissen Teile der hölzernen Balustraden nieder. Grobe Felsblöcke lagen für den Bau einer steinernen Stadtmauer bereit. Der leicht ansteigende Weg führte vorbei an Obstbäumen und Weinstöcken. Kaplan Tankred, der Lupold beinahe um Haupteslänge überragte, blickte starr geradeaus, während er weitersprach. »Jeder weiß doch über die Sippe der Wittelsbacher Bescheid. War es nicht sogar ein Namensvetter Eures Ottos, der einmal im Zorn beinahe einen päpstlichen Legaten erschlagen hätte?«

Lupold verlangsamte seine Schritte. »Er ist nicht *mein* Otto. Derjenige, den er beinahe erschlagen hätte, war der spätere Papst Alexander III. Der Otto, den Ihr meint, handelte aus Loyalität seinem Kaiser Friedrich Barbarossa gegenüber, den der Legat beleidigt hatte. Ist Loyalität denn keine gute Eigenschaft?«

»Loyalität schon, Totschlag nicht«, erwiderte der Kaplan kühl.

»Wie dem auch sei.« Der Kanzler drängte den Priester an den Wegrand. »Lasst uns eine Weile verschnaufen. Was zu bedenken ist – der Mord steht eigentlich in krassem Gegensatz zu Ottos Natur. Er ist ein Mann des Schwerts. Es fällt mir schwer zu glauben, dass er eine Frau *erwürgt*. Ich habe Otto kämpfen sehen. Er verlöre lieber seinen Arm als sein Schwert. Mit diesem zielt er entweder nach dem Herzen oder dem Hals seines Gegners.« Lupold erhöhte den Druck seiner Hand auf den Arm des Kaplans und fuhr eindringlich fort: »Ich frage mich, ob Ottos Phantasie für eine solche Handlung ausreicht. Er stürmt los, weil seine Ehre verletzt ist. Fängt er da erst eine Kreuzotter, bevor er – im Affekt – eine zufällig vorbeikommende Frau erwürgt, um sie danach dergestalt zurechtzulegen? Versteht Ihr, das ganze Drumherum macht mich stutzig.«

Der Kaplan schüttelte entschieden den Kopf und setzte sich wieder in Bewegung. »Für mich bleibt Otto von Wittelsbach der Hauptverdächtige – es ist mir gleichgültig, ob die Art und Weise des Verbrechens nun seinem Charakter entspricht oder nicht. Wer kann schon sagen, was genau im Kopf einer solchen Bestie vorgeht? Allein durch seine Flucht macht er sich zum Hauptverdächtigen. Punktum!«

»Ihr sagt: *Hauptverdächtiger*?«, warf Lupold vorsichtig ein. »Er ist doch überhaupt der Einzige, den wir bisher im Auge haben. Ich habe da so meine Zweifel. Vielleicht wollte Otto lediglich eine gewisse räumliche Distanz zwischen sich und den Ort seiner Schmach bringen, und ein ganz anderer beging den Mord. Wo aber sollen wir nach weiteren Verdächtigen suchen?«

»Ihr habt selbst gesagt, es könne auch einer der Mönche gewesen sein. Das ergibt eine Menge möglicher Mörder – in Sankt Michael leben über sechzig Benediktinerbrüder.«

»Aha! Habt Ihr einen bestimmten im Auge?«

»Nun, verdächtig ist auf jeden Fall derjenige, der die Leiche fand. Warum verließ er zu dieser Zeit das Kloster?«

Der Kanzler lächelte dünn. »Meint Ihr den Mönch, der besinnungslos halb auf der Toten lag, oder jenen, der den Bewusstlosen letztlich bei der Leiche fand?«

»Beide!« Der Priester überhörte den Spott und wiederholte: »Beide könnten es gewesen sein. Auf alle Fälle werde ich ihnen höchst unangenehme Fragen stellen.«

Mit übergroßer Herzlichkeit empfing Prior Bartholomäus die beiden in seinem Sekretariat. Doch der Kanzler suchte in den blauen Augen seines groß gewachsenen Gegenübers vergeblich eine Regung. Freute sich der Prior tatsächlich so sehr über ihren Besuch, wie er vorgab? Er verfügte, abgesehen von seinen Augen, die unbeweglich starrten, über eine ausgeprägte Mimik, obwohl ein Großteil seines Gesichts von einem sorgsam gekämmten Bart eingerahmt wurde. Dieser reichte ihm fast bis zu dem schmalen Ledergürtel um die breiten Hüften. Der schwarze Benediktinerhabit über dem fleischfarbenen Unterhemd wirkte ebenso übertrieben gepflegt wie das graue Haupthaar.

»Es ist höchst bedauerlich, dass der Kanzler des Königs unser Kloster nicht aus angenehmerem Anlass besucht.« Während der Prior dies mit leiser, singender Stimme sprach, war alles an ihm in Bewegung: Seine Hände schienen die Worte nachzumalen, die Brauen schoben sich in die Höhe, der Mund wurde breit, stand nie still.

»Jedenfalls ist es mir, auch im Namen des Königs, eine große Ehre«, erwiderte Lupold ernst. Gleichzeitig nahm er das Sekretariat in Augenschein. Der Steinboden glänzte frisch gesäubert, es fehlte – wie sonst üblich – aufgeschüttetes Stroh. Wie ein Altar stand im Raum als einziges Möbelstück ein wuchtiger Schreibtisch aus dunklem, schlicht gearbeitetem Holz. Die Decke, hoch geschwungen und licht, und die bogenförmigen, glaslosen Arkadenfenster, durch die helles Tageslicht hereinflutete, verliehen dem Sekretariat etwas Ehrwürdiges, Kirchenhaftes.

»Gern würde ich Euch das Kloster zeigen.« Die Arme des Priors vollführten einen Kreis. »Sankt Michael verfügt über eine umfangreiche Bibliothek mit wertvollen Büchern und Skripten. Außerdem sind die Deckenmalereien in der Klosterkirche sehenswert.«

»Ein andermal gern«, warf der Kaplan ein, noch bevor Lupold auf das Angebot eingehen konnte. »Wir sind vor allem hier, um Zeugen zu befragen.«

Der Prior ließ die Blicke vom Priester zum Kanzler wandern. Als dieser nickte, schob er die Schultern nach vorn. »Ganz, wie der Herr Kaplan wünscht. Wenn Ihr die Güte habt, mir zu folgen.«

Eine schmale Stiege wand sich nach unten in einen offenen Vorraum. Lupold umfasste den glatt polierten Handlauf und folgte den beiden anderen. Bartholomäus führte sie durch den Kreuzgang auf den leeren Innenhof hinaus.

»Um diese Zeit gehen alle Mönche ihren zugewiesenen Aufgaben nach. Bruder Theobaldus und Bruder Michael finden wir im Skriptorium. Im Augenblick kopieren sie Blätter für ein besonders wertvolles Buch über Kräuterheilkunde, das als Brautgeschenk der Stadt Bamberg für die Nichte des Königs dienen soll.«

Lupold lauschte aufmerksam, während er neben dem Prior einherschritt. Der junge Priester lief ungeduldig einen halben Schritt voraus und öffnete schließlich eine eisenbeschlagene Tür, die in einen dunklen Gang führte. Nun wandte er sich um.

»Warum haben die Mönche ihre Schreibpulte während der Arbeitszeit verlassen?«, fragte er. »Ich dachte, das sei im Kloster« – der Kaplan hielt inne, um das folgende Wort besonders zu betonen – »unüblich.«

»Es ist durchaus unüblich«, antwortete der Prior.

»Welche Erklärung haben die Mönche denn für ihr Verhalten gegeben?«

»Es ging um eine Pflanze, die Bruder Michael zum Abzeichnen benötigte, nachdem er das Original versehentlich beschmutzt hatte. Er wollte sie am Bach suchen. Ich schlage vor, Ihr befragt ihn zu den Einzelheiten selbst.«

Sie durchquerten eine düstere Halle und stiegen auf flachen, ausgetretenen Stufen die breite Steintreppe zum Skriptorium hinauf. Geräuschvoll schwangen die Flügel einer hohen Doppeltür auf. In dem dahinterliegenden Saal saßen etliche Mönche mit gebeugten Rücken an ihren Schreibpulten. Die meisten wandten sich nun um und musterten neugierig die Besucher.

»Bruder Michael und Bruder Theobaldus!« Die melodische Stimme des Priors hallte durch den gewölbten hohen Raum.

Die beiden Angesprochenen erhoben sich zögernd von ihren Plätzen. Der eine, ein wahrer Riese mit großflächigem Gesicht, zupfte mit seinen groben Fingern an einem Lederhumpen herum, der beinahe in seinen schweren Händen verschwand. Lupold fragte sich, wie man mit solchen Pranken filigrane Blumen und Kräuter zeichnen konnte.

Der zweite Benediktinermönch war gut anderthalb Köpfe kleiner als sein Mitbruder und biss sich auf die fleischige Unterlippe. Die schwarze Mönchskutte spannte sich über seinem mächtigen Bauch.

Lupold spürte deutlich, wie unwohl sich die beiden Brüder fühlten. Der Riese, der nicht wusste, wohin mit seinen Händen, hob den Humpen und nahm einen kräftigen Schluck. Nun schien er zu bemerken, dass dies in Anwesenheit seines Priors und der Gäste höchst unangemessen war. Hastig setzte er den Krug ab und bekleckerte sich dabei. Währenddessen versuchte der dicke Benediktiner verzweifelt zu verbergen, dass er soeben gegessen hatte. Sein Hals wabbelte bei dem Versuch, alles auf einmal hinunterzuschlucken.

Der Kanzler trat vor und reichte beiden die Hand. »Mein Name ist Lupold von Worms, Kanzler des Königs.« Er wies auf den jungen Priester. »Tankred, Kaplan des Bischofs, der Euch gewiss bereits bekannt ist. Wir sind mit der Aufklärung des schrecklichen Mords beauftragt, der vor den Mauern dieses Klosters geschah.«

»Bruder Theobaldus.« Die Stimme des Riesen klang für einen Mann seiner Statur ungewöhnlich dünn, sein Händedruck war überraschend sanft.

»Bruder Michael«, stellte sich sein Mitbruder vor, wobei er unsicher von einem Bein aufs andere trat. »Wir haben alles, was wir wissen, Prior Bartholomäus bereits erzählt.«

Der Kaplan schüttelte den Kopf. »Eine persönliche Befragung ist trotzdem unabdingbar. Jede Einzelheit kann von Bedeutung sein.«

Lupold beugte sich über das Schreibpult, an dem Theobaldus soeben noch gearbeitet hatte, und fuhr prüfend über ein Pergament. »Das ist eine sehr schöne Arbeit.«

»Vorsicht!«, rief der riesenhafte Mönch und schob den Arm des Kanzlers zur Seite. »Das Blatt ist noch nicht trocken.«

»Verzeiht mir!«, Lupold hob entschuldigend die Hand. »Ich hoffe, ich habe nichts beschädigt. Aber diese Initiale ist ein Kunstwerk. Wie bringt Ihr es fertig, dass die Blattgirlande, die sich um den Buchstaben windet, so plastisch aussieht?«

Theobaldus' gewaltige Schultern strafften sich, Stolz schwang nun in seiner Fistelstimme. »Zuerst zeichne ich die Girlande auf das Pergament. Als Nächstes lege ich genau über die Zeichnung Gips. Der muss über Nacht trocknen …«

»Halt!«, unterbrach der Kaplan die Ausführungen. »Uns fehlt die Zeit für derlei unwichtiges Zeug. Ich muss doch bitten, beschränkt Euch auf solche Dinge, die mit dem Mord in Verbindung stehen.«

»Aber vielleicht sind diese Dinge ja von Belang.« Lupold nickte dem Mönch freundlich zu. Er bemerkte, dass alle Benediktiner im Skriptorium aufmerksam der Unterhaltung lauschten. »Ich bitte Euch also, fahrt fort. Alles, auch wenn es noch so unwichtig erscheint, kann für den Fall von Bedeutung sein.«

Theobaldus warf dem Kaplan einen kritischen Blick zu. Er trank erneut aus dem Bierkrug und stellte diesen dann auf der Tischplatte neben dem schrägen Kopierpult ab. »Der Gips muss die Nacht über trocknen. Am nächsten Morgen ist er abgebunden, und ich kann die Kanten und Ecken wegschleifen. Dann feuchte ich das Ganze an, und zwar so ...« Er beugte sich hinunter und stieß über dem Schreibpult seinen Bieratem aus. »Durch Anhauchen. Jetzt kann ich das Goldblatt darüberlegen. Auf das Ganze drücke ich dann ein Seidentuch. Zum Schluss nehme ich alles überflüssige Gold mit dem Pinsel wieder ab. Nun muss alles nur noch poliert werden, damit es schön glänzt.«

Mit heimlicher Freude beobachtete Lupold, wie die Ungeduld des Kaplans zunahm, wie er unruhig hin und her wippte und rief: »Können wir nun endlich mit der richtigen Befragung beginnen? Es ist doch völlig unerheblich, wie Ihr Buchstaben oder Blumen malt!« Mit dem Zeigefinger stieß er in Richtung von Bruder Michaels Brust. »Ihr fangt an. Und lasst nichts aus! Alles kann wichtig sein, versteht Ihr?«

Die Finger des Mönchs spielten rastlos mit den Gebetsperlen. Er legte die Stirn in Falten, holte tief Luft und bat: »Können wir nicht vor die Tür gehen? Es macht mich unruhig, wenn das ganze Skriptorium zuhört ...«

»Aber selbstverständlich!« Bereitwillig trat Lupold zur Seite und ging mit Bruder Michael und Theobaldus nach draußen. Prior Bartholomäus und der Kaplan folgten ihnen.

»Also ... ich saß hier an meinem Pult«, begann der Mönch. »Ich wollte gerade eine *calla palustris* abzeichnen ...«

»Eine was?«

»*Calla palustris* – Sumpfschlangenkraut«, half Lupold.

»Genau!« Bruder Michael war etwas aus dem Konzept geraten und musste überlegen, was er als Nächstes berichten wollte. Nun fiel es ihm wieder ein. »Schlangenwurz also. Das Blatt, auf das ich es zeichnen wollte, ist Teil eines wertvollen Buchs. Dieses soll der Nichte des Königs zur Hochzeit geschenkt werden.«

»Ja, ja«, unterbrach der Kaplan erneut ungeduldig. »Könnt Ihr nicht endlich zum Wesentlichen kommen?«

»Ihr habt mich angewiesen, nichts auszulassen.«

Der Priester presste die Lippen zusammen. »Aber doch nicht so etwas. Nun fahrt schon fort!«

»Jedenfalls, als ich die Blume gerade abmalen wollte, fiel mir mein Schmalzbrot aus der Hand …«

»Gütiger Gott, was hat denn Euer blödes Schmalzbrot mit der Toten am Bach zu tun?« Die Stimme des Kaplans überschlug sich beinahe. Hilfesuchend wandte sich Bruder Michael an Lupold, der im Hintergrund grinste. »Verzeiht, Herr, es fällt mir schon schwer genug, über die schrecklichen Vorkommnisse zu reden. Aber das Schmalzbrot ist doch wirklich wichtig. Wenn der Kanten nicht mit dem Fett zuunterst auf das Original gefallen wäre, hätte ich das Kloster nie verlassen.«

»Ich habe ihm gesagt, er soll eine echte Blume besorgen, nachdem doch der Fettfleck die Blüte auf der Vorlage verdeckte«, schaltete sich Theobaldus ein.

»Zuerst ging ich zu Bruder Richard. Natürlich hoffte ich, von ihm Schlangenwurz zu bekommen.«

»Bruder Richard ist der Gärtner«, erklärte Theobaldus.

»Und – konnte Euch Bruder Richard helfen?«, fragte Lupold voller Anteilnahme.

»Leider nein.« Bruder Michaels Stimme klang verzweifelt, und er schielte nach seinem Prior. »Er riet mir, am Bach zu suchen, wo es feucht ist. Also ging ich los, um die Pflanze zu finden.«

»Obwohl ein ungeschriebenes Gesetz besagt, dass ein Mönch seinen Arbeitsplatz nicht verlassen soll.« Die Stimme des Kaplans klang schneidend, und seine wässrigen Augen nahmen einen starren Ausdruck an.

Der Prior trat einen Schritt vor, wie um sich schützend vor seinen Mitbruder zu stellen. »Es ist eine Regel, kein Gesetz. Natürlich kann ein Benediktiner, wenn er es als notwendig erachtet, sich über die Regel hinwegsetzen.«

»Hieltet Ihr es denn für – notwendig?«

»Dies zu entscheiden, lag im Ermessen Bruder Michaels.«

Der Kanzler schätzte die Haltung des Priors, der seine Loyalität einem Untergebenen gegenüber so deutlich zum Ausdruck brachte. Er ergriff das Wort. »Kann man denn das Original – das nun dieser Schmalzfleck ziert – einmal zu Gesicht bekommen?«

»Es wird im Augenblick restauriert«, antwortete Bartholomäus. »Ich weiß nicht genau, welchen Bruder man mit dieser Aufgabe betraut hat. Die Stelle mit dem Fleck wird gänzlich abgeschabt und neu gemalt.«

»Wie das?«

»Die Blume muss von jener Kopie, die Bruder Michael nun erstellt hat, abgemalt werden.«

Der Kanzler verbiss sich ein Lächeln. »Also wird das Original nach jener Kopie ausgebessert, die ursprünglich vom Original erstellt werden sollte, was aber nicht möglich war, weil ein Fettfleck es verunzierte?«

Der Prior zog eine Grimasse. »So ungefähr könnte man sagen, ja.«

»Hört endlich auf mit diesem unsäglichen Schmalzfleck!«, rief der Kaplan abermals ungeduldig dazwischen. »Das ist ja nicht zu glauben! Der Mönch soll mir erzählen, was geschah, nachdem er das Kloster verlassen hatte.«

Bruder Michael ruckte an seinem Gürtel. »Ich lief die Wiese hinunter zum Bach. Dort suchte ich nach der *calla palustris*. Ich konnte die Pflanze aber nicht finden. Es gab nur viele andere Blumen, zum Beispiel Sumpfdotterblumen, Gilbweiderich ...«

»Weiter! Wie seid Ihr auf die Leiche gestoßen?«

»Ich sah etwas Weißes zwischen den Büschen. Als ich die Zweige zur Seite schob, sah ich sie dort liegen.«

»Wie lag sie da?«

»Sie lag auf dem Rücken.«

»Was habt Ihr zuallererst von ihr gesehen?«

Der Mönch scharrte mit dem Fuß, sein Gesicht überzog sich mit einer tiefen Röte. »Ich sah …« Seine wulstigen Lippen zitterten. Er schien nach den richtigen Worten zu suchen. Schließlich stotterte er: »Ich sah … die … ihre … Hügel.«

»Hügel?«

»Er meint ihre Brüste«, half der riesenhafte Theobaldus.

»Ihr habt, vor allem anderen, ihre Brüste gesehen?« Der dünnlippige Mund des Kaplans öffnete und schloss sich, ohne dass er zunächst weitersprach.

Bruder Michael senkte den Kopf, schwieg und wartete. Endlich fuhr der Priester fort: »Also gut. Wann wurde Euch klar, dass sie tot war?«

»Sofort.«

»Wie konntet Ihr Euch so sicher sein? Wäre es nicht möglich gewesen, dass sie noch lebte?«

Theobaldus warf ihm einen mitleidigen Blick zu. »Wie sollte sie noch leben, mit dem Schwanz einer Schlange tief im Rachen?«

»Ich habe *ihn* gefragt, nicht *Euch*!« Der Kaplan schien nun endgültig die Geduld verloren zu haben. Seine Stimme bekam einen zornigen Klang. »Er behauptet, als Erstes habe er ihre Brüste gesehen. Wie sollte er da *sofort* erkennen, dass sie nicht mehr lebte?«

Bruder Michael zuckte mit den Schultern. Nun wurde auch er lauter. »Es ist doch klar, dass eine Frau tot ist, wenn sie unbekleidet auf dem Rücken am Bach liegt. Und schließlich war sie ja tatsächlich tot – oder etwa nicht?«

Lupold schob sich beschwichtigend zwischen den Priester und den Mönch. »Natürlich gehen wir davon aus, dass sie zu diesem Zeitpunkt bereits tot war. Den Würgemalen am Hals nach zu schließen, wurde sie erdrosselt. Ihr habt sie also entdeckt – und seid dann sogleich in Ohnmacht gefallen?«

Der Mönch nickte zustimmend.

»Und wie ging es dann weiter?«

»Das möchte *ich* gern erklären.« Theobaldus holte so tief Luft, dass sich sein gewaltiger Brustkorb dehnte. »Als Bruder Michael gegangen war, dachte ich mir, es sei besser, ihm bei der Suche zu helfen. Schlangenwurz ist nun einmal keine Pflanze, die an jeder Ecke wächst. Ich ging los …«

»Also habt auch Ihr die Regel verletzt«, unterbrach ihn der Kaplan.

Der große Mönch streifte den Priester mit einem missmutigen Blick. »Was ist schlimmer – eine Regel außer Kraft zu setzen oder einen Mitbruder im Stich zu lassen? Ich hatte so ein Gefühl im Bauch. Das sagte mir, ich solle hinter Michael herlaufen und ihm helfen.«

»Wie habt Ihr ihn gefunden?«

»Seine Spur war im hohen Gras leicht zu erkennen. Ich musste ihr nur folgen. Dann habe ich die beiden sehr schnell gefunden.«

»Saht Ihr auch zuerst … ihre Brüste?«

»Nein! Zuerst sah ich Bruder Michael. Er muss, als er ohnmächtig wurde, auf die Leiche gefallen sein und hat sie gleichsam unter sich begraben.«

»Ein hübsches Wortspiel«, merkte der Kanzler just in dem Augenblick an, als hallende Schritte auf der Treppe zu hören waren und ein Mönch, gefolgt von einem beleibten, schmutzig wirkenden Mann, eilig auf sie zustrebte.

Prior Bartholomäus wandte sich zu den beiden um. »Was gibt es?«

Händeringend verbeugte sich der Dicke und stotterte verstört: »Man sagt, Ihr habt am Bach eine tote Frau gefunden.«

»Das ist richtig«, antwortete der Prior.

»In der Bischofspfalz vermisst man seit gestern eine Küchenmagd. Sie ist am Abend fort und nicht mehr aufgetaucht.«

»Kommt mit uns!«, forderte Lupold die Männer mit ernster Miene auf. »Seht Euch die Tote an, dann könnt Ihr gleich feststellen, ob es Eure Magd ist oder nicht.«

5
Ritter

»Ma-ri-a!«

Ungeduldig hallte die helle Knabenstimme über das bunte Treiben des Markttags hinweg.

»Maria! Wo bist du? Komm endlich!«

Das schlanke, flachshaarige Mädchen dachte nicht im Traum daran, dem Ruf des Bruders zu folgen, der sonst stets an ihr hing wie eine Klette. In dem dichten Gedränge hatte sie sich für einen Augenblick davonstehlen können. Welche Schwester wollte schon den kleinen Bruder am Rockzipfel hängen haben, wenn sie zum ersten Mal ohne Begleitung des Vaters den Markt besuchen durfte? Maria trug ein grobes helles Wollkleid, das bis über die Knie reichte. Ihre Füße waren nackt. Sie hatte ein hübsches, offenes Gesicht, in dem die strahlend blauen Augen und die perlmuttweißen Zähne auffielen, wenn sie lachte.

Sie ließ sich im Strom der Menschen treiben. Händler boten ihre Waren an, überall wurde gehandelt und gefeilscht. Ein Bauer pries laut seine Hühner an, die in Weidenkörben steckten. Nun holte er jenes heraus, das einen Käufer gefunden hatte. Er drückte die Henne nieder und holte mit dem Schlachtbeil aus. Der blutige Kopf des Vogels fiel neben dem Hackstock in den Staub der Straße. Da fing der Käufer, der offensichtlich weniger bezahlen wollte, plötzlich an zu schimpfen. »Sie ist viel zu mager! Du musst sie mir billiger geben!« Der Bauer war so verdutzt, dass er das geschlachtete Tier losließ. Während der andere den Landmann immer zorniger einen Dieb und Betrüger hieß, rannte das kopflose Federvieh, wild mit den Flügeln schlagend, im Kreis umher, bis seine Bahnen schließlich langsamer wurden und es umsank.

Maria schlenderte weiter. Vorsichtig nach ihrem kleinen Bruder Ausschau haltend, sog sie den verführerischen Duft von Backwaren und anderen Köstlichkeiten ein. Ein Ochse wurde am Spieß gedreht, zischend tropfte das Fett in die Flammen. Daneben wurde aus großen Eichenfässern Bier in lederne Humpen gezapft, es schäumte, und der würzige Geruch stieg Maria in die Nase. Es war eine solche Fülle von Gerüchen, Geräuschen und Bildern, dass ihr vor Aufregung und Neugierde ganz schwindelig wurde.

Wieder blieb sie stehen. Ein Trompetenstoß lenkte die Aufmerksamkeit der Marktbesucher auf einen dicken Mann, der das Instrument nun sinken ließ. Seine fetten Schenkel steckten in schmutzigen Beinlingen, die Lederweste spannte sich über seinem Bierbauch.

»Großartig! Einmalig! Kommt alle her! Werdet Zeuge, wie Viktor, unser bulgarischer Feuerschlucker, Flammen speit wie ein Drache! Und William der Normanne! Er stößt sich ein Schwert so tief in den Rachen, dass es ihm – verzeiht mir, holde Frauen – beinahe zum Arsch wieder herauskommt! Kommt alle her! Ihr werdet es nicht glauben! So etwas habt ihr bestimmt noch nie gesehen!«

Neugierig blieb Maria stehen. Ein zweiter Mann, mit eingeöltem nacktem Oberkörper und einer brennenden Fackel in der Rechten, trat vor. Sein Schädel über dem massigen Nacken war kahl geschoren, er hatte wilde, dunkle Augen und hochgewölbte, buschige Brauen. Über den breiten Nasenrücken zog sich eine tiefe Narbe. Nun hob er die Fackel. Rasch hatte sich eine ansehnliche Menschenmenge versammelt.

Der Dicke mit der Trompete schrie: »Beifall, Beifall für Viktor den Bulgaren, den einzigen und besten Feuerschlucker der Welt!«

Die Zuschauer klatschten eifrig. Der Gaukler senkte die Flamme der Fackel zum Mund herab. Ein Raunen erhob sich in der Menge. Vor Entsetzen schrie Maria laut auf. Das Feuer schoss geradewegs aus dem Mund des Mannes! Bestimmt hatte er sich fürchterlich verbrannt. Aber nein! Er grinste sogar! Dann verbeugte er sich, hob abermals die

Fackel und spie eine zweite Feuerspur in den Himmel. Er musste ein Zauberer sein!

Maria vergaß alles um sich herum. Gebannt betrachtete sie den zurückgebogenen Oberkörper des Bulgaren. Die Luft flirrte vor Hitze. Ein ums andere Mal fauchten ihm Flammen aus dem Mund.

»Maria!« Der Ruf des Bruders, der aus weiter Ferne zu kommen schien, holte sie in die Wirklichkeit zurück. Widerwillig löste sie den Blick von dem Schauspiel und kämpfte sich durch die Menge. Gar zu gern hätte sie noch weiter zugesehen – und vor allem den Schwertschlucker bewundert. Aber ihr Bruder war ihr auf den Fersen, dieser kleine Quälgeist! Dabei gab es noch so viel zu bestaunen. Hier sah sie einen Stand mit bunten Tüchern, die im Wind flatterten. Dort drüben wurden kunstvoll verzierte Haarspangen feilgeboten, und daneben glänzten vornehme Gürtelschnallen und wunderschöne Armbänder.

Aber wie sollte sie alle diese Kostbarkeiten begutachten, wenn sie der kleine Bruder ständig am Rock zog, weil er viel lieber den Schwertkämpfern und Ringern zusah, die auf dem Feld vor dem Marktplatz ihre Kräfte maßen? Da es ihm aber verboten war, allein dorthin zu gehen, war er auf die Begleitung seiner großen Schwester angewiesen.

Vor einem der Marktstände blieb sie stehen. Unter dem Segeltuchdach, das über ein zusammenklappbares Holzgestell gespannt war, hingen verschiedene Waren: Bierbehälter und Humpen aus dunkel gegerbtem Rindsleder, gefärbte Ziegenhäute, naturfarben, rot und ockergelb, Taschen, Beutel, lederne Dolchscheiden, Gürtel und – Schuhe. Marias Augen bekamen einen sehnsüchtigen Glanz. Immer wieder glitt ihr Blick von den schmutzigen Füßen, mit denen sie durch Kot und Pfützen gelaufen war, zu den eleganten Schuhen. Da hingen sie unter dem Segeltuch, für sie so unerreichbar wie die Sterne am Himmel. Maria drehte eine blonde Strähne zwischen den Fingern und seufzte. Wie mochte das schmale, edle Lederschuhwerk wohl an ihren Füßen aussehen? Wie würde es sich anfühlen, damit zu laufen oder gar zu tanzen?

»Gefallen dir die Schuhe?« Maria war in den Anblick der Kostbarkeiten so versunken, dass sie den Mann erst bemerkte, als er sie mit krächzender Stimme ansprach. Ein spitzer Buckel verunzierte seinen Rücken und schien den Oberkörper nach unten zu drücken. Die gebeugte Gestalt bewegte sich humpelnd, aber überraschend flink auf sie zu. Der schielende Blick durchbohrte sie. Der Bucklige war unglaublich hässlich, mit einer krummen, triefenden Nase und dunklen Warzen im Gesicht. Ein Mundwinkel hing schief herunter, die wulstigen Lippen verdeckten kaum das löchrige gelbe Gebiss. Er packte Maria am Arm und krächzte: »Du kannst sie dir kaufen. Sie sind wie geschaffen für deine Füße, so als hätte der Schuster sie nur für dich gemacht.«

Schon hatte der Bucklige sie in unmittelbare Nähe des Stands gezerrt. Seine freie Hand fasste nach einem langen Haken, mit dem er unter die Riemen fuhr, an denen die Schuhe aufgehängt waren. Nun hielt er sie ihr unter die Nase. »Riechst du, wie wunderbar sie nach feinstem Leder duften? Sie werden deine Füße umschmeicheln. Du wirst in ihnen einherschreiten wie eine Königin.«

Noch ehe Maria widersprechen konnte, hatte sich der Schuhhändler hingekniet, ergriff ihren nackten Fuß und hob ihn leicht an.

»Ich will die Schuhe nicht kaufen«, murmelte Maria unsicher und wollte den Fuß zurückziehen. Doch der Griff des Mannes war zu fest. Schon schob er den Schuh über ihren Spann und schnürte ihn rasch zu. Er passte wie angegossen.

Vor Begeisterung vergaß Maria die schmierigen Hände, die ihren Knöchel umklammert hielten. Vorsichtig setzte sie den Fuß auf. Das polierte Leder glänzte in der Sonne wie wertvoller Schmuck. Für einen Moment schien alles stillzustehen, Maria hörte weder den Lärm um sich herum, noch bemerkte sie die wogende Menschenmenge. Sie sah nichts als dieses wunderbare Schuhwerk an ihrem nackten Fuß.

»Die kosten nur zwei Denare.« Die heisere Stimme des buckligen Händlers drang ganz dicht an ihr Ohr. Seine schwitzende Hand schob sich von ihrem Knöchel nach oben. »Das ist so gut wie geschenkt, Täubchen!«, kreischte er.

Entschieden schüttelte Maria den Kopf. »Ich habe kein Geld! Ich kann mir die Schuhe nicht kaufen.«

»Also gut. Du kriegst sie einen halben Denar billiger.« Der Mann grinste schief. Er stand dicht neben ihr. »Aber nur deshalb, weil du so ein hübsches Kind bist.«

Maria wurde plötzlich unbehaglich zumute. Sie sah das hässliche Gesicht des Händlers unmittelbar unter sich, sein säuerlicher Atem schlug zu ihr hoch. Angewidert wollte sie sich wegdrehen und nach unten beugen. So schnell wie möglich galt es, den Schuh auszuziehen, damit sie von diesem widerlichen Kerl wegkam. Da war ihr lästiger Bruder ja noch das kleinere Übel.

»Nun zier dich nicht so ... ein Denar ... das ist mein letztes Angebot. Damit kriegst du die Schuhe sozusagen geschenkt.« Der Bucklige hatte Marias Arm ergriffen, und obwohl sie fest zog, kam sie nicht frei.

»Ich hab doch schon gesagt, dass ich kein Geld habe! Nicht mal einen Pfennig. Ich wollte mir die Schuhe nur ansehen.« Maria versuchte erneut, den Arm loszubekommen. Allmählich bekam sie es mit der Angst zu tun, und sie wünschte sich sogar die Anwesenheit ihres Bruders herbei. Aber der war nirgends zu sehen.

»Lasst mich bitte los!«

»Du kannst mir etwas anderes für die Schuhe geben. Es muss nicht unbedingt Geld sein.« Der Bucklige ließ einfach nicht locker und grinste verschlagen.

»Was denn? Ich habe überhaupt nichts von Wert.« Wieder ruckte Maria mit dem Arm. Endlich gab der Trödler sie frei. Dabei stieß er ein heiseres Lachen aus.

»Und ob du etwas von Wert hast!« Grob griff er nach ihrem Busen. »Das da will ich für die Schuhe haben!«

»Nein!« Entsetzt sprang Maria zur Seite. Der Griff der Pranke auf ihrer Brust brannte wie Feuer. Da fing der Bucklige an zu schreien. »So kommst du mir nicht davon! Zuerst stiehlst du meine wertvolle Zeit und hältst andere Käufer ab, weil du so tust, als wolltest du die Schuhe kaufen. Dann willst du sie doch nicht kaufen. Du Miststück! Ich hole mir schon, was mir zusteht!« Seine Finger waren wie Krallen geöffnet, als er auf sie zustürzte. »Dafür wirst du bezahlen!«

Maria rannte.

»Haltet die Diebin!«, kreischte der Mann hinter ihr. »Haltet sie! Meine Schuhe! Sie hat sie mir gestohlen! Seht ihr! Einen trägt sie sogar noch am Fuß. So helft mir doch!«

Mit dem ungewohnten Schuh am rechten Fuß geriet Maria ins Stolpern und stieß gegen einen dicken Bauern, der ihr nicht mehr ausweichen konnte. Seine Flüche gingen unter im wüsten Geschrei des Trödlers.

»Haltet sie! Da läuft die Diebin!«

Maria fühlte sich von kräftigen Händen gepackt. Sie strauchelte und stürzte, saß plötzlich im Straßenstaub. Zwei Männer standen über ihr und hielten sie fest. Kräftige Finger drückten sich schmerzhaft in ihre Oberarme.

Keuchend humpelte der Händler näher und blieb triumphierend vor ihr stehen. »Da haben wir ja das Miststück. Du dreckige Diebin!« An die beiden Männer gewandt, fuhr er mit einer Verbeugung fort: »Großen Dank an die beiden Herren. Haltet sie gut fest, damit sie nicht wieder entwischt! Sie muss ihre gerechte Strafe erhalten.«

Immer mehr Neugierige scharten sich um sie. »Was hat das Mädchen denn getan, dass Ihr sie festhaltet?«, wollte einer der Umstehenden wissen.

»Gestohlen hat sie! Meine wertvollen Schuhe. Seht nur, einen trägt sie sogar noch! Damit wollte sie wegrennen.«

Marias Gesicht war vor Scham und Wut feuerrot geworden. Vergeblich versuchte sie aufzustehen. »Das stimmt nicht. Ich habe nichts gestohlen.«

Der Bucklige lachte hämisch. »Und warum bist du dann weggerannt?«

Maria richtete sich verzweifelt an die Umstehenden. »Was er behauptet, ist falsch! Er hat mich ... angefasst! Deshalb bin ich weggelaufen!«

»Ha!«, krächzte der Trödler. »Die Schlampe versucht es jetzt auf diese Art! Aber den gestohlenen Schuh trägt sie immer noch! Wenn das kein eindeutiger Beweis für ihre Schuld ist!« Die Blicke aller Umstehenden richteten sich auf Marias Fuß.

»Das sieht wirklich schlecht für dich aus, Mädchen.«

Maria kannte den Mann, der dies sagte. Sie hatte ihn schon öfter bei ihrem Vater gesehen. Er war schlank und groß gewachsen und trug eine lange rote Jacke über einem braunen Wams. Auf dem Kopf saß ein dunkler Filzhut. Seine hellen Augen blickten besorgt. Maria flehte: »Herr, Ihr müsst mir helfen! Der Trödler behauptet, ich hätte ihn bestohlen. Aber er lügt. Er wurde böse, weil ich die Schuhe nicht kaufen wollte. Dann hat er mich angefasst.« Maria deutete verschämt auf ihre Brust. »Da. Deshalb bin ich fortgerannt. Ich habe den Schuh an meinem Fuß vergessen.« Sie bückte sich und schnürte hastig die Bänder auf. Rasch schob sie den Schuh weg. »Ich will ihn doch gar nicht!«

Der Lange warf dem Trödler einen prüfenden Blick zu. »Was habt Ihr dazu zu sagen?«

»Na, dass sie *lügt*!« Das Gesicht des Buckligen verzerrte sich vor Entrüstung. »Ich hoffe doch, niemand glaubt dieser Diebin, sondern mir, einem ehrenwerten Kaufmann. Erst bestiehlt sie mich, dann dreht sie ganz unverfroren den Spieß um und schwärzt mich an. Ich bestehe darauf, dass sie bestraft wird.«

Mit Entsetzen sah Maria das Gesicht ihres kleinen Bruders zwischen den Beinen der Gaffer auftauchen. Seine Miene wirkte angestrengt, ganz darauf konzentriert, dieses Hindernis zu überwinden, um dorthin zu gelangen, wo es offensichtlich etwas zu sehen gab. Jetzt hatte er sich durchgekämpft und stand plötzlich in der Mitte des Kreises, neben seiner Schwester, die von zwei Männern festgehalten wurde.

»Maria!« Seine anfängliche Freude, die Schwester so unverhofft gefunden zu haben, wich ängstlichem Misstrauen. »Kommst du endlich mit ... zu den ... Schwertkämpfern?«, stotterte er, während er sich verunsichert umblickte. Ganz offensichtlich verstand er nicht, was hier vorging. »Was wollen die alle von dir?«

Maria presste die Lippen zusammen. Wie sollte sie dem Kleinen erklären, dass man sie eines Verbrechens bezichtigte? Und vor allem – wie konnte sie ihre Unschuld beweisen? Sie wusste, welche Strafen bei Diebstahl verhängt wurden. Im günstigsten Fall endete sie am Schandpfahl. Aber es kam auch nicht selten vor, dass ein Dieb oder eine Diebin von einem Pferd halb zu Tode geschleift wurde. Am schlimmsten war die Aussicht, dass ein strenger Richter ihr die rechte Hand abschlagen ließ. Bei dem Gedanken wurde ihr ganz übel.

»Es wird sich gleich alles zum Guten wenden«, erklärte sie dem Kleinen verzweifelt. »Ich habe nichts Unrechtes getan.«

»Du hast gestohlen, du Schlampe!«, kreischte der Bucklige. Maria bemerkte den entsetzten Blick ihres Bruders. »Dafür wird man dich in den Kerker werfen und deiner gerechten Strafe zuführen. Alle Ausflüchte helfen nichts.«

Die zwei Männer, die Maria festhielten, zerrten sie nun hoch. Noch einmal wehrte sie sich verzweifelt gegen die eisernen Griffe. Doch sogleich musste sie einsehen, dass sie gegen die Kraft der beiden nicht ankam.

»Schleppt sie zum Kerker!« Die Stimme des Trödlers überschlug sich beinahe vor Siegesfreude. Sein krummer Rücken neigte sich noch tiefer, als er den Schuh aufhob, der im Staub lag. Nun schwang er ihn über dem Kopf wie eine Trophäe und machte sich daran, Marias bevorstehender Abführung voranzuschreiten.

»Halt!«

Die Stimme, die dies rief, klang weich und nicht unfreundlich. Trotzdem hielten die Männer inne, die Maria gepackt hatten, und auch der Bucklige verharrte und schielte misstrauisch zu dem Mann hinüber, der den Befehl gerufen hatte. Er war von stolzer, ritterlicher Statur und hatte geschmeidige Glieder. Ein Windstoß bauschte den hellen Umhang, der reich bestickt war und vor der Brust mit einer silbernen Spange zusammengehalten wurde. Der Fremde trug einen Schwertgürtel, aus dessen langer Lederscheide ein üppig verzierter Griff ragte. Seine ebenmäßigen Gesichtszüge, umrahmt von blondem Haar, wirkten offen und anziehend. Mit leicht schräg stehenden, hellen, klaren Augen musterte er den Buckligen.

»Du bist ein Lügner!«

Der Trödler wollte aufbrausen. Seine gebückte Gestalt unternahm den Versuch, sich aufzurichten, sank aber sogleich wieder zusammen, weil er dem Blick des Ritters nicht standhalten konnte.

»Ihr nennt mich einen Lügner?«, stotterte er mit schiefem Mund und drehte das Gesicht zur Seite.

»Weil es so ist. Nicht das Mädchen ist schuldig, du bist es.« Er wandte sich an die beiden Männer, die Maria festhielten. »Lasst sie los! Sie hat nichts Unrechtes getan.«

»Wer gibt Euch das Recht ...« Der Protest des Buckligen verebbte. Das spürten die Umstehenden und richteten ihr Misstrauen sofort gegen ihn.

»Habt Ihr denn gesehen, was vorgefallen ist?«, fragte einer aus ihrer Mitte den Ritter.

»Allerdings. Der Kerl hat das Mädchen bedrängt, als sie nichts kaufen wollte. Er hat sie angefasst. Aus Angst vor ihm rannte sie davon und vergaß dabei den Schuh an ihrem Fuß.«

»Genauso ist es gewesen!«, rief Maria erleichtert. Scheu betrachtete sie den Fremdling. Der Himmel musste ihn zu ihrer Rettung gesandt haben. Ihr kleiner Bruder bestaunte den Mann mit offenem Mund. Auch er hatte noch keinen echten Ritter aus der Nähe gesehen.

»Sie lügt! Beide lügen sie! Die stecken doch unter einer Decke!« Die Stimme des Buckligen klang schrill. Langsam wurde ihm klar, dass die Stimmung umschlug. Mit einem Mal waren nun alle gegen ihn. Mit der Verschlagenheit des geübten Betrügers erkannte er die Gefahr. Sofort bereitete er einen Gegenangriff vor.

»Es kann sich nur um einen Irrtum handeln!«, rief er hastig und ging dabei Schritt um Schritt rückwärts. »Ein Irrtum, der sich bestimmt aufklären lässt. Ich verlange, dass der Bischof die Sache überprüft!« Noch bevor jemand reagieren oder ihn gar aufhalten konnte, war er zwischen den Verkaufsständen verschwunden.

Die Menge zerstreute sich nach und nach, und Maria stand dem Ritter gegenüber.

»Es tut mir leid, dass ich nicht eher eingreifen konnte«, sagte er.

Der kleine Bruder krallte sich an Marias Rock fest. Sie suchte nach Worten, aber die Gegenwart des Ritters war zu verwirrend für sie. »Herr … ich … ich muss Euch danken …«, stammelte sie.

»Man hat dich zu Unrecht beschuldigt.« Der Fremde hob die Schultern. »Ich wollte nur verhindern, dass ein Betrüger die Oberhand behält.« Nun spielte ein Lächeln um seine Mundwinkel. »Außerdem ist es als Ritter des Königs meine Pflicht, schöne Damen zu retten.«

Flammende Röte breitete sich auf Marias Wangen aus.

»Bitte entschuldige!«, lenkte der Ritter sofort ein. »Ich wollte dich nicht verlegen machen.« Sein Lächeln kehrte zurück. »Dass du sehr hübsch bist, ist die Wahrheit. Verzeih mir meine Offenheit.«

Die gewinnende Art des Mannes nahm Maria etwas von ihrer Befangenheit. Trotzdem klang ihre Stimme immer noch verlegen. »Es war … sehr großherzig von Euch … mir zu helfen.«

Die Augen des Ritters strahlten. »Ich habe es gern getan. Kann ich dir noch irgendwie behilflich sein? Soll ich dich nach Hause begleiten?«

»Nein ... danke ... vielen Dank«, stotterte Maria. Sie tastete nach der Hand ihres Bruders, blickte noch einmal zu dem Fremden auf und wollte davongehen.

»Verrätst du mir deinen Namen?«, war seine Stimme erneut zu vernehmen.

Sie wandte sich um und räusperte sich. »Maria«, antwortete sie schüchtern.

Er stand weiterhin an derselben Stelle, groß, stolz und aufrecht, und bedachte sie mit seinem freundlichen Lächeln. Sie spürte es immer noch, als sie zur Rechten in die Gasse einbog, die hinunter zum Fluss und zur Hütte ihres Vaters führte.

6
Werkzeug

Belustigt beobachtete der Thüringer Landgraf den ungleichen Kampf, während sich sein Begleiter auf dem braunen Wallach neugierig vorbeugte. Der schmächtige Dieb wehrte sich verzweifelt. Aber gegen die kräftigen Arme des Wittelsbachers vermochte er nichts auszurichten. Alles Umsichschlagen, Schreien und Strampeln half ihm nichts. Mit einem Knie hielt Otto den dürren Oberkörper des Mannes nieder. »Herr, ich bitte Euch!«, wimmerte der Dieb. »Lasst mich laufen! Ich hab doch nichts Schlimmes getan!«

»Außer dich beim Stehlen erwischen zu lassen«, knurrte Otto ungerührt. Mit einer Hand zog er das Seil aus dem Gürtel und schlang es um die zurückgebogenen Arme des Gefangenen.

»Aber es war doch nur ein Stück Brot! Ich wollte es für meine Kinder. Sie leiden Hunger!«

»Mir kommen die Tränen.« Otto von Wittelsbach stieß ein hämisches Lachen aus. Fachmännisch prüfte er die Knoten. Dann nickte er zufrieden.

»Du hast dir leider den Falschen ausgesucht.« Otto hatte den Hungerleider heimlich beobachtet und sofort erkannt, dass der Kerl nur darauf aus war, etwas zu stehlen. Also hatte er ihm die Falle gestellt. Der Dolch und die Silbermünze, die er als Köder an sein Lager gelegt hatte, waren allerdings unberührt geblieben. Der Herumtreiber wollte offensichtlich nur das Brot. Als er seine schmutzigen Finger danach ausgestreckt hatte, war Otto aus seinem Versteck hervorgestürzt und hatte ihn mühelos überwältigt.

»Was habt Ihr mit mir vor?«, winselte der Gefesselte mit abgewandtem Gesicht. Stroh hing in seinem schütteren hellen Haar, und eine spitze Nase stach aus dem eingefallenen Gesicht hervor. Wahrscheinlich war er ein Bauer aus der Gegend.

»Was man eben mit einem gemeinen Dieb so anstellt«, erklärte der Wittelsbacher ungerührt. »Ich werde dich hier an Ort und Stelle aufknüpfen. Am besten an dem Baum dort drüben.«

Entsetzt starrte der am Boden Liegende zu der knorrigen Eiche hinüber. Sein Mund öffnete und schloss sich in blankem Entsetzen, unfähig, Laute oder gar Worte hervorzubringen.

»Jetzt liegst du da und schnappst nach Luft wie ein Fisch auf dem Trockenen«, spottete Otto. Er packte seinen Gefangenen, zog ihn hoch und stieß ihn so heftig in Richtung der Eiche, dass der Mann stolperte und mit dem Gesicht voraus abermals in den Staub fiel.

»Ich bitte Euch, Herr, so habt doch ein Einsehen!«, keuchte er. »Ich bin kein gemeiner Dieb!«

Grob drückte ihm der Wittelsbacher den Stiefel in den Rücken. »Wirst du wohl mit dem Gewinsel aufhören? Nicht nur ein Dieb, sondern auch noch feige!« Er schnaubte verächtlich und blickte sich um. In diesem Augenblick entdeckte er die zwei Reiter, die in aller Ruhe das Geschehen beobachteten. Mit der Rechten riss Otto das Schwert aus der Scheide und beäugte die beiden misstrauisch. Dann zog er mit der anderen Hand zwischen den Armen des Bauern rasch einen weiteren Strick hindurch, den er nun hielt wie eine Leine, und trat zurück.

»Wer seid ihr?«, rief er und blinzelte gegen die Sonne.

Der Ältere schnalzte mit der Zunge, und sein Rappe setzte sich langsam in Bewegung. Eine braune Jacke bedeckte den kurzen, kräftigen Oberkörper, die Beine steckten in einer hirschledernen Hose und polierten Reitstiefeln. Dunkle Haarbüschel lugten unter einem hohen braunen Filzhut wie Borsten hervor. Unter der fliehenden Stirn saßen stechende graue Augen, und die dünne Raubvogelnase verlieh dem Gesicht einen hochmütigen Ausdruck. Nun verzogen sich die schmalen Lippen zu einem spöttischen Lächeln.

»Werter Pfalzgraf, was fuchtelst du mit deinem Schwert

herum? Du willst doch nicht etwa deiner eigenen Verwandtschaft ans Leder!«

Als der auf dem Boden Liegende die Stimme hörte, fuhr sein Kopf ruckartig hoch. Der Wittelsbacher, der abschätzig auf ihn hinabblickte, bemerkte übergroße Furcht in den Augen des Bauern. Der schien vor dem Fremden mindestens genauso viel Angst zu haben wie vor ihm oder gar dem Strick und wagte weder zu sprechen noch sich zu rühren.

»Hermann?«, rief Otto erstaunt und beschirmte die Augen. Dann stieß er das Schwert zurück in die Scheide. »Bist du es tatsächlich?«

»Natürlich bin ich es! Was führt dich nach Thüringen?« Er machte eine Handbewegung in Richtung des Bauern. »Und was hast du mit diesem armseligen Hungerleider vor?«

»Er hat mich bestohlen. Ich werde ihn, wie es einem Dieb gebührt, an dem Baum dort drüben aufknüpfen.« Verächtlich riss er an der Fessel, bis sein Gefangener wieder anfing zu wimmern.

Inzwischen war Hermanns Begleiter auf seinem Pferd näher gekommen, ein stämmiger Mann mittleren Alters.

»Hartwig, mein Verwalter«, stellte ihn der Thüringer vor. »Mein treuester Untergebener.« Die beiden Männer nickten sich ernst zu und schwangen sich von den Pferden.

»Steh auf!«, herrschte Otto den Gefangenen an. Mühsam versuchte dieser, auf die Beine zu kommen. Als er endlich schwankend dastand, senkte er den Kopf. Aller Widerstand in ihm schien gebrochen.

»Er hat es verdient, gehenkt zu werden«, grinste der Thüringer Landgraf und musterte den Bauern verächtlich. »Dieses faule Pack! Arbeitsscheu und immer unzufrieden! Setzt ein halbes Dutzend hungriger Mäuler in die Welt und kann sie dann nicht durchfüttern.« Verächtlich spie er vor dem Bauern aus. »Wie die Karnickel!«

»Dann helft mir, den Burschen auf ein Pferd zu setzen, damit wir ihn endlich am höchsten Ast aufknüpfen können!«, rief Otto eifrig.

Bedauernd schüttelte der Landgraf den Kopf. »Das werden wir nicht tun! Ich bin auf jeden dieser Taugenichtse angewiesen und kann es mir leider nicht leisten, sie alle aufzuhängen, sosehr sie es auch verdient hätten. Tot bringen sie mir keinerlei Nutzen. Sie müssen ihr armseliges Leben behalten, weil ich sie dringend als Arbeitskräfte brauche.«

Während der Bauer schwankend dastand, schnaubte Otto verärgert. »Heißt das, du willst diesen Tagedieb ungestraft davonkommen lassen? Er hat es gewagt, mich zu bestehlen – *mich*, den Pfalzgrafen Otto von Wittelsbach.«

»Nein. Er soll seine gerechte Strafe erhalten.« Hermann winkte seinen Untergebenen näher und nickte ihm zu. Dieser zog eine Geißel aus dem Gürtel und gab sie dem Landgrafen, der sie an Otto weiterreichte. »Nicht mehr als ein Dutzend Schläge – und nur mit halber Kraft ausgeführt. Sonst tötest du ihn. In die Lederbänder sind Eisennägel eingearbeitet. Sie reißen das Fleisch bis zu den Knochen auf.«

Die schmächtige Gestalt des Bauern zuckte wieder furchtsam zusammen, und beim Anblick der Peitsche flackerten seine Augen vor Entsetzen. Ungeachtet dessen schwang der Wittelsbacher das Strafgerät prüfend hin und her. Der hölzerne Griff schmiegte sich in seine Hand. Die sieben starken Lederbänder mit den Nägeln zischten durch die Luft.

»Bind ihn an die Eiche!«, befahl der Landgraf seinem Vasallen.

Dann beobachtete er zufrieden, wie Otto den Bauern halb totschlug.

Während die Magd die Platte mit den fetttriefenden Fleischstücken vor Otto auf den Tisch stellte, lächelte sie ihn keck an. Er starrte ihr dabei unverblümt und genüsslich auf den üppigen Busen. Sofort überzogen sich ihre sommersprossigen Pausbacken mit einer gesunden Röte. Otto gab ihr einen kräftigen Klaps auf das runde Hinterteil und nahm zufrieden ihr verlegenes Kichern zur Kenntnis, während sie sich entfernte.

Hermann bedachte Hartwig mit einem wissenden Blick und beugte sich zu dem Wittelsbacher hinüber.

»Gefällt sie dir?«, fragte er.

Otto, der dem starken Rotwein schon kräftig zugesprochen hatte, leerte seinen Becher und knallte ihn auf den Tisch. Mit dem Handrücken wischte er sich über den Mund. Sofort goss Hartwig nach.

Die groben Hände des Wittelsbachers malten die Rundungen der Magd nach. »Das Kind hat das Herz am rechten Fleck«, lallte er lüstern grinsend.

»Dich spricht also das *Herz* der Kleinen an! Welch guter Mensch du doch bist! Ich werde sie gleich in deine Kammer schicken, falls du den Weg in dein Bett später nicht mehr allein findest.«

Otto stimmte in das raue Gelächter der beiden ein. »Das ist ein hervorragendes Angebot! Sie soll mir ein Schlaflied singen.« Er langte nach einem großen Fleischbrocken und stopfte ihn in den Mund. Der Thüringer betrachtete ihn prüfend.

»Verzeih mir, wenn ich das Thema wechsle ... und vor allem, wenn ich's so unverblümt sage ...«, meinte er schließlich nachdenklich. Der Thüringer wartete, während Ottos stierer Blick misstrauisch wurde.

»Was gibt‘s?«

Hermann mimte Sorge und Mitgefühl. »Philipp behandelt dich wie den letzten Dreck.«

Otto hielt im Kauen inne. Bratensaft tropfte ihm von den Lippen.

»Dir ist doch wohl klar, dass er dich immer nur benutzt hat«, fuhr der Landgraf fort. »Zuerst verspricht er dir seine Tochter, weil er sich dadurch einen Vorteil erhofft. Während du alles für ihn tust, denkt er nur an sich und nimmt sie dir wieder weg. Plötzlich bist du ihm nicht mehr gut genug. Ich hoffe, du lässt dir das nicht einfach gefallen.«

»Er sagt, die Verlobung muss gelöst werden, weil meine Verwandtschaftsbande zu Kunigunde zu eng sind«, erklärte der Wittelsbacher mit vollem Mund, doch die Zunge wollte ihm nicht mehr recht gehorchen.

»Ach ... und vorher ist ihm das nicht aufgefallen? Merkst du, wie er die Dinge dreht und wendet, bis sie ihm zusagen!« Zufrieden beobachtete Hermann die Wirkung seiner Worte. Ottos Gesicht wurde immer röter, der aufsteigende Zorn war deutlich darauf abzulesen. »Ja«, rief er entrüstet, »ich bin nur ein wertloser Untergebener für ihn, mit dem er nach eigenem Gutdünken verfahren kann! Dabei dachte ich immer, ich sei sein Freund.«

»Ha!«, stieß der Landgraf sofort nach. »Philipp ist wie alle Staufer. Mit mir hat er dasselbe Spiel getrieben. Er hat mich in die Unterwerfung gezwungen und denkt, damit sei die Angelegenheit erledigt. Aber da irrt er sich gewaltig. Erinnerst du dich noch, wie er den Würzburger Bischof Konrad beseitigte, als dieser seinen Plänen plötzlich im Weg stand? Seinen eigenen Kanzler!«

Otto trank erneut den Becher leer und schüttelte fragend den massigen Schädel. Seine Augen stierten inzwischen glasig. »Ich dachte, Konrad wurde von zwei Bürgern der Stadt ermordet. Man hat sie doch auch gefasst.«

Hermann lächelte schlau. »Philipp hat das Ganze höchst geschickt eingefädelt. Ich bin mir sicher, *er* gab den Auftrag für den Mord. Was glaubst du, warum er einen Tag später als vereinbart in Würzburg eintraf?«

»Warum?«, lallte Otto.

»Nun, um den Verdacht von sich abzulenken, natürlich. Wie entrüstet, wie tief getroffen tat er, als man ihm Konrads Kopf präsentierte! O ja, er ist ein großartiger Schauspieler und ein geschickter Intrigant! Während er in aller Öffentlichkeit Tränen der Entrüstung und der Trauer vergoss, lachte er sich insgeheim ins Fäustchen. In Wirklichkeit war der Kopf, den er an den Haaren gepackt hielt, eine Beute, ein Gegenstand des Triumphs.«

Otto kratzte sich am stoppeligen Kinn. »Aber die Mörder wurden doch hingerichtet.«

»Selbstverständlich! Erkennst du denn nicht den Grund dafür? Doppelt falsches Spiel! Erst gibt Philipp den Mord in Auftrag, dann verwischt er alle Spuren seiner eigenen Schuld. Diese Schwachköpfe dachten, sie würden vom König großzügig bezahlt. Er gab ihnen auch vorher Geld – das er ihnen unter dem Galgen wieder abnahm. Ha! Der Strick um den Hals war der königliche Lohn. Ein Widersacher, und alle Zeugen sind gleichzeitig beseitigt. Die Hände des wahren Täters aber bleiben rein.«

Der Thüringer Landgraf verschränkte die Hände vor der Brust und lehnte sich zurück. »Siehst du, genauso spielt er mit dir«, fuhr er nach einer wirkungsvollen Pause fort und betonte dabei jedes Wort. »Wie die Katze mit der Maus.« Zufrieden bemerkte er, wie die Furchen auf Ottos Stirn tiefer wurden, wie gleichzeitig sein Zorn auf Philipp zunahm.

»Du hast recht. Er benutzt mich nur. Früher oder später soll er mir dafür büßen!«, schrie er aufgebracht.

»Gut! Es wird Zeit, dass ihm jemand die Stirn bietet! Du bist der Richtige dafür. Du besitzt den erforderlichen Mut dazu.« Mit seinen grauen Augen musterte Hermann den Wittelsbacher. Dann sagte er scheinheilig: »Ich rate dir allerdings, im Augenblick nicht nach Bamberg zurückzukehren.«

»Warum denn nicht?« Ottos Kinnlade mahlte schwerfällig.

»Ganz einfach – weil man dich eines Mords bezichtigt.«

»Mich? Aber das ist doch unmöglich! Ich habe doch nicht ...«

Entrüstet hob Hermann von Thüringen die Hände. »*Mich* musst du von deiner Unschuld nicht überzeugen.«

Wutentbrannt suchte Otto nach Worten. Er schob den gewaltigen Brustkorb vor und schrie: »Es ist eine Unverschämtheit! Wer wagt es, so etwas zu behaupten ...?«

Der Landgraf seufzte. »Ich hoffe, du kannst die Wahrheit ertragen.«

»Wer …?«

»Philipp. Der König persönlich.«

Der Wittelsbacher wollte aufspringen, doch Hermann hielt ihn zurück. »Beruhige dich, Otto! Zorn hilft uns jetzt nicht weiter. Du musst versuchen, ruhig zu bleiben.«

»Aber wie kann er so etwas behaupten?«

»Deine Flucht war ungeschickt. Natürlich schließt jedermann daraus, dass du der Täter bist. Kurz nachdem man die Leiche gefunden hatte, warst du spurlos verschwunden.«

Otto rang nach Luft. »Ich bin nicht geflohen! Ich konnte es nur nicht ertragen, an dem Ort zu bleiben, wo man mich so blamiert hatte.«

»Das weiß ich«, warf Hermann beschwichtigend ein. »Aber für jeden anderen muss es tatsächlich so aussehen, als seist du der flüchtige Mörder.«

Otto kniff die Augen zusammen. Er schien angestrengt nachzudenken. »Wer … wer wurde denn überhaupt ermordet?«, brachte er schließlich heraus.

»Eine Magd. Der Täter hat es nicht dabei bewenden lassen, sie zu erwürgen. Er hat der nackten Leiche auch noch eine Kreuzotter in den Rachen geschoben.«

»Eine Kreuzotter?«, empörte sich der Wittelsbacher. »Und warum sollte ich eine Dienerin töten? Ich kann doch jede haben, die ich will.«

Der Landgraf wählte seine Worte sorgfältig. »Ich glaube, Philipp weiß, dass du unschuldig bist.« Er senkte die Stimme, bis er beinahe flüsterte. »Aber er hat Angst.«

»Angst? Wovor?«

»Vor deiner Rache. Er spürt, dass er deine Ehre zutiefst verletzt hat. Und er weiß, dass es für gewöhnlich nur einen Weg gibt, gekränkte Ehre zu sühnen. Er muss geradezu davon ausgehen, dass du versuchen wirst, dich zu rächen, denn er kennt dein Ehrgefühl und deinen Stolz sehr wohl. Du musst zugeben: Dich als Mörder anzuklagen wäre eine treffliche Art, dieser Gefahr zu entgehen und sich deiner zu entledigen.«

Ottos stierende Augen waren weit aufgerissen, sein Gesicht glühte vor Hass. Speichel sprühte aus seinem Mund, als er brüllte: »Er will mich aus dem Weg räumen, weil er Angst um sein armseliges Leben hat? Deshalb wird er versuchen, mich an den Galgen zu bringen? Was soll ich denn jetzt tun?«

»Ich werde dir helfen.«

»Wie ...?«

»Überlass alles mir. Ich werde Philipp davon überzeugen, dass seine Angst unbegründet ist. Noch heute Nacht schicke ich einen Boten zu ihm, der ein Schreiben von mir überbringt. Ich werde ihm darin klarmachen, dass du unschuldig bist und dass es deshalb aberwitzig ist, dich eines Verbrechens zu beschuldigen, das du niemals begangen hast. Ich schreibe ihm, dass du ihm verzeihst und ihm weiterhin treu dienen willst.«

»Aber das stimmt nicht!« Ottos Stimme überschlug sich. »Ich will Rache! Ich werde mein Schwert nehmen ...«

»Du sollst deine Rache ja bekommen«, unterbrach ihn der Thüringer schlau. »Aber du musst es geschickt anstellen. Wenn du jetzt losstürmst, bekommst du ihn nie zu fassen. Seine Soldaten werden dich aufhalten und gefangen nehmen. Du würdest ihnen geradewegs in die Arme laufen. Nein, es gibt nur einen Weg. Wir müssen ihn in Sicherheit wiegen. Erst wenn er glaubt, von dir gehe keine Gefahr aus, wird es dir möglich sein, in seine Nähe zu gelangen. Verstehst du, was ich meine?«

Otto nickte schwerfällig. »Du hast recht. Ich muss dir danken. Ich bin viel zu betrunken, um klar zu denken. Warum tust du das alles für mich?«

Hermann tätschelte Ottos Arm und lächelte schleimig. »Wir sind miteinander verwandt. Außerdem bin ich dein Freund. Und als solcher schlage ich vor, dass du jetzt zu Bett gehst. Es ist spät. Eine Mütze voll Schlaf wird dir guttun.«

Mit blutunterlaufenen Augen starrte der Wittelsbacher den Landgrafen an und lallte: »Danke, Hermann. Das werde ich dir nie vergessen.« Er stemmte sich hoch, stand schwankend und mit vorgeschobenem Schädel da.

Der Thüringer erhob sich ebenfalls. »Wir reden morgen weiter. Alles will gut überlegt sein. Philipp ist ein Fuchs.« Grinsend fügte er hinzu: »Ich hoffe, du hast nicht vergessen, dass in deiner Kammer eine dralle Magd darauf wartet, dich in den Schlaf zu singen.«

Während der Wittelsbacher mit Gepolter davontaumelte, knöpfte sich Hermann von Thüringen das Wams auf. Dann fasste er nach dem Weinbecher. »Diesen Einfaltspinsel schickt uns der Himmel. Allerdings fragt es sich, ob er in seinem Zustand heute noch viel Spaß mit dem Mädchen hat.«

Hartwig der Vasall entzündete mit einem Kienspan die Kerzen auf dem Tisch. Das flackernde Licht warf zwei Silhouetten als dunkle Schatten an die Wand. »Ja, er ist ziemlich betrunken.«

»Uns soll es nicht kümmern«, erwiderte der Landgraf. »Wenn er zu besoffen ist, wird es die Magd bestimmt nicht grämen. Viel wichtiger ist jetzt, dass *wir* sorgfältig planen. Ein besseres Werkzeug als den Wittelsbacher gibt es nicht.«

»Glaubst du, dass er der Mörder dieser Magd ist?«

»Natürlich. Sein männlicher Stolz ist zutiefst verletzt.«

»Aber warum nimmt er eine Kreuzotter …?«

»Otto ist abartig veranlagt. Ich traue ihm alles zu. Du hast mit eigenen Augen gesehen, wie er mit dem Bauern verfahren ist. Er weidet sich an der Qual seiner Opfer. Es ist sogar gut möglich, dass er der Magd die Schlange in den Rachen schob, damit sie daran erstickte.«

Hartwigs Ekel bei dieser Vorstellung war offensichtlich, und er schüttelte sich, bevor er fragte: »Wie willst du weiter vorgehen?«

Hermann erhob sich und schritt nachdenklich zur Fensteröffnung. Ein bleicher Halbmond hing über den Dächern von Eisenach. Dahinter bedeckte blauschwarzer Fichtenwald das Land wie ein gewelltes düsteres Tuch. Die steinernen Befestigungsmauern zogen sich als dunkles Band um den Hügel.

»Otto wird sich sein eigenes Grab schaufeln«, antwortete er seinem Vasallen.

Fragend zog Hartwig die Brauen hoch. »Was meinst du damit?«

Hermann grinste. »Er wird das Problem Philipp von Schwaben für uns aus der Welt schaffen. Der Plan lautet, dass am Ende beide tot sind. Der König stirbt durch die Hand des Wittelsbachers, und dieser wird als überführter Mörder an den Galgen gebracht. Eine saubere Sache, und alle Spuren, die zu uns führen könnten, sind verwischt.«

Anerkennend nickte Hartwig. »Ich verstehe. Erklär mir genau, wie du Otto zu deinem Werkzeug machen willst.«

»Er ist schon beinahe so weit, wie ich ihn haben will. Einerseits ist sein Gewissen durch den Mord belastet. Andererseits beherrscht ihn sein Verlangen nach Rache bereits jetzt vollkommen. Er ist bis aufs Äußerste gereizt. Ein Funke genügt, um das zerstörerische Feuer zu entfachen. Wir müssen weiter nichts tun, als seinen Zorn zu schüren. Hast du gesehen, mit welcher Wut er auf den Bauern eindrosch? In eine ähnliche Raserei gilt es ihn zu versetzen.«

Hartwig trat neben seinen Herrn ans Fenster. Ein kühler Wind rührte in den Wipfeln der Fichten und jagte dunkle Wolkenfetzen über den Himmel. »Fest steht, dass Philipp aus dem Weg geräumt werden muss.«

Der Thüringer fuhr sich durch das borstige schwarze Haar. »Natürlich muss der König weg«, sagte er kalt. »Ich habe die vier Jahre seit unserer schmachvollen Unterwerfung nicht gewartet, um eine solche Gelegenheit ungenutzt verstreichen zu lassen. Einen besseren Handlanger als den rasenden Wittelsbacher kriege ich nie mehr.«

Die Wolken am Himmel schienen nun die Mondsichel zu verschlingen. Hartwig starrte auf die nächtliche Landschaft. »Wann genau willst du den Bluthund auf den König hetzen? Wenn der hier vorbeikommt, um gegen die Dänen zu ziehen?«

»Vielleicht. Aber ein früherer Zeitpunkt wäre günstiger. Dir ist hoffentlich klar, warum Philipp den Weg durch Thüringen wählt. Zwar hat er angekündigt, dies friedlich zu tun, aber für mich gibt es keinen Zweifel: Er misstraut mir zutiefst und wird sich die Gelegenheit nicht entgehen lassen, mein Land auszuplündern, um meinen Willen ein für alle Male zu brechen.« Hermann stieß ein böses Lachen aus. »Er muss so schnell wie möglich beseitigt werden. Ich werde bestimmt nicht nur dasitzen und warten, bis er mich mit seinem Heer einfach überrollt.«

»Wann dann? Während der Hochzeitsfeier seiner Nichte in Bamberg?«

»Daran habe ich zuerst auch gedacht«, überlegte Hermann laut. »In dem allgemeinen Trubel der Festlichkeiten böte sich bestimmt eine Möglichkeit. Aber es ist vom Zeitpunkt her sozusagen die allerletzte Gelegenheit. Am selben Tag, unmittelbar nach der Zeremonie, will Philipp zum Kriegszug aufbrechen. Falls der Anschlag misslänge, wäre es unser Ende.«

»Also sollte es schon früher geschehen?«

Der Thüringer betrachtete die wankenden Schatten der hohen Fichten. »Ja! Und es ist unabdingbar, dass wir unsere Verbündeten sorgfältig auswählen. Wenn das Attentat gelingen soll, brauchen wir in Bamberg Helfer. Allein schon deshalb, um den Verdacht nicht doch noch auf uns zu lenken.«

»Bischof Eckbert?«

Hermann rieb sein Kinn. »Aus Eckbert werde ich nicht schlau. Er zöge wie kein anderer aus Philipps Tod seinen Vorteil. Erstens sollte ihm sehr daran liegen, sich der Bedrohung zu entledigen, die für jeden papsttreuen Bischof von dem Staufer ausgeht. Und zweitens muss Eckbert fürchten, dass Philipp sich die Erzminen im Norden unter den Nagel reißt. Er hat bereits erklärt, dass er sich als Vormund Beatrixens von Burgund versteht, die nach dem Tod Ottos von Burgund Anspruch auf dieses Bamberger Kirchenlehen erhebt.«

Hartwig zeigte sich erstaunt. »Du hast Eckbert gefragt, ob er an einer Verschwörung gegen den König teilnähme?«

»Natürlich nicht wortwörtlich. Ich habe vorsichtig anklingen lassen, dass ein Ableben des Königs für ihn nicht unbedingt von Nachteil wäre.«

»Und was hat er geantwortet?«

»Er gab sich äußerst zurückhaltend. Wenn ich mich recht erinnere, wechselte er einfach das Thema.«

Hartwig trat vom Fenster zurück und schritt durch das Gemach. »Wer kommt denn noch infrage?«

»Heinrich von Istrien, Eckberts Bruder. Über ihn hoffe ich auch an den Bamberger heranzukommen, was von unschätzbarem Vorteil wäre. Schließlich ist der Bischof während der Feierlichkeiten Gastgeber des Königs und seines Gefolges. Damit hat er natürlich Zugang zu allen Räumlichkeiten.« Hermann, der bisher mit dem Rücken zu Hartwig gestanden hatte, wandte sich um. »Mit Heinrich habe ich bereits verhandelt. Er steht auf unserer Seite. Du erinnerst dich, er ist schon seit geraumer Zeit von Philipp abgefallen und gilt als treuer Untergebener des Gegenkönigs Otto.«

Ein Diener trat ein und stellte schweigend einen Krug mit Wasser auf den Tisch. Hermann und Hartwig warteten, bis er den Raum verlassen hatte. Der Vasall des Thüringers ergriff als Erster wieder das Wort. »Es stimmt. Heinrich hasst Philipp mindestens ebenso wie der Wittelsbacher. Auf seine Unterstützung können wir gewiss zählen. Im Übrigen: Willst du den König wirklich brieflich von Ottos Unschuld überzeugen?«

Nun verzog ein hässliches Grinsen das Gesicht des Thüringers. »Im Gegenteil. Ich werde Philipp zwar tatsächlich einen Brief schicken. Aber darin steht, dass Otto von Wittelsbach ein geständiger Mörder ist.«

»Tatsächlich? Was soll denn ein solches Schreiben bezwecken?«, fragte der Vasall verdutzt.

»Aber das ist doch ganz einfach«, feixte Hermann. »Otto wird nicht verborgen bleiben, dass ihn Philipp weiterhin für den Mörder hält – der er ja auch ist. Stell dir vor, der Wittelsbacher muss vor den Soldaten des Königs fliehen, obwohl ich diesem doch angeblich mitgeteilt habe, dass er unschuldig ist. Das wird Ottos Hass ins Unermessliche steigern.«

»Du bist ein wahrer Teufel!«, rief Hartwig voller Bewunderung aus.

»Ich will nach all den Jahren endlich Rache«, flüsterte der Thüringer rau. Und wie zu sich selbst fügte er hinzu: »Was auch immer Otto bewogen haben mag, dieses Mädchen so abartig zu ermorden – fest steht, er hat uns damit einen unschätzbaren Dienst erwiesen.«

7
Verhör

»Es ist die Magd.«

»Kein Zweifel?«

»Nein! Ich bin mir ganz sicher. Anna, die Küchenmagd.«

Lupold, der Kaplan und der Truchsess des Bamberger Bischofs befanden sich in den Kellergewölben der Bischofspfalz. Dort, in der Kühle unter der Erde, wo Eckberts Zellular die Bier- und Weinvorräte lagern ließ, hatte man die Tote aufgebahrt, damit die Frühsommerwärme der Leiche nicht allzu sehr zusetzte. Sobald man eindeutig wüsste, wer sie war, sollte sie begraben werden.

Der Kaplan trat einen Schritt von der Bahre zurück. Die Gegenwart der Toten bereitete ihm sichtliches Unbehagen. Auch der bischöfliche Beamte rückte immer weiter von der Leiche weg.

»Nun, da wir wissen, dass es tatsächlich Eure Küchenmagd ist, können wir uns ja wieder nach oben begeben«, murmelte er.

»Einen Moment noch!« Lupold wollte mit seinem Einwurf nicht unbedingt den Truchsess ärgern. Er wusste jedoch, dass im Angesicht des Todes so mancher Lügner die Wahrheit sprach. Zudem schien ihn seine Menschenkenntnis im Stich zu lassen. Handelte es sich bei der aufgesetzt wirkenden Sachlichkeit des bischöflichen Beamten um eine Fassade, hinter der sich ein ganz anderer Mensch verbarg? Oder war all dies nur eine Verinnerlichung seines Amts, und der Truchsess war tatsächlich durch und durch so korrekt, wie er sich gab?

»Ich habe mir einige Fragen zurechtgelegt, die ich nicht vergessen möchte. Ihr verzeiht, das Alter nagt an meinem Gedächtnis.« Lupold sprach zu dem bischöflichen Beamten. »Wann habt Ihr die Magd zum letzten Mal gesehen?«

Der Truchsess überlegte. Er war von großer, hagerer Gestalt, mit einem penibel rasierten Gesicht, das ein gewisses Maß an Überheblichkeit auszudrücken schien. Dieses Erscheinungsbild wurde durch hochgezogene Brauen und prüfend blickende Augen verstärkt. »Ich weiß nicht genau. Gestern Mittag, denke ich, als ich meinen üblichen Rundgang durch die Küche machte. Aber ganz sicher bin ich nicht. Es gibt so viele Bedienstete.«

»Könnt Ihr dann wenigstens Auskunft geben, wer ihrer zuletzt ansichtig wurde?« Die Frage des Kaplans klang scharf und trug ihm einen missbilligenden Blick des Truchsesses ein.

»Einer der Köche«, war die höfliche, doch knappe Antwort.

»Ist es möglich, diesen Koch zu sprechen?«

»Natürlich!«

»Wisst Ihr, wann der Koch die Magd zuletzt gesehen hat?«, mischte sich Lupold freundlich ein.

»Er sagt, es war am Abend, als die Bediensteten in ihre Unterkünfte entlassen wurden.«

Der Kanzler zog das Tuch vom Gesicht des Leichnams und betrachtete es nachdenklich. Mit den geschlossenen Augen wirkte es wächsern, doch sah es nun, nachdem man es gesäubert hatte, selbst im Tod außergewöhnlich hübsch und friedlich aus. Ein kecker Zug, den man auch leichtfertig nennen mochte, lag um den Mund. Das schwarze Haar umrahmte wie ein dunkler Kranz die ebenmäßigen Züge. Die schlanken Umrisse des Körpers zeichneten sich unter dem Leichentuch ab.

»Wie würdet Ihr sie beschreiben?«, fragte Lupold.

Der Truchsess musterte die Tote und dann den Kanzler. Sein schmales Gesicht verzog sich. »Wie meint Ihr?«

»Ihren Charakter, ihre Art. War sie heiter oder trübsinnig? Lachte sie gern, oder war sie eher still? Wurde sie gemocht oder gemieden?«

»Wie gut kanntet Ihr sie?«, fügte der Kaplan ungeduldig hinzu.

»So, wie man als Vorgesetzter seine Untergebenen kennt. Mit großem Abstand, wenn Ihr das meint.« Er dachte nach. »Sie wurde mir als umgänglich beschrieben. Aber es heißt auch, sie schielte gern nach den Knechten.«

»Was genau wollt Ihr damit ausrücken – sie *schielte* nach den Knechten?« Der Kaplan hatte der Toten den Rücken zugekehrt und schien bemüht, den Abstand zwischen sich und ihr möglichst groß zu halten.

»Nun, das, was ich sage«, erwiderte der Truchsess, und seine Brauen hoben sich noch stärker. »Versteht Ihr nicht, was ich meine!«

»Sie ließ sich gern mit Männern ein?«, half Lupold freundlich.

»Am besten, Ihr fragt den Koch. Der kann darüber besser Auskunft erteilen als ich.«

»Hat er … mit ihr …« Der Kaplan räusperte sich, und seine abstehenden Ohren schimmerten rötlich. »Ist … ist etwa bekannt, dass er und die Köchin etwas miteinander hatten?«

Wieder zweifelte Lupold, ob die gezeigte Empörung des bischöflichen Beamten echt war, als dieser antwortete. »Es ist strengstens verboten, dass Bedienstete miteinander Techtelmechtel eingehen.«

»Aber so etwas kommt doch bestimmt vor«, schmunzelte der Kanzler.

Dem Truchsess schien eine scharfe Antwort auf der Zunge zu liegen, doch er besann sich eines Besseren und schwieg.

»Behauptet Ihr etwa, dass es nicht vorkommt?«, bohrte der Kaplan nach. Mit einer ärgerlichen Bewegung zupfte er sich einen Faden vom Gewand.

Die grauen Augen des Beamten blinzelten. Er deutete auf die Tote. »Wann wird endlich der Leichnam fortgeschafft? Es ist eine Zumutung für den Bischof, dass man sie länger als nötig in seinem Weinkeller verwahrt.«

»Das wird bald geschehen«, antwortete Lupold. »Beantwortet bitte die Frage des Kaplans.«

»Ich hätte gern eine Erklärung, was die Frage mit dem Mord an der Küchenmagd zu tun hat.«

»Aber das ist doch nicht schwer zu verstehen.« Der Kaplan lächelte kühl. »Ist es denn auszuschließen, dass ein enttäuschter Verehrer aus den Reihen des Gesindes sie umgebracht hat, weil sie ihn abwies?« Vergeblich versuchte er, seine Stimme vertraulich klingen zu lassen. »Verschmähte Liebe, ein Grund für Mord und Totschlag, so alt wie die Menschheit selbst. Wenn Ihr sagt, sie habe nach den Knechten geschielt, dann haben wir doch schon ein stichhaltiges Motiv. Rache! Neid! Eifersucht! Bessere Gründe gibt es kaum.«

Der Truchsess schüttelte den Kopf, während der Kanzler leise seufzte und sich freundlich an den Kaplan wandte. »Verzeiht mir, wenn ich widerspreche, werter Freund. Aber die Art und Weise, wie sie ermordet wurde, besser gesagt, wie der Mörder sie uns darbot, lässt nicht unbedingt auf einen Täter aus dieser Schicht schließen. Für mich erscheint es ziemlich unwahrscheinlich, dass ein einfacher Mensch solch eine phantasievolle Botschaft hinterlässt. Zumindest würde es mich sehr verwundern. Findet Ihr nicht? Ein eifersüchtiger Knecht, der sein Opfer, nachdem er es erwürgt hat, mit einer Kreuzotter ziert? Höchst ungewöhnlich, möchte ich meinen.« Er blickte dem Truchsess in die Augen. »Ich denke, der Mörder ist in anderen Kreisen zu suchen.«

»Wollt Ihr etwa andeuten, ich könnte etwas mit der Tat …«

»Aber nein!« Der Kanzler hob abwehrend die Hände. »Ihr habt mich falsch verstanden! Nichts liegt mir ferner, als Euch zu verdächtigen. Ich halte es lediglich für unwahrscheinlich, dass der Täter unter dem Küchenpersonal zu suchen ist.«

»Dann wollt Ihr den Koch gar nicht mehr befragen?«

»Doch, natürlich! Vielleicht erfahren wir von ihm Einzelheiten, die uns weiterhelfen.«

»Ich schließe mich übrigens der Meinung des Kanzlers

nicht an«, bemerkte der Kaplan mit einem eisigen Seitenblick auf Lupold. »Die Abartigkeit und Abscheulichkeit der Menschen richten sich schließlich nicht nach Herkunft oder Arbeitsplatz. Sie sind leider überall zu finden, wie Ihr mir sicher zustimmen werdet.« Nun wandte er sich wieder an Lupold. »Wenn Ihr von vornherein gleich jeden Tatverdächtigen ausschließt, wie Ihr es bereits mit dem Wittelsbacher getan habt, bleibt am Schluss keiner mehr übrig.«

»Ihr habt ganz recht, junger Freund«, meinte der Kanzler und wandte sich neuerlich an den Beamten. »Wäre es nun möglich, den Koch zu befragen?«

Der Truchsess deutete eine Verbeugung an. »Gewiss. Wenn die Herren mich nach oben begleiten wollen.«

In dem großen Küchenraum herrschte am frühen Nachmittag kaum Betrieb. Lediglich ein Koch und eine Magd waren anwesend, bemerkten die Ankömmlinge aber nicht sogleich. Der Küchenmeister redete auf das etwa sechzehnjährige Mädchen ein. Lupold schloss daraus, dass die Magd neu war und eingewiesen werden musste. Sie hatte halb langes flachsblondes Haar, das unter einer weißen Haube hervorlugte. Ihr hübsches Gesicht war leicht gerötet, und sie lauschte aufmerksam den Ausführungen ihres Herrn.

Auf einen Blick erkannte der Kanzler, dass der bischöfliche Truchsess hier mit strenger Hand waltete. Alles Geschirr war ordentlich gestapelt, überall herrschte peinlichste Sauberkeit. Der geflieste Boden glänzte, selbst die verschiedenen Feuerstellen sahen aus, als kämen sie kaum mit Kohle oder Asche in Berührung.

Lupold nickte anerkennend. »Ein äußerst reinlicher Ort.«

Der Truchsess ließ einen kritischen Blick über Töpfe und Kessel schweifen. »Sauberkeit ist das dringlichste Gebot in einer Küche. Wer dieses Gebot missachtet, muss mit schwersten Strafen rechnen. Das weiß das Gesinde auch.«

»Natürlich!« Lupold wies auf den Mann, der sie nun bemerkt hatte und sich sofort in ihre Richtung wandte. »Ist dies der Koch?«

»Mir unterstehen insgesamt drei Köche. Aber Ihr habt Glück. Dieser hier ist der Richtige.« Er rief durch den Raum: »Küchenmeister! Hierher! Die Herren wollen dich sprechen!«

Der Körper des Kochs straffte sich. Überraschend flink bewegte er sich auf seinen stämmigen kurzen Beinen durch die Küche. Das Mädchen folgte ihm unschlüssig.

»Beantworte den Herren alle Fragen gewissenhaft!«, befahl der Truchsess, während der Koch sich unterwürfig verneigte.

»Jawohl, Herr.«

Der Kanzler betrachtete ihn genauer. Unter der Kochmütze quollen schwarze Locken hervor, buschige Brauen wölbten sich über unruhigen, dunklen Augen. Eine breite, flache Nase beherrschte das grobe Gesicht, in dem auch die wulstigen Lippen auffielen.

»Wie heißt du?«, fragte der Kaplan streng.

»Lothar.«

»Und wer bist du, mein Kind?« Lupold sprach das Mädchen an.

Sie senkte sogleich den Blick und antwortete leise: »Maria.«

»Maria. Ein schöner Name. Wie unsere Muttergottes.«

»Sie ist die neue Küchenmagd«, schaltete sich der Truchsess ein. »Sie ist erst seit heute hier, als Ersatz« – er suchte nach den richtigen Worten – »für die Verstorbene. Sie hat versucht, auf dem Markt ein Paar Schuhe zu stehlen. Der Bischof hat sie zur Strafe verpflichten lassen.«

»Ich habe nichts gestohlen«, wehrte sich das Mädchen.

»Schweig!«, wies sie der Truchsess zurecht. »Du redest nur, wenn du gefragt wirst! Es konnte nicht genau geklärt werden, ob sie eine Diebin ist oder nicht.«

»Wir sind hier, um über die vorherige Küchenmagd zu sprechen, nicht über die neue.« Der Kaplan blickte auf zwei

Schwäne, die kopflos von der Decke baumelten. Er rieb sich den Hals und fragte den Koch: »Uns wurde berichtet, du hättest die Ermordete kurz vor ihrem Tod noch gesehen. Stimmt das?«

Der Koch vermied es, irgendjemandem in die Augen zu blicken, und erwiderte: »Ich weiß nicht. Gestern Abend ist sie mit den anderen gegangen. Da hab ich sie schon gesehen.«

»Ist dir irgendetwas an ihr aufgefallen?«

»Wie meint Ihr, Herr?«

»War sie anders als sonst? Vielleicht aufgeregt. Oder aufgewühlt. Oder traurig.«

Der Koch schüttelte den Kopf. »Sie war so wie immer.«

»Wie war sie denn … ?« Die Frage kam vom Kanzler, der mit verschränkten Armen dastand.

»Was genau wollt Ihr denn hören?«

»Alles, was du weißt. Wie war sie während der Arbeit? Wie danach? Der bischöfliche Truchsess gab uns die Auskunft, sie schielte gern nach den Knechten. Ist dir das auch aufgefallen?«

Nun hob der Koch den Blick. Er sah Lupold kurz an, sein Blick flackerte. »Sie taugte nichts«, sagte er schließlich.

Der Kanzler hob die Brauen. »Das ist ein hartes Urteil.«

»Aber es stimmt.« Die Stimme des Kochs klang trotzig.

»Erklär mir das!«

»Sie war faul.«

Ungehalten schaltete sich der Kaplan ein. »Muss man dir jedes Wort aus dem Maul ziehen? Viele Mägde sind faul. Das ist doch nichts Ungewöhnliches.«

»Sie war besonders faul. Man musste ihr alles zwei- oder dreimal auftragen. Und dann war sie schlampig.«

»Das stimmt«, warf der Truchsess ein. »Sie wurde oft gemaßregelt.«

»Als Tote machte sie aber überhaupt keinen schlampigen Eindruck. Sie wirkte … sauber.« Mit der Zunge fuhr sich der Kaplan über die dünnen Lippen.

»Verzeiht«, bemerkte Lupold augenzwinkernd, »wenn ich mich richtig erinnere, war die Leiche nackt, als sie gefunden wurde. Aber sag: War sie schlampig bei der Arbeit oder mit ihrem Äußeren?«

Während sich die Ohren des Kaplans noch stärker röteten, zuckte der Koch mit den Schultern. »Bei der Arbeit. Beim Äußeren war sie eher heikel. O ja, darauf hat sie sehr geachtet.«

»Hat sie sich herausgeputzt?«

»Ja.«

»Sei doch nicht so mundfaul, Bursche! Wie herausgeputzt?«, fuhr der Kaplan den Koch abermals an.

Der schien angestrengt nachzudenken. »Na ja, vielleicht ist *herausgeputzt* nicht das richtige Wort. Sie hatte ja nichts Besonderes an, es gibt in der Küche doch die Kleiderordnung. Aber die oberen Knöpfe waren immer offen.«

»Die oberen Knöpfe?«

»Damit man ihre Dinger sah, wenn sie sich vorbeugte«, grinste der Koch.

Die Ohren des Kaplans wurden nun feuerrot, und er schluckte.

»Weißt du, mit wem sie Umgang pflegte?« Die Frage kam vom Kanzler, der belustigt den Kaplan betrachtete.

»Mit vielen.«

»Kannst du uns Namen nennen?«

»Nein.«

»Woher weißt du dann, dass sie sich mit *vielen* traf?«

»Jeder weiß das.«

»Aha! Sie war also sozusagen in aller Munde?«

»Genau!« Der Koch hielt den Blick weiterhin gesenkt und trat von einem Bein aufs andere. Die neue Magd, die hinter ihm stand, fühlte sich ebenfalls sichtlich unwohl und rieb die verschlungenen Hände ineinander. Ihr Gesicht war von einem dunklen Rot überzogen.

Lupold musterte den Küchenmeister. »Und was ist mit dir? Hast du dich auch mit ihr *getroffen*?«

»Das ist doch verboten.«

»Beantworte die Frage!«

Sehr rasch kam die Antwort: »Natürlich nicht!«

Der Kanzler wägte ab, ob dies eine Lüge war. Schließlich nickte er. »Nun gut. Du hattest also nichts mit ihr zu tun?«

Wieder hoben und senkten sich die Schultern des Kochs. »Nein.«

»Vermutlich ist der Mord gestern Abend geschehen. Wo warst du da?«

»Zu Hause.«

»Allein? Also hast du keine Zeugen dafür.«

Der Koch schluckte. »Wen denn?«

»Das wissen wir doch nicht. Wenn dich niemand gesehen hat, bist du verdächtig.«

»Ich war zu Hause«, erwiderte der Koch trotzig.

Tankred und der Kanzler tauschten einen vielsagenden Blick. Dann wandte sich Lupold an den Truchsess. »Verzeiht mir die Frage, sie soll nicht bedeuten, dass wir irgendeinen Zusammenhang zwischen Euch und dem Mord sehen. Wir müssen sie einfach jedem stellen. Wo wart Ihr, während die Untat geschah?«

Der Mund des Beamten verzog sich unwillig. »Ich war hier.«

»Hier? Dann hat Euch bestimmt jemand gesehen und kann Eure Aussage bestätigen.«

Die Gestalt des Truchsesses versteifte sich. »Das kann ich nicht mit Bestimmtheit sagen.«

»Eine Magd oder ein Knecht?«

»Ich weiß es nicht.«

Der Kanzler fuhr sich mit dem Zeigefinger übers Kinn. Dann wandte er sich an den Kaplan. »Habt Ihr noch Fragen an den Truchsess oder den Koch?«

Als der Priester den Kopf schüttelte, ging Lupold zur Tür. Doch dort drehte er sich noch einmal um, strich über sein Kinn und sagte: »Eines steht fest: Der Mörder wird uns nicht entkommen. Es ist eine Frage der Zeit, bis wir herausfinden, wer diesem Mädchen so erbarmungslos das junge Leben genommen hat.«

Beide, der bischöfliche Beamte und sein Küchenmeister, zuckten kurz zusammen, erwiderten aber nichts. Während Lupold und der Kaplan nun endgültig dem Ausgang zustrebten, wurde das Gesicht der neuen Küchenmagd leichenblass.

Der Kanzler war mit dem Priester in den Gästetrakt der Bischofspfalz zurückgekehrt und saß ihm nun an der langen Tafel im Speiseraum gegenüber. Im Hintergrund verstaute ein Bediensteter Lupolds Gepäck in einer der geräumigen Reisetruhen.

»Denkt Ihr nicht, es ist unklug, beim jetzigen Stand der Ermittlungen abzureisen?«

»Bei allen gegenseitigen Sticheleien, werter Kaplan, halte ich Euch für einen umsichtigen Ermittler. Ihr werdet auch ohne mich zurechtkommen.«

Tankred strich sich über die schwarze Priesterrobe. Sein Blick zeigte Verwunderung über die anerkennenden Worte, und plötzlich lag ein weicher Zug um seinen blassen Mund. Bemüht gleichgültig antwortete er: »Trotzdem werde ich mich in dieser Sache ohne Eure Unterstützung unsicher fühlen. Ihr erkennt manches, was mir verborgen bleibt.«

»Ich schätze Eure Bescheidenheit«, antwortete Lupold, nun seinerseits überrascht von der Versöhnlichkeit des sonst so verbissenen Priesters. »In wenigen Tagen bin ich wieder zurück. Aber dringliche Staatsgeschäfte zwingen mich an die Seite des Königs. Vielleicht gelingt es Euch in der Zwischenzeit, den Mörder zu überführen.«

»Das glaube ich nicht.« Der Kaplan strich sich über das schüttere Haar. »Bisher gibt es noch kaum stichhaltige Anhaltspunkte dafür, wer der Täter sein könnte. Nach einigem Nachdenken stimme ich Euch übrigens zu: Es ist sehr unwahrscheinlich, dass der Mörder im Kreis des Küchengesindes zu suchen ist. Zwar hat der Koch bestimmt gelogen, als er eine Liebelei mit der Magd abstritt, aber für die Tat kommt er kaum infrage. Ich bin mir ziemlich sicher, dass er sich am besagten Abend wirklich in seiner Hütte aufhielt. Ebenso glaube ich den Worten des Truchsesses, er habe sich zur fraglichen Zeit in der Gesellschaft des Bischofs befunden.«

»Trotzdem solltet Ihr während meiner Abwesenheit beide Aussagen überprüfen. Übrigens, was den Wittelsbacher betrifft – in dieser Sache habt Ihr vollkommen recht. Auch diese Spur gilt es selbstverständlich zu verfolgen. Wir dürfen uns bei der Suche nach dem Mörder weder von persönlichen Meinungen noch von Scheinwahrheiten leiten lassen, da stimme ich Euch zu. Alles, was zählt, sind Spuren und Tatsachen. Und die werden uns letztlich zum Mörder führen. Spätestens bis zu Beginn der königlichen Festlichkeiten sollten wir den Schuldigen hinter Schloss und Riegel gebracht haben«, fügte der Kanzler nach einer kurzen Pause hinzu.

8

Hagenau

Obwohl es Lupold als Kanzler des Königs gewohnt war, mehrere Tage hintereinander im Sattel zu sitzen, hasste er die langen Ritte. Bereits nach wenigen Stunden schmerzten Rücken und Gesäß, und die Zeit schien nicht zu vergehen. Der sonst so freundliche Mensch wurde einsilbig und neigte dazu, seine Diener ohne ersichtlichen Grund zusammenzustauchen oder sinnlos herumzuscheuchen. Zudem war ständig Eile geboten. Während man ein Pferd, wenn es erschöpft war, auswechselte und zur wohlverdienten Ruhe in den Stall stellte, gab es für die rechte Hand des Königs keine Pause. Wie für berittene Eilboten blieben bei einer Reisedauer von fünf, sechs Tagen kaum ein paar Stunden Schlaf; gegessen und getrunken wurde beinahe ausnahmslos im Sattel. Es galt, die Strecke von Bamberg nach Lothringen, auf der ein gewöhnlicher Reisender gut zwei Wochen unterwegs war, in weniger als sechs Tagen zu bewältigen.

»Allmählich werde ich zu alt für derlei Strapazen«, murmelte Lupold in seinen Bart und schimpfte dann seinen Rittmeister aus. »Wie kannst du mir eine solche Schindmähre aussuchen? Im Trab rüttelt sie mir alle Knochen durch, und wenn sie galoppiert, werde ich seekrank.«

»Es ist das beste Pferd, das in ganz Würzburg aufzutreiben war«, verteidigte sich der Gescholtene beleidigt. »Ihr hättet hören sollen, wie der Stallmeister des Bischofs jammerte! Als hätte ich ihm seine Liebste ausgespannt.«

Es lag nicht am Pferd, musste sich Lupold im Stillen eingestehen. Über die gutmütige Schimmelstute, schnell und ausdauernd, konnte er gewiss nicht klagen. Aber neben den körperlichen Beschwerden, die ihm die Tage im Sattel bescherten, gab es noch einen weiteren Grund für seine schlechte Laune: Er hatte panische Angst vor Überfällen. Zwar hätte man nicht meinen sollen, dass es irgendeine Räuberbande wagen würde, einen so wohl ausgerüsteten und bis an die Zähne bewaffneten Trupp anzugreifen. Aber hier wurde der Verstand des sonst so kühlen Denkers in seine Schranken verwiesen. Die Angst war übermächtig. Hinter jeder Kuppe wähnte Lupold einen Hinterhalt, hinter jedem Baum einen Meuchelmörder.

Am Nachmittag des dritten Tages, als sie gerade die Stadt Ulm durch das westliche Tor über die Zugbrücke verließen, setzte zu allem Übel noch ein feiner Nieselregen ein. Die Laune des Kanzlers sank in den Keller, und er versuchte sich die Zeit durch Gedankenspielereien um den Bamberger Mordfall zu vertreiben. Eigentlich war die Geschichte gut dazu geeignet, seine Phantasie anzuregen und damit die Angst vor Überfällen fernzuhalten. Aber irgendwie wollte es ihm nicht gelingen. Die nackte Leiche mit der kopflosen Kreuzotter spukte ihm im Kopf herum. Die Furcht, er könnte das gleiche Schicksal erleiden wie die erwürgte Magd, beherrschte ihn vollkommen, und seine Vorstellung gaukelte ihm Mördergesindel vor, das im Wald hinter jeder Tanne lauerte, mit nur einem Ziel: ihn um einen Kopf kürzer zu machen.

Am schlimmsten aber war es nachts. Seine Müdigkeit trug dazu bei, dass aus jedem Strauch ein Räuber, aus jedem Baumstamm ein axtschwingendes Ungeheuer wurde. Der Hufschlag des eigenen Pferds verfolgte ihn wie eine Barbarenhorde. Lupold hatte sich so oft nach vermeintlichen Verfolgern im Sattel umgedreht, dass ihm davon schon der Hals schmerzte.

Als sie den Flusslauf der Donau verließen und in den düsteren Schwarzwald abbogen, wuchs die Furcht des Kanzlers ins Unermessliche. Er wusste, dass die Gegend wegen häufiger Überfälle berüchtigt war, und wechselte die Zügel von der Rechten in die Linke, um die Schwerthand frei zu haben. Er kannte seine Stärken und Schwächen genau und hatte schon als junger Mann eingesehen, dass er kein großer Kämpfer war, sondern eher ein Denker und Stratege. Nun umklammerte er den Knauf seiner Waffe so furchtsam, als wolle er sich daran festhalten.

»Halt!«, schrie er plötzlich aus Leibeskräften, sodass die Soldaten in vollem Galopp an den Zügeln rissen und die Köpfe der Gäule hochflogen. Unvermittelt stand der ganze Trupp. Der Anführer der bewaffneten Schar wendete seinen Rappen und lenkte ihn neben das Pferd des Kanzlers.

»Herr, was ist mit Euch?«

Lupold hatte das Schwert aus der Scheide gerissen und deutete damit nach vorn. »Da!«

Ein prüfender Blick streifte ihn. »Ist Euch nicht gut, Herr?«

»Ein Hinterhalt!«, schrie der Kanzler.

»Da ist nichts.« Beruhigend legte sich eine Hand auf seinen Arm.

Lupold ließ das Schwert sinken und kniff die Augen zusammen. Dann tat er etwas, was er bei einem anderen verurteilt hätte: Er schickte einen wüsten Fluch in die Dämmerung.

Als sie den Rhein erreichten, stieß Lupold einen Stoßseufzer der Erleichterung aus. Einen halben Tag lang würden sie nun auf zwei Flößen flussabwärts treiben. Schon schwelgte er in Gedanken: Endlich kann ich die Beine von mir strecken, den wehen Rücken dehnen und mein wund gescheuertes Gesäß pflegen. Aus ist es mit den rüttelnden Stößen auf dem Pferderücken, mit dem Trommeln der Hufe. Ich werde das sanfte Schaukeln der Wellen genießen. Die murmelnde Melodie des Wassers. Balsam für meine aufgewühlten Sinne.

Als es so weit war, schlief Lupold trotzdem nicht. Nun schenkte der Fluss ihm die Konzentration, Vergangenes zu überdenken und Zukünftiges zu planen. Nachdem die Angst jedes klare Denken behindert hatte, arbeitete Lupolds bemerkenswerter Verstand endlich wieder mit der gewohnten Schärfe. So fiel ihm zum Beispiel eine Einzelheit auf, die er während des Gesprächs zwischen dem Bamberger Bischof und Philipp übersehen hatte: Es war darum gegangen, dass der Papst in der Königsfrage – Otto der Welfe oder Philipp der Staufer – klare Stellung beziehen solle. Bischof Eckbert hatte sich dabei eindeutig für Philipp als rechtmäßigen König ausgesprochen, ja, sogar dafür, dass er zum Kaiser gekrönt werde. Erst jetzt wurde Lupold stutzig, weil der Bamberger sich damit zweifelsfrei in Philipps Lager begeben hatte. Aber vom Papst war dieser Schritt nicht getan worden. Philipps Legaten, die mit Innozenz über eine Kaiserkrönung verhandelt hatten, hielten sich zur Stunde in Hagenau auf, um dem König das Ergebnis ebendieser Unterredungen mitzuteilen. Aus diesem Grund war er selbst dorthin unterwegs. Warum also griff Eckbert, der erwiesenermaßen papsttreue Kirchenfürst, dem Ergebnis vor und nahm Partei für Philipp, noch bevor dies sein oberster Kirchenfürst getan hatte? Warum war er so unvorsichtig? Es konnte eigentlich nur zweierlei bedeuten, begriff Lupold mit einem Mal. Entweder kannte Eckbert den Entschluss des Papsts bereits; doch Lupold bezweifelte dies. Wahrscheinlicher war die zweite Möglichkeit – dass die Parteinahme des Bamberger Bischofs für Philipp ganz und gar nicht von Herzen kam. Sie war geplant, geheuchelt. Berechnung. Er hatte vor Philipp schön dahergeredet, um … ja, warum eigentlich? Was auch immer die Gründe sein mochten, Lupold zog folgende Schlussfolgerung: Eckbert war nicht zu trauen. Eine wichtige Erkenntnis, wie der Kanzler befand, die er seinem König nicht vorenthalten durfte.

Der Kanzler zog den Umhang über den Schultern fest. Der Nieselregen kroch ihm in alle Glieder, und er erahnte eine Gefahr, angesichts der ihn fröstelte. Etwas nicht Greifbares und deshalb umso Bedrohlicheres schien sich über den Köpfen der Reisenden zusammenzubrauen.

Die Flöße drifteten rheinabwärts. Finster starrte Lupold in das unergründliche Wasser.

Unbehelligt erreichten sie trotz Lupolds Befürchtungen am sechsten Tag Hagenau. Die große Reichsburg, seinerzeit ausgebaut von Philipps Vater Friedrich Barbarossa, erhob sich stolz über dem Ort, umsäumt von den beiden Flussarmen der Moder. Diese mündete östlich der Burg in den Rhein. Philipp zitierte gern seinen verstorbenen Vater, wenn er Hagenau beschrieb: »Die Burg war zuerst da, dann kam die Stadt.«

Bevor der Kanzler sein Pferd auf den lang gezogenen Holzsteg lenkte, der über den Fluss führte, schweifte sein Blick zur Burg. Hinter den Mauern ragten zwei viereckige Türme auf. Beherrscht aber wurde die Anlage vom achteckigen Turm der dreichörigen Kirche, die sich über der Toreinfahrt erhob. Dort, unter einer Backsteindecke, zwischen Wänden aus gewachsenem Marmor, wurden die Reichsinsignien aufbewahrt: Krone, Schwert, Reichsapfel und Mantel. Mehrere Gebäude lagen innerhalb der steinernen Schutzmauern, dazwischen weitläufige Wiesen, auf denen bei Bedarf Zelte aufgeschlagen werden konnten.

Nun überquerte der Trupp mit schlagenden Hufen den Holzsteg. Die Wachen am Tor grüßten, und die Reiterschar sprengte in den Innenhof, der von den Steinbauten des königlichen Palas eingerahmt wurde. Während die Stallknechte in das Zaumzeug der Rösser griffen, hastete ein Bediensteter über den gepflasterten Hof. Er verbeugte sich vor dem Kanzler, der sich gerade stöhnend aus dem Sattel wuchtete.

»Der König wünscht Euch rasch zu sehen. Sobald Ihr Euch frisch gemacht und gestärkt habt.«

Lupold seufzte. Nach nichts sehnte er sich im Augenblick mehr als nach einem ausgiebigen heißen Bad, nach gutem Essen und einer weichen Liegestatt. Doch offensichtlich sollte ihm dies nicht vergönnt sein. Die Geschäfte schienen wahrlich dringend, wenn der junge König eine solch ungewöhnliche Ungeduld an den Tag legte. Philipp fehlten sonst jene Lebhaftigkeit und jener Drang zu raschen, harten Entscheidungen, die den Charakter seines verstorbenen Bruders Heinrich so stark geprägt und ihn zu einem gefürchteten Herrscher gemacht hatten. Philipps Wesen war eher bestimmt von sorgfältigem Abwägen bis hin zur Vorliebe für kleinste Einzelheiten. Eine solche Natur war natürlich beim Regieren nicht immer von Vorteil.

Mit steifen Gliedern stapfte Lupold dem Diener hinterher. Schon nach wenigen Stufen auf der steinernen Wendeltreppe schnaufte er schwer.

Manchmal fühlte er sich Philipp gegenüber ungewollt in der Vaterrolle. Während der Kanzler auf einem Treppenabsatz nach Atem rang, tauchte das Bild des Königs vor seinem inneren Auge auf. Schon dem Erscheinungsbild nach war Friedrich Barbarossas jüngster Sohn alles andere als ein Furcht einflößender Regent. Der zierliche blonde Mann liebte die Kunst, die Wissenschaften – und Pferde. In der Tradition des jüngsten Sohns war er von den besten Lehrern des Landes unter anderem im Stift Adelsberg für eine geistliche Laufbahn erzogen worden und hatte diese zunächst auch eingeschlagen. Bereits in jungen Jahren ernannte man ihn zum Probst des Aachener Marienstifts und danach für kurze Zeit sogar zum Bischof von Würzburg. Doch dann erhielt er das weltliche Amt des Herzogs von Schwaben und schließlich, nach dem überraschenden Tod seines Bruders Heinrich, die Königsweihen. In Gedanken fügte Lupold hinzu: wider Willen.

Der Diener öffnete eine Tür, der Kanzler folgte ihm, immer noch keuchend. In der Mitte des Raums stand ein Waschzuber, aus dem es dampfte. Daneben, in Reichweite auf einem Tischchen, waren Brot, Wein und aufgeschnittener Braten angerichtet. Er zog sich aus und sank in das heiße Wasser. Dankbar schloss er die Augen. Die Müdigkeit kroch in ihm hoch, wurde übermächtig. Der Diener räusperte sich verhalten. Widerwillig öffnete Lupold die Augen und entdeckte den Weinkrug und die Holzplatte mit dem Braten.

»Der König wartet mit den Herren bereits in der Bibliothek.«

Gereizt langte Lupold nach dem hölzernen Becher. Er stürzte den heißen Honigwein hinunter, stemmte sich am Bottichrand hoch und trocknete sich ab. Der Diener reichte ihm frische Kleidung.

Philipp wirkte bleich und übermüdet. Seine zierliche Gestalt versank beinahe in dem wuchtigen, mit rotem Damast bezogenen Sessel.

»Lupold! Du siehst entsetzlich aus!«, rief er besorgt.

»Danke, gleichfalls!«, brummte der Kanzler und musterte den zweiten Anwesenden, der dem König gegenübersaß. Bischof Konrad von Speyer war ein mittelgroßer Mann mit bärtigem Gesicht, aus dem prüfende Augen blickten. Sowohl Lupold als auch Philipp schätzten den Mann mit der hohen Denkerstirn wegen seiner schonungslosen Art, die Wahrheit zu sagen. Er war ein weitsichtiger Ratgeber, dessen Urteil man stets vertrauen konnte. Er stammte aus der Reichsministerialenfamilie von Scharfenberg. Ohne die Insignien seines Amts glich er allerdings eher einem einfachen Beamten als einem führenden und überaus einflussreichen Vertreter des königlichen Rats.

»Hattest du eine angenehme Reise?«, erkundigte sich Philipp.

Ausweichend brummte der Kanzler etwas Unverständliches und ließ sich in den Sessel fallen, den ihm ein Diener vor den Kamin geschoben hatte. Jetzt, im Frühsommer, brannte kein Feuer, und Lupold starrte für einen Moment in die dunkle Öffnung der gemauerten Feuerstelle.

»Du verzeihst, dass ich dir nach dem langen Ritt so wenig Ruhe gönne«, fuhr der König fort und fuchtelte dabei mit den Armen. »Aber die Zeit drängt. Die Aufstellung des Heers ist in Verzug geraten, und die Feierlichkeiten in Bamberg rücken immer näher. Ständig habe ich das Gefühl, dass alles aus dem Ruder läuft. Es gibt noch tausend Dinge zu erledigen. Ich weiß kaum, wo ich beginnen soll.«

Überrascht erkannte Lupold, wie aufgewühlt der König war. Sonst drehte und wendete er alles, was er sagen wollte, zwei- oder dreimal hin und her, so als wäre er stets auf der Suche nach noch treffenderen Worten. Nun stieß er die Sätze rasch und abgehackt hervor. Gestik und Mimik drückten größte Unsicherheit und Beunruhigung aus.

»Ich dachte, Wolfger, Gebhard und Heinrich von Schmalneck seien aus Rom zurückgekehrt und könnten berichten, ob sie erfolgreich mit dem Papst verhandelt haben oder nicht«, sagte Lupold langsam und kratzte sich den juckenden Bart.

»Sie sind alle schon wieder weg!«, rief Philipp aufgeregt. »Bereits gestern haben sie sich verabschiedet. Ich dachte, du kommst einen Tag früher. Mir wäre sehr daran gelegen gewesen, du hättest diesen Gesprächen beiwohnen können.«

»Ich kam so schnell wie möglich. Wurde denn bei den Verhandlungen keine Einigung erzielt?«

Nun schaltete sich Konrad von Speyer ein. »Doch! Es war schwierig genug, gelang aber zu guter Letzt. Papst Innozenz hat zugestimmt, dass Philipp die Reichsrechte wahrnimmt und zum Kaiser gekrönt wird.«

Ruckartig setzte sich der Kanzler in seinem Sessel auf. »Aber das sind höchst erfreuliche Neuigkeiten! Die Gesandten müssen hervorragende Arbeit geleistet haben. Wurde denn mein Rat befolgt, schwierige Themen zurückzustellen?«

»Du meinst den Streit um das Amt des Kölner Erzbischofs, auf das sowohl Adolf als auch Bruno Anspruch erheben?« Philipp nickte. »Die Gesandten klammerten diesen Streitpunkt völlig aus. Wolfger hat berichtet, ein zentrales Thema sei Mittelitalien gewesen. Innozenz schien sehr daran gelegen, dort die Ansprüche der päpstlichen Kurie zu festigen. Also kam man ihm in diesem Fall entgegen.«

»Auch dem Thema Sizilien ging man wohl aus dem Weg«, fügte Konrad hinzu. »Obwohl Innozenz offenbar verschiedentlich darauf zu sprechen kommen wollte.«

»Und worin besteht nun die Einigung?«

»Die drei haben sich genau an deine Anweisungen gehalten. Kunigunde, die Tochter des Königs, wird mit Richard von Segni verehelicht, dem Neffen des Papsts. Diesem wird, quasi als Hochzeitsgeschenk, das Amt des Herzogs von Tuszien verliehen, und außerdem erhält er die Mark Ancona als Reichslehen. Dafür krönt Innozenz Philipp zum Kaiser.«

Philipp schüttelte den Kopf. »Es ist im Grunde nichts anderes als ein gemeiner Kuhhandel.«

»Ich würde es nicht so nennen«, erwiderte Konrad. »Bezeichnen wir es lieber als ein Aufeinanderzugehen. Beide Seiten haben ihre Standpunkte offengelegt, um sich dann Schritt für Schritt anzunähern.«

Lupold wandte sich an seinen König. »Siehst du nun, wie gut und wichtig es war, die Verlobung Kunigundes mit Otto von Wittelsbach zu lösen? Damit erlangst du letztlich die Kaiserkrone.«

Der Kanzler beobachtete, wie Philipp und Konrad einen raschen Blick tauschten. Schließlich ergriff der König abermals das Wort. »Vor zwei Tagen kam ein Eilbote hier an. Er trug ein Schreiben mit dem Siegel des Thüringer Landgrafen Hermann bei sich.«

Während Philipp nun zögerte, fuhr Konrad von Speyer fort: »In dem Brief stand etwa Folgendes: Der Wittelsbacher sei während einer wilden Flucht in Thüringen auf der Wartburg aufgetaucht und habe dort um Zuflucht gebeten. Diese sei ihm zunächst gewährt worden, obwohl er kurz vorher beinahe einen Bauern des Landgrafen aufgeknüpft hätte, der angeblich von Otto Brot stehlen wollte.« An dieser Stelle unterbrach sich Konrad und hob vielsagend die Brauen. »Man stelle sich vor: Er will einen Menschen wegen eines Kanten Brots hängen.«

»Jedenfalls«, ergriff Philipp wieder das Wort, »gestand

der Wittelsbacher wenig später dem Landgrafen, er habe in Bamberg eine junge Frau ermordet und müsse sich nun verstecken.«

»Wie bitte?« Erregt war Lupold aufgesprungen. »Otto hat den Mord gestanden? Ist das zu glauben?«

»Das sind doch hervorragende Nachrichten! Damit haben wir ein großes Problem weniger. Wir müssen den Wittelsbacher nur noch ergreifen. Aber das ist eine Frage der Zeit.«

Die Hände auf dem Rücken verschränkt, schritt der Kanzler auf und ab. Abwesend glitten seine Blicke über die ledernen Buchrücken, die sich auf hohen Regalen aneinanderreihten. Wie gern hätte er in den alten Schriften geblättert, die Philipps Vater gesammelt hatte. Doch dafür war nun gewiss nicht der richtige Augenblick. Während er fieberhaft überlegte, ob der Landgraf mit seiner Botschaft wohl noch etwas anderes bezwecken wollte, rief er aus: »Hermann ist ein Intrigant! Ich glaube nicht, dass er Otto um der Gerechtigkeit willen ans Messer liefert. Es muss noch einen anderen Grund geben. Bestimmt erhofft er sich irgendeinen Vorteil.« Lupold blieb vor seinem König stehen. »Glaub mir, er kann vor dir zu Kreuze kriechen, sooft er will. Aber die Schmach seiner Unterwerfung hat er nie vergessen. Es ist ein offenes Geheimnis, dass er deinen Widersacher unterstützt – den Welfen. Dieser Brief bedeutet mehr. Ich spüre es.«

»Aber welches Ziel verfolgt er damit?«

»Das weiß ich noch nicht, aber irgendeine Gemeinheit heckt er aus.«

»Damit müssen wir auf jeden Fall rechnen«, meldete sich Konrad wieder zu Wort. »Aus zuverlässiger Quelle wissen wir, dass er mit Eckbert von Bamberg und dessen Bruder Heinrich von Istrien in Verhandlungen steht. Es ist tatsächlich zu befürchten, dass sie eine Verschwörung gegen den König planen.«

Philipp blickte erschrocken auf. Sein Gesicht wirkte plötzlich bleich und spitz. Neben Beunruhigung spiegelte sich darin nun auch Angst. »Eine Verschwörung?«, rief er verstört. Seine Hände umklammerten die beiden goldenen Löwenköpfe, die die Armlehnen seines Sessels zierten. »Eckbert von Bamberg, sagt ihr? Aber der Bischof ist doch unser Gastgeber während der Feierlichkeiten in zwei Wochen!«

»Umso geeigneter wäre er als Helfershelfer für einen Mordanschlag.«

»Guter Gott!«, stöhnte der König entsetzt. Fahrig tastete er nach seinem schmerzenden Zahn. »Glaubt Ihr denn wirklich, man trachtet mir nach dem Leben?«

Konrad runzelte besorgt die Stirn. »Wir sollten auf alle Fälle nicht den Fehler begehen, die Möglichkeit eines Mordanschlags zu verharmlosen. Fest steht, dass der Thüringer nicht zu Euren treusten Untergebenen zählt. Er wird sich an Eure Worte in Bamberg erinnern, jene Fürsten nicht zu schonen, die nur zum Schein Freunde sind. Und Heinrichs Distanz zu Euch ist schon lange überdeutlich. Er wünscht sich nichts sehnlicher, als dass Otto der Welfe König wird. Eckberts Rolle ist zugegebenermaßen undurchsichtig. Aber es steht zu vermuten, dass er bei allem seinen Bruder Heinrich unterstützen wird.«

»Ich glaube, wenn es eine Verschwörung gibt, dann ist der Bamberger an vorderster Linie dabei.« Lupold trat aus der Mitte des Raums zur Fensternische und sah hinunter auf Hagenau, das unter einem grauen Himmel lag. »Mir ist unterwegs etwas aufgefallen, was unsere Gespräche mit Eckbert in Bamberg betrifft.« Der Kanzler drehte sich mit verschränkten Armen zu Philipp und Konrad um. Dann berichtete er dem König und dem Bischof von Speyer von seinen Beobachtungen und den daraus gezogenen Schlüssen.

»Philipp, erinnerst du dich, wie Eckbert sagte, es sei an der Zeit, dass der Papst dich endlich zum Kaiser kröne?«

Der König nickte.

»Aber warum nur?«, frage Lupold und rieb sich mit dem Zeigefinger über die Lippen.

»Mich hat diese eindeutige Stellungnahme sehr gefreut. Weil sie vor allem recht unerwartet kam.«

»Unerwartet! Das ist das richtige Wort. Die Frage ist, warum empfanden wir dies so?«

»Weil der Bischof klar auf der Seite des Papsts steht«, schloss Philipp. »Ich hätte nicht gedacht, dass er so früh Stellung bezieht, obwohl Innozenz sich zu diesem Zeitpunkt noch genauso gut für Otto den Welfen hätte entscheiden können.«

»Das ist der Punkt!«, rief der Kanzler aufgeregt. »Verstehst du, was ich meine? Warum sollte Eckbert eine harsche Rüge von Seiten des Papsts riskieren, indem er eine Entscheidung vorwegnimmt, die vielleicht gar nicht im Sinn seines obersten Herrn steht?«

»Vielleicht wusste der Bamberger bereits, wen Innozenz bevorzugt?«, warf der Bischof von Speyer ein.

»Das glaube ich nicht. Die Gesandten berichteten, Innozenz sei zu Beginn der Gespräche äußerst unschlüssig gewesen. Erst die zähen, klugen Verhandlungen überzeugten ihn am Ende.«

Ratlos blickten Philipp und Konrad den Kanzler an. »Welchen Beweggrund seht ihr dann?«, bohrte der Bischof schließlich nach.

»Uns zu täuschen und in Sicherheit zu wiegen«, erwiderte Lupold ernst. »Eckberts Parteinahme für Philipp – obwohl sich der Papst, dem er so treu ergeben ist, zu diesem Zeitpunkt noch gar nicht geäußert hatte – ist höchst verdächtig. Es ist durchaus möglich, dass er ein falsches Spiel treibt. Wir müssen vor ihm auf der Hut sein.«

»Sollten wir dann die Hochzeit in Bamberg nicht lieber absagen?«, fragte Philipp besorgt.

»Das würden unsere Widersacher gewiss als Schwäche auslegen. Nein. Ich glaube, wir müssen dem Gegner die Stirn bieten. Nur so können wir ihn besiegen.«

»Aber es ist gefährlich.« Philipps Einwurf klang ängstlich.

»Sorg dich nicht«, warf Lupold finster ein. »Wir werden

dich schützen. Wenn man den Feind kennt, ist es leicht, sich zu wappnen.« Bevor der Kanzler sich wieder auf einen Stuhl fallen ließ, glitt sein Blick zu den Storchennestern auf den Hagenauer Dächern. Lupold glaubte, eine gewisse Müdigkeit in der Stimme des Königs wahrzunehmen.

»Warum geht nur im Augenblick alles so drunter und drüber?«, rätselte Philipp. »Der Aufmarsch meines Heers verzögert sich. Außerdem scheint es, als trachte man mir nach dem Leben. Und dann noch dieser Mord an dem Mädchen in Bamberg! Der geht mir auch nicht aus dem Sinn. Immerhin wissen wir jetzt, wer sie umgebracht hat.«

»Nun ja«, antwortete Lupold, »Otto ist für vieles gut. Für den Mord an einer Unschuldigen ... ohne Zweifel. Ein Totschlag aus Wut ... ja, ganz gewiss ist ihm das zuzutrauen, ebenso wie eine Vergewaltigung. Aber so etwas Perfides wie eine auf das Opfer gelegte kopflose Schlange ... Otto ist plump. Er ist jähzornig. Ist seine Vorstellungskraft wirklich pervers genug für eine solche Tat?« Der Kanzler wandte sich zum Fenster. »Sicher, zuzutrauen ist ihm alles. Trotzdem sollten wir auch weiterhin in andere Richtungen ermitteln.«

Zwei Tage lang hielt sich der Kanzler in Hagenau auf, denn es gab viel zu besprechen. Philipp, Konrad und er diskutierten bis tief in die Nacht und versuchten dabei, die Zukunft so genau wie möglich zu planen. Die Hochzeit der königlichen Nichte in Bamberg stellte ihre geringste Sorge dar. Konrad und Lupold waren sich einig: An allererster Stelle galt es, das Leben des Königs zu schützen. Vielleicht musste man deswegen Abstriche bei den Feierlichkeiten in Kauf nehmen. Man würde sehen.

Jetzt befand sich Lupold auf dem Rückweg nach Bamberg. In den finsteren Wäldern jenseits des Rheins gelang es ihm zum ersten Mal, seine krankhafte Angst vor Räubern und vor der Dunkelheit zu verdrängen. Er war nicht einmal stolz darauf, da er sich eingestehen musste, dass ihm die Zukunftssorgen ganz einfach keine Zeit ließen, sich wegen irgendetwas anderem zu beunruhigen. Immer wieder verlor sich der Kanzler in seinen Gedanken. Es war immer außerordentlich schwierig, Philipp zu einer Entscheidung zu drängen. Konrad von Speyer hatte einmal gesagt, man müsse ihn förmlich zu seinen Entschlüssen tragen. Der Heerzug gegen die Dänen war ein gutes Beispiel dafür: Wann genau und in welcher Stärke sollten die Truppen aufmarschieren? Und wo? Beinahe eine Stunde lang hatte es gedauert, bis Konrad den König überzeugen konnte, dass Bamberg der geeignete Sammelplatz für einen Großteil des Heers war.

»Warum Bamberg?«, war Philipps wiederholte Frage, und er führte ein Dutzend fadenscheiniger Argumente an, die gegen die Stadt sprachen.

»Zum einen, weil wir zum gegebenen Zeitpunkt wegen der Hochzeit sowieso in Bamberg sind«, argumentierte Lupold. »Wenn du nicht dort zu den Truppen stoßen willst, müssen wir die ganze Aktion verschieben. Außerdem ist die Lage der Stadt für die Streitkräfte aus Sachsen, Böhmen und Ungarn, die mit uns gegen die Dänen marschieren, sehr günstig.«

Das sah Philipp ein. »Welchen Grund gibt es noch?«, wollte er aber wissen.

»Hermann«, antwortete Konrad. »Von Bamberg aus führt der Weg nach Norden schnurstracks durch Thüringen. Eine bessere Gelegenheit, dem Landgrafen eine Lektion zu erteilen, gibt es nicht. Es sei denn, du willst erst gegen die Dänen ziehen und zu einem späteren Zeitpunkt noch einmal ein Heer aufstellen.«

Das wollte der König natürlich nicht.

Doch darüber hinaus stand auch noch die Frage im Raum, ob man ein so gewaltiges Heer nicht auch gleich gegen Braunschweig einsetzen sollte, um Philipps Widersacher auszuräuchern: Otto den Welfen.

Dieses Gespräch hatte noch in Hagenau zu nächtlicher Stunde stattgefunden.

Erst mit Erreichen des Mains, der das Ende der Reise absehbar machte, kehrten Lupolds Gedanken zum Anlass seiner raschen Rückreise nach Bamberg zurück, zu der der König ihn beordert hatte.

»Du musst mir diesen Mörder dingfest machen, ob es nun der Wittelsbacher ist oder ein anderer«, hatte Philipp ihm mit besorgter Miene aufgetragen. »Es würde die Feierlichkeiten erheblich stören, wenn alle Welt wüsste, dass so einer noch frei herumläuft.«

Die Frage nach dem Mörder beschäftigte den Kanzler auf der Floßfahrt über den Main. Immer wieder überlegte er, ob Otto von Wittelsbach tatsächlich der Täter sein konnte.

Ein Diener zerrte die braune Stute vom Floß und hielt seinem Herrn den Steigbügel. Lupold zog sich in den Sattel. Ein halber Tagesritt durch die Laubwälder des Steigerwalds lag noch vor ihnen. Was dann kommen würde, erschien dem Kanzler des Königs schlimmer als alle Räuber und Strauchdiebe zusammen, die einem Reisenden dort auflauern konnten. Es galt, einen Heerzug und eine Hochzeit zu organisieren, dabei die Sicherheit des Königs zu gewährleisten und nebenbei noch einem verrückten Mörder das Handwerk zu legen.

»Soll doch der Teufel alle holen, die mich ausrauben und umbringen wollen«, knurrte Lupold finster und hieb der Stute die Sporen in die Flanken. Der Weg, auf dem er seinem Trupp dann voranpreschte, verschwand im hohen Eichenwald.

II. Buch
Sankt Jakob

Du nennst es Liebe?
Davon verstehst du nichts!
Es sind Verderbtheit, Lust,
die dir den Untergang bescheren.
Dein schöner, weißer Leib
ist böse nur.
In diesem Garten voller Früchte
bring ich ihn dar.

9
Wäsche

Maria stand in der Küche und hatte den Auftrag, die Kessel zu putzen. Für gewöhnlich war sie ein flinkes, fleißiges Mädchen und erledigte alles äußerst gewissenhaft und sorgfältig. Doch heute wirkten ihre Bewegungen langsam und fahrig. Oft hielt sie inne, und ihr Blick wanderte träumerisch ins Ungewisse. Irgendwann fuhr sie gedankenverloren mit ihrer eintönigen Arbeit fort. »Du schrubbst die Kessel, bis sie glänzen!«, hatte die Anordnung des Kochs gelautet, der sie dabei frech angestarrt hatte. In seiner Anwesenheit war sie unsicher, seine Augen spürte sie beinahe wie die Berührung schmutziger Hände auf ihrem Körper.

In einer blank geputzten Stelle des Geschirrs spiegelte sich nun ihr Gesicht. Ob ich hübsch bin?, überlegte sie. Es mochte wohl so sein, denn mancher Kerl sah sie mit verlangendem Blick länger an als notwendig. Sie spitzte die Lippen und zupfte sich das Kopftuch zurecht. Sie seufzte. Was ist nur mit mir? Es will mir überhaupt nicht gelingen, mit meinen Gedanken bei der Arbeit zu sein. Die kreisten stattdessen ohne Unterlass um ihren Retter. Sein Brustpanzer hatte geglänzt wie Silber.

Ständig sah sie ihn vor sich und hörte im Geist seine Stimme. Er hat mich nach meinem Namen gefragt. Wie es wohl klingt, wenn er ihn ausspricht? *Maria*. Seine Augen! Seine Hände …! Maria strich sich über das Gesicht. Sie stellte sich dabei vor, dass *er* es sei. Sie erschrak. So etwas darf ich gar nicht denken! Könnte ich ihn doch nur wiedersehen! Wo mag er wohl sein? Er hat mich gerettet. Ohne ihn wäre mir ein weitaus schlimmeres Schicksal widerfahren. Man hätte mich als Diebin angeklagt.

Sie schob den Topf beiseite und legte die Hände auf den hellen Leinenstoff ihres Rocks, der sich über ihren Schenkeln spannte. Abwesend betrachtete sie den Fleischkessel.

Mit einem Mal kam ihr die geleistete Arbeit so unendlich nichtig vor. Ihre Gefühle für den Ritter wurden übermächtig. Wie klein und unbedeutend war alles andere!

»Du willst doch nicht etwa behaupten, dieser Topf sei sauber!«, schrie der Koch. Beim Klang seiner Stimme schreckte Maria hoch. Sie sprang auf und strich sich den Rock glatt. Unsicher flackerte ihr Blick über das beanstandete Geschirr. Natürlich, sie sah es selbst, sauber war der Kessel nicht.

»Ich ...«

Der Schatten des stämmigen Manns fiel über sie.

»Du bist genauso faul und nichtsnutzig wie deine Vorgängerin!«, schimpfte er. »Weißt du nicht, was ihr widerfahren ist?«

Maria schüttelte hastig den Kopf.

»Sie wurde abgemurkst! Erwürgt!« Die Stimme des Küchenmeisters klang höhnisch. Als er sah, welchen Schrecken seine Worte dem Mädchen einjagten, zeigte er zwei schiefe Zahnreihen. »Mit bloßen Händen«, grinste er und schloss die Finger um einen imaginären Hals. »Also pass auf, dass mit dir nicht das Gleiche geschieht!«

»Ich putze den Topf sofort richtig sauber!«, rief Maria mit angstgeweiteten Augen.

»Nein! Jetzt nicht!« Der Koch packte sie an der Schulter und schob sie in den Gang hinaus. »Über den Topf reden wir später. Jetzt gibt es erst etwas anderes zu tun. Komm mit!«

Ängstlich folgte Maria dem Küchenmeister durch den dämmrigen Flur. Die gemauerten Wände aus dunklem Sandstein kamen ihr bedrohlich vor. Sie schienen sich endlos hinzuziehen. Eine schmale Holzstiege führte hinunter in einen niedrigen Raum. Fahle Helle fiel durch einen Lichtschacht auf einen Haufen schmutziger Wäsche. Ein Mädchen, zwei, drei Jahre älter als sie, sortierte Tafeltücher. Dunkles, weiches Haar umrahmte ihr herzförmiges Gesicht. Aus braunen Augen blickte sie Maria freundlich an.

Der Koch beugte sich vor und deutete auf Maria. »Das ist die Neue. Nimm sie mit zum Waschen!«

Die Dunkelhaarige wies Maria an, den Weidenkorb mit der Wäsche abzusetzen. »Lass uns für einen Moment innehalten.« Sie stemmte die Hände in die Hüften und sagte: »Ich heiße Mathilde.«

»Und ich bin Maria.«

»Deine Hilfe kann ich gut gebrauchen. Es ist schon eine Plage mit den gewaschenen Tüchern. Wenn sie mit Wasser vollgesogen sind, kann ich sie allein kaum auswringen und aufhängen.«

»Ich helfe dir gern«, antwortete Maria, die sofort Zutrauen zu ihrer neuen Begleiterin gefasst hatte. »Ich muss zu Hause immer die Wäsche waschen. Natürlich geht es zu zweit besser.«

Mathilde musterte sie prüfend. »Es heißt, du hast etwas gestohlen. Stimmt das?«

»Nein! Ich bin keine Diebin. Ein Händler hat mich zu Unrecht bezichtigt. Er hat sich darüber geärgert, dass ich nichts gekauft habe.« Marias Blick wurde schwärmerisch. »Aber dann kam ein Ritter. Er hat bezeugt, dass ich unschuldig bin.«

»Und trotzdem hat man dich zum Dienst in der Pfalz abgeordnet?«

»Der Schuhhändler hat sich beim Bischof beschwert. Er behauptete, seine Schuhe wurden beschädigt, als ich sie angeblich stehlen wollte. Er will seine Behauptung, ich sei eine Diebin, einfach nicht zurücknehmen.«

Mathilde runzelte die Stirn. »Sie müssten doch nur den Ritter befragen.«

»Das ist leider nicht möglich. Er ist nicht zu finden. Wahrscheinlich gehörte er zum Tross des Königs und hat Bamberg längst verlassen.«

»Nun gut«, brummte Mathilde nachdenklich. Sie beugte sich zum Wäschekorb hinunter und hob ihn auf die Hüfte.

Am Ringwall entlang, der sich um den Jakobsberg wand, schritten sie durch das hohe Gras der Frühlingswiese. Tief atmete Maria den Duft der Gräser und Blumen ein. Die Wiese neigte sich sanft zum Ufer des Flüsschens hinunter. Sie hörten bereits das Rauschen des Mühlrads, das weiter oben am Bachlauf Wasser schaufelte.

Mathilde wies auf einen sandigen Uferstreifen. »Wir wollen die Wäsche dort abstellen. Das Wasser ist klar und nicht zu tief. Da kriegen wir die Tücher sauber.«

Maria nickte. Gemeinsam trugen sie den Korb zum Bach. Sie rafften die Röcke und stiegen ins knietiefe Wasser. Für eine Weile verrichteten sie schweigend ihre Arbeit, und Marias Gedanken verloren sich in den Geschehnissen der vergangenen Tage.

»Erzähl mir von deinem *Ritter*!«, riss Mathildes spöttische Stimme sie jäh aus ihren Tagträumen.

Maria richtete sich langsam auf. Ihr Blick wirkte misstrauisch. »Warum sagst du das so komisch?«

Mathilde zögerte nicht mit der Antwort. »Weil es für unsereins keine *edlen Ritter* gibt. Ritter sind für die hohen Damen da. Denen singen sie Liebeslieder, die das Herz erweichen. Für *die* stoßen sie sich mit Lanzen gegenseitig von den Schlachtrössern. Nicht für eine einfache Dienstmagd wie dich oder mich.«

Nachdenklich schwieg Maria und ließ das Tuch los, das sie gemeinsam auswringen wollten.

Mathilde, die sie genau beobachtet hatte, rief aus: »Oje! Du hast dich also schon gewaltig in ihn verguckt!« Sie betrachtete die verknotete Wäsche, die wie eine leblose dicke Schlange im seichten Wasser trieb. »Glaub mir, die Männer taugen allesamt nichts.« Sie griff nach der weißen Stoffwurst, bevor die Strömung des Bachs sie davontragen konnte. »Und solche schon gar nicht.«

Marias Blick verschwamm sehnsüchtig über den Gräsern der Sommerwiese. »Wenn du ihn gesehen hättest! Wie stolz er dastand. Wie freundlich er mich ansah.«

»Meine Güte, bist du verknallt! Mir hat auch einmal ein edler Herr den Himmel auf Erden versprochen.« Mathilde warf Maria das Ende der eingedrehten Wäsche zu und wrang sie mit ihren kräftigen Händen aus.

»Und, was ist daraus geworden?«

»Ich wurde schwanger«, antwortete Mathilde und vermied es, der neu gewonnenen Freundin in die Augen zu blicken. »Mein Sohn Georg wurde geboren. Er ist mein Ein und Alles. Aber leider kennt er seinen Vater nicht. Und er wird ihn auch nie kennenlernen. Der feine Herr will nämlich weder von ihm noch von mir etwas wissen.«

Maria schwieg. Sie wusste nicht, was sie Mathilde hätte sagen sollen. Ihr Vater hatte sie immer vor einem solchen Schicksal gewarnt. »Ich schlag dich grün und blau, wenn du mir mit einem Balg daherkommst. Kann auch sein, dass ich dich gleich totschlage.« Doch so einfach war es nicht. Bisher hatte Maria das Glück gehabt, in keinem fremden Haus dienen zu müssen. Aber jeder wusste, dass eine Magd zu gehorchen hatte und auf Gedeih und Verderb ihrem Herrn ausgeliefert war. Viele Dienstmädchen wurden schwanger, ohne dass sie sich ernsthaft dagegen wehren konnten. Meist wurde die Sache vertuscht, und nur selten stand ein Herr zu seinem Kind oder war gar bereit, für den Unterhalt zu sorgen.

»Leider ist es die Wahrheit«, sagte Mathilde mit einem Schulterzucken. »Nenn mir nur einen einzigen vernünftigen Grund, warum ein hoher Herr oder gar ein Ritter sich mit einer Dienstmagd einlassen sollte, außer dass ihm gerade die Hose spannt. Glaub mir, ich will niemanden schlechtreden, aber so ist es.«

Mit gerunzelter Stirn wrang Maria das Laken aus. Ein silberner Vorhang aus Wassertropfen regnete in den Bach. Nun drehten die beiden Mädchen das Wäschestück wieder auf, falteten es und legten es zu den übrigen Tüchern.

»Fertig!« Mathilde ließ sich neben dem Weidenkorb in den Sand fallen. »Jetzt haben wir uns eine kurze Verschnaufpause verdient. Hier!« Sie brach ein Stück Käse auseinander und reichte Maria die eine Hälfte. Die biss herzhaft hinein.

»Wie lange bist du schon beim Bischof?«, fragte sie kauend.

»Etwa ein Jahr«, antwortete Mathilde. »Ich hatte großes Glück. Mein alter Dienstherr warf mich hinaus, als ich von ihm schwanger wurde. Trotz meines dicken Bauchs ließ mich der Bischof einstellen. Er muss ein guter Mensch sein.«

»Das ist er bestimmt.« Maria zögerte kurz, dann fragte sie: »Hast du Eltern und Geschwister?«

Mathilde zog die Beine an den Leib. »Meine Mutter ist tot, mein Vater arbeitet als Steinmetz. Er schlägt mit Hammer und Meißel Köpfe aus Stein. Das kann er am besten. Seine Steinköpfe sind sehr begehrt.«

»Meine Mutter ist auch tot.« Maria legte den Kopf in den Nacken und betrachtete die ziehenden Wolken. »Sie starb, als sie meinen Bruder zur Welt brachte.« Sie schluckte und spürte die Tränen aufsteigen. »Oft hab ich gedacht, wäre doch lieber er gestorben als sie. Er kann ein solcher Quälgeist sein.«

»Aber du liebst ihn trotzdem sehr, nicht wahr?«

Maria schluckte und nickte. »Er läuft mir nach wie ein junger Hund.« Eine Wolkenbank schob sich über die Sonne und warf einen dunklen Schatten über den Bach. »Mein Vater ist Fuhrknecht«, fuhr Maria fort. »Er verdingt sich, wo immer es möglich ist. Zurzeit steht es schlecht um Arbeit, solange auf der Baustelle nicht gearbeitet wird.«

»Bald wird es Arbeit in Hülle und Fülle geben, auch für Fuhrknechte.« Mathilde schob sich das letzte Stück Käse in den Mund und griff nach dem Korb. »Wenn die königliche Hochzeit stattfindet, werden jeder Knecht und jede Magd gebraucht, die sich nur finden lassen.«

Maria riss die Augen auf. »Heißt das, der König kommt wieder nach Bamberg?«

»Natürlich! Schon für morgen oder übermorgen erwartet

man einen Großteil seines Trosses. Fast alle Angestellten, Diener und Ritter werden dabei sein. Außerdem Hunderte von Kriegsknechten. Du hast bestimmt schon das Heerlager gesehen, das gerade am Fluss entsteht. Nach der Hochzeit wird der König von Bamberg aus in den Krieg ziehen.«

Maria spürte, wie eine flammende Röte ihr Gesicht überzog. Bei dem Gedanken, dass morgen vielleicht bereits *ihr* Ritter in der Stadt sein könnte, zitterten ihr die Hände. Mathildes Blick ruhte mitleidig auf ihr.

»Ich hoffe für dich, dass *dein* Ritter nicht dabei ist. Vielleicht lässt dich die Zeit ihn vergessen. Glaub mir, es würde dir eine Menge Kummer ersparen.«

Maria antwortete nicht. Sie strich sich über die brennenden Wangen. Dann stand auch sie auf und langte, ihrerseits wortlos, nach einem Griff des Weidenkorbs.

Gemeinsam schleppten sie die schwere, nasse Wäsche durch das kniehohe Gras. Oben auf dem Hügel ragte der viereckige Turm der Jakobskirche wie ein mahnender Finger in den wolkigen Himmel. Ein kühler Wind war aufgekommen, der in den Gräsern wühlte und Maria ein Frösteln über den Rücken jagte.

Die beiden Mädchen traten zwischen die dunklen, glatten Stämme der Kirschbäume unterhalb des Ringwalls. Ein Schwarm weiß gefleckter Stare hatte sich auf den Ästen niedergelassen, um von den reifen, süßen Früchten zu naschen. Lärmend flogen die Vögel nun auf, wie Asche schien der Wind die dunklen Punkte davonzutragen.

Mit einem spitzen Aufschrei ließ Mathilde den Wäschekorb fallen. Die nassen weißen Laken lagen im Gras. Auch Maria hatte den Griff gelöst und schrie noch lauter. Dann hob sie die Hand vor den Mund und starrte mit aufgerissenen Augen auf das Entsetzliche. Wie die sandsteinernen Figurenköpfe, die sie in der Bauhütte über den Ruinen des Doms gesehen hatte, war auch dieser hier äußerst kunstvoll gearbeitet und wirkte deshalb umso lebendiger und dämonischer. Offensichtlich ausgerichtet auf den Turm der Kirche des heiligen Jakob, grinste die Fratze sie aus einem teuflisch aufgerissenen Maul höhnisch an – unter einer Nase, die gebogen war wie eine Sichel, und riesigen rollenden Augen, die umso schrecklicher wirkten, als sie aus leblosem Stein gehauen waren.

Der furchterregende Teufelskopf lag oberhalb des nackten, blassen Leichnams, gerade an jener Stelle, wo jemand – wer auch immer – den Kopf des Frauenkörpers vom Hals getrennt hatte.

10
Fratze

Lupold, der Kanzler des Königs, zügelte sein Pferd. Für einen Augenblick ließ er den Anblick der Stadt, die Kaiser Heinrich so geliebt hatte, auf sich einwirken. Von den vier Kirchen, die sich um den Domplatz mit der Bischofspfalz scharten, erhoben sich deren drei auf sanften, von hölzernen Ringwällen eingefassten Hügeln: Sankt Michael, Sankt Stephan und Sankt Jakob. Sankt Gangolf lag jenseits des Flusses im Tal. Die verkohlten Mauern des Doms selbst wirkten wie eine schwarze Narbe in der Mitte der Siedlung. Dicht drängten sich die Steinbauten der Domherrenhöfe mit ihren spitzen Ziegeldächern um die Brandruine. Den Bamberger Bischof musste dieser Anblick in der Seele schmerzen. Lupold verstand den Wunsch des Kirchenfürsten, das Gotteshaus schnellstmöglich wieder aufzubauen.

Die braune Stute schnaubte und hob den Kopf. Lupold schnalzte mit der Zunge und trieb sie mit den Sporen auf die Holzbrücke, um den Seitenarm des Flusses zu überqueren. Im Westen führte ein zweiter, viel längerer Steg auf tief in den morastigen Untergrund gerammten Pfählen zur Siedlung.

Der Fluss zu Füßen der Kirchenstadt stellte eine landschaftliche Besonderheit dar. Im Osten teilte sich das Gewässer in zwei Arme, die im Westen wieder zusammenfanden. Auf der Insel dazwischen entstanden dort, wo der Untergrund nicht allzu morastig war, immer neue Gebäude und Hütten, die auf dem Domberg, innerhalb der sicheren Stadtmauern, keinen Platz mehr gefunden hatten.

Der Kanzler, gefolgt von seinem Tross aus Rittern, Bediensteten und Knechten, lenkte die Stute im Schritt vom Holzsteg auf den staubigen Hauptweg. Zu seiner Rechten, außerhalb der neuen Siedlung, errichteten die neu eingetroffenen Truppen ihre Zelte. Auf dem großen Feld neben dem

Fluss entstand eine weitere lärmende und farbige Stadt: Die riesigen bunten Rundzelte der Heerführer und Ritter, gekrönt von Wimpeln, flatternden Standarten und hölzernen Kreuzen, boten ein eindrucksvolles Bild inmitten der kleineren Zelte der Kriegsknechte. Im Vorbeireiten musterte Lupold das lebhafte Treiben. Planwagen wurden entladen, Seile an den Zeltwänden gespannt und mithilfe der in den Boden geschlagenen Holzpflöcke festgezurrt. Getragen vom Frühsommerwind, klangen die lauten, befehlsgewohnten Stimmen der Hauptleute herüber und vermischten sich mit dem Geschrei der Kinder, die Lupolds Ehrfurcht gebietendem Reitertrupp lärmend hinterherrannten. Die Kriegsleute und das Fußvolk aus dem Tross trennten sich hier vom Zug, um vor den Toren bei den Truppen ihr Lager aufzuschlagen, da der Platz in der Pfalz nicht für alle Gäste ausreichte.

Die Wachen am östlichen, von zwei rechteckigen Türmen flankierten Stadttor hatten längst die Spieße gehoben und standen stramm. Die Nachricht vom Eintreffen des königlichen Kanzlers war seiner Ankunft vorausgeeilt. Weitaus stabiler als die Stege außerhalb der neuen Siedlung war die Brücke gebaut, die über den zweiten Flussarm am Fuß des Dombergs führte. Mit starken Ketten konnte man sie nach Bedarf hochziehen, sollte ein Feind die Stadt angreifen wollen. Nun dröhnte der Hufschlag der Pferde und Schlachtrösser dumpf auf den schweren Eichenbohlen.

Innerhalb der steinernen Mauern wartete eine Abordnung des Bamberger Bischofs, um Lupold und seine Männer zur Pfalz zu geleiten. Trompetenfanfaren erklangen, und der Zug bewegte sich den steilen Pfad zum Domberg hinauf. Die Bürger der Stadt säumten den Weg und gafften. Auf dem großen Platz, die Domruine mit dem Glockengerüst und dem behelfsmäßigen Holzbau zur Linken, kamen alle in einer Staubwolke zum Stehen. Pferdeknechte eilten herbei, griffen in die Zügel und hielten die Steigbügel. Doch noch bevor Lupold absitzen konnte, sah er Eckbert, flankiert von seinem Kaplan und einem bischöflichen Sekretär, von der

Pfalz her über den Platz hasten. Das Gesicht des Bischofs war gerötet, zusammengekniffene Lippen und tiefe Falten auf der Stirn verhießen nichts Gutes. Schnaufend blieb er vor Lupold stehen.

»Die nächste Leiche!«, rief er statt eines Willkommensgrußes. »In einem Kirschgarten! Warum muss dieser Wahnsinnige gerade jetzt meine Stadt heimsuchen?«

Mit wachsender Ungeduld stapfte der Kaplan im bischöflichen Sekretariat auf und ab. Seine Schritte hallten auf dem Steinboden wider. Durch das Bleiglasfenster brach sich das Licht der Sonnenstrahlen in bunten Farben und tanzte auf der gegenüberliegenden Wand.

»Wo bleibt er nur?«, knurrte Tankred, die Hände auf dem Rücken verschränkt, das spitze Kinn unter der gebogenen Nase vorgeschoben. »Er muss doch wissen, dass die Umstände zu größter Eile drängen. Bald findet die königliche Hochzeit statt, und ein Doppelmörder läuft frei in unserer Stadt herum.«

In diesem Augenblick kündete ein Diener den Kanzler an.

»Da seid Ihr ja! Endlich!«, schnaufte der Bamberger Bischof erleichtert und trat hinter seinem Schreibpult hervor.

Lupold, der soeben den hohen Raum betreten hatte, ließ sich in den angebotenen Sessel fallen.

»Hattet Ihr eine gute Reise?« Die Frage des Kaplans zeigte keine echte Anteilnahme. Deutlich hörte Lupold die Ungeduld heraus.

»Es hat auf dem Rückweg nicht geregnet«, brummte er. »Das war auch schon das einzig Angenehme. Ihr wisst, ich hasse das tagelange Reiten.«

»Kommen wir sofort zur Sache!«, rief Eckbert und überging das Einleitungsgeplänkel. Er trat neben den Kaplan. Beinahe gleichzeitig begannen beide auf den Kanzler einzureden. Während dieser zerstreut zuhörte, glitt sein Blick zu einem großflächigen Wandteppich, der hinter dem Schreibpult des Bischofs hing. Er stellte eine Jagdszene dar. Ein

Mann, der Kleidung nach ein König, lag wehrlos am Boden, nachdem er vom Pferd gestürzt war, und wurde von einem wütenden Eber angegriffen. Die gefährlichen Hauer im Maul des Untiers kamen ihm bedrohlich nahe. Im Hintergrund des Bilds entdeckte Lupold Jäger, Fürsten und sogar Damen mit Jagdfalken, die voller Entsetzen den Angriff auf ihren Herrscher beobachteten. In den aufgerissenen Augen des Königs auf dem Wandteppich las der Kanzler seine eigene Furcht. Denn neben der Angst, in den Wäldern von Räubern ermordet zu werden, suchte ihn beinahe ebenso häufig die Schreckensvision einer tödlichen Attacke wilder Tiere heim.

Wie aus weiter Ferne drangen ihm die Worte des Kaplans ans Ohr. »Die Leiche lag zwischen Kirschbäumen am Fuß des Jakobsberges unterhalb der Balustraden!«

»Mann oder Frau?«, fragte Lupold, der immer noch auf den Teppich starrte.

»Ein weiblicher Körper, auch diesmal nackt. Das sagte ich doch bereits!«, rief der Kaplan mit deutlichem Vorwurf in der Stimme, nachdem der Kanzler ihm offensichtlich bisher nicht richtig zugehört hatte.

»Und ... wieder eine Kreuzotter?«

Der Bischof und der Kaplan wechselten einen Blick. Schließlich ergriff Eckbert das Wort. »Nein! Keine Kreuzotter. Aber der Mörder hat sein Opfer geköpft.«

Lupold stieß einen Pfiff aus. Nun war seine Aufmerksamkeit vollständig geweckt. »Ein abgeschlagener Kopf? Das ist schon eher die Handschrift des Wittelsbachers. Habt Ihr ihn in der Zwischenzeit gefasst?«

»Nein. Zuletzt hielt er sich in Eisenach auf der Wartburg auf. Es gibt allerdings überhaupt keinen Anhaltspunkt, wo er sich derzeit herumtreibt. Nur – wenn er der Mörder ist, muss er gestern hier in Bamberg gewesen sein. Aber der letzte Hinweis auf seinen Aufenthaltsort kam aus Thüringen, vom dortigen Landgrafen Hermann, wenn Ihr Euch erinnert.«

»Hier in Bamberg«, wiederholte Lupold gedankenverloren. Sein Verstand begann zu arbeiten. Otto war ein Mann des Schwerts, so viel stand fest. Man brauchte sich nur an die Angeberei bezüglich seiner Schwertkunst zu erinnern. Einmal, in einer Schlacht, hatte Lupold mit einer Mischung aus Bewunderung und Entsetzen gesehen, wie der Pfalzgraf seinem Gegner mit einem einzigen Schwerthieb den Kopf vom Rumpf trennte. Lupold hatte alles von einem sicheren Versteck aus beobachtet, in das er sich verkrochen hatte.

Der Kanzler unterbrach seine Überlegungen und zwang seine Gedanken zurück zu dem Mord. Vorsichtig fragte er: »Hat irgendjemand den Wittelsbacher hier in Bamberg gesehen?«

Eckbert trat an sein Schreibpult. Mit einer fahrigen Bewegung glitten seine kurzen Finger über das unverzierte dunkle Holz. »Nein, und wenn er doch hier war, dann hat er sich bei Nacht und Nebel hergeschlichen und ist genauso rasch wieder verschwunden. Ich habe sofort Männer losgeschickt, um ihn zu suchen. Früher oder später werden sie ihn finden. Zunächst durchkämmen sie die Wälder im Umkreis. Er kann noch nicht weit sein. Später schicke ich vielleicht einen Trupp nach Thüringen, falls er dorthin zurückgekehrt ist.«

»Hm!« Lupold hob einen Finger an die Lippen. »Der abgeschlagene Kopf, wo lag der?«

»Er ist verschwunden«, murmelte Tankred.

»Wie bitte? Habe ich recht verstanden? Der Kopf der Leiche ist nicht da?«

»Wir haben dort, wo der Körper gefunden wurde, alles sorgfältig abgesucht. Nichts!«

Da schaltete sich Eckbert ein. »Der Leiche wurde ein anderer Kopf aufgesetzt.«

Verständnislos starrte Lupold den Bischof an.

»Es ist so, wie Eure Eminenz sagt«, erklärte der Kaplan, dem offensichtlich nicht wohl in seiner Haut war. Er betrachtete eine Stelle vor seinen Füßen. »Über dem Rumpf der Toten lag ein steinernes Haupt. Eine teuflische Fratze.«

Eckbert räusperte sich und läutete eine silberne Glocke. Sofort erschien ein Diener an der Tür.

»Hol sie her!«, befahl er diesem.

Der Bedienstete verbeugte sich und verschwand. Wenig später kam er mit der Skulptur zurück.

»Stell sie dorthin!« Der Bischof deutete auf den breiten Fenstersims.

»Einen Augenblick, ich glaube, ich habe nicht richtig verstanden.« Ungläubig trat Lupold auf den Teufelskopf zu und deutete darauf. »Ihr wollt mir weismachen, diese in Stein gehauene Fratze lag bei der Ermordeten – anstelle ihres richtigen Kopfs?« Er machte eine kurze Pause, während er sich zu fassen suchte. »Macht Ihr Euch lustig über mich? Mit so etwas treibt man aber keinen Scherz.«

»Es ist die Wahrheit. Leider.«

»Woher stammt der Kopf?«

Betretene Stille breitete sich aus. Die abstehenden Ohren des Kaplans waren bleich und schimmerten wie dünnes Pergament. Bischof Eckbert biss auf seinem Daumennagel herum.

»Er wurde aus der Bauhütte der Steinmetze entwendet. Dort werden die Figuren aufbewahrt, die man nach dem verheerenden Dombrand retten konnte. Wir wissen aber nicht genau, wann der Diebstahl geschah. Da die Arbeiten auf der Baustelle ruhen, finden nur unregelmäßig Überprüfungen statt. Die Tür wurde aufgebrochen.«

Lupold erhob sich und trat vor die steinerne Fratze. »Du sollst dir kein Bildnis von deinem Herrn machen«, murmelte er gedankenverloren und erntete dafür von Eckbert und dem Kaplan fragende Seitenblicke.

Der Kanzler räusperte sich und hob die Stimme. »Verzeiht mein Gestammel. Ich habe mir nur gerade einen der Gründe vorgesagt, warum solche Fratzen in unseren Kirchen zu finden sind.«

»Natürlich.« Die wässrigen Augen des Kaplans traten hervor. »Diese Köpfe«, dozierte er, »finden sich auf Reliefs oder zwischen Statuen, um die Gläubigen davor zu warnen, Götzen anzubeten. Sieht man eine Figur, die einem die Zunge zeigt oder eine Grimasse schneidet, wird man stets daran erinnert. Außerdem verdeutlichen sie, dass der Teufel und seine Helfer allgegenwärtig sind, vielleicht sogar versteckt in einer Gruppe von Heiligen …«

»Das ist uns alles bekannt«, unterbrach der Bischof ungeduldig den Redefluss seines Kaplans. »Ihr habt vergessen zu erwähnen, dass solche heidnischen Fratzen auch als Schutz- und Abwehrbilder an Gebäuden angebracht werden. Aber Vorträge helfen uns nicht weiter.«

»Wissen wir überhaupt schon, wer die Tote ist?«, fragte der Kanzler.

Bischof Eckbert drehte an dem silbernen Kreuz über seiner Brust. »Diesmal handelt es sich wahrscheinlich um keine einfache Magd. Die einzige Vermisste ist die Ehefrau eines angesehenen Bürgers. Ein Kaufmann, der sich häufig auf Reisen befindet. Einem glücklichen Zufall haben wir es zu verdanken, dass er überhaupt in Bamberg weilt. Wobei er selbst die frühzeitige Rückkehr von seiner Reise vermutlich nicht als *Glück* bezeichnet. Räuber haben ihn überfallen und ihm seine ganze Ware gestohlen. Er war froh, mit dem nackten Leben davongekommen zu sein.«

»Nur um zu Hause den geschändeten Körper seiner Gemahlin vorzufinden. Wahrlich kein angenehmer Willkommensgruß.«

Der Kaplan schritt auf und ab. »Ganz sicher können wir natürlich erst sein, wenn wir den Kopf gefunden haben. Der Ärmste glaubt zwar, dass es sich um seine Frau handelt, aber zum einen stand ihm noch das blanke Entsetzen über den Anblick der Leiche ins Gesicht geschrieben, und zum anderen ist es bestimmt nicht einfach, eine Tote nur anhand ihres Rumpfs zu erkennen. Allerdings wurde die Frau bereits seit zwei Tagen von den Dienstboten vermisst, noch bevor ihr

Gemahl zurückkehrte. Es ist also sehr wahrscheinlich, dass sie die Ermordete ist.«

»Was veranlasst den Mörder, der sein Opfer enthauptet hat, den echten Kopf zu verstecken und ihn durch ein steinernes Satanshaupt zu ersetzen?«, überlegte Lupold laut.

»Diese Frage stelle ich mir auch schon die ganze Zeit.« Der Bamberger Bischof kratzte sich am Kinn.

»Otto von Wittelsbach muss wahnsinnig sein!«

»Die Enthauptung spricht eindeutig für ihn als Täter. Trotzdem dürfen wir nicht vergessen: Er musste erst in die Dombauhütte einbrechen, um überhaupt in den Besitz des Kopfs zu kommen. Das heißt, er hätte zunächst, wie Ihr sagt, bei Nacht und Nebel herbeischleichen müssen, um sich Zugang zu der Fratze zu verschaffen. Ist das ganze Verbrechen für den ungeschlachten Wittelsbacher nicht viel zu sorgfältig geplant und zu vielschichtig?«

Eckbert und der Kaplan lauschten aufmerksam. »Ich meine, wir müssen den Flüchtigen so rasch wie möglich fassen. Nur so können wir den Fall klären«, warf Tankred ein.

Lupold nickte. »Damit habt Ihr vollkommen recht. Und trotzdem: So wie es scheint, verfolgt der Täter einen ganz bestimmten Plan, und das fehlende Haupt ist ein Teil davon. Vielleicht hat er den Kopf irgendwohin gelegt, und wir haben ihn bisher nur noch nicht gefunden.«

Erneut blickten der Bischof und der Kaplan verwirrt drein.

»Er scheint symbolträchtige Handlungen auszuführen. Erinnern wir uns nur an die Kreuzotter, die er der ersten Toten in den Rachen steckte.« Der Kanzler wandte sich an Tankred. »Habt Ihr nicht selbst gesagt, das komme Euch vor wie eine Teufelsaustreibung?«

Der Priester nickte.

»Und nun setzt er seiner nächsten Leiche, die wir ebenfalls unbekleidet finden, in der Tat einen Teufelskopf auf. Offensichtlich empfindet er Frauen gegenüber eine tiefe Abscheu. Er scheint sie für Teufel zu halten – oder zumindest für teuflische oder böse Wesen.«

»Mag sein, er rächt sich wahllos am weiblichen Geschlecht für Philipps Absage.«

»Ja, und dabei tötet er grausam und offenbar gedankenlos Frauen, schmückt aber sozusagen gleichzeitig mit abartigem Erfindungsgeist seine Mordopfer«, fasste der Bamberger Bischof zusammen.

Lupold nickte anerkennend. »Damit habt Ihr die Sache auf den Punkt gebracht.«

Den Kaplan schien nun eine andere Frage zu beschäftigen. »Was lässt Euch glauben, Otto habe den Kopf, wie Ihr sagt, irgendwo *hingelegt*? Könnte es nicht auch sein, dass er ihn einfach verschwinden ließ?«

»Möglich.« Der Kanzler berührte leicht Tankreds Arm. »Aber unwahrscheinlich, lieber Kaplan. Ein Mörder, der seine Opfer derart auffällig zur Schau stellt, lässt doch nicht einfach den Kopf – also sozusagen das Kernstück – der Leiche verschwinden. Glaubt mir, er hat damit noch etwas vor. Ich bin mir sicher: Früher oder später taucht das Haupt der Toten auf.«

»Was soll er denn mit dem abgeschlagenen Kopf *vorhaben*?«, rief der Bischof. An seiner entsetzten Miene war abzulesen, dass er sich in seiner Phantasie gerade ausmalte, welch schreckliche Ereignisse sich demnächst noch in seinem Bistum zutragen würden.

Lupold wechselte das Thema. »Was haben eigentlich Eure Nachforschungen während meiner Abwesenheit ergeben?«

»Nicht viel. Der Koch und der Truchsess haben vermutlich die Wahrheit gesprochen. Zwar kommen sie für die erste Tat möglicherweise infrage. Aber was den jetzigen Mord betrifft, müssten wir sie erneut befragen. Die Suche nach dem Wittelsbacher ist in die Wege geleitet. Mehr konnte ich bisher nicht tun.«

Für eine Weile schien Lupold stille Zwiesprache mit dem Dämonenhaupt auf dem Fenstersims zu halten. Schließlich löste er den Blick von dem abscheulichen Bildwerk und trat zurück in den Raum. »Otto von Wittelsbach ist und bleibt wahrscheinlich tatsächlich der Mörder. Trotzdem – bis wir ihn gefangen und überführt haben, sollten wir noch einen ganz anderen Personenkreis in Augenschein nehmen, und das wird wahrscheinlich unsere schwierigste Aufgabe sein.«

Schweigend warteten der Bischof und sein Kaplan darauf, dass Lupold fortfuhr. Dieser zögerte nicht lange. »Als ich heute in die Stadt ritt, lag zu meiner Rechten das im Aufbau befindliche Lager der Streitkräfte, die sich hier zum Heerzug sammeln. Sollten wir uns bezüglich Otto täuschen, könnte einer der Kriegsknechte, Söldner oder Ritter hinter den beiden Morden stecken. Dann wäre es aber so gut wie unmöglich, den Schuldigen zu finden. Es sind so viele! Und täglich werden es mehr.«

Bischof Eckbert riss die Augen auf. »Ihr meint, der Mörder könnte …?«

»Nein!« Lupold hob abwehrend die Hände. »Es ist nur eine Spur, die wir verfolgen sollten wie andere Spuren auch.«

»Das stimmt natürlich.« Die Stimme des Kaplans hatte wieder ihren vorwurfsvollen Tonfall angenommen und verriet, dass der Priester sich darüber ärgerte, nicht selbst auf diesen Gedanken gekommen zu sein. »Was schlagt Ihr vor? Wie sollen wir vorgehen?«

»Einen Moment!«, antwortete Lupold. »Eine Frage habe ich noch: Wer hat die Tote diesmal gefunden? Wieder ein Mönch?«

»Nein! Es waren zwei Mägde. Sie stolperten sozusagen über die Leiche, als sie die Wäsche zurückbringen wollten, die sie am Bach gewaschen hatten.«

»Dann schlage ich vor, wir teilen uns die Arbeit.« Ein vergnügtes Lächeln überzog Lupolds Gesicht. »Was haltet Ihr davon – ich befrage die Mägde, und Ihr sucht das Heerlager auf?«

Widerwillig machte sich Tankred auf den Weg. Tief in seinem Innern verachtete er das Kriegshandwerk. Zwar trugen auch viele Männer des geistlichen Stands Rüstungen und Waffen und zogen in den Kampf, man musste nur an den verstorbenen Bischof von Mainz denken, der Kaiser Friedrich Barbarossa ein hervorragender Heerführer gewesen war. So manch ein Bischof oder Priester schwang das Schwert nicht minder grimmig als ein bezahlter Söldner oder ein Ritter, der die Waffenkunst erlernt hatte und ein Leben lang übte. Doch für Tankred bedeutete es einen gewaltigen Unterschied, ob man das Schwert führte, um damit Gottes Gedanken und Worte zu verteidigen oder mit der Waffe in der Hand den eigenen Geldbeutel zu füllen. Einen Menschen für Silber oder Gold zu töten, war in seinen Augen Sünde. Galt es aber, sich für den rechten Glauben einzusetzen, so war ein tödlicher Streich das einzig richtige Mittel. Tankred verkündete das Evangelium mit derselben Verbissenheit, die ihn bei allen seinen Unternehmungen leitete. Und so verwunderte es kaum, dass es aberwitzig anmutete, wenn er mit zusammengepressten Lippen und wie ein Besessener von Liebe und Vergebung predigte.

Nun stapfte er missmutig und mit hochgerafftem Talar durch den Straßenschlamm. Ein nächtlicher Regenguss hatte den Untergrund in knöcheltiefen Morast verwandelt und besudelte die Kleidung bei jedem Schritt.

Mit grimmiger Miene dachte der Kaplan an Lupolds Worte: Ein Mensch, dessen Handwerk das Töten ist, kommt durchaus für die Morde in Betracht. Denkt man genauer nach, so gelangt man sogar zu dem Schluss, die grausamen Taten könnten überhaupt von keinem anderen ausgeführt worden sein als von einem Mann, der das Kriegshandwerk erlernt hat. Also ist es nur logisch, im Heerlager nach ihm zu suchen.

Tankred wusste jedoch nicht so recht, wo er beginnen sollte. Er begab sich zunächst hierhin, dann dorthin und versuchte herauszufinden, nach welchem Muster das Lager aufgebaut wurde. Einige der Großzelte, die vermutlich die Anführer beherbergten, waren von Baumstämmen umgrenzt. Er hielt Ausschau nach vertrauten Symbolen auf den Bannern, entdeckte aber nichts dergleichen.

Mit vorgeschobenem Kinn und gerunzelter Stirn kletterte er umständlich über eine der Barrikaden. Mit dem Saum seines Talars blieb er an einem spitzen Ast hängen und musste sich einen Fluch verbeißen, als der Stoff mit einem hässlichen Geräusch riss.

Urplötzlich rammte ein finster blickender, behelmter Soldat seinen Spieß vor ihm in den Boden. Der Kaplan erschrak und wich zurück. Der Wachposten schrie in einer fremden Sprache, ungarisch, wie Tankred vermutete. Zeltbahnen wurden zur Seite geschoben, und ein schnauzbärtiger Riese trat mit entschlossenen Schritten neben den Speerträger. Er war gekleidet wie ein Fürst, und ein Schwall fremdartiger Worte ergoss sich aus seinem Mund. Dabei zuckte sein Kopf angriffslustig in Tankreds Richtung, der abwehrend die Hände hob und rückwärts ging. Am besten ließ er diesen grimmig blickenden Klotz in Frieden.

»Halt!«

Der Kaplan erstarrte.

»Was willst du hier?« Die Worte klangen rau und kamen zäh über die wulstigen Lippen des Ungarn. Tankred überlegte. Es erschien ihm sinnlos, den Fremden über sein Unterfangen aufzuklären. Was sollte er ihn fragen? Ob er etwas von einem zweifachen Mörder wisse, der seine Opfer mit Kreuzottern schmückte oder ihnen den Kopf abschlug?

»Ich bin Priester!«, rief er und biss sich sofort auf die Lippen. Handelte es sich bei diesem Ungarn um einen Heiden, der vielleicht gar nicht wusste, was ein Priester war?

»Was willst du hier?«, wiederholte der fremde Kriegsfürst. Seine schwarzen Augen funkelten bedrohlich. Er rief seinem Wachsoldaten etwas zu, und beide lachten, während sie den Eindringling angrinsten. Dann kam der wuchtige Mann näher.

Während Tankred einen Schritt zurückwich, versuchte er seiner Stimme einen festen und ruhigen Klang zu verleihen. »Ein Mörder treibt in der Stadt sein Unwesen. Ich bin vom König persönlich damit beauftragt, ihm das Handwerk zu legen.«

»Hier?«

Der Kaplan sah, wie die Pranke des Ungarn sich auf seinen Dolchknauf senkte. »Nein, nicht bei Euch ... gewiss nicht«, stotterte er. »Im Heerlager.«

»Hier ist das Heerlager«, erwiderte der Ungar grimmig.

»Ja, natürlich.« Tankred spürte, wie seine Verzweiflung wuchs. Eine Furcht einflößende Bedrohung ging von dem riesenhaften Fremden aus. Er überragte den Kaplan um mehr als Haupteslänge, und seine Schultern waren mindestens doppelt so breit wie gewöhnlich.

»Ich meinte ... hier im Lager ... aber nicht bei Euch.«

»Bist du so sicher?« Die buschigen Brauen über dem dunkelhäutigen, vom Wetter gegerbten Gesicht zogen sich spöttisch zusammen. »Ich habe schon viele Männer getötet.« Wieder rief er dem Wachsoldaten etwas zu. Dessen Grinsen wurde noch breiter. Tankred spürte, wie sich die beiden über ihn lustig machten.

»Frauen«, stotterte er hastig. »Es werden Frauen umgebracht.«

Nun schüttelte der fremde Fürst den Kopf. Die polierten Platten seines silbernen Brustpanzers klirrten. »Frauen?« Sein Lachen klang kehlig. Mit der flachen Linken schlug er sich auf die rechte Faust. »Warum sollte man sie umbringen?«

»Ich weiß es auch nicht ...« Tankred bewegte sich vorsichtig vom Zelt weg, ohne die beiden Ungarn dabei aus den Augen zu lassen. Diese verfolgten grinsend seinen Rückzug.

»Bring uns Frauen, dann siehst du, was *wir* mit ihnen anstellen, Priester!«, lachte der Ungar dröhnend, während Tankred gegen einen Baumstamm stieß und gerade noch verhindern konnte, dass er darüberfiel. »Gib's doch zu,

Pfaffe!«, schrie der Fremde. »Du suchst gar keinen Mörder! Wo Soldaten lagern, sind auch Huren. Darauf seid ihr Scheinheiligen doch alle aus!«

Rückwärts stolperte der Kaplan auf den vom Regen aufgeweichten Hauptweg. Der untere Teil seines Gewands war bereits schlammverschmiert. Er bückte sich und unternahm einen linkischen Versuch, den Schmutz von der Kleidung zu wischen.

»Aus dem Weg!«, brüllte plötzlich eine Stimme, panisch vor Angst. Tankred fuhr herum und erstarrte. In halsbrecherischer Eile raste ein Fuhrwerk auf ihn zu. Die Hufe des davorgespannten Rappen schleuderten Erdklumpen und Wasser hoch. Die Nüstern des Pferdes waren gebläht, und nun rissen die Zügel seinen Kopf nach oben. Die Augen des Knechts auf dem Bock waren vor Schreck weit aufgerissen, er brüllte erneut »Aus dem Weg!« und stemmte sich mit aller Kraft in die Zügel.

Tankred schien unfähig, sich zu bewegen. Der Schreck lähmte seine Glieder. Seltsam verlangsamt sah er Pferd und Wagen geradewegs auf sich zukommen. Er blickte auf die schlammbespritzten Flanken des Rappen, sah dessen schäumendes Maul und hörte das schrille Wiehern. Der Wagen schlingerte, fuhr nur mehr auf zwei Rädern, stellte sich quer. Wieder schrie der Fuhrknecht irgendetwas, der Kaplan sah alles wie ein Ungetüm auf sich einstürmen. Mit einem verzweifelten Satz zur Seite rettete er sich vor dem führungslosen Fuhrwerk. Im Schmutz liegend, sah er, wie die hölzerne Deichsel entzweibrach, wie der Wagen kippte, wie der Fuhrknecht vom Bock geschleudert wurde.

Mit ohrenbetäubendem Krachen blieb der umgekippte Wagen am Wegrand liegen, Fässer rollten heraus, und Kisten, die aufbarsten, landeten krachend im Gras. Soldaten rannten herbei und zogen den Fuhrmann unter den Planen hervor. Gottlob schien er unversehrt, brüllte nun aber los. »Wo steckt dieser gottverdammte Pfaffe? Bringt ihn mir, damit ich ihm den Kragen umdrehe!«

Mit kräftigen Hauruckrufen stemmten die Kriegsknechte den Wagen wieder auf die Räder. Einer brachte das durchgegangene Pferd zurück. Mühsam rappelte sich Tankred hoch. Von dem ursprünglichen Schwarz seiner Priesterrobe war nichts geblieben. Selbst sein Gesicht war so schlammverkrustet, dass er erst darüberwischen musste, um überhaupt etwas zu erkennen.

Die Soldaten hielten den aufgebrachten Fuhrknecht gewaltsam zurück, damit er sich nicht auf Tankred stürzte. Er hatte die Fäuste geballt und schäumte vor Wut. Feindselig starrten alle den Kaplan an.

»Verschwinde, bevor wir ihn loslassen! Er würde dich totschlagen!«, rief einer, und Tankred zögerte nicht lange, sondern humpelte eilig davon.

Lupold, der Kanzler, zog die Brauen in die Höhe und musterte Tankred von oben bis unten. Mit spöttischem Lächeln meinte er schließlich: »Was ist denn Euch widerfahren, lieber Kaplan? Ihr seht aus, als hättet Ihr Euch in einem Schlammloch gewälzt – und zwar gründlich. Und was ist mit Eurer Hand?«

Als Tankred finster schwieg, fuhr der Kanzler fort: »Wie dem auch sei, die beiden Mägde, die ich befragt habe, scheinen mit der ganzen Geschichte nichts zu tun zu haben, außer dass sie die Leiche entdeckten. Die eine, Maria, ist übrigens sehr hübsch. Was haben denn Eure Erkundigungen im Heerlager ergeben?« Er zwinkerte mit einem Auge. »Außer einer dicken Schlammschicht auf Eurem Priestergewand? Und einer verletzten Hand?«

»Nichts!«, knurrte der Kaplan mit zusammengekniffenen Lippen. Er warf einen kurzen Blick auf seine verbundene Rechte. »Ich bin gestürzt.« Er wandte sich um und ging wortlos davon.

»Gestürzt«, wiederholte Lupold und sah ihm mit gerunzelter Stirn nach.

11
Treibjagd

»Heinrich, Markgraf von Istrien«, meldete der Diener lautstark und trat zur Seite, um dem Angekündigten Platz zu machen.

Die Anwesenden, Hermann Landgraf von Thüringen, sein Vasall Hartwig, Heinrich, Herzog von Schlesien, und Otto von Wittelsbach erhoben sich.

»Willkommen auf der Wartburg!«, rief der Thüringer und umarmte den Markgrafen. Dessen ebenmäßiges Gesicht mochte auf den ersten Blick gütig wirken. Einem genauen Betrachter entging jedoch nicht die Spur von kalter Gier, die gelegentlich in den hellen Augen aufblitzte. Hermann sah die Ähnlichkeit Heinrichs mit seinem Bruder Eckbert, dem Bamberger Bischof. Die Statur des Istriers wirkte aber kraftvoller und gedrungener. Auch trug er den Bart länger als der Bamberger, was ihn älter machte. Nun löste er sich aus der Umarmung und ergriff Hermanns Hand.

»Es ist mir eine Ehre, dein Gast zu sein.«

Hermann erwiderte Heinrichs kräftigen Händedruck. »Die Ehre ist ganz auf meiner Seite. Ich hoffe, du hattest eine angenehme Reise.«

»Bis auf die traurige Tatsache, dass ich einen meiner besten Männer verloren habe«, antwortete Heinrich. »Sein Pferd trat in den Wäldern in ein Fuchsloch, und er stürzte dabei so unglücklich, dass er sich das Genick brach.«

»Das ist ein großes Unglück.« Hermann wies auf den Herzog von Schlesien, dem er sich nun zugewandt hatte. »Du wirst dich bestimmt freuen, einen Verwandten begrüßen zu können.«

Der neu Angekommene nickte und setzte ein verbindliches Lächeln auf. Dann eilte er mit ausgebreiteten Armen auf den Schlesier zu und rief: »Liebster Schwager! Es muss eine Ewigkeit her sein! Wie lange haben wir uns nicht mehr gesehen? Ich glaube, es war …« Er hörte nicht auf, die Schulter des Herzogs zu tätscheln. »… kannst du dich vielleicht noch genauer erinnern?«

Der Schlesier erwiderte die gespielte Herzlichkeit und rief jovial: »War es nicht in Ungarn? Bei der Hochzeit deiner Schwester?«

»Richtig! Sie wurde mit Andreas vermählt, dem jetzigen König von Ungarn. Der trug damals allerdings den Titel Herzog von Zara …«

»… sowie von Dalmatien, Kroatien und Chulm. Es war ein rauschendes Fest, das über eine Woche lang dauerte.«

Mit polternder Stimme und dröhnendem Lachen fuhr Otto der Wittelsbacher dazwischen. »Ich war auch dabei! Mir brummt heute noch der Schädel, wenn ich an den Wein denke, der dort in Strömen floss. Und – erinnert Ihr euch an die Turniere? Die Ungarn sind ja gewiss keine schlechten Kämpfer, aber trotzdem hat mich keiner geschafft. Ich habe sie alle spielend besiegt und ihnen gezeigt, wie man gekonnt mit dem Schwert umgeht. Mit dieser Waffe macht mir keiner etwas vor.«

»Das weiß doch jeder.« Der Gastgeber schob den Wittelsbacher zu seinem Stuhl. »Wir wollen uns setzen.« Er senkte, Neugierde weckend, die Stimme. »Es gibt Wichtiges zu besprechen.«

Die Gäste nahmen Platz. Heinrich, der zunächst alle Anwesenden sorgfältig gemustert hatte, ließ die Blicke durch den Saal schweifen. Es gab keinen festen Kamin, der gestampfte Lehmboden war mit frischem Stroh bedeckt. Die Wände wiesen Spuren von Fackelruß auf; zwischen zahlreichen Jagdwaffen hingen ein Bärenfell und die gegerbte Haut einer kapitalen Wildsau. Von der gegenüberliegenden Wand ragte ein ausladendes Hirschgeweih weit in den Raum hinein, der insgesamt kalt und dunkel wirkte.

»Zuallererst muss ich euch mitteilen, dass Eckbert leider nicht kommen konnte.« Hermann streifte den Wittelsbacher mit einem vorsichtigen Seitenblick. »In Bamberg ist ein zweiter Mord geschehen. Eine Frau wurde enthauptet. Man sucht noch immer nach dem verschwundenen Kopf.«

»Aber das ist doch eindeutig der Beweis für meine Unschuld!« Der Wittelsbacher sprang auf und stieß dabei fast den Tisch um; der Wein in den Bechern schwappte gefährlich. »Ich war während der ganzen Zeit hier. Und du kannst es bezeugen.« Trotzig fügte Otto hinzu: »Bis auf den einen Tag, an dem ich den Bären erlegen wollte. Zwar ist mir der Teufelsbraten entwischt, aber ich habe ihn tödlich verwundet.« Sein Gesicht rötete sich vor Wut. »Warum erfahre ich erst jetzt von dem zweiten Mord?«

»Lieber Otto«, entgegnete der Thüringer beschwichtigend, »ich weiß es doch selbst erst seit der Ankunft des Herzogs und Heinrichs. Als ein Bote im Auftrag Eckberts nach deinem Aufenthaltsort fragte, erklärte ich ihm natürlich sofort, dass du mein Gast bist und deshalb mit Sicherheit als Täter nicht infrage kommst. Im Augenblick befindet er sich auf dem Rückweg nach Bamberg. Er hat die Botschaft für den Bischof im Gepäck, dass du unschuldig bist. Ein zweiter Bote ist unterwegs, um König Philipp diese Meldung auch schriftlich zu überbringen.« Hermann richtete seine Worte mit Nachdruck an den Istrier und den Herzog von Schlesien. »Otto wurde nämlich fälschlicherweise im ersten Bamberger Mordfall verdächtigt, was natürlich völliger Unsinn ist. Jetzt konnte die Sache endlich eindeutig geklärt werden. Er ist hier bei uns und war während der Tatzeit auf der Jagd, also kann er die Frau nicht getötet haben.«

Heinrich und sein Schwager blickten stumm in die Runde, und es war schwer abzuschätzen, was in ihren Köpfen vorging. Nur Hartwig, der Vasall des Thüringers, hatte während der Erklärung seines Herrn mehrmals zustimmend genickt. Aus Ottos Gesicht wich langsam die Zornesröte. Eine Mischung aus Erleichterung und Trotz war jetzt darin zu lesen.

»Jedenfalls will ich meine Rache haben!«, rief er. »Ich

werde nach Bamberg reiten, und Philipp soll mein Schwert kennenlernen!«

Hermann schüttelte den Kopf. »Sei klug, mein Freund! Ein Schwertstreich ist jetzt die falsche Rache. Philipps Soldaten würden dich ergreifen und auf der Stelle töten.«

»Aber Philipp trägt selbst die Schuld. Ich muss meine Ehre wiederherstellen.«

»Das kannst du auf anderem Wege wirkungsvoller erreichen.«

»Wie denn?«

»Verlang eine öffentliche Entschuldigung vom König! Gewährt er diese, kann keiner mehr behaupten, dir fehle es an Ehre.«

Angestrengt überlegte der Wittelsbacher. Nach einer Weile hellte sich seine Miene auf, und schließlich rief er erfreut: »Das ist es! Ich werde Philipp zwingen, vor mir auf die Knie zu gehen und sich meine Vergebung zu erbetteln!« Er schien begeistert von dieser Vorstellung, und seine Stimme wurde noch schriller. Er lachte meckernd. »Der König vor *mir* auf den Knien! Ha, das gefällt mir!«

»Und es ist dein gutes Recht, mein Freund«, erwiderte der Thüringer mit listigem Lächeln. »Diese Genugtuung steht dir nach all den Demütigungen und Verdächtigungen wahrlich zu.«

Otto ergriff seinen Weinbecher und leerte ihn in einem Zug. Dann blickte er streitlustig in die Runde und rief: »Mit einem echten Wittelsbacher ist nämlich nicht gut Kirschen essen. Je eher das alle verstehen, desto besser.«

»Richtig.« Gönnerhaft schlug Hermann von Thüringen Otto auf die Schulter. Dann beugte er sich zu dem Schlesier hinüber. »Ein Schwiegersohn, wie man ihn sich besser nicht wünschen könnte, nicht wahr, werter Herzog?«

Plötzlich war die Stille im Raum greifbar. Hinter Heinrichs Stirn schien es angestrengt zu arbeiten; die Überraschung war ihm nur zu deutlich anzusehen. Otto starrte den Schlesier an, als wolle er mit seinem Blick eine günstige Antwort erzwingen. Der Herzog mit dem plumpen Körper über den kurzen stämmigen Beinen rutschte in seinem Sessel vor und zurück. Seine geröteten Augen blinzelten kurzsichtig, und er strich sich über den dünnen Bart.

»Wie bereits besprochen, habe ich im Prinzip nichts gegen eine Verlobung von Otto mit meiner Tochter Gertrud einzuwenden«, sagte er schließlich. »Natürlich müssen wir die Einzelheiten noch klären, bevor die Vermählung stattfinden kann.«

Hermann war nun aufs Höchste angespannt. Da er wusste, wie groß und wichtig der Einfluss der Gemahlin des Schlesiers auf dessen Handeln und seine Entschlüsse war, hatte er alle vorangegangenen Gespräche mit äußerster Vorsicht und Schlauheit geführt. Jedes Wort wollte sorgfältig abgewogen werden. Heinrichs Gattin Hedwig, Tochter des Herzogs Berthold von Meranien und somit Schwester des Bamberger Bischofs Eckbert, hatte nicht nur die Zügel in der Ehe fest in der Hand. Im Gegensatz zu ihrem Gemahl war sie auch eine nicht zu unterschätzende politische Größe, die stets weitsichtig und mit klarem Verstand vorging. Der Herzog stand eindeutig in ihrem Schatten, um nicht zu sagen unter ihrer Fuchtel. Doch das sagte ihm natürlich niemand ins Gesicht. Im Gegenteil – es galt, alles so hinzustellen, als hätte kein anderer als *er* alle wichtigen Entscheidungen getroffen. Deshalb gedachte Hermann Hedwig bei seinen folgenden Worten nur beiläufig zu erwähnen, obwohl sie eindeutig diejenige gewesen war, die in den Handel um ihre Tochter eingewilligt hatte.

»Schlesien wird durch eine Verbindung mit dem Haus Wittelsbach weiter erstarken«, erklärte Hermann. »Außerdem kommt dem Herzogtum ab dem Zeitpunkt der Vermählung eine beträchtliche jährliche Summe zu. Nicht wahr, Otto?«

»Sehr beträchtlich!« Der Angesprochene nickte eifrig. Er kannte Gertrud, die Tochter des Schlesiers, flüchtig und konnte sein Glück kaum fassen. Sie war eine Schönheit.

Schon jetzt malte er sich aus, was er mit diesem Prachtweib alles anstellen würde. Er musste Hermann wirklich dankbar sein, falls dessen Vermittlung tatsächlich erfolgreich wäre. Es gab eben doch noch Freunde, die ein gegebenes Versprechen hielten – denn das hatte der Thüringer vor ein paar Tagen getan: Er hatte ihm zugesagt, geeigneten »Ersatz« für Kunigunde, die Tochter Philipps, zu besorgen, nachdem ihm der König diese verweigert hatte.

Im Sessel daneben wunderte sich Hermann, der Thüringer Landgraf, wie einfach im Grunde doch alles war. Die Verlobung Ottos mit der Schlesierin gehörte zu einem ausgefeilten Plan, der nur ein einziges Ziel kannte: die Ermordung König Philipps. Hermann war dabei, seine Figuren in diesem Spiel an die richtige Stelle zu rücken. Und bisher schien ihm dies in jeder Beziehung hervorragend zu gelingen.

Währenddessen nickte Heinrich der Schlesier bedächtig, die Hände über dem Bauch gefaltet. Hermann war nicht entgangen, dass die Zunge des Herzogs bei der Erwähnung der *beträchtlichen Summe* wie ein fetter Wurm über die feucht glänzenden Lippen geglitten war. Was der Thüringer ihm tunlichst verschwieg, waren die eigentlichen Gründe, warum seine Frau Hedwig dem Kuhhandel zugestimmt hatte. Als Andechs-Meranierin hegte sie eine grundsätzliche Abneigung gegen den Stauferkönig Philipp. Zwar hätte sie niemals in eine Verschwörung gegen ihn eingewilligt oder gar daran teilgenommen wie Eckberts Bruder, Heinrich von Istrien. Dafür war ihr Glaube an den gerechten Zorn Gottes zu stark, und überhaupt war ihr Charakter von Gutmütigkeit geprägt, obwohl sie eine unerbittliche Verhandlungspartnerin sein konnte. Doch ihr lag viel daran, mit einer so einflussreichen Familie wie den Wittelsbachern verwandtschaftliche Beziehungen einzugehen. Nur so konnte ein möglicherweise entscheidendes Gegengewicht zur Vormachtstellung der Staufer gebildet werden.

»Grundsätzlich sind wir uns also einig«, erklärte Hermann und hob seinen Becher, um einen Trinkspruch auszubringen.

»Nur eine Frage noch«, entgegnete der Schlesier vorsichtig. Auf seiner Stirn hatten sich tiefe Furchen gebildet. »Was wird der König dazu sagen?«

Hermanns Lächeln war nun echt. Das Schicksal selbst schien dem Schlesier die Frage in den Mund gelegt zu haben. Denn dass in diesem Moment Philipp ins Spiel gebracht wurde, machte die Sache für den Thüringer noch leichter. Es blieb ihm erspart, das Gespräch selbst in diese Richtung lenken zu müssen, womit er vielleicht Misstrauen erweckt hätte. Nur mühsam gelang es ihm, seine Genugtuung zu verbergen.

»Lieber Herzog«, fuhr er so ruhig wie möglich fort, »ich schlage Euch Folgendes vor, damit Ihr ganz sicher sein könnt: Schickt dem König so bald wie möglich ein Schreiben. Bittet ihn darin um seine Zustimmung und um eine Empfehlung für Otto. Nun, da dessen Unschuld erwiesen ist, wird er beides gewiss nicht verweigern. Vergesst nicht: Er hat die Verlobung Ottos mit seiner Tochter gelöst. Die rein politischen Gründe hierfür haben wir ja besprochen.«

»Er soll es bloß nicht wagen, mich noch einmal zu demütigen!«, rief der Wittelsbacher erregt und fuchtelte mit seinen fleischigen Armen herum.

»Das wird er nicht tun«, versuchte Hermann Otto zu beruhigen. Wieder nahm er den Weinbecher in die Hand, doch diesmal erhob er sich. »Ich habe noch eine Überraschung anzukündigen.« Er legte eine Pause ein, um für einen Augenblick die Neugierde seiner Gäste zu genießen. »Hebt alle die Becher! Ich habe für den morgigen Tag eine große Treibjagd vorbereitet. Es wird Wild für alle im Überfluss geben. Hierzu lade ich euch herzlich ein.«

Hartwig, der Vasall des Landgrafen, entzündete die Fackeln in den schmiedeeisernen Wandhaltern. Der Herzog von Schlesien, müde von der langen Anreise, hatte sich bereits zurückgezogen. Den Wittelsbacher hatte sein übergroßer Weindurst außer Gefecht gesetzt, und er war mit solchem Lärm in seine Schlafkammer gepoltert, dass Hermann schon um die Möbel fürchtete.

»Welch ein grober, dummer Klotz!«, murmelte Markgraf Heinrich und drückte den Rücken gegen die weiche Sessellehne.

»Und doch so ungeheuer wertvoll für uns.« Hermann trug ein zufriedenes Lächeln zur Schau und nickte Hartwig zu, der fragend den Weinkrug über seinen Becher hielt. »Bisher verläuft alles nach Plan«, fuhr der Thüringer fort, nachdem ihm eingegossen worden war. »Der Schlesier ist der verlockenden Mitgift erlegen, zumindest glaubt er, dass seine Zustimmung von Bedeutung ist. Und Ottos zufriedenes Grinsen bei seinem Gedanken an die Zukünftige war dermaßen dümmlich, dass er einem schon leid tun könnte.«

Mit gerunzelter Stirn dachte Heinrich nach. »So ganz verstehe ich deinen Plan immer noch nicht, Hermann. Der Wittelsbacher ist offensichtlich ein Doppelmörder. Trotzdem soll er tatsächlich diese hübsche Schlesierin bekommen? Warum?«

Hermanns Grinsen wurde noch breiter. »Nicht doch! Er bekommt sie nicht.«

»Nicht?«

»Ganz gewiss nicht.«

Der Istrier war sichtlich verwirrt. »Aber du hast doch mit dem Herzog …«

»Ja, ja!« Hermann lehnte sich zurück und schlug die Beine übereinander. »Hör zu, ich erkläre dir alles. Lass mich bei den Boten beginnen, die ich jeweils zu Philipp und Eckbert geschickt habe.«

»Was haben die Boten damit zu tun, dass …?«

»Warte! Geduld, mein Freund! Erinnerst du dich daran, was ich Otto in Bezug auf die Boten gesagt habe?«

»Sie überbringen dem König und dem Bischof die Nachricht von seiner Unschuld. Er könne nicht der Mörder sein, weil er sich zur fraglichen Zeit hier auf der Wartburg aufhielt.«

»Richtig. In Wahrheit steht in den Briefen aber genau das Gegenteil.«

»Das verstehe ich nicht.«

Hermann lächelte dämonisch. »Gleich ... gleich wirst du verstehen. Ich habe geschrieben, dass Otto vor zwei Tagen plötzlich sein Pferd gesattelt habe und verschwunden sei. Dann sei er genauso plötzlich wiederaufgetaucht. Er sei vollkommen erregt gewesen, ja, er habe ausgesprochen verwirrt gewirkt. Seine Kleider seien blutverschmiert gewesen.«

Heinrichs Mimik verriet angestrengtes Nachdenken. »So ist es doch auch gewesen. Ich habe Otto die Geschichte mit der angeblichen Bärenjagd allerdings nicht abgenommen. Er war in Bamberg und hat die Frau getötet. Deshalb das viele Blut.«

»Den Bären wollte er uns aufbinden«, feixte der Landgraf und beugte sich vor. »Manchmal ist es tatsächlich besser, die Wahrheit zu sagen. In diesem Fall erfährt Philipp allerdings nur einen Teil davon.«

»Ich verstehe nicht ...«

»Von dem Bären steht im ersten Brief noch nichts. Ich will, dass der Wittelsbacher nach Bamberg reitet. Dort wird man ihn sofort verhaften und des Mordes anklagen.«

»Sie werden kurzen Prozess mit ihm machen und ihn aufknüpfen. Bezweckst du dies?«

»Nein! Vorher rette ich ihn. Ich werde erklären, dass alles ein Irrtum war und der Wittelsbacher doch nicht der Täter ist.«

Heinrich schien noch verwirrter. »Erst will Otto Rache. Doch du versöhnst ihn wieder mit dem König, nur um wenig später einen noch tieferen Keil zwischen die beiden zu treiben? Außerdem – wie willst du ihn retten?« In Gedanken vertieft zupfte sich Heinrich am Bart. »Du hast doch in dem Brief geschrieben, Otto sei blutverschmiert gewesen, als er zur Wartburg zurückkehrte. Damit erklärst du ihn doch eindeutig zum Täter.«

Belustigt zog Hermann die Brauen hoch, und sein Gesicht drückte deutliche Überlegenheit aus. Bevor er sprach, warf er Hartwig einen Blick zu, den dieser verschwörerisch erwiderte. »Nun kommt der zweite Teil der Wahrheit, die in diesem Fall aber zurechtgebogen ist. Im nächsten Brief wird erklärt, ich hätte erst jetzt erfahren, dass Otto nicht in Bamberg gewesen sein kann. Er war in den hiesigen Wäldern zur Jagd. Er erlegte einen Bären, und zwar im tapferen, ehrlichen Kampf, wie es seine Art ist, Mann gegen Bestie. Daher das viele Blut. Otto wird mir für seine Rettung vor dem Galgen so dankbar sein, dass er mir folgt wie ein Hündchen.«

»Nun gut.« Noch immer schwangen in der Stimme des Landgrafen Zweifel mit. »Ich gebe zu, damit machst du ihn dir treu ergeben. Er steht in deiner Schuld – aber wirklich so tief, dass er für dich einen Königsmord begeht?«

Hermann stellte den Becher auf den Tisch. Er tat dies langsam und behutsam, so als wolle er kein Geräusch verursachen. Für einen Augenblick betrachtete er den roten Wein, der sich in dem Gefäß langsam zur Ruhe schaukelte. Nun antwortete er leise. »Vielleicht. Mag sein, dass seine Ergebenheit und die Demütigung, die er vom König erfahren hat, schon genügen. Aber sicher ist es nicht.«

»Genau dies sind meine Worte.«

Der Thüringer schob den Sessel zurück und stand auf. Mit vorsichtigen Schritten, als sei er vor irgendetwas auf der Hut, ging er im Raum auf und ab.

»Gertrud, die Tochter des Schlesiers«, murmelte er und hielt einen Zeigefinger in die Höhe.

Ratlos hob der Landgraf die Schultern und ließ sie wieder fallen. »Ich fürchte, ich verstehe schon wieder nicht, was du meinst.«

»Pass auf!« Hermann blieb am Fenster stehen und verschränkte die Arme vor der Brust. »Ich habe dem Herzog doch geraten, Philipp einen Brief zu schreiben. Darin soll er ihn um eine Stellungnahme zu der geplanten Hochzeit zwischen Otto und Gertrud bitten.«

Heinrich nickte.

»Was wird der König deiner Meinung nach antworten?«

Nun endlich dämmerte Heinrich das ganze Ausmaß von Hermanns teuflischem Plan. Sein Gesicht spiegelte eine Mischung aus grenzenloser Bewunderung und Entsetzen wider. Wie gewissenlos der Thüringer doch zu Werke ging! Im Hintergrund entdeckte er die verschlagene Häme in der Miene von Hermanns Vasall.

»Er wird antworten, dass Otto der Tochter des Herzogs von Schlesien nicht würdig sei«, antwortete er langsam und leise, ohne Hermann anzusehen. »Diesen erneuten Verrat seiner Gefühle durch den König wird er – kann er nicht hinnehmen.«

Hermann nickte selbstzufrieden. Doch Heinrich hegte noch letzte Zweifel. »Was aber, wenn Philipp den Heiratsplänen des Wittelsbachers zustimmt? Wenn er die Empfehlung zu Ottos Gunsten ausspricht, eben *weil* er ihm schon einmal die Braut verweigert hat?«

»Ich werde dafür sorgen, dass er dies keinesfalls tut. Das ist alles eine Frage der Planung und des richtigen Handelns. Es gilt, so vorzugehen, dass Otto freikommt und dass trotzdem erhebliche Zweifel an seiner Unschuld bleiben. Der abschlägige Brief des Königs an den Herzog von Schlesien wird Otto natürlich in die Hände fallen. Er liest ihn. Ist wie vom Donner gerührt. Erneut betrogen! Wie ein wild gewordener Stier stürmt er los. Unsere Aufgabe besteht lediglich darin, seine Wut und seinen Hass zur rechten Zeit ins Gemach des Königs zu lenken.«

»Teuflisch«, flüsterte der Landgraf.

»Ein angemessenes Lob.« Hermann von Thüringen lächelte spöttisch, nahm wieder Platz und griff nach dem Weinbecher. »Lass uns trinken! Darauf, dass Otto sein Schwert zückt und damit dasselbe anstellt wie mit diesen Frauen in Bamberg.«

Zögernd langte Heinrich von Istrien nach seinem Becher. Langsam hob er ihn und murmelte: »Ich fürchte, genau das wird er tun.«

»Ich *hoffe* es«, antwortete der Thüringer und schlug seinen Becher krachend gegen den des Landgrafen. Rot spritzte der Wein auf und tropfte wie Blut auf das dunkle Holz des Tischs.

Die Jäger bliesen in die Hörner. Eine riesige Hundemeute, erregt durch die Vorfreude auf die Hatz, zerrte an den Leinen, bellte, jaulte und winselte. Die Pferde stampften und schnaubten und ließen sich von den Reitern kaum in Zaum halten. Beinahe zweihundert fronpflichtige Bauern, bewaffnet mit Stöcken und Knüppeln, standen aufgereiht nebeneinander. Sie warteten auf den nächsten Hörnerstoß, der den Beginn der Treibjagd ankündigen sollte. Der Morgennebel lag weiß wie Milch unter den dunklen Ästen der Fichten. Tauperlen glänzten auf den Grashalmen der feuchten Wiese.

Der Thüringer Landgraf schritt über den Platz am Fuß des Burgbergs. Im Schatten der Mauern hatte er auf Holzpfosten Tribünen errichten lassen. Darauf suchten in diesem Augenblick diejenigen Herren und Damen ihre Plätze, die nicht an der Jagd teilnahmen. Unter ihnen befanden sich mehrere geistliche Würdenträger, die Gattin des Gastgebers nebst Töchtern und andere Damen höheren Stands. Schwerfällig quälte sich der Herzog von Schlesien die steilen Holzstufen hinauf. Ein Diener schob am Gesäß, ein zweiter zog von oben, bis Heinrich endlich wohlbehalten auf der Tribüne stand. Leichtfüßig stieg seine Tochter Gertrud hinterher, verfolgt von den Blicken der männlichen Jagdteilnehmer. Sie war eine reizvolle junge Frau mit ihrer schlanken Gestalt, um die sich ein weißer Umhang schmiegte. Blonde Locken lugten unter einer Haube hervor. Dieser würde sie später gegen die Sonne schützen, deren roter Ball nun über den milchigen Nebelfeldern aufstieg.

»Und Ihr seid wirklich sicher, dass Ihr nicht mitmachen

wollt?« Hermann hatte die Hände in die Hüften gestemmt und blickte nach oben, wo sich der Schlesier gerade in seinem Sessel zurechtsetzte.

»Gütiger Himmel, nein!«, schnaufte dieser. »Ich bin ganz und gar zufrieden, wenn ich neben meiner Tochter und den anderen Damen sitzen und mir das Schauspiel von oben ansehen kann.«

»Wie Ihr wünscht«, erwiderte der Thüringer. Dann wandte er sich zu den Jägern um, die erwartungsvoll im Kreis um die zusammengestellten Jagdspeere standen. Wie er selbst trugen die meisten von ihnen hohe Stiefel, lederne Beinkleider und Jagdröcke, die aus wertvollen Hirschhäuten genäht waren. In verzierten Scheiden steckten Hirschfänger, andere scharfe Messer und spitze Dolche. Nur der Wittelsbacher hatte sein Schwert umgegürtet. Von Zeit zu Zeit warf er einen begehrlichen Blick zur Tochter des Schlesiers auf die Tribüne hinüber. Nun schwenkte er gar die Rechte, um sie zu grüßen, doch entweder sah sie es nicht oder beachtete die winkende Hand nicht.

»Jäger!« Die Stimme des Thüringer Landgrafen hallte über den Platz. »Der nächste Hornstoß ist das Zeichen für den Beginn der Jagd. Die Treiber werden loslaufen, um sich in weitem Bogen an ihren Ausgangsort zu begeben. Dort nehmen sie in einer breiten Linie Aufstellung. Dann lassen sie die Hunde los. Sie selbst wenden sich in unsere Richtung. Dabei schlagen sie mit ihren Stöcken auf Bäume und Büsche. Die Hunde und die Bauern treiben das Wild hierher, geradewegs in unsere Arme.« Er lachte. »Besser gesagt – in unsere Spieße! Ich wünsche uns eine reiche Jagdstrecke!«

Er gab das Zeichen, und die Bläser stießen in ihre Hörner. Das lang gezogene Dröhnen vermischte sich mit dem Hundegebell zu ohrenbetäubendem Lärm. Die Gäste auf der Tribüne klatschten Beifall, und die Treiber brachen auf. Kurz darauf waren sie wie Schatten zwischen den Bäumen verschwunden.

Die Anspannung der Jäger wuchs. Bis auf den Wittelsbacher und den Landgrafen ergriff nun jeder von ihnen einen der langen Spieße. Einer rammte seine Waffe vor sich in den Boden, ein anderer wog sie in der Hand. Ein Dritter wechselte den Speer von der Linken in die Rechte.

Otto zog sein Schwert aus der Scheide, schwang es erst über dem Kopf, ließ es wieder sinken und prüfte mit dem Daumen die Klinge. Dabei stampfte er wild umher. Wieder wurde der Thüringer an einen Stier erinnert, der die Hörner senkt, um loszustürmen.

»Nimm dir einen Sauspieß!«, riet ihm Hermann. Er selbst trug keine Waffen.

Der Wittelsbacher lachte verächtlich. »Ich verlass mich lieber auf mein Schwert. Damit kann ich nicht nur zustechen. Ein solcher Speer taugt doch im Nahkampf nicht viel.«

»Ganz, wie du willst. Ich bin mir jedenfalls sicher, du wirst der erfolgreichste Jäger des Tags sein. Keiner kann sich mit dir messen.« Nachdrücklich wandte er den Kopf zur Tribüne. »Deine zukünftige Gemahlin wird dein Jagdgeschick mit klopfendem Herzen beobachten. Schon jetzt verfolgt sie jede deiner Bewegungen.«

»Ich habe eher das Gefühl, sie schaut stets in genau die andere Richtung«, knurrte Otto und schielte zu dem hölzernen Gerüst hinüber.

»Unsinn! Du kennst doch die Weiber. Sie machen alles heimlich. Aber in ihrem Innern lodert jetzt schon die Begierde. Nur äußerlich ist sie ruhig. Glaub mir, sie verzehrt sich nach dir und wird dir umso zugetaner sein, wenn du die meiste Beute erlegst.«

Mit Genugtuung beobachtete Hermann, wie Ottos Faust sich fester um den Schwertgriff spannte und sein Gesicht einen siegessicheren Ausdruck annahm. Seine Lippen wurden schmal.

Spannungsgeladenes Schweigen senkte sich über Zuschauer und Jäger. Die Spitzen der Spieße zeigten zum Wald hinüber. Der eine oder andere Jäger stach in die Luft und blies die Backen auf.

Und dann erhob sich zwischen den Bäumen der Lärm der Hunde und Treiber.

Während Hermann und sein Vasall sich abseits hielten, hatte Otto sich inmitten der Jäger in der vordersten Reihe aufgestellt. Das Schwert in seiner Hand schien zu zittern. Von Zeit zu Zeit warf er einen Blick zur Tribüne hinüber. Dann senkte er den Kopf und starrte wieder in den Wald. Ein Schwarm Krähen segelte über die Jagdgesellschaft hinweg. Die schwarzen Vögel kreisten über der Burg und ließen sich dann wie Zuschauer auf den Mauern nieder.

Das erste Wild, das aus dem Wald kam, war ein Hase. Haken schlagend gelang es ihm, die Linie der Jäger zu durchbrechen. Er rannte weiter, bis die Burgmauer ihn aufhielt. Im Zickzack versuchte er erst links, dann rechts auszubrechen. Doch schon waren zwei Jäger über ihm und erschlugen ihn mit den stumpfen Enden ihrer Spieße. Auf der Tribüne wurde höflich geklatscht.

Als nächste Opfer gerieten zwei Rehe vor die Jagdspeere. In anmutiger Flucht waren sie vom Wald her bis zur Burgmauer gelangt. Links davon versperrte ihnen die Tribüne den Weg, rechts warteten die Jäger. Verzweifelt versuchten sie noch einige hohe Sprünge, bevor die Jagdspieße sie durchbohrten.

Nun löste sich jegliche Ordnung auf. Von überall her schienen plötzlich die Tiere auf den Jagdplatz zu stürmen – Hasen, Rehe, Wildschweine, Hirsche sowie ein kapitaler Eber, den Otto mit einem einzigen Schwertstreich niederstreckte.

Der verhaltene Beifall von der Tribüne hatte sich in lautes Anfeuerungsgeschrei verwandelt und vermischte sich mit den Rufen der Jäger, die alles niederstreckten, was in ihre Reichweite geriet. Inmitten des Durcheinanders stand breitbeinig Otto von Wittelsbach. Die Ärmel seines Jagdhemds waren bis über die Ellbogen hochgekrempelt, die Unterarme und Hände rot von Blut. In blinder Raserei schwang er das

Schwert, die Augen weit aufgerissen, die schwarzen Haare nass und wirr über dem schweißnassen roten Gesicht. Mit seinen schweren ledernen Jagdstiefeln schien er bereits im Blut der getöteten Tiere zu waten. Und immer heftiger wütete sein Schwert.

Eine Hirschkuh mit ihrem Kalb brach aus dem Wald hervor. Sie versuchte ihr Junges von den Männern mit den Spießen wegzudrängen, doch schon war ihr der Fluchtweg zurück zum Wald abgeschnitten. Urplötzlich standen die beiden Tiere vor Ottos bluttriefendem Schwert. Die Hirschkuh senkte den Kopf, bereit zum Angriff, um das Kalb zu verteidigen. Sie brüllte, schlug aus. Der Wittelsbacher stieß einen schrillen Kampfschrei aus und rammte die Waffe drei-, viermal tief in den Hals und die Seite des Muttertiers. Das Kalb erledigte er mit einem Streich.

Betretenes Schweigen breitete sich aus. Gertrud, auf der Tribüne neben ihrem Vater, hielt entsetzt die Hand vor den Mund. Die Jäger senkten die Speere. Man tötete keine Kuh mit ihrem Kalb.

Hermann, der Landgraf von Thüringen und Gastgeber der Jagd, stand etwas abseits und hatte Mühe, sich ein zufriedenes Grinsen zu verbeißen. Sacht stieß er seinen Vasallen an und flüsterte, ohne dabei die Lippen zu bewegen: »Siehst du, Hartwig, das ist Otto von Wittelsbach. Genau in diesen Zustand müssen wir ihn versetzen, wenn es darum geht, den König in Bamberg zu töten.«

12
Leib Christi

Der Hecht zappelte vor Maria auf dem Holzbrett. Während er mit der Schwanzflosse verzweifelt auf und ab schlug, schienen seine glasigen, starren Augen die Person anzustarren, die ihn kurz unterhalb seines schnabelförmigen Kopfes auf das Holzbrett niedergedrückt hielt. Maria ekelte sich vor dem zuckenden, schleimigen Fisch, den ihr der Koch auf den Tisch geworfen hatte, um sie nun mit der Entscheidung allein zu lassen, wie sie das glotzende, glitschige Wesen vom Leben zum Tod befördern sollte. Ihr Blick schwenkte von den scharfen Küchenmessern, die vor ihr an der Wand hingen, zu einem stumpfen Holzknüppel, der benutzt wurde, um kleineren Tieren den Garaus zu machen.

Zu den Leibgerichten des Bischofs gehörten, wie Maria inzwischen wusste, neben Hecht und Wildbret auch Igel. Erst am Vortag hatte sie einen dieser stacheligen Gesellen tischfertig gemacht. Dabei hatte sie nicht schlecht gestaunt, dass es so leicht war, die Stachelhaut abzuziehen, nachdem das Tier in Lehm gebacken worden war.

Nun drückte Maria den zappelnden Fisch fest auf das Schneidbrett. Daneben lagen die Speckstreifen, mit denen der Koch den Hecht spickte, damit das Fleisch nicht trocken schmeckte. Sie entschied sich für ein blitzendes Messer, nahm es von der Wand und hielt es fest in der Faust. Das Tier schien seine letzten Kräfte aufzubieten, sein langer, grün schimmernder Körper wand sich und schlug um sich. Das Maul mit den spitzen Zähnen schnappte ins Leere. Die verzweifelten Versuche des Fischs, sich aus dem festen Griff zu befreien, machten Maria wütend. »Wart nur!«, rief sie und säbelte dem Hecht mit raschen Schnitten den Kopf ab. Voller Ekel betrachtete sie ihr Werk. Nun musste sie den widerlichen Fisch auch noch ausnehmen! Sie setzte die Messerspitze an die Stelle, die ihr der Koch gezeigt hatte, und schlitzte den Bauch der Länge nach auf. »Schneid nicht zu tief, damit du nicht die Galle erwischst, sonst schmeckt der Hecht bitter und wird ungenießbar.« Dies hatte er mit jenem drohenden Tonfall erklärt, den er ihr gegenüber anzuschlagen pflegte.

Maria holte die Eingeweide aus dem Fischleib und warf sie zusammen mit dem Kopf in einen Eimer. Darum würden sich später die Hunde balgen. Sie war gerade dabei, den Hecht zu entschuppen, als ein Mann in die Küche eilte. Er war hager, groß gewachsen, und seine kalten grauen Augen streiften sie nur kurz. Es war der Truchsess des Bischofs, und sie hatte ihn bereits mehrere Male gesehen.

»Wo ist der Küchenknecht?« Seine Stimme klang befehlsgewohnt.

»Er ist zum Weinholen in den Keller gegangen«, antwortete Maria. »Aber er müsste längst zurück sein.«

»Dann gehst du!« Der Truchsess musterte Maria, die verlegen an ihrer Haube zupfte. »Du läufst sofort zum Glaser. In der Kirche Sankt Jakob wurde ein Fenster eingeschlagen. Über dem Seiteneingang. Richte ihm aus, der Bischof befiehlt, er soll sich den Schaden sogleich ansehen und ihn beheben. Bis zur königlichen Hochzeit muss alles fertig sein. Hier ist der Schlüssel. Hast du verstanden?«

Maria nickte. »Ja, Herr.«

»Was stehst du noch herum? Lauf los!«

Maria eilte den Domberg hinab. Das Haus des Glasers lag in der beständig wachsenden Siedlung zwischen den beiden Flussarmen, und sie musste an den Kriegsknechten vorbei, die am Stadttor vor der Zugbrücke Wache standen. Sie machte sich auf zotige Sprüche gefasst, denn sobald sich eine einfache Magd näherte, nahmen die groben Kerle kein Blatt vor den Mund. Ohne nach rechts oder links zu blicken, ging sie auf den hohen Steinbogen des Tors zu. Schon glaubte sie, es sei ihr geglückt, unbemerkt auf die Zugbrücke zu gelangen, als sie einer der Posten anrief.

»He, wohin so schnell, mein Gänschen? Bleib doch stehen!«

Maria beschleunigte ihre Schritte und huschte mit nackten Füßen fast lautlos über die Eichenbohlen der Brücke.

»Du sollst stehen bleiben!«, schrie ihr nun der andere hinterher und erntete raues Gelächter von seinem Kumpan, als er hinzufügte: »Hast du gesehen, wie ihre Dinger hüpfen? Auf und nieder, auf und nieder …«

Maria bog rasch vom Hauptweg ab und überquerte ein Feld, auf dem Hühner in der Erde pickten. Für einen Moment war sie versucht, eine andere Richtung einzuschlagen und zum Haus ihres Vaters zu laufen. Sie vermisste ihn und ihren Bruder so sehr. Doch sie hatte zu große Angst, ein solcher Umweg könne entdeckt und dem Koch oder dem Truchsess gemeldet werden. Das durfte sie sich im Augenblick wirklich nicht leisten.

Eine dünne Rauchsäule stieg vor dem Haus des Glasers über dem gemauerten Schmelzofen in den grauen Himmel auf. Der Meister war ein angesehener Mann in der Stadt. Jeder wusste, dass er sein Handwerk aufs Trefflichste verstand. Die neuen Fensterscheiben in verschiedenen Bamberger Kirchen legten ein prächtiges Zeugnis von seiner Kunst ab.

Maria trat vor die offene Tür und rief: »Meister, ich habe eine Botschaft vom Bischof!«

Der behäbig wirkende kleine Mann mit dem grauen Bart- und Haupthaar stand in der Mitte des Raums. Eine speckige Lederschürze bedeckte die Brust und spannte sich über dem Bauch. In Gedanken versunken studierte er die Anordnung verschiedener Glasstücke, die vor ihm auf einer Decke ausgelegt waren. Maria trat näher und bewunderte das bunte Mosaik.

»Was sagst du?«, murmelte er gedankenverloren, ganz und gar in das gläserne Bild vertieft.

»Eine Botschaft vom Bischof«, wiederholte Maria.

»Die lautet?« Der kleine Mann trat einen Schritt von seinem Kunstwerk zurück, ohne den Blick abzuwenden.

»Ihr sollt zur Kirche Sankt Jakob kommen.«

»Warum?«

»Ein Fenster ist zerbrochen. Der Schaden muss begutachtet und rasch behoben werden.«

»So, so!« Der Glasermeister strich sich über den grauen Bart. »Weißt du was? Den hohen Herren kann es nie schnell genug gehen. Sie hetzen durchs Leben und treiben alle anderen zur Eile an.« Er deutete auf die bunten Glasstücke zu seinen Füßen. Ein Sonnenstrahl huschte durch die Türöffnung und brachte eine rote Scherbe zum Leuchten wie einen kostbaren Rubin. »Dieses Bildnis aus Glas – wenn es einmal fertiggestellt ist – soll in der Kirche Sankt Stephan einen der südlichen Fensterbogen zieren. Und das am besten schon *gestern.*« Der würdevolle kleine Mann hob beschwörend die Hände. »Man kann sich gar nicht vorstellen, wie langwierig die Herstellung eines solchen Fensters ist. Erst muss ich Zeichnungen anfertigen, auf denen ich genau festhalte, wie das Bild aussieht, wie groß die einzelnen Glasstücke werden und welche Farbe und Form sie bekommen. So etwas schafft man nicht einfach so nebenher an einem Tag. Die Einfälle müssen reifen und Gestalt annehmen. Alles muss zueinander passen. Ich habe mindestens ein Dutzend Entwürfe angefertigt, bis ich mich endlich für einen entscheiden konnte.«

Maria lauschte andächtig. Es überraschte sie, dass ein so angesehener Handwerker und Bürger der Stadt sich herabließ, etwas anderes mit ihr zu bereden als einen Auftrag oder eine Arbeit.

»Als Nächstes gilt es, das Glas herzustellen und einzufärben«, fuhr der Glaser fort. »Dann muss ich es in der richtigen Größe und Form brechen. Das alles dauert Tage.«

Maria beugte sich vor. Sie konnte erkennen, dass die nebeneinandergelegten Glasstücke verschiedene Figuren darstellten. Höflich fragte sie: »Wenn es fertig ist, was kann man dann auf dem Glasbild sehen?«

»Ja, wenn es fertig ist!«, seufzte der Glasermeister. »Bis dahin gibt es aber noch allerhand zu tun. Mit Schwarzlot muss ich die Haare, Gesichter und alle anderen Einzelheiten der Figuren aufmalen. Danach werden die einzelnen Scheibchen mit Bleiruten verbunden. Das ist die schwierigste und zeitraubendste Arbeit. Doch es wird sich gewiss lohnen. Stehst du im Kirchenschiff und blickst von unten hinauf zu dem Fenster, durch das Sonnenlicht flutet, dann kannst du ein wundervolles Bild bestaunen. Das Licht spielt mit dem Glas. Es erweckt es zum Leben. Glaub mir!«

Der Meister war in der Erklärung seiner Kunst vollkommen aufgegangen. Seine Worte untermalte er mit eindringlichen Gesten, die von der Begeisterung für seine Arbeit zeugten. Nun kamen seine Hände auf der speckigen Lederweste oberhalb seines Bauchs zur Ruhe. Seine Stimme klang plötzlich nüchtern.

»Dieses wundervolle Bildnis stellt allerdings ein schreckliches Ereignis dar.« Er legte eine Pause ein, um dann feierlich fortzufahren: »Die Steinigung des heiligen Stephanus.«

Nachdenklich begutachtete Maria die bunten Scherben auf dem Boden der Hütte. Die Figuren waren nur undeutlich zu erkennen, doch in ihrer Phantasie erwachten sie zum Leben. Tatsächlich sah sie die Faust, die sich um den Stein schloss. Sie glaubte zu erkennen, wie der Heilige abwehrend die Hände hob, wankte und gleich niedersinken würde, wie die Menge drohend näher kam. Plötzlich spürte sie den schweren eisernen Schlüssel in ihren Händen und erschrak. Über dem Betrachten des wunderschönen Glases hatte sie ihren Auftrag vergessen! Hastig streckte sie dem Glaser den Schlüssel entgegen.

»Den soll ich Euch geben!«

Er griff danach, schien kurz nachzudenken und sagte dann langsam: »Nun gut! Ich muss hier also alle Arbeiten liegen lassen, nur um mir ein zerbrochenes Fenster anzusehen. Wo sagtest du, ist es?«

»In Sankt Jakob«, antwortete Maria. »Das Fenster über dem östlichen Eingang.«

»Sankt Jakob.« Nachdenklich betrachtete er den Schlüssel. »Dieses Fenster war das allererste, das ich für die Stadt anfertigte.«

Der Meister entließ Maria. Dann schloss er sorgfältig die Hütte ab. Er war mit den Jahren ein vorsichtiger, um nicht zu sagen ängstlicher Mann geworden. Nachdem bekannt geworden war, dass sich ein großes Heer vor der Stadt sammeln würde, hatte er sofort das neue Schloss beim Kleinschmied in Auftrag gegeben.

»Sicher ist sicher«, hatte er bemerkt, als er neben dem stämmigen Mann stand und beobachtete, wie dieser die beiden Schlosshälften mit scharfem Blick auf Passgenauigkeit überprüfte.

»Man weiß nie, welches Gesindel unter den Kriegsknechten herumlungert«, hatte der Schmied mit tiefem Bass gebrummt und glühendes Eisen in die Schlüsselform gegossen.

»Viele von denen werden ja geradezu zum Plündern angelernt«, lautete die Antwort. Danach hatte der Schmied zunächst umständlich erklärt, wie das Schloss einzubauen war, um kurz danach darauf zu bestehen, diese Arbeit selbst zu erledigen.

Nun verstaute der Glasermeister den neuen Hausschlüssel in einem Beutel, der an seiner Hose angenäht war. Er rüttelte nochmals an der Tür und nickte zufrieden, als sie fest verschlossen blieb. Den großen, schweren Kirchenschlüssel steckte er in seinen Gürtel und machte sich auf den Weg.

Sein Handwerk hatte er bei den Franzosen gelernt, deren Kunstfertigkeit auf diesem Gebiet als unübertroffen galt. Er verdankte diese Lehrjahre eher einem Zufall, denn ursprünglich verdiente er sein Geld mit der Waffe in der Hand als Kriegsknecht. Arbeit gab es dabei genug. Ständig hatte irgendein Herr Bedarf an Männern, die für ihn in den Kampf ziehen mussten. Bis ins Heilige Land hatte ihn sein alter Beruf verschlagen, doch die Grausamkeiten, deren Zeuge er dort wurde, machten ihn nachdenklich. Lohnte es sich wirklich, den Kopf für eine Sache hinzuhalten, die nicht die eigene war? Als die Türken einen seiner Kameraden bei lebendigem Leib gepfählt hatten und er nur um Haaresbreite dem gleichen Schicksal entgangen war, verließ er bei Nacht und Nebel das Kreuzheer und ging an Bord des erstbesten Schiffs, das im nächsten Hafen auslief. Es war eine französische Galeere, die in einem nicht enden wollenden Sturm den Stiefel Italiens umsegelte, um schließlich nach wochenlanger Irrfahrt mit gebrochenen Masten irgendwo an der französischen Küste an Land gespült zu werden.

Auf dem Schiff hatte er einen Lothringer Glasermeister kennengelernt. Der erzählte ihm in einem Kauderwelsch aus verschiedenen Sprachen wunderbare Geschichten, denen er nur schwer folgen konnte, doch so viel verstand er: Sie handelten von bunten Glasbildern, durch die das Sonnenlicht regenbogenartig ins Kircheninnere flutete. Nach dem Schiffbruch schloss er sich dem Mann an, dessen Sprache er nur bruchstückhaft verstand. Doch Worte waren kaum nötig, um das zu erlernen, was sein Leben fortan bestimmen sollte. Die Arbeit mit Glas begeisterte ihn so sehr, dass er Tag und Nacht an nichts anderes denken konnte als an diesen wunderbaren Werkstoff und alles, was damit zusammenhing – von der Herstellung über das Färben bis hin zum Zusammensetzen der kostbaren Mosaikbilder. In schwindelerregender Höhe füllten sie die eleganten blütenförmigen Fensteröffnungen, und Gottes gewaltige Kathedralen erstrahlten in jenem bunten Licht, das alles so lebendig durchdrang, als lasse der Schöpfer selbst die leuchtenden Farben im Raum schweben.

Als Glaserlehrling wanderte er von einer Stadt zur nächsten. Wie ein Besessener studierte er alles, was mit seinem Handwerk zu tun hatte. Keine Arbeit, seine Kunst betreffend, war ihm zu schwer oder zu niedrig. In Straßburg tat er einen Monat lang nichts anderes, als die mundgeblasenen

Glaszylinder aufzusprengen und im Streckofen zu Rechtecken auszubreiten. In Reims vervollkommnete er seine Färbekunst. Wie kein anderer war er danach in der Lage, die Menge an Kupfer- oder Kobaltoxid zu bestimmen, die man dem flüssigen Glas beimischen musste, um das geheimnisvollste Blau, das dunkelste Grün oder das leuchtendste Rot zu erhalten, ohne dass das Glas seine Lichtdurchlässigkeit verlor, nachdem die Farben durch Erhitzen in das Glas eingeschmolzen waren. Über Troyes gelangte er nach Metz. Inzwischen zum Gesellen aufgestiegen, kehrte er für kurze Zeit zu den Anfängen zurück, brachte Sand, Kalk und Pottasche zum Schmelzen, um die Grundmasse für die Glasherstellung zu erhalten. Später war er der Glasbrecher, der mit einem heißen Eisenstab über die Scheiben fuhr und danach kaltes Wasser in die Furchen goss, damit das Glas entlang dieser Linien passgenau zersprang.

In Paris bestand seine Aufgabe zunächst im Verbinden der einzelnen Scheiben durch Bleistege. Dann wechselte er zum Bemalen der bunten Glasbilder. Bald gab es keinen, der sich besser auf das Aufschmelzen der flüssigen Bleifarben verstand, mit denen Gesichter, Blütenblätter oder Gewandfalten aufs Glas gezeichnet wurden, und stieg zum Glasermeister auf.

Eines Tages fiel er durch eine Unachtsamkeit vom Gerüst. Er hatte die Matte aus geflochtenen Weidenruten, die man auf den Gerüstpfosten Stück für Stück weiterschob, nicht sauber aufgelegt und stürzte ab. Wie durch ein Wunder überstand er den tiefen Fall nahezu unverletzt. Doch fortan plagte ihn die Angst vor großer Höhe. Er war nicht mehr in der Lage, auf einem Gerüst zu arbeiten, wenn es mehr als doppelt mannshoch aufragte. Also verließ er das Land der Kathedralen, denn er wollte sich nicht die Blöße geben, vor der gesamten Mannschaft zitternd, unsicher und mit schweißnasser Stirn unter dem Kirchendach zu arbeiten.

So kam er über Quedlinburg, Mainz, Augsburg und Nürnberg schließlich nach Bamberg. Dort war man froh, dass sich ein fähiger Glasermeister niederließ. Er konnte weiterhin Fensterbilder zusammensetzen, ohne dass er diese in schwindelerregender Höhe einpassen musste. Außerdem hoffte er auf die baldige Wiederaufnahme des Dombaus. Schon jetzt träumte er von den Bildern, mit denen er die Fensterrosen und Spitzbogen ausschmücken würde.

Nun überquerte er den Holzsteg, der am südlichen Ende der Stadtmauer über den Flussarm führte. Die schmale Brücke war stark ausbesserungsbedürftig. Viele Bohlen lagen schief, und mehrere Bretter hatten sich gewölbt. Zwei oder drei fehlten gänzlich, und durch die Spalten sah er das grünlich schimmernde, träge dahinfließende Wasser der Regnitz. Als Handwerksmeister ärgerte sich der Glaser über die Schlamperei, auch wenn er die Ursache kannte. An allen Ecken und Enden sparte Bischof Eckbert, das Oberhaupt der Domstadt, um früher oder später genug Geld zusammenzuhaben, damit er seine Kirche wiederaufbauen konnte. Deshalb beschränkte er Ausgaben auf das Allernötigste und auf den unmittelbaren Bereich des Dombergs. Und so blieben viele dringend notwendige Ausbesserungsarbeiten unerledigt. Manches drohte zu verfallen, auch wenn sich immer wieder Bürger oder Handwerker erbarmten und einen Schaden mit eigenen Mitteln behoben.

Der Meister schritt durch die Obstgärten am Fuß der Dombergmauer. Die Sonne stand hoch über den Türmen von Sankt Michael zu seiner Rechten. Der Weg stieg an, und er geriet ins Schwitzen. Seit er nicht mehr von Stadt zu Stadt zog und in Bamberg sesshaft geworden war, hatte er ordentlich an Gewicht zugenommen. Während er früher wochenlang von früh bis spät gewandert war, ohne allzu sehr zu ermüden, brachte ihn nun dieser kleine Anstieg schon außer Atem.

Die Mauer bog nach Norden ab, und er erkannte hinter den Holzbalustraden sein Ziel: Sankt Jakob. Der rechteckige Sandsteinturm mit dem Glockenstuhl aus Eichenholz und den drei Rundfenstern ragte über dem Haupthaus mit der geschwungenen Fassade auf. Schwitzend und schnaufend durchquerte der Meister das Tor aus zusammengebundenen Fichtenstämmen und näherte sich der Kirche. Schon bald hatte er den Schaden am Fenster über dem Eingang entdeckt. Die halbrunde Öffnung gähnte ihm als dunkles Loch entgegen. Ärgerlich stieß er die Luft aus. Wer hatte es gewagt, ausgerechnet das von ihm so mühevoll angefertigte Mosaikfenster vollständig zu zerschlagen? Und warum? Das grenzte an Frevel!

Nun stand er vor dem Kirchentor. Einzelne Glassplitter lagen zu seinen Füßen. Vorsichtig stieg er darüber hinweg, zog den schweren Eisenschlüssel aus dem Gürtel und steckte ihn ins Schloss. Langsam drehte er ihn um und zog an dem eisernen Ring, bis der hohe Torflügel ächzend aufschwang. In staubflimmernden Strahlen fiel das Sonnenlicht in das lange Kirchenschiff. Zwei Säulenreihen mit hohen Rundbogen stützten die hölzerne Deckenkonstruktion. Vorn im Halbdunkel breitete sich der rötliche Schein des Ewigen Lichts aus.

Der Meister ließ die Blicke schweifen. Auch hier war der Boden mit bunten Glassplittern übersät. Er bückte sich, hob eine smaragdgrüne Scherbe auf und drehte sie zwischen den Fingern. Wieder ärgerte er sich über die sinnlose Zerstörung seiner Arbeit. Zwar hatte die Fensterrose keine Figuren enthalten, aber er konnte sich an jede Einzelheit des bunten Blütenmosaiks erinnern. Grimmig lief er einige Schritte an den dunklen Holzbänken entlang. Dann blieb er abermals stehen, wandte sich um und betrachtete den Schaden von hier aus. Da war nichts mehr zu retten. Die Zerstörung des Fensterbilds war vollständig. Entweder man räumte die übrig gebliebenen Glaszacken gänzlich aus und ließ dann die Öffnung, wie sie war. Oder der Bischof gab eine Neuverglasung in Auftrag, die ihn aber einiges kosten würde. Und vorher musste noch das Fenster für Sankt Stephan fertiggestellt werden.

Während er all dies überlegte, war er, ohne es zu bemerken, rückwärts gegangen. Nun stieß er gegen eine Kirchenbank und drehte sich erschrocken um. Der Schein des Ewigen Lichts hinter dem Altar kam ihm mit einem Mal gespenstisch vor. Er hielt die Luft an und stieß sie heftig wieder aus.

»Ich bin ein ängstlicher alter Trottel«, schalt er sich selbst, während er immer noch zum Altar hinüberblinzelte. Was nur zog seinen Blick ständig dorthin?

»Ich sehe einfach nach, ob da etwas ist«, murmelte er, wie um sich selbst Mut zu machen: »Natürlich ist da nichts – was soll denn auch schon sein?« Vorsichtig, als gelte es, kein Geräusch zu verursachen, setzte er Fuß vor Fuß und näherte sich so dem steinernen Altar. Er schluckte. War da doch etwas? Kalter Schweiß hatte sich auf seiner Stirn gebildet, ein kühler Hauch wehte durch den heiligen Raum. Plötzlich erschien ihm das Innere der Kirche düster. Zögernd ging er weiter, bis er abermals stehen blieb. Seine Finger krampften sich um die hölzerne Auflage der vordersten Kirchenbank. Sie fühlte sich kalt und glatt an. Er musste sich festhalten, denn plötzlich schien der Boden unter seinen Füßen zu wanken.

Das, was er deutlich vor sich auf dem Tisch des Herrn sah, war nur mit einem Wort zu beschreiben: entsetzlich.

Das weiße Altartuch schien unbefleckt. Doch auf einer silbernen Schale thronte – umrahmt von einem schwarzen Leichentuch aus dunklem Haar – ein abgetrennter Frauenkopf. Alabasterweiß, blutleer, die Augen starr. Aus dem Mund, weit geöffnet und zu einem stummen Schrei geformt, die blau verfärbte Zunge. Darauf weiß und rund – eine geweihte Hostie.

13
Blut

Stirnrunzelnd starrt Lupold auf das Gekritzel. Philipp, sein König, hatte es ihm in Hagenau mit den Worten über den Tisch geschoben: »Das musst du für mich ausformulieren und dann, mit meinem Siegel versehen, so rasch wie möglich Papst Innozenz überbringen lassen. Ich habe für so etwas überhaupt keine Zeit.«

Die unregelmäßige, zerfahrene Schrift war schwer lesbar, und wie Lupold den König kannte, mochte dieser die knappen Sätze der Danksagung an den Papst durchaus im Pferdesattel auf das Pergament geworfen haben.

Nun oblag es ihm also, die Satzfetzen in geschliffenes Latein zu übersetzen. Philipps offizielle Schreiben an kirchliche oder weltliche Fürsten übergab Lupold gewöhnlich einem Kanzleisekretär. Im Fall einer Botschaft an den Papst persönlich stand jedoch der Kanzler selbst in der Pflicht. Schriftstücke solcher Art waren stets eine heikle Sache, gleichsam eine Gratwanderung. Dieser Brief lieferte ein gutes Beispiel dafür. Es galt, dem Papst für die erfolgreichen Verhandlungen bezüglich Philipps anstehender Kaiserkrönung zu danken – und zwar in gebührender Form. Nach monatelangem zähem Ringen hatte der Heilige Vater schließlich eindeutig Stellung für Philipp den Staufer und gegen Otto den Welfen bezogen. Nun schien die Entscheidung endgültig gefallen zu sein. Wie seinerzeit sein Vater Friedrich Barbarossa von Papst Hadrian würde Philipp von Papst Innozenz zum Kaiser gesalbt werden.

Bei einer solchen Danksagung durfte sich Philipp nicht in die demütige Rolle eines Untergebenen begeben, was dem Oberhaupt der römischen Kirche sicher nur allzu gut gefallen hätte. In der Vergangenheit hatten verschiedene Päpste, allen voran Alexander III., immer wieder mehr oder weniger offen erklärt, die Kaiserwürde sei lediglich ein Lehen, das der oberste Kirchenfürst großmütig an den jeweiligen Kandidaten vergebe. Mit anderen Worten: Der Kaiser sei von geringerem Rang als der Papst.

Dies bedeutete nun, dass Lupold sehr vorsichtig formulieren musste. Ging er zu forsch vor und betonte Philipps herausragende Stellung im Übermaß, konnte er damit den Papst verstimmen. Ein päpstlicher Widerruf des Versprechens zur Kaisersalbung wäre einer Katastrophe gleichgekommen. Ein zu bescheidenes Dankschreiben indes barg die Gefahr, Innozenz könne daraus auf eine Unterordnung des zukünftigen Kaisers schließen. Später wäre es dann schwierig, wenn nicht unmöglich, sich dieses Eindrucks wieder zu entledigen. Philipp würde *ihn* dafür verantwortlich machen und ihm den Fehler nie verzeihen.

Der Kanzler warf einen missmutigen Blick auf den unfertigen Text. Schon am Einleitungssatz drohte er sich die Zähne auszubeißen. Wie sollte er Philipp titulieren? Am liebsten schriebe ich »imperator imperii sacri«, Kaiser des Heiligen Römischen Reichs, dachte Lupold. Doch dies wäre vermessen, und der Papst würde es lediglich als schlechten Scherz auffassen. Dieses Mal sollte ich wohl besser noch das bescheidener klingende »rex germani« wählen – König der Deutschen.

Der Kanzler erhob sich und trat ans Fenster. Jenseits der Flussarme erkannte er das Feldlager, das zu beachtlicher Größe angewachsen war. Die Krieger wirkten aus der Ferne wie Ameisen. Bald wäre das Heer vollständig versammelt. Das Fehlen einiger unbedeutender Fürsten fiel kaum ins Gewicht, denn sie verfügten über nicht viel mehr als ein paar Dutzend Kämpfer. Lupold hegte keinen Zweifel daran, dass sie spätestens zu Beginn der Hochzeit eintreffen würden. Keiner wollte sich ein solches Fest entgehen lassen. Aber wirklich ärgerlich war das bisherige Ausbleiben zweier großer Verbündeter. Auf die Unterstützung Burgunds mit seinen kampferprobten Panzerreitern und der böhmischen Bogenschützen konnten die Streitkräfte kaum verzichten.

Ein Diener kam zur Tür herein. Er verhielt sich still, bis Lupold sich zu ihm umwandte und ihm bedeutete, er möge sprechen.

»Der Herr Kaplan!«, verkündete der Mann.

Tankred trat ein und vollführte eine seiner typischen steifen Verbeugungen. Lupold ging ihm entgegen. »Es freut mich außerordentlich, Euch zu sehen! Seid Ihr wohlauf? Ihr wirkt etwas kränklich.«

Wie meistens hingen die Mundwinkel des Kaplans säuerlich nach unten, und er erwiderte: »Ihr hingegen erweckt den Eindruck, als sei Euch eine Laus über die Leber gelaufen.«

Lupold nickte freundlich. »Wie genau Ihr beobachtet! Es stimmt. Ich habe mich geärgert. Den halben Vormittag musste ich mit Eckberts Truchsess streiten. Seine Vorstellungen bezüglich der Hochzeitsfeierlichkeiten weichen gelinde gesagt ein klein wenig von den meinen ab. Danach war ich im Heerlager, nur um festzustellen, dass die burgundischen Ritter und die Scharfschützen aus Böhmen immer noch nicht eingetroffen sind.« Er deutete auf das halb fertige Schreiben auf dem Tisch. »Weiterhin versuche ich gerade, eine Danksagung des Königs an Papst Innozenz zu formulieren, eine heikle Angelegenheit, wie Ihr Euch denken könnt. Es gilt, genau die richtigen Worte zu finden. Nicht ganz einfach, glaubt mir. Seid Ihr mit Euren Ermittlungen weitergekommen?«

Der Kaplan musterte kurz das in Latein gehaltene Pergament. Nun zog er aus dem Ärmel seines Priesterrocks seinerseits eine Schriftrolle, löste das darum befestigte Lederband und reichte sie dem Kanzler. »Eine weitere Nachricht von Hermann von Thüringen. Ein Bote hat sie soeben ins Sekretariat gebracht. Bischof Eckbert weilt heute in Nürnberg. Er hat mich ausdrücklich beauftragt, solche Schreiben zu öffnen.«

Lupold entrollte das Schriftstück. Mit dem Daumen fuhr er über das aufgebrochene Siegel, das einen stehenden Bären darstellte. Dann überflog er die wenigen Zeilen des Schreibens, hob das Pergament und schüttelte ungläubig den Kopf. »Habt Ihr das gelesen?«

»Natürlich! Warum seid Ihr so überrascht? Otto von Wittelsbach ist für mich immer der Täter gewesen.«

Der Kanzler las den Text noch einmal. »Hier steht, Otto sei nach zweitägiger Abwesenheit von der Wartburg blutverschmiert nach Eisenach zurückgekehrt. Das ergibt doch überhaupt keinen Sinn! Es stimmt, Otto ist gewiss nicht der Klügste. Aber warum sollte er ausgerechnet dorthin flüchten? Und dann auch gleich noch ein Mordgeständnis ablegen!«

»Geschieht so etwas nicht häufig? Der Täter flieht Hals über Kopf. Er ist verwirrt, die Untat spukt ihm im Kopf herum. Also sucht er einen vermeintlichen Freund auf, um sein Gewissen zu erleichtern.«

»Ihr glaubt doch nicht ernsthaft, der Wittelsbacher besitze so etwas wie ein Gewissen!«

Trotzig erwiderte der Kaplan Lupolds Blick.

»Junger Freund, verzeiht mir!« Der Kanzler ergriff Tankreds Arm. »Allmählich werde ich ein wenig unsicher. Otto, der fehlende Kopf, die Aussage des Thüringers! Mir kommt das alles höchst seltsam vor.«

»Mir nicht! Und für meine Begriffe passt alles sehr wohl zusammen.« Der Kaplan zog den Arm zurück. »Jedenfalls habe ich sofort Männer nach Thüringen geschickt. Sie erhielten den Auftrag, den Wittelsbacher festzunehmen und herzubringen.«

Lupold zog die Stirn in Falten und trat wieder zum Fenster. Er sah, wie im Heerlager die gleiche Betriebsamkeit herrschte wie zuvor. Näher bei der Domstadt rumpelte ein Fuhrwerk mit hohen Rädern über die Zugbrücke und kam vor den Wachen zum Stehen. Langsam wandte sich der Kanzler wieder um. »Ihr habt ja recht«, gestand er ein. »Es war auf alle Fälle richtig, Häscher nach Thüringen zu entsenden. Wir müssen Otto so schnell wie möglich dingfest machen.«

»So ist es.« Mit unbewegter Miene nahm Tankred das Schreiben des Thüringers entgegen, das Lupold ihm reichte.

Dieser kratzte sich am Kinn. »Trotzdem«, wandte er schließlich ein, »dürfen wir unsere Untersuchungen auf keinen Fall einstellen oder nur in diese eine Richtung weiterforschen. Vielmehr sollten wir jeder nur erdenklichen Spur nachgehen.«

»Wir wissen doch, wer der Mörder ist!«, rief der Kaplan nun störrisch aus. »Was wollt Ihr denn noch?«

»Es gilt herauszufinden, mit wem die beiden Frauen zuletzt zusammen waren. Irgendjemand muss doch etwas gesehen haben.«

Der Kaplan schüttelte den Kopf. »Ich verstehe einfach nicht, warum Euch die Fakten bezüglich des Wittelsbachers nicht ausreichen. Welchen Beweis braucht Ihr noch? Außerdem – der Koch, der die Magd als Letzter gesehen hat, ist befragt worden. Ihr wart selbst dabei. Ob sie noch jemand anderen getroffen hat, konnten wir nicht in Erfahrung bringen. Das Gleiche gilt für die andere Tote. In diesem Fall ist es sogar noch schwieriger. Da ihr Gemahl erst nach ihrer Ermordung nach Bamberg zurückkehrte, wissen wir gar nichts.«

»Was sagen denn die Mägde und die Knechte?«

Tankred zupfte sich am Ohrläppchen. »Nichts. Sie haben ihre Herrin mit niemandem gesehen. Sie ist einfach verschwunden …«

»… nur um als enthaupteter Leichnam in einem Obstgarten wiederaufzutauchen«, vollendete Lupold den Satz. Halb bewusst nahm er eine Gestalt wahr, die über den Hof der Bischofspfalz hastete. Täuschte er sich, oder zeigte das Gesicht des Laufenden einen bleichen, erschreckten Ausdruck? Er verdrängte das flüchtige Bild und wandte seine Aufmerksamkeit wieder dem Kaplan zu. »Habt Ihr herausgefunden, ob irgendeine Verbindung zwischen der Magd und der Frau des Händlers bestand?«

Tankred verneinte. »Es gibt keinen einzigen Anhaltspunkt, dass sich die beiden Frauen in ihrem Leben je begegnet sind.«

Nachdenklich schwiegen Kaplan und Kanzler. Plötzlich war vor der Tür eine aufgeregte Stimme zu hören. Kurz darauf brach sie ab. Die Tür wurde geöffnet, ein Diener trat ein und wandte sich an Lupold.

»Verzeiht! Da ist ein Mann. Er behauptet, eine äußerst wichtige Nachricht für Euch zu haben.«

»Er soll eintreten«, nickte der Kanzler.

Der Diener wandte sich um und winkte einen Mann mit verstaubter Kleidung herein. Sofort erkannte Lupold in ihm jene Gestalt, die über den Hof gerannt war. Die Lippen in dem blassen Gesicht zitterten. »Ein Kopf!«, stammelte der Mann. »Er liegt in der Kirche. Mitten auf dem Altar.«

Benommen stieg Tankred zwischen den Scherben umher. Offenbar war das Entsetzen angesichts des bleichen Haupts mitten auf dem Altar zu groß. Die schmalen Lippen des Kaplans bebten. Von Zeit zu Zeit bückte er sich, hob eine Scherbe auf, betrachtete sie und ließ sie wieder fallen.

Auch Lupold saß der Schrecken in allen Gliedern. Seine lebhafte Phantasie malte sich Entsetzliches aus. Ein Bild bestand aus der Erinnerung an jenen Kampf, in dem der Wittelsbacher seinem Gegner mit einem einzigen Streich den Kopf vom Hals getrennt hatte. Nun stellte der Kanzler sich vor, wie Otto unter den Kirschbäumen sein Schwert schwang, weit ausholte und dann den furchtbaren Schlag ausführte.

Während er in der Kirche auf und ab lief, kostete es ihn große Mühe, sich die Geschehnisse danach vorzustellen. Wie mochte der Kopf in die Kirche gelangt sein? In Gedanken formulierte der Kanzler: Otto packt das Haupt und trägt es an den Haaren den Weg entlang. Dieser führt zunächst durch den Obstgarten, dann schwenkt er durch das Tor am Jakobsberg, um dort hinaufzusteigenen, zwischen den Häusern und Hütten entlang. Schließlich bricht er in die Kirche ein. Er muss das Haupt auf den Altar stellen.

Lupold schüttelte den Kopf. Ist es überhaupt möglich, alle diese Handlungen unbeobachtet durchzuführen?, fragte er sich im Stillen.

Nun trat er zu dem Mann, der den grausigen Fund gemacht hatte. Dieser wirkte weitaus gefasster als Tankred oder Lupold. Der Kanzler stellte sich und den Kaplan vor und fragte: »Ihr habt den Kopf entdeckt?«

Der stämmige kleine Mann mit der Lederschürze antwortete mit einem einfachen »Ja«.

»Ich danke Euch für die Bereitschaft, hier zu warten. Wie ist Euer Name?«

»Man nennt mich Meister Ulrich.«

»Mir wurde gesagt, Ihr seid der Glasermeister und wurdet hergerufen. Dabei habt Ihr den Kopf entdeckt?«

Bestätigend nickte der Meister. »So ist es. Eine Magd überbrachte mir den Auftrag des Bischofs, einen Glasschaden in der Kirche zu begutachten.«

»Wie seid Ihr hier hereingekommen? Wochentags ist die Kirche doch abgeschlossen, nicht wahr?«

»So ist es. Die Magd hatte den Schlüssel bei sich und gab ihn mir.« Meister Ulrich hielt ihn Lupold entgegen. Der Kanzler nahm ihn und musterte zunächst den Schlüssel und dann den Glaser.

»Für eine solch grausige Entdeckung macht Ihr mir einen recht gefassten Eindruck.«

»Natürlich bin ich erschrocken.« Ulrich trat von einem Bein aufs andere. »Aber Ihr müsst wissen, dass ich Soldat war, bevor ich Glasermeister wurde. Es war nicht der erste abgeschlagene Kopf, den ich zu sehen bekam.«

»Was habt Ihr nach der Entdeckung des Haupts gemacht?«, fragte Lupold weiter.

»Unmittelbar danach?« Der Glaser überlegte. »Ich bin hinausgelaufen, hab einen Mann angehalten und ihn zum Bischof geschickt. Damit einer kommt und sich das ansieht.« Er hielt inne, rieb sich die Nase und fügte hinzu: »Sonst heißt es noch, *ich* hätte den Kopf auf den Altar gestellt.«

»Aber nein, kein Mensch wird Euch beschuldigen!« Der Blick des Kanzlers schweifte durch das Kirchenschiff. Gerade in diesem Moment ergoss sich das Sonnenlicht durch die hohen Fensterbogen und ließ die Glasscherben am Eingang hell aufblinken.

»Ist Euch irgendetwas Besonderes aufgefallen?«

Meister Ulrich zog die Stirn in Falten. »Nun, natürlich die Scherben, die überall herumliegen. Und dass auf der Zunge des ... der ...« Er suchte nach dem richtigen Wort. »... dass da eine Hostie lag. Aber sonst ...?«

»War die Kirche leer? Oder war außer Euch noch eine andere Person zugegen?«

»Ich habe niemanden bemerkt.«

»Habt Ihr noch Fragen an Meister Ulrich?«, wandte Lupold sich an den Kaplan.

Tankreds Gesicht war zu einer bleichen Grimasse erstarrt, und er schüttelte den Kopf. »Nein.«

»Dann könnt Ihr jetzt gehen«, beschied Lupold den Glasermeister und beobachtete schweigend, wie dieser sich umwandte und rasch die Kirche verließ. »Lasst nach jemandem schicken, der dieses unsägliche Haupt abholt und überprüft, ob es zu den übrigen Körperteilen des Leichnams passt«, wies er den Kaplan an.

Der Kanzler und der Kaplan standen vor der Kirche neben dem Portal und blickten zur leeren Öffnung der Fensterrose hinauf. Einzelne Glasscherben steckten noch im Rahmen wie Zacken auf einem Drachenrücken. Tankred bückte sich und hob einen faustgroßen Kieselstein auf, der zwischen den Splittern lag. »Ich nehme an, Otto erkannte, dass dieses Schloss stärker ist als jenes der Dombauhütte«, sagte er. »Er sah ein, dass es sich nicht so leicht aufbrechen ließ. Also nahm er diesen Stein ...«

»Und den Kopf?«, unterbrach ihn der Kanzler.

»Richtig! Er kletterte hinauf, um das Fenster einzuschlagen.«

Stirnrunzelnd dachte Lupold nach. »Schwer vorstellbar, wie er das überhaupt bewerkstelligt haben sollte.« Er blickte nach oben. »Mir gelänge es nicht, dort hinaufzusteigen, selbst wenn ich beide Hände frei hätte.«

Abschätzig musterte der Kaplan die füllige Gestalt des Kanzlers. »Ein fähiger Mann schafft das schon. Mir würde ich das jedenfalls zutrauen.«

»Oder Otto von Wittelsbach.«

»Warum nicht? Er verfügt über Bärenkräfte und ist bestimmt ein geschickter Kletterer.«

»Aber mit einem Kopf unter dem Arm und einem Stein in der Faust ...«, zweifelte Lupold. »Das erscheint mir sehr schwierig. Stellt Euch das einmal vor!«

»Vielleicht ist er zweimal geklettert«, gab der Kaplan zu bedenken. »Zuerst mit dem Stein, um das Fenster einzuschlagen. Dann mit dem Kopf. Vermutlich steckte der sowieso in einer Tasche oder einem Beutel. Schließlich musste der Mörder das Haupt unbemerkt hierherschaffen.«

»Was es noch herauszufinden gilt.«

Fragend hob der Kaplan die Brauen.

»Ich meine«, erklärte der Kanzler, »es wäre doch möglich, dass ihn jemand dabei beobachtete.«

Tankred verzog das Gesicht. »Das bedeutet, wir müssen von Tür zu Tür gehen, um das herauszufinden.«

»Richtig! Eine dankbare Aufgabe für Euch. Ihr erfreut Euch doch einer so guten körperlichen Verfassung.« Lupold verbiss sich ein Grinsen und deutete nach oben. »Aber zunächst seid Ihr mir noch den Beweis schuldig, dass Ihr das auch könnt.«

»Was?« Verständnislos starrte Tankred den Kanzler an.

»Nun, das Kletterkunststück.«

»Das ist nicht Euer Ernst!«

»Doch! Wenn der Mörder so in die Kirche gelangt ist – was eigentlich außer Zweifel steht –, finden sich dort oben vielleicht irgendwelche Spuren, die uns einen entscheidenden Hinweis geben. Also sollten wir nachsehen.« Lupold verbesserte sich. »Ich meine natürlich: *Ihr* solltet nachsehen.« Entschuldigend deutete er auf sich selbst. »Oder zweifelt Ihr daran, dass ich es *nicht* schaffe?«

Tankred hangelte sich das letzte Stück zum Kanzler herunter. Als er wieder neben ihm stand, klopfte er sich den Staub vom Talar.

»Und? Habt Ihr etwas gefunden?«, fragte Lupold neugierig.

»Ja.« Der Kaplan atmete schwer. »An einer Glasscherbe, die noch in der Öffnung steckt, klebt Blut. Man sieht es ganz deutlich. Der Täter muss sich beim Einsteigen verletzt haben.«

»Oder das Blut stammt vom Haupt der Toten«, brummte der Kanzler. »Habt Ihr irgendwo eine weitere Blutspur entdeckt? An der Wand vielleicht oder auf dem steinernen Türbogen?«

Tankred überlegte. »Nein, ich habe nur Blut an der Scherbe entdeckt.«

»Dann könntet Ihr recht haben. Der Kopf steckte in einem Beutel. Und der Mörder hat sich möglicherweise verletzt. Zum Beispiel an der Hand.« Er wies auf Tankreds Rechte. »So wie Ihr.«

»Ich bin im Heerlager gestürzt«, erwiderte der Kaplan grimmig. »Das wisst Ihr genau.«

»Natürlich. Mir fällt gerade noch etwas ein. Die Kirche heißt doch Sankt Jakob, nicht wahr?«

»Ja – warum?«

Lupold tippte sich mit dem Zeigefinger gegen die Lippen. »Erinnert Ihr Euch an den schönen Vortrag, den Ihr mir zu diesem Namen gehalten habt? Sagtet Ihr nicht, Jakobus sei ein Märtyrer gewesen?«

Der Kaplan nickte. »Vielleicht sogar der älteste der Christenheit.«

»Wie ist er gestorben?«

Tankred schien nach Worten zu ringen und erntete dafür

vom Kanzler ein Stirnrunzeln. »Was habt Ihr denn? Macht Euch immer noch der Schrecken zu schaffen?«

»Nein, das nicht, aber Ihr wolltet wissen, wie Jakobus gerichtet wurde.«

»Ja, warum erzählt Ihr es mir nicht einfach?«

Langsam ließ der Kaplan die Hand sinken. Dann antwortete er: »Der heilige Jakobus wurde enthauptet.«

14
Kuss

Maria und Mathilde schleppten die Wäsche zum zweiten Mal zum Bach. Nachdem sie vor Schreck den Korb mit den sauberen Tüchern hatten fallen lassen, war alles wieder schmutzig geworden. Allerdings war die vom Koch erwartete Schelte wie auch eine Strafe ausgeblieben. Die eher gestammelten als zusammenhängenden Worte, mit denen sie von ihrem Fund erzählt hatten, schienen ihn mit solchem Grausen zu erfüllen, als wäre *er* über die enthauptete Leiche gestolpert und nicht seine beiden Mägde. Er hatte nur etwas von »Dummheit« und »noch einmal waschen« gestottert, die befürchtete Strafe aber nicht verhängt.

»Was hat eigentlich der Koch mit der Wäsche zu schaffen?« Maria verlangsamte ihre Schritte und blieb schließlich stehen. Sie waren im Obstgarten angelangt, nicht weit vom Fundort der Enthaupteten entfernt.

»Gewöhnlich nichts«, antwortete Mathilde und schielte zu der Stelle hinüber, wo außer niedergetretenem Gras nichts mehr an die Bluttat erinnerte.

»Wieso ist es dann seine Aufgabe, uns zum Waschen zu schicken?« Auch Marias Blick wanderte zu dem Kirschbaum hinüber.

»Der Kämmerer, dem die Wäscherei eigentlich untersteht, hatte einen Unfall. Er ist tot.«

»Der arme Mensch!« Maria glaubte eine gewisse Unruhe in Mathildes Augen zu entdecken.

»Von wegen!«, begann diese auch sogleich zu keifen. »Mit dem brauchst du kein Mitleid zu haben. Im Rausch ist er in den Bach gefallen. So betrunken war er, dass er nicht mehr wusste, wo unten und oben ist. Also ertrank er im knietiefen Wasser.«

»Trotzdem. Kein Mensch hat einen solchen Tod verdient.«

»Der schon! Du kannst von Glück sagen, dass du ihn nie erleben musstest. Seine Bosheiten waren ärger als alles, was du dir vorstellen kannst. Wenn du glaubst, der Koch ist schlimm, dann hast du den Kämmerer nicht gekannt. Er ließ einmal einen Knecht beinahe zu Tode peitschen, weil dieser einen Becher Wein verschüttet hatte. O nein! Der Kerl verdient alles, bloß kein Mitleid.«

Maria runzelte die Stirn und wies auf die Regenwolken, die sich in der Ferne dunkel auftürmten. »Lass uns weitergehen. Wenn wir trödeln, verregnet uns der Sturm die Laken, und wir müssen sie ein drittes Mal waschen.«

Sie nahmen die Wäsche auf und gingen weiter. Als sie zum Bach gelangten, grasten zwei Pferde auf der Wiese am Ufer. Maria wunderte sich. Wer ließ so wertvolle Tiere unbewacht? Doch niemand war zu sehen. Sie klaubten die schmutzigen Tücher aus dem Weidenkorb und warfen sie ins seichte Wasser. Mathilde, die sonst so leutselige Freundin, wirkte fahrig. Ihr langes Schweigen war ungewohnt. Maria musterte sie eine Zeit lang von der Seite. Schließlich fasste sie sich ein Herz und fragte: »Mathilde, was ist mit dir?«

Die Magd zögerte, kaute auf der Unterlippe und fuhr sich durchs Haar. »Georg«, sagte sie dann leise und seufzte. »Er ist krank. Das Fieber ist nicht hoch, aber ich mache mir trotzdem Sorgen um ihn. Zwar hat eine Nachbarin versprochen, nach ihm zu sehen. Aber ich muss immer an ihn denken. Was, wenn das Fieber steigt? Er könnte sterben – und ich bin nicht bei ihm.«

»Aber nein! Er wird nicht sterben! Glaub mir!« Maria ergriff Mathildes Arm. »Ich mache dir einen Vorschlag: Ich kümmere mich um die Wäsche. Du läufst rasch nach Hause und siehst nach ihm. Du überzeugst dich, dass es ihm gut geht, dann kommst du zurück.«

Mathildes Stimme war eine Mischung aus Hoffnung und Verzweiflung. »Aber ich kann dir doch nicht die ganze Arbeit überlassen! Ich weiß selbst, wie schwer es ist …«

»Ich bitte dich!« Maria sprach eindringlich. »Es ist wirklich nicht das erste Mal, dass ich allein Wäsche wasche. Dein Kind ist wichtiger. Nun lauf schon los!«

Mathilde zögerte noch. Doch als sie sah, dass Marias Herzlichkeit echt war, siegte die Besorgnis über ihre Bedenken. Sie nickte und rief: »Du bist eine wahre Freundin! Das werd ich dir nie vergessen!« Im Laufen drehte sie sich nochmals um. »Ich beeil mich und bin bald wieder zurück!«

Maria winkte der Freundin nach. Dann raffte sie den Rock, zog den Saum hoch und steckte ihn in den Bund, damit sie die Laken schrubben konnte, ohne dass die eigene Kleidung nass wurde. So stand sie im seichten Wasser und summte eine Melodie, die ihr in den Sinn gekommen war, wenngleich sie sich an die Worte des Liedchens nicht erinnern konnte. Sie verstand Mathildes Angst um ihren Sohn nur zu gut. Wie oft hatte sie sich schon selbst um ihren kleinen Bruder gesorgt, wenn diesen eine Krankheit gepackt und geschüttelt hatte. Man konnte nur warten und hoffen und vielleicht versuchen, das Fieber mit kalten Tüchern zu senken.

Plötzlich stand, keine drei Schritte von ihr entfernt, ein Mann am Ufer. Es musste einer der Kriegsknechte aus dem Heerlager sein. Er trug fleckige dunkle Beinlinge unter einem weiten roten Hemd und einen ledernen Brustpanzer. Er hielt einen Spieß in der Hand, der verfilzte Bart wucherte ihm fast übers ganze Gesicht und schien nur Augen und Nase frei zu lassen.

Er grinste.

Unsicher strich sich Maria über den gerafften Rock und versuchte, ihn über die Knie zu streifen. Der Mann starrte auf ihre halb nackten weißen Schenkel und kam näher.

»So ein hübsches Mädchen. Lauf nur nicht fort!«, sagte er leise, beinahe freundlich.

»Was willst du von mir?« Maria wäre im Zurückweichen beinahe gestolpert.

»Das wirst du gleich sehen.« Grinsend wedelte der Bärtige mit dem Spieß.

Hastig wandte sich Maria um und erstarrte sogleich in der Bewegung. Da stand ein zweiter Mann. Auch er trug seinen Speer in der Hand, und sein Grinsen war nicht minder anzüglich als das seines Kumpans.

»Was tust du so ganz allein am Bach?«, nuschelte er und entblößte einen zahnlosen Gaumen. »Das ist doch gefährlich! Hier treibt sich bestimmt allerlei Gesindel herum.«

Maria stieß einen ängstlichen Schrei aus und rannte im seichten Wasser nach links. Doch mit den Spießen wurde ihr mühelos der Weg versperrt. Einen Ausbruchsversuch nach rechts unterbanden die beiden Kriegsknechte auf gleiche Weise. Schwer atmend blieb sie stehen, fieberhaft nach einem Ausweg suchend.

»Und nun?« Der Bärtige starrte auf ihre Brüste. »Was willst du tun?« Seine haarige Pranke schnellte vor, packte sie am Arm und zerrte sie aus dem Bachbett heraus. Mit brutaler Gewalt wurde sie in den Sand geschleudert. Zitternd blieb sie liegen.

Die beiden Kriegsknechte rammten ihre Spieße in den Boden. Marias Blick flackerte von dem bärtigen Gesicht des einen zum zahnlosen Grinsen des anderen. Verzweifelt versuchte sie auf die Beine zu kommen – vergeblich. Sie war wie gelähmt. Doch plötzlich entdeckte sie ein Erschrecken in den Gesichtern der Männer. Ein Reiter kam durch das Bachbett geradewegs auf sie zu. Die Hufe seines Rappen warfen Wasserfontänen auf, die im Sonnenlicht gleißten. Er zügelte das Pferd und hielt inne, wohl um abzuschätzen, was hier geschah. Dies genügte den beiden Kerlen, ihre Speere zu packen, zu den Pferden zu stürzen und in wilder Flucht davonzupreschen.

Der Ritter stieg vom Ross. Maria stockte der Atem, als sie ihn erkannte.

»Maria! Haben sie dir etwas angetan?« Er beugte sich zu ihr hinab. Sie sah die Sorge in seinen Augen. »Wenn ich nicht gezögert hätte …«

»Nein. Ihr kamt gerade noch rechtzeitig«, stammelte sie mit zitternder Stimme.

Der Ritter richtete sich auf und band seinen Rappen an einen Busch. »Warum bist du ganz allein am Bach? Das ist sehr leichtsinnig von dir. Weißt du nicht, dass schon zwei Frauen getötet wurden?«

Scheu hob Maria den Blick. »Glaubt Ihr etwa, dass die beiden …«

Der Ritter ging neben ihr in die Hocke. »Ja, gut möglich, dass es die Mörder waren. Ich hätte sie verfolgen sollen! Aber zunächst wollte ich sichergehen, dass du unverletzt bist.« Er blickte in die Richtung, in der die Männer verschwunden waren. »Nun ist es wohl zu spät. Sie sind längst über alle Berge.«

Mit zitternden Fingern zupfte Maria den Saum des Rocks aus dem Bund. Der Stoff fiel herab und bedeckte ihre Beine. Verlegen schielte sie zur Seite und suchte nach den richtigen Worten. »Ich muss Euch danken. Ich bin nur eine einfache Magd, doch Ihr habt mich zum zweiten Mal gerettet. Diesmal vielleicht sogar mein Leben.«

»Für mich macht es keinen Unterschied, ob du eine Magd bist oder eine adlige Dame.«

Maria spürte, wie ihr die Röte in die Wangen schoss. »Ich muss die Wäsche aus dem Bach holen, bevor die Strömung sie forttreibt«, erwiderte sie rasch.

Der Ritter nahm den Helm ab. Sein Haar lockte bis auf die Schultern herab. »Ich helfe dir.«

»Das müsst Ihr nicht, Herr.«

»Nenn mich doch nicht *Herr*!«

Sein Lächeln war so freundlich wie damals auf dem Markt. Es nahm ihr etwas von ihrer Befangenheit. »Wie denn?«

»Ich heiße Reinmar.« Er hielt ihr die Rechte hin. Zögernd griff sie danach und spürte den kräftigen, warmen Druck. Zum ersten Mal sah sie ihn an, ohne seinem Blick auszuweichen. Scheu erwiderte sie sein Lächeln. Behände ergriff er das andere Ende des Tuchs, das sie aus dem Bach hergezogen hatte, und schweigend wrangen sie das Wasser heraus.

Als sie das gefaltete Laken in den Korb gelegt hatte, fragte er: »Wie ist es dir ergangen seit dem Tag auf dem Markt?«

Maria berichtete, wie der Bischof sie als Magd in die Pfalz hatte rufen lassen. Sie spürte, dass sie dem Ritter vertraute, und genoss zunehmend das Gefühl seiner Nähe. Tuch um Tuch spülten sie die Wäsche, wrangen sie aus und legten sie zusammengefaltet in den Korb. Nun standen sie sich am Ufer gegenüber.

»Ihr« – sie verbesserte sich –, »du ... bist ein Ritter des Königs?«

»Ja. Ritter und Sänger.« Als er ihren fragenden Blick sah, fuhr er fort: »Als Ritter diene ich meinem Herrn. Für ihn kämpfe ich mit dem Schwert, und wenn es sein muss, opfere ich ihm mein Leben.« Er hielt inne und dachte nach. »Als Sänger stehe ich im Dienst der hohen Frauen. Dabei geht es nicht um den Kampf mit der Waffe, auch wenn ich jede Frau mit meinem Leben beschütze. Den Wettstreit um die Gunst der Damen fechte ich mit Worten und schönen Melodien aus.«

»Die Gunst der hohen Frauen«, wiederholte Maria, und ihr wurde wieder bewusst, dass sie nur eine Magd war, die ihren Dienst als Strafe verrichten musste, weil man sie des Diebstahls bezichtigt hatte. Ihre Stimme klang wehmütig, als sie fragte: »Wovon handeln diese Lieder?«

Für einen Augenblick, der ihr kurz wie ein Wimpernschlag erschien, legte er seine Hand auf die ihre, dann zog er sie zurück. Wieder sah er sie dabei lächelnd an und meinte leichthin: »Du musst nicht neidisch sein. Die Lieder handeln alle von unerfüllter Liebe, davon, dass man einer hohen Herrin dient. Man sehnt sich ganz danach, ihr Herz zu gewinnen. Und doch weiß man, dass man es nie erlangen wird, denn es gehört bereits einem anderen.«

»Das müssen sehr traurige Lieder sein.« Maria spürte

einen Regentropfen auf der Wange. Sie wischte darüber und sagte: »Doch bestimmt gehören dir das Herz und die Liebe vieler Damen.«

Das Lächeln um Reinmars Lippen wurde noch herzlicher. »Es ist nur ein Spiel – und bestimmt nicht jene Liebe, die ich suche.«

Marias Herz tat einen Sprung. Sie öffnete die Hand, wie um den nächsten Regentropfen darin aufzufangen. Dann sagte sie mit abgewandtem Blick: »Es fängt an zu regnen. Ich muss mich auf den Weg machen, damit die Wäsche nicht schmutzig wird.«

Der Ritter erwiderte Marias Lächeln. »Vom Regen wird deine Wäsche bestimmt nicht schmutzig. Aber lauf ruhig los, damit dein schönes Haar nicht nass wird.« Er hob die Hand zu einer ihrer blonden Strähnen. Die Berührung seiner schlanken Finger war wie ein Windhauch. »Sehen wir uns wieder?«

Freudig nickte sie. »Sehr gern, wenn du es auch möchtest.«

»Ja.«

Sie nahm den Korb und hob ihn auf die Hüfte.

»Warte bitte! Nur noch einen Augenblick.«

Maria schluckte. »Ja?«

»Wo können wir uns treffen? Und wann?«

»Ich weiß nicht. Ich arbeite in der Küche beim Bischof. Eigentlich darf ich die Pfalz nicht verlassen.«

»Gut. Dort werde ich dich finden, wenn ich den König aufsuche. Ich werde ihm vom Überfall auf dich berichten. Wenn die beiden Kriegsknechte die gesuchten Frauenmörder sind, muss man ihnen das Handwerk legen, bevor sie sich ihr nächstes Opfer suchen.« Er zögerte, dann kam er näher. »Maria – bitte pass gut auf dich auf.« Sanft hob er ihr Gesicht empor. Er sog die Luft ein, als wolle er ihren Duft einfangen. Gleich würden seine Lippen ihren Mund berühren. Sie schloss die Augen.

»M-a-r-i-a!«

Im selben Augenblick, als Mathildes Stimme vom Obstgarten laut herüberklang, fuhr sie zurück. Sie hob die Hand zum Mund und nahm rasch den Korb mit der Wäsche fest in beide Hände. Als sie losrannte, setzte der Regen ein.

15
Gefangener

Über Bambergs Dächern ging ein heftiger Regenschauer nieder.

»Gestattet, dass ich ein Gedankenspiel mit Euch versuche.« Lupold, der mit den Händen auf dem Rücken unruhig auf und ab gegangen war, blieb stehen und dachte laut nach. »Was ist, wenn sich herausstellt, dass Otto von Wittelsbach die Morde doch nicht begangen hat?«

»Ihr denkt an den Überfall auf diese Magd, den der Ritter gemeldet hat?« Ungehalten winkte Tankred ab. »Das hat doch mit den beiden Morden nichts zu tun. Selbst wenn die Übeltäter gefasst werden – was ich bei über zehntausend Verdächtigen im Heerlager für unwahrscheinlich halte –, die Tat passt überhaupt nicht in das bisherige Muster.«

»Mit Verlaub, diese Kriegsknechte passen auch nicht schlechter in das Muster als Otto von Wittelsbach. Wir wissen ja gar nicht, was sie mit der Magd angestellt hätten, wenn sie nicht gestört worden wären. Vielleicht hätte das dann sehr wohl in das Muster gepasst.«

Der Kaplan wurde immer gereizter. »Ich verstehe nicht, warum Ihr nicht warten könnt, bis Otto gefasst und eingekerkert ist. Warum zerbrecht Ihr Euch über Zusammenhänge den Kopf, die sich schon bald von selbst klären werden?«

»Ich bin eben ein ungeduldiger Mensch«, brummte Lupold, »und die Sache lässt mir keine Ruhe, solange ich sie nicht restlos verstehe. Also tut mir den Gefallen, und helft mir dabei, alle Fakten noch einmal zusammenzutragen.«

Als Tankred schwieg, fuhr der Kanzler fort: »Dabei wäre es mir am liebsten, wenn wir nicht von Otto sprächen, sondern von *dem Täter*. Dann kann ich klarer denken und beschränke mich nicht immer nur auf den Wittelsbacher.«

»Das halte ich für vollkommen überflüssig«, schnaubte der Kaplan. »Aber wenn Ihr darauf besteht – bitte.«

Der Kanzler, der zwei Armlängen von Tankred entfernt stand, beobachtete den niederprasselnden Regen. »Ich danke Euch für Euer Verständnis. Ich wiederhole: Wir sind beide der Meinung, dass der Mörder einem Muster folgt.«

»Ja, natürlich. Aber ich halte auch Otto von Wittelsbach für durchaus in der Lage, ein solches Muster anzulegen – sei es nun willentlich oder zufällig.«

»Zufällig gewiss nicht. Gut. Fangen wir also an. Da wären zum einen die Kreuzotter und das Dämonenhaupt. Möglicherweise ein Bezug zum Teufel oder zur Hölle.«

Widerwillig nickte Tankred. »Das sehe ich auch so.«

»Der Mörder möchte uns also darauf hinweisen, dass die Frauen schlecht waren oder eine schändliche Handlung begangen hatten, für die er sie bestrafen musste.«

Wieder stimmte der Kaplan zu. Seine Miene blieb jedoch abweisend.

»Betrachten wir als Nächstes die Plätze, an denen die Opfer gefunden wurden«, fuhr Lupold fort. »Die erste Tote taucht vor den Mauern des Klosters Sankt Michael auf. Die zweite Leiche entdecken Mägde in einem Kirschgarten unterhalb von Sankt Jakob, wo unser Glasermeister wenig später auf dem Altar den abgeschlagenen Kopf findet, und zwar mit einer Hostie auf der Zunge.«

»Welches Muster seht Ihr darin?«

»Den Bezug zu kirchlichen Einrichtungen. Sankt Michael und Sankt Jakob.«

Der Kaplan runzelte die Stirn. »Ihr nehmt an, Otto hat diese Orte absichtlich gewählt? Warum?«

»Ich habe Euch gebeten, den Namen Otto aus dem Spiel zu lassen. *Der Täter*. Es könnte bedeuten, dass wir eine Verbindung zwischen den Opfern und dem Kloster oder der Kirche herstellen müssen. Seid Ihr nicht selbst blass geworden, als Euch einfiel, wie der heilige Jakob ums Leben kam?«

»Jakobus den Älteren ließ König Herodes Agrippa I. von Judäa im Jahr vierundvierzig nach Christus köpfen und machte ihn damit zum ersten Märtyrer der zwölf Apostel.«

»Richtig. Unser Täter legt den Kopf seines Opfers also auf den Altar von Sankt Jakob, das bezieht sich klar auf die Ermordung Jakobus' des Älteren. Daran besteht kein Zweifel. Unklar ist nur, ob er auf den Märtyrer hinweisen will, was ich allerdings für unwahrscheinlich halte. Damit erhöbe er die Tote symbolisch zur Märtyrerin.«

»Das täte er, ja.«

»Vielleicht geht es ihm lediglich um die Kirche Sankt Jakob. Ich tappe selbst noch im Dunkeln, ebenso bezüglich der Hostie. Glaubt er etwa, durch das Abschlagen des Kopfs habe er der Toten gleichsam die Absolution erteilt, und sie sei dadurch nun wieder würdig, den Leib des Herrn zu empfangen?« Lupold überlegte. »Das würde dann ja fast schon auf einen Priester als Mörder hindeuten.«

»Am Ende wollt Ihr noch mich beschuldigen!« Tankred spielte den Entrüsteten.

»Werter Kaplan, ich habe lediglich laut gedacht. Wir haben es eben mit einer Menge religiöser Motive zu tun. So abwegig ist der Gedanke mit dem Priester vielleicht doch nicht. Wir sollten ihn nicht aus den Augen verlieren. Aber lenken wir unsere Blicke zunächst noch auf Sankt Michael.«

»Das Kloster bekam seinen Namen zu Ehren des Erzengels Michael. Dieser besiegte mit seinen treu ergebenen himmlischen Heerscharen den aufständischen Erzengel Luzifer sowie dessen Anhänger und warf sie in die Hölle.«

»Genauso heißt es. Hier passen auch die Geschichte und der Mord zusammen – und die Kreuzotter. Wir haben die Symbole für das Böse, und der Täter sieht sich selbst als Erzengel, der die gerechte Strafe vollzieht.«

»Zwei Opfer, zwei Kirchen«, sinnierte der Kaplan.

Lupold nickte und formte die Hände zu einem Dreieck. »Es gibt noch eine dritte Verbindung zwischen den Ermordeten.«

»Und welche?«

»Die Schönheit der beiden Opfer.«

»Soweit man einen abgeschlagenen Kopf als *schön* bezeichnen kann«, erwiderte der Kaplan, und ein bissiger Unterton in seiner Stimme war unüberhörbar. Der Kanzler überging Tankreds Spott.

Auf dem Hof fuhr ein Ochsenkarren vor, der Fuhrknecht sprang fluchend vom Bock und rannte zum Seiteneingang, um sich unterzustellen.

»Die Toten waren auch von sehr schöner Gestalt.«

»Ihr habt sie Euch offensichtlich sehr genau angesehen.«

»Natürlich. Ich kenne doch inzwischen Eure Befangenheit allen weiblichen Wesen gegenüber. Einen nackten Frauenkörper zu begutachten wollte ich Euch nicht zumuten. Also musste ich es selbst tun.«

Unten auf dem Hof stand der Ochse noch eingespannt und verlassen im Regen. Lupold trat einen Schritt zurück und wandte sich um. »Vielleicht ist die Schönheit ja der Schlüssel, eine Spur, die uns zum Motiv des Mörders führt.« Während der Kanzler sprach, betrachtete er den Kaplan mit heimlichem Schmunzeln. Sein hellhäutiges Gesicht, begrenzt von den abstehenden roten Ohren, stellte einen lächerlichen Kontrast zu der viel zu weiten schwarzen Priesterrobe dar. Wie eine Vogelscheuche, dachte Lupold.

Doch noch bevor er fortfahren konnte, betrat Eckbert von Bamberg mit fliegenden Gewändern den Festsaal der Pfalz und eilte sogleich auf Tankred und Lupold zu. An den fahrigen Bewegungen des Bischofs erkannte der Kanzler, wie sehr seinen Herrn die beiden Mordfälle im Bistum beunruhigten.

»Wie ist der Stand der Dinge?«, rief er, noch während er den weiten Raum durchschritt. Als er schließlich vor Lupold und Tankred stehen blieb, schnaufte er schwer. »Ich bin soeben aus Nürnberg zurückgekehrt, nur um von dem furchtbaren Fund zu erfahren. Man hat also den Kopf der zweiten Toten gefunden?«

Lupold schaute sorgenvoll drein, und Tankred brachte

lediglich ein heiseres Räuspern zustande. Der Kanzler ergriff das Wort. »Ihr wurdet gewiss auch darüber in Kenntnis gesetzt, dass der Kopf auf dem Altar von Sankt Jakob lag. Ein scheußlicher Anblick, wie ich Euch versichern kann, und entweihend, ein Sakrileg.«

Der Bischof fuchtelte mit den Armen. »Ich will alle Einzelheiten wissen! Wer hat den Kopf gefunden?«

»Ein Glasermeister«, antwortete der Kaplan, nachdem er die Stimme wiedergefunden hatte. »Aber vermutlich hat er mit der Tat überhaupt nichts zu tun.«

»Angeblich wurde er von Euch beauftragt, sich in der Kirche ein zerschlagenes Fenster anzusehen.« Lupold musterte den Bamberger unauffällig, aber genau. Die Verzweiflung über die Bluttat in seinem Bistum schien echt. Niemand konnte eine solche Bestürzung nur spielen. Oder doch?

»Ihr habt also schon in Nürnberg vom Fund des Haupts erfahren?«

»Aber nein, wie denn? Erst jetzt! Mein Truchsess hat den Glaser vermutlich in meinem Namen beauftragt. Er ist dazu befugt, ja, sogar verpflichtet, derlei Angelegenheiten selbst in die Wege zu leiten. Schließlich kann ich mich nicht selbst um alles kümmern.«

Für Lupold klang diese Erklärung glaubhaft, und mit einem Kopfnicken bedeutete er dem Kaplan fortzufahren.

Dieser räusperte sich abermals. »Der Glasermeister öffnete die Kirchentür mit einem Schlüssel. Als er sich genauer umblickte, entdeckte er den Kopf. Er bemerkte oder hörte nichts Auffälliges und fand keinerlei Anhaltspunkte, wie das abgetrennte Haupt auf den Altar von Sankt Jakob gelangt war.«

Der Kanzler hob den Zeigefinger. »Zwei Einzelheiten gibt es noch zu berichten. Erstens: Der Täter hat sich beim Einstieg in die Kirche möglicherweise verletzt. Wir fanden an einer Glasscherbe Blut. Zweitens, und das ist höchst eigenartig und bemerkenswert: Der Mund des Haupts stand offen, und darauf lag … Ratet, was!«

»Spannt mich nicht auf die Folter!«, rief der Bischof ungehalten.

»... eine Hostie«, vollendete der Kanzler den Satz.

Eckbert riss die Augen auf. »Eine Hostie? Es muss ein Wahnsinniger sein, der sein Unwesen in meiner Stadt treibt! Ich habe es schon einmal gesagt.« Er packte Lupold am Arm. »Ihr müsst den Kerl schnellstens fassen! Hört Ihr? Vor der Hochzeit will ich diesen Verrückten am Galgen baumeln sehen.«

»Wir wissen bereits, wer der Täter ist«, schaltete sich Tankred ein. »Otto von Wittelsbach. Er hat die Morde gestanden.«

Der Kanzler kratzte sich am Kinn. »Zumindest erklärt Hermann von Thüringen in einem Brief, Otto sei unter höchst verdächtigen Umständen bei ihm aufgetaucht, mit blutigen Kleidern und wirr redend.«

»In dem Brief steht eindeutig, der Wittelsbacher habe den Mord zugegeben!«, rief Tankred mit schriller Stimme, während Lupold zweifelnd den Kopf schüttelte.

»Nun ja, der Inhalt des Schreibens war an manchen Stellen ein klein wenig unklar formuliert. Meines Erachtens hat Hermann aus Ottos Gehabe lediglich *geschlossen*, dass er mit der Bluttat in Zusammenhang stehen könnte.«

»Es war dort wörtlich zu lesen, dass Otto gestanden hat«, beharrte der Kaplan.

Lupold glaubte, Bestürzung in Eckberts Gesicht zu lesen, als dieser nun ausrief: »Der Wittelsbacher in Thüringen? Habt Ihr denn schon Häscher entsandt, um ihn zu fassen?«

»Jawohl«, antwortete der Kaplan. »Allerdings wissen wir noch nicht, ob die Männer erfolgreich waren. Vielleicht hat Otto die Wartburg längst wieder verlassen.«

Der Kanzler, der Eckbert nicht aus den Augen gelassen hatte, wandte sich nun an diesen. »Ihr seht besorgt aus, doch glaubt mir, wenn Otto der Mörder ist, werden wir ihn bald fassen und seiner gerechten Strafe zuführen.«

Eckbert schüttelte den Kopf. »Das ist es nicht. Aber mir

gefällt es ganz und gar nicht, dass der Wittelsbacher bei dem Landgrafen Zuflucht sucht. Otto ist unberechenbar, der Thüringer falsch. Eine unselige Verbindung, die gefährlicher nicht sein könnte.«

»Hermann hat uns aber eigens einen Boten geschickt, damit wir den Mörder bei ihm dingfest machen können.« Tankred sprach mit eindringlicher Stimme. »Ist das nicht Beweis genug für seine ehrenhafte Haltung?«

»Unter *ehrenwerter Haltung* verstehe ich, dass er einen mutmaßlichen Mörder sofort ins tiefste Verlies wirft, bis wir ihn dort abholen. Man mag nun überlegen, warum er dies nicht getan hat. Oder steht davon irgendetwas in dem Brief?«

»N-nein«, stotterte der Kaplan.

Lupold schlug sich mit der flachen Hand gegen die Stirn. »Ihr habt recht. Meine Güte! Warum habe ich das übersehen? Gibt es einen vernünftigen Grund, einen geständigen Mörder *nicht* umgehend einzusperren?«

Ein betretenes Schweigen breitete sich aus. Tankred tat ein paar unschlüssige Schritte, dann blieb er wieder stehen. Indessen arbeitete es fieberhaft hinter Lupolds Stirn.

Eckbert, der mit finsterer Miene die Lippen zusammenkniff, sprach als Erster. »Ich erhielt neulich eine Einladung des Thüringers, ebenso mein Bruder Heinrich von Istrien.«

»Aha!«, rief Lupold. »Und darf ich fragen, warum Ihr die Einladung nicht angenommen habt?«

»Ein Grund war, dass ich bereits in Nürnberg zu tun hatte.«

»Und der andere?«

Lupold erntete einen misstrauischen Blick. »Ist Neugierde eine Voraussetzung für das Amt des königlichen Kanzlers? Aber bitte, wenn Ihr es genau wissen wollt: Ich hege Hermann von Thüringen gegenüber keine sonderliche Zuneigung. Wie gesagt, ich halte ihn für falsch. Er schmiedet gern Ränke – das müsste Ihr als Philipps Vertreter nur allzu gut wissen.«

Auf diese letzte Bemerkung ging der Kanzler nicht ein. Stattdessen fragte er: »Wurde in der Einladung ein Grund für das Treffen genannt?«

»Die Hochzeit hier in Bamberg zwischen Beatrix, der Nichte des Königs, und meinem Bruder Otto, dem Herzog von Meranien.«

»Was hat der Thüringer damit zu schaffen?«

»Nun, er ist eingeladen. Und angeblich, so heißt es, übt er gerade einige Kunststücke ein, die er mit seinen Rittern aufführen will. Eine Überraschung für das Brautpaar und den König.«

Lupold runzelte die Stirn. »Davon sollte ich als Vertreter des Königs eigentlich wissen. Schließlich bin ich für den Ablauf der Festlichkeiten und für die Sicherheit verantwortlich.« Er stutzte. »Ihr sagtet, dies sei der *angebliche* Grund für die Einladung zu dem Treffen?«

»Das ist richtig.«

»Was, glaubt ihr dann, ist der *eigentliche* Grund?«

Die Blicke des Bischofs wanderten zu dem großen Wandteppich mit der prachtvollen Jagdszene. »Das weiß ich nicht.«

Aus dem Mienenspiel des Bischofs wurde Lupold nicht schlau. Drückte es tatsächlich Sorge aus, wie die gefurchte Stirn und die nach oben gezogenen Brauen anzudeuten schienen? Aber warum nur? Oder spiegelten die zusammengepressten Lippen Ärger wider? Worüber? Vielleicht log Eckbert aber auch, um den wahren Grund für das besagte Treffen zu verschleiern. Wich der Bamberger deshalb ständig Lupolds Blicken aus?

Lupold entschied sich für eine recht kühne Frage. »Wäre es möglich, dass Hermann von Thüringen ein Komplott gegen den König schmiedet und dafür noch Spießgesellen sucht?«

»Ihr denkt dabei doch nicht etwa an mich!« Überraschenderweise klang Eckberts Stimme nach dieser versteckten Anschuldigung keinesfalls entsetzt oder gar zornig, sondern eher müde, mutlos. Lupold wunderte sich. Eigentlich hatte er erwartet, dass Eckbert sich eine derartige Unterstellung nicht bieten ließe. Stattdessen war es der Kaplan, der sich nachdrücklich vor seinen Bischof stellte und Lupold zornig anfunkelte.

»Ihr schießt deutlich über das Ziel hinaus«, rügte er. »Es steht Euch nicht zu, als Gast in diesem Haus solche Beleidigungen auszusprechen. Auch nicht als Kanzler des Königs!«

Zum zweiten Mal überraschte Eckbert den Kanzler. Statt Tankred für seine Unterstützung zu danken, schob er ihn verärgert zur Seite und brummte: »Mischt Euch nicht in Angelegenheiten ein, die Euch nichts angehen! Kümmert Euch lieber um Euren Auftrag! Fasst endlich Otto von Wittelsbach, bevor er noch mehr Unheil anrichtet!«

Als ein Bote wenig später die Nachricht von Ottos Ergreifung überbrachte, war die allgemeine Überraschung groß.

»Das ging aber schnell«, murmelte Eckbert erleichtert.

»Endlich können wir den Fall zum Abschluss bringen! Ich habe es doch gewusst!«, rief der Kaplan aus.

Der Kanzler hingegen versagte sich jede Beurteilung der erfreulichen Meldung. Stattdessen fragte er den Bischof: »Seid Ihr hier in Bamberg in der Lage, den Wittelsbacher so wegzusperren, dass er uns nicht wieder entwischt?«

»Selbstverständlich«, antwortete Eckbert. »Aus meinem Verlies ist noch keiner entkommen.«

Lupold war in den Kerker hinabgestiegen, um Otto zu verhören. Doch dieser zeigte sich nicht nur verstockt, sondern weigerte sich überhaupt, irgendeine Frage zu beantworten.

»Habt Ihr die beiden Frauen getötet?«, wollte der Kanzler als Erstes wissen.

Otto von Wittelsbach starrte nachdrücklich in die andere Richtung.

»Man klagt Euch des doppelten Mords an. Was habt Ihr dazu zu sagen?«

Otto schwieg mit versteinerter Miene.

»Wollt Ihr nicht einmal wissen, wer Euch beschuldigt?«

Wieder erhielt er keine Antwort.

Lupold seufzte. Die Halsstarrigkeit des Pfalzgrafen war unglaublich. »Habt Ihr denn gar keine Angst vor dem Galgen? Man wird Euch hängen, das ist gewiss!«

Otto stieß ein trotziges Lachen aus und zeigte dem Kanzler den Rücken.

»Nun gut. Früher oder später werdet Ihr reden. Da bin ich mir sicher.« Lupold trat von dem angeketteten Wittelsbacher zurück und wies den Wächter an, das schwere schmiedeeiserne Gitter zu schließen. Dann stieg er aus dem finsteren, feuchten Kellergewölbe hinauf in die wohnlichen Räumlichkeiten der Bischofspfalz.

Das Unwetter war weitergezogen, die Dächer der Stadt glänzten und blinkten im Sonnenlicht.

»Und es ist wirklich gar nichts aus ihm herauszubekommen?«, fragte der Kaplan.

Der Kanzler schüttelte den Kopf. »Nichts.«

»Was umso deutlicher für seine Schuld spricht.«

»Ich weiß nicht«, grübelte Lupold. »Ich habe immer noch das Gefühl, einige Einzelheiten wollen sich nicht zusammenfügen.« Der Kanzler verschwieg dabei vor dem Kaplan auch seine Unsicherheit hinsichtlich Eckberts. Wie war dessen doch reichlich seltsames Verhalten in Bezug auf Hermann von Thüringen und den Wittelsbacher zu deuten? Lupold wusste es nicht. Doch sein großes Misstrauen gegenüber dem Bamberger Bischof würde mit Sicherheit bis zur Aufklärung des Falls bestehen bleiben.

»Bei seiner Festnahme gebärdete sich Otto wie ein Verrückter«, berichtete der Kaplan. »Dabei wurden sechs Männer verletzt, zwei von ihnen lebensgefährlich.«

Lupolds Blicke schweifte über die Stadt. In der Ferne staute sich ein großer Heerhaufen vor dem Eingang zum Lager. »Immerhin sind nun endlich die Krieger aus Böhmen eingetroffen«, murmelte er abwesend. »Jetzt fehlen nur noch die burgundischen Panzerreiter. Ich vermute, sie treffen zusammen mit der Braut als deren Geleitschutz ein.«

»Woher wisst Ihr, dass die Soldaten da draußen aus Böhmen stammen?« Der Kaplan reckte den dünnen Hals.

»Das erkenne ich an den Standarten«, antwortete Lupold trocken.

»Natürlich.« Tankred räusperte sich und blinzelte kurzsichtig in die Ferne. »Jetzt sehe ich sie auch.«

III. Buch
Sankt Stephan

Ein mahnender Finger
weist den Weg zu deinem Grab.
Auch dein blendender Schein
barg nichts als Abschaum.

Kalter Stein – gewachsen in der Erde unseres Herrn –
zermalmte mühelos die sünd'ge Hülle
mit seiner
unerbittlichen Last.

16
Hände

Das Lächeln des heiligen Stephan umspielte gütig die steinernen Lippen der Statue. Sie stand auf einem Sockel neben dem gewölbten Durchgang zum Stephansberg, an dessen Südseite sich die ihm geweihte Kirche schmiegte. Papst Benedikt VIII. hatte das Kollegialstift im Jahr 1020 des Herrn selbst geweiht, als er zu einer Visite in Bamberg weilte.

Das gemauerte Stadttor war ein Überbleibsel aus jener Zeit nach dem Kirchenbau, als der Säckel des damaligen Bischofs noch besser gefüllt war. Lastkähne, beladen mit den Sandsteinquadern aus den Steinbrüchen vom oberen Mainlauf, waren täglich vor der Stadt eingetroffen. Der Überfluss an dem wertvollen Baumaterial wurde für einen steinernen, teilweise den Stephansberg umgebenden Wall genutzt. Später, als Bambergs Besiedlung zügig voranschritt, wurde das Baumaterial kostbar und rar. Und je zahlreicher die Steinhäuser auf dem Hügel emporwuchsen, desto niedriger wurde die Mauer, bis schließlich nur noch jener Bogen bestehen blieb, neben dem sich der heilige Stephan erhob, umrahmt von den neuen hölzernen Balustraden. Und hier wirkten beide, das Tor und der Märtyrer, reichlich fehl am Platz.

Nun, fast zwei Jahrhunderte später, hatte der heilige Stephan einen Verlust zu beklagen. Knapp unterhalb des Handgelenks war dem Märtyrer die Rechte, die er noch bis vor Kurzem an dieser Stelle segnend gegen den Kirchberg erhoben hatte, sauber abgetrennt worden.

Liuthar, der Meister der Steinmetzbauhütte, fuhr mit dem Daumen vorsichtig über die scharfe Kante am steinernen Armstumpf. »Wie mit dem Schwert abgeschlagen«, murmelte er nachdenklich und blickte sich suchend um. Die fehlende Rechte war nirgends zu sehen. Wer immer für die Verstümmelung des Märtyrers verantwortlich war, hatte wohl die Hand mitgenommen.

Meister Liuthar öffnete die umgehängte Ledertasche und entnahm ihr Winkel, Stechzirkel und Maßstab. Dann vermaß er den Armstumpf ebenso wie die linke Hand des Heiligen, die mit vornehmen, schlanken Fingern auf den steinernen Falten seines Gewands ruhte.

Während der Meister arbeitete, schimpfte er leise in seinen Bart. Bestimmt war der Frevler unter den Männern im Heerlager zu suchen, die jenseits der beiden Flussarme auf den Abmarsch warteten. Doch der verzögerte sich noch eine Weile, denn die Truppen sollten erst nach der Hochzeit der königlichen Nichte aufbrechen. Nichts jedoch war schlimmer als eine unbeschäftigte Kriegerhorde. Die Kerle soffen bis zur Besinnungslosigkeit, zettelten Schlägereien an und kamen ständig auf dumme Gedanken, um die Zeit totzuschlagen. Dies bewies anschaulich Sankt Stephans abgetrennte Hand. Außerdem benötigten die Herumlungernden für sich und ihre Pferde Unmengen an Verpflegung, und die Bauern der Umgebung mussten nicht nur das Vieh, sondern auch noch ihre Töchter wegsperren.

Meister Liuthar räumte das Werkzeug zurück in die Tasche und warf einen letzten prüfenden Blick auf den Armstumpf der Statue. Neben den genauen Maßen prägte er sich auch die Farbe des Steins ein, den es für die Ersatzhand zu finden galt. Für die Neuanfertigung stand nicht viel Zeit zur Verfügung. Der Bischof hatte wissen lassen, er lege großen Wert darauf, dass sich seine Stadt dem König in ganzer Pracht zeige. Bis zum Eintreffen des Herrschers blieben aber nur noch wenige Tage.

Liuthars bärtiges Gesicht trug – als sichtbares Zeugnis seiner Handwerkskunst – stolz die Narben Hunderter von Steinsplittern zur Schau. Der stämmige Mann, dessen Schultern, Arme und Hände von der schweren Arbeit geformt waren, hatte es durch seine Tätigkeit als leitender Steinmetz der Bauhütte zu bescheidenem Wohlstand gebracht. Sein Haus, das zwischen den Flussarmen lag, war aus Stein erbaut. Für gewöhnlich unterstanden ihm drei Gesellen und ein halbes Dutzend Handlanger. Doch große Bauunternehmungen gab es zurzeit in Bamberg nicht. Der Bischof musste sparen, um irgendwann einmal genug Geld für den Wiederaufbau des Doms zu haben. Also hatten sich die Gesellen auf Wanderschaft begeben und die Handlanger sich andernorts verdingt. Niemand wünschte den Neuaufbau der Kirche sehnlicher herbei als Liuthar. Manchmal stellte er sich vor, wie er zum Dombaumeister befördert würde, und kaum ein Tag verging, an dem er nicht einen Stock zuspitzte, das Stroh zur Seite fegte, um den gestampften Lehmboden seines Hauses mit kühnen Strichen zu bedecken, die sich zu den Kathedralen seiner Träume zusammenfügten.

Nun eilte er den Domberg hinunter und passierte wenig später die Wachen an der Zugbrücke, die ihm gelangweilt nachsahen. Der Hauptweg war durch die häufigen Regengüsse der letzten Zeit aufgeweicht. Versunken in seine Überlegungen, wich er den Pfützen aus, so gut er konnte. In Gedanken ging er seine Vorräte an Sandsteinbrocken durch, die vielleicht für die nachzubildende Hand infrage kamen.

Es galt als Privileg, dass er auf einem kleinen Hügel wohnen durfte. Im Frühjahr und Herbst, wenn die beiden Flussarme über die Ufer traten, behielt er als einer der wenigen Bewohner in diesem Teil der Siedlung trockene Füße.

Er zog die Tür auf und blieb auf der Schwelle stehen. »Ich sollte mir wieder ein Weib nehmen«, brummte er wie so oft, während er kopfschüttelnd die häusliche Unordnung betrachtete. Der Raum war ein einziges Durcheinander an Gebrauchsgegenständen, schmutziger Wäsche, Schablonen, Werkzeugen sowie rohen und behauenen Steinen. Seine Frau war an einem Fieber gestorben, das sie innerhalb einer halben Woche dahingerafft hatte. Noch immer verging kein Tag, an dem er sie nicht vermisste, und er gestattete seither keiner Dienstmagd den Zutritt zum Haus.

»Ein böses Weib bleibt dir ein Leben lang«, sinnierte er manchmal, vor allem wenn er zu tief in den Weinkrug geschaut hatte, »eine gute Frau wird dir vom Schicksal gleich wieder genommen.«

Er nahm die Werkzeugtasche von der Schulter und stellte sie neben sich ab. Sein Blick fiel auf den Steinvorrat in der Ecke. Er bückte sich und ließ die Finger über verschiedene Brocken gleiten. Seine Hände waren in der Lage, die Beschaffenheit eines Steins besser zu erkunden als seine Augen. Mühelos fand er ein geeignetes, etwa kopfgroßes Stück. Er zog es hervor, begutachtete es von allen Seiten und trug es, zusammen mit seinem einbeinigen Schemel, nach draußen, um unter den wärmenden Strahlen der Frühsommersonne aus einem groben Steinklotz eine feingliedrige menschliche Hand zu schaffen.

Das dazu benötigte Werkzeug lag bereit. Die Steinsäge schob er zur Seite, denn der Brocken hatte bereits die richtige Größe. Zunächst musste er eine geeignete Stelle finden, an der die Hand später mit dem Armstumpf verbunden werden konnte, denn es galt, mit dem Stechzirkel den entsprechenden Durchmesser einzuritzen. Als dies geschehen war, griff der Steinmetz nach der Axt. Wenige gezielte Hiebe genügten ihm, um aus dem weichen Stein die grobe Form des Handgelenks herauszuarbeiten.

Die Genauigkeit, die hierfür vonnöten war, verdankte er dem jahrelangen Umgang mit dem Beil und dem Sandstein. Ein weniger geübter Lehrling oder Geselle musste für eine solche Arbeit Sprengeisen und Klüpfel nehmen, um mit dem Meißel vorsichtig daumengroße Stücke abzuschlagen. Hätte ein Arbeiter dies mit der Axt versucht, hätte er ihm als Lohn dafür eine Maulschelle verpasst. Zu groß war die Gefahr, dass ein einziger falsch gezielter Schlag den ganzen Stein verdarb.

Liuthar hatte schon mit den verschiedensten Steinsorten gearbeitet. Noch heute schwärmte er von Marmor, dessen Bekanntschaft zu machen ihm vor vielen Jahren in der Lombardei vergönnt war. Die Platten mit ihren phantastischen Maserungen waren nicht nur schön anzusehen, sondern ließen sich auch hervorragend schneiden und schleifen. Doch Marmor war unwahrscheinlich teuer und in dieser Gegend kaum zu bekommen. Am leichtesten ließ sich Kalkstein bearbeiten, aber leider verwitterte er rasch und verlor bald die Form. Damit ließ der Steinmetz hauptsächlich die Lehrlinge üben. Wenn er wollte, dass sie sich einmal die Zähne ausbissen, gab er ihnen den nahezu unverwüstlichen Granit. Feinere Arbeiten konnte man aus diesem Material kaum heraushauen. Aus Thüringen kannte er auch Schiefer. Die schwarzen Steine spaltete man in dünne Platten, und Liuthar hatte rasch gelernt, dass man damit Dächer eindecken und Hauswände auf der Wetterseite wind- und regenfest machen konnte. Für bildhauerische Arbeiten taugte Schiefer allerdings nicht.

Er selbst arbeitete bevorzugt mit Sandstein. Den gab es in nahezu allen erdenklichen Farbschattierungen, von Hellgelb über Rosa bis zu einem satten Grün. »Sandstein ist der beste Baustein«, belehrte er seine Arbeiter gern, »überaus widerstandsfähig, aber dennoch hervorragend zu formen.«

Noch dazu war dieses Material leicht zu beschaffen und zudem bezahlbar, denn die Steinbrüche im Steigerwald und im Maintal brachten reiche Erträge.

Liuthar vermaß das herausgeschlagene Handgelenk und nickte zufrieden. Er klemmte den Block zwischen die Schenkel und nahm die Feile zum Glätten kleinerer Unebenheiten. Gerade wollte er den Zirkel wieder ansetzen, um die Umrisse des Daumens und der übrigen Finger in den Stein zu ritzen, da erklang eine helle Knabenstimme.

»Meister! Ihr müsst schnell mitkommen!«

Liuthar ließ den Zirkel sinken. Er betrachtete den Jungen, der mit geröteten Wangen vor ihm stand. Die roten Haare standen ihm in alle Richtungen weg, das rotznäsige Gesicht war mit Sommersprossen übersät. Die Jacke wies unzählige

Löcher auf, ebenso die viel zu kurzen Beinlinge, aus denen die schlammverkrusteten Füße hervorschauten.

»Wer sagt das?«

»Der Mann ... der für den Bischof arbeitet«, stotterte der armselige Knirps, und der Steinmetz schenkte ihm einen mitleidigen Blick.

»Nun gut, ich komme. Anscheinend geht es ja um Leben oder Tod«, seufzte er und legte den Steinblock zur Seite.

Der Steinmetz konnte dem Jungen nur mit Mühe folgen. Auch gelang es ihm nicht, den Grund für die Eile zu erfahren und herauszufinden, warum »der Mann, der für den Bischof arbeitet«, so dringend seiner Hilfe bedurfte.

Alles, was das Bürschlein immer wieder ausrief, während sie mit hastigen Schritten auf der einen Hangseite den Domberg hinauf- und auf der anderen wieder hinunterliefen, waren die Worte: »Die Treppe! Meister, die Treppe!«

»Was ist mit der Treppe?«, keuchte der Steinmetz, als sie unter dem Torbogen des Stephansbergs hindurchrannten, genau an der Stelle, wo Liuthar selbst noch vor wenigen Stunden an dem einhändigen Stephan so sorgfältig Maß genommen hatte.

»Und – welche Treppe denn überhaupt?«, schnaufte er, wurde langsamer und hielt schließlich inne.

Auch der Knirps war stehen geblieben und beugte sich über etwas, das am Boden lag. Von der Kirche her, die noch einen Steinwurf entfernt lag, näherten sich rasch zwei Männer mit fliegenden Umhängen. Etwa gleichzeitig trafen sie und Liuthar bei dem Jungen ein, dessen schmaler Rücken den Gegenstand verbarg, zu dem er sich hinuntergebückt hatte. Einer der Männer schob ihn grob zur Seite, und jetzt sah der Steinmetz das, was da im Staub lag: die steinerne Hand des heiligen Stephan. Sie deutete unmissverständlich auf den schlanken Turm der Kirche. Meister Liuthar fiel auf, dass der Zeigefinger weitaus deutlicher vorragte als in seiner Erinnerung. Für einen Moment ärgerte er sich darüber.

Es ging um seine Berufsehre. Bei seiner Nachbildung wären die restlichen Finger der Hand viel größer ausgefallen als beim Original. Doch dann ging ihm auf, dass durch das Auffinden der Hand seine Kopie überhaupt nicht mehr benötigt wurde.

»Die Treppe ist eingestürzt!«

Liuthar kannte den Mann, der diese Worte ausrief, nur flüchtig. Die wuchtige Gestalt des bischöflichen Leibwächters bebte, und sein narbiges Gesicht wirkte verärgert und vorwurfsvoll. »Wie konnte das geschehen?«

»Gütiger Himmel!« Der Steinmetz rang die Hände. »Die Treppe war doch nur behelfsmäßig und deshalb auch nur bis zur halben Höhe zusammengebaut!«

»Welch unsäglicher Leichtsinn! Wenn nun jemand zu Schaden gekommen ist?«

»Einige der Steine schienen mir sehr unsauber geschnitten zu sein. Also ordnete ich an, sie nur aufeinanderzuschichten und nicht zu vermörteln. Ich wollte sehen, ob sie trotzdem benutzbar wäre.«

Nun sprach der andere Mann, den Liuthar nicht kannte. Er war kleiner als der Hauptmann, mit einer fleischigen Nase, hängenden Backen und ohne ein einziges Haar auf dem Kopf. »Vielleicht versuchte jemand hinaufzusteigen und brachte damit alles zum Einsturz. Die Tür ist ja während der Baumaßnahmen ausgebaut.«

»Wollen wir hoffen, dass keine Kinder zum Spielen dort eindrangen und jetzt begraben unter den Steinen liegen!«, knurrte der Hauptmann der bischöflichen Leibgarde und warf dem Steinmetz einen drohenden Blick zu.

»Um Gottes willen, das wäre entsetzlich!«, klagte Meister Liuthar. »Die Stufen schienen mir fest aufeinanderzuliegen. Ich konnte doch nicht ahnen, dass vielleicht Kinder …«

»Es ist doch auch möglich, dass sie von ganz allein einstürzte, nachdem sie noch nicht vermauert war.« Beruhigend legte der Rotwangige Liuthar eine Hand auf den Arm.

»Herr im Himmel, das will ich hoffen!«, rief dieser und

bekreuzigte sich. Die Verzweiflung war ihm deutlich anzumerken. »Nie könnte ich es mir verzeihen, wenn durch mein Versäumnis jemand zu Schaden gekommen wäre.«

Der Hauptmann bückte sich, hob die steinerne Hand auf und betrachtete sie. »Es ist schon seltsam mit dieser Hand«, meinte er nachdenklich. »Sie liegt hier, die Finger weisen genau zur Kirche. Als sei es die Hand Gottes, die uns den Weg zur eingestürzten Treppe weisen wollte.«

»Die Hand des heiligen Stephan«, murmelte der Steinmetz gedankenverloren.

»Wie bitte?« Der Hauptmann starrte ihn verständnislos an.

»Sie gehört zur Figur des heiligen Stephan«, wiederholte Liuthar und wandte sich zu der Statue um. »Sie wurde dem Heiligen abgeschlagen. Vermutlich mit dem Schwert.«

Der Kirchturm von Sankt Stephan sollte endlich eine innen liegende, steinerne Treppe erhalten. Inzwischen baute man solche Wendeltreppen, die aus schlüssellochförmigen Stufen bestanden, immer häufiger in Burgfriede und Kirchtürme ein. Zum einen minderte das Wegfallen hölzerner Stiegen die Brandgefahr erheblich. Zum anderen ließen sich Bauten, die mit solchen Konstruktionen ausgestattet waren, leichter verteidigen, denn die Wendeltreppen wanden sich rechtsdrehend um die Spindel nach oben. Ein Angreifer, der wie die meisten Menschen Rechtshänder war, konnte sein Schwert schlechter führen als ein von oben kommender Verteidiger.

Während dem Steinmetz solche Gedanken durch den Kopf schossen, näherte er sich zusammen mit dem Hauptmann, dessen Begleiter und dem Kind der Kirche. Der Wind hatte die Wolken über dem Turm weggeblasen, und die Sonne erstrahlte über ihren Köpfen.

»Lauf nach Hause!«, befahl der Steinmetz dem Jungen, und der gehorchte widerspruchslos. Liuthar sah ihm nach, wie er den Hügel hinunterrannte.

»Ihr geht vor!« Der Hauptmann wies auf die Türöffnung, die sie anzustarren schien.

Nach kurzem Zögern folgte der Steinmetz der Aufforderung und trat ein. Zunächst nahm er nur dunkle Schemen wahr, doch allmählich gewöhnten sich seine Augen an das Dämmerlicht im Innern des Turms. Schließlich erkannte er deutlich den Trümmerhaufen. Eine böse Vorahnung beschlich ihn. »O Gott … ich muss suchen, ob …« Er tippte mit der Fußspitze gegen eine der Stufen und murmelte: »Wie mag es nur zu dem Einsturz gekommen sein?« Dann kletterte er auf den Steinhaufen. »Jemand muss sich daran zu schaffen gemacht haben. Ich weiß noch, wie ich an der Treppe rüttelte – da bewegte sich nichts.« Er zerrte an einer der oben liegenden Stufen. Sie geriet ins Rutschen und polterte herab. Erschrocken sprangen der Hauptmann und sein Begleiter beiseite.

»Kommt lieber hoch und helft mir!«, ächzte der Steinmetz. »Allein schaffe ich es nicht.«

Zu dritt wuchteten sie die schweren Platten zur Seite und gerieten dabei ordentlich ins Schwitzen. Beinahe gleichzeitig hielten sie plötzlich inne und blickten schweigend auf etwas, das zwischen dem Gewirr hervorlugte.

»Was ist das?«, flüsterte der Begleiter des Hauptmanns erschrocken.

»Was soll es schon sein? Das sieht doch jeder sofort!«, fuhr ihn dieser an.

Das stimmte. Auch der Steinmetz musste zugeben, dass es nicht den geringsten Zweifel gab. Aus den Trümmern ragten eindeutig ein Daumen und vier Finger hervor. Doch sie waren nicht aus Stein.

Die Hand bestand eindeutig aus Fleisch und Blut.

17
Briefe

Lupold glaubte schon fast, es könne ein guter Tag werden. Doch da wurde ihm der bischöfliche Truchsess gemeldet. Und gleich nachdem der hagere, asketisch wirkende Mann mit dem missmutigen Gesichtsausdruck eingetreten war, wusste der Kanzler, dass es neue Schwierigkeiten gab. Mit zielgerichteten langen Schritten durchquerte der Vertreter des Bischofs den Raum, blieb vor Lupold stehen und funkelte ihn streitlustig an.

»Es ist eine Schande, was sich Eure Truppen im Heerlager erlauben!«, rief er, ohne sich um eine angemessene Begrüßung zu bemühen.

Lupold verkniff sich eine bissige Antwort. Seiner Erfahrung nach nahm man einem Gespräch von vornherein die Schärfe, wenn man freundlich blieb. Also sagte er: »Bitte, beruhigt Euch und nehmt erst einmal Platz! Wie wäre es mit einem Schluck Wein?«

Der Truchsess indes schien wenig geneigt, einen milderen Ton anzuschlagen. Stattdessen fauchte er: »Ich will weder Sitzplatz noch Wein! Tatsache ist, Ihr habt Eure Leute nicht im Griff.«

Der Kanzler verzichtete auf den Hinweis, dass es sich keineswegs um *seine* Leute handelte und dass keiner der Männer, die vor den Toren der Stadt lagerten, seiner Befehlsgewalt unterstand. Selbst für den König wäre es schwierig gewesen, die Heerführer aus Böhmen, Sachsen, Ungarn, Pisa, oder woher auch immer sie kamen, zu einer wirkungsvollen Einheit zu bündeln, wenn sie in den Kampf zogen. Jeder Fürst glaubte, der bessere Stratege zu sein. Keiner wollte sich in seine Angelegenheiten hineinreden lassen, am allerwenigsten von einem *Kanzler*.

Lupold seufzte und fragte: »Was ist denn vorgefallen?«

»Tut nicht so, als ob Ihr es nicht wüsstet!«

Abwehrend hob der Kanzler die Hände. »Glaubt mir, ich habe keine Ahnung, worüber Ihr Euch ärgern müsst. Kann ich irgendetwas tun, um Euren Zorn zu besänftigen?«

»Und ob! Beschafft mir meine Mastochsen wieder!«

»Euch sind Ochsen abhanden gekommen? Wie denn das?«

Der Truchsess fuchtelte mit den Armen und drohte die Beherrschung zu verlieren. »Das ist ungeheuerlich! Eure Männer stehlen das Vieh des Bischofs, und Ihr spielt den Unschuldsengel! Die Tiere wurden eigens aus der Lombardei hierhergetrieben und kostspielig gemästet, damit man sie zur königlichen Hochzeit schlachten kann.«

»Hört zu …«

»Nein! Ihr hört mir zu!« Die Stimme des bischöflichen Angestellten überschlug sich fast. »Ich erwarte von Euch, dass Ihr die Ochsen zurückholt oder bezahlt, und zwar jedes einzelne Rindvieh! Und dann fordere ich weiterhin, dass die Diebe bestraft werden.«

»Geschätzter Truchsess, so beruhigt Euch doch! Bitte!« Lupold versuchte immer noch, freundlich zu sein. Doch er bemerkte schon, wie es ihm in den Fingerspitzen kribbelte. Lange ließe er sich die Unverschämtheiten nicht mehr gefallen. In förmlicherem Tonfall fuhr er fort: »Darf ich eines klarstellen: Gern will ich versuchen, Euch bei der Wiederbeschaffung Eurer Rinder zu helfen, aber für deren Verlust bin ich nicht verantwortlich …«

»Natürlich seid Ihr …«

»Jetzt bitte ich *Euch*, mich ausreden zu lassen.« Lupold erhob die Stimme nun ebenfalls deutlich. »Ihr müsst Folgendes verstehen: Da draußen lagern Truppen verschiedenster Herkunft. Die Krieger gehorchen ihren Führern – und keinem anderen. An diese Leute müsst Ihr Euch wenden. Nur sie können Euch die Mastochsen zurückgeben oder ersetzen.«

Mit dieser Antwort wollte sich der bischöfliche Truchsess ganz und gar nicht zufriedengeben. Im Gegenteil, sie machte ihn noch wütender, und er stach mit dem Zeigefinger immer wieder vor Lupolds Nase in die Luft. »Ich bleibe dabei – Ihr seid verantwortlich! Der König wird den Heerzug anführen und ist somit Oberbefehlshaber aller Soldaten. Da er aber noch nicht hier ist, steht Ihr als sein Kanzler in der Pflicht. Punktum.«

Lupold überlegte, ob er sich mit dem Truchsess streiten sollte. Der Diebstahl von Vieh durch Truppen erhitzte immer wieder die Gemüter. Natürlich mussten Soldaten verpflegt werden, und wenn es so viele waren, gab es erst recht Engpässe bei der Versorgung. Nahrung war teuer. Verhängten die Heerführer keine drakonischen Strafen wegen Diebstahls und Plünderung, dann zogen ganze Horden durch die Gegend und raubten alles, was sie finden konnten.

Noch einmal versuchte der Kanzler es im Guten. »Habt Ihr eine Ahnung, in welchem Stall Eure Ochsen jetzt stehen?«

»Allerdings«, zischte der Truchsess. »Ich habe sofort Männer ins Lager geschickt, als die Rinder verschwunden waren. Fünfundzwanzig Mastochsen lassen sich nicht so leicht verstecken.«

»Und wo sind sie also jetzt?«

»Bei den Ungarn. Diese Wilden drehen schon ein halbes Dutzend Beutetiere am Spieß.«

»Gütiger Himmel!« Der Kanzler überlegte. »Hört zu, ich mache Euch einen Vorschlag zur Güte. Ich spreche mit den Ungarn und fordere sie auf, Euch die Rinder zurückzugeben und die bereits geschlachteten zu bezahlen.«

»Das habe ich schon versucht.«

»Was haben sie geantwortet?«

»Sie haben sich natürlich geweigert. Sie erklärten mir, die Ochsen seien in den Wäldern frei herumgelaufen.«

Lupold nickte. Eine solche Behauptung war eine beliebte Ausrede. Herrenloses Vieh durfte jedermann einfangen. Erwischte man die Diebe nicht auf frischer Tat, war es schwierig, ihnen etwas nachzuweisen.

»Dann schlage ich etwas anderes vor.« Der Kanzler hoffte, den Gesprächspartner mit seinem nächsten Angebot auszusöhnen. »Sobald König Philipp hier eintrifft, werde ich mit ihm sprechen und ihn bitten, den entstandenen Schaden aus der Kriegskasse zu bezahlen. Vielleicht erklärt er sich dazu bereit.«

»Tut das!«, knurrte der Truchsess. »Es ist das Mindeste, was ich von Euch erwarte.« Er trat einen Schritt zurück und wandte sich zum Gehen. Für ihn schien die Unterredung beendet. Und so grußlos, wie er erschienen war, verschwand er wieder.

Auf Lupolds Stirn bildete sich eine steile Falte. Er mochte Menschen nicht, denen es an den einfachsten Umgangsformen mangelte. Doch nun versuchte er, den gerade erlebten Ärger abzuschütteln. Zorn und Wut hinderten ihn nur daran, klar zu denken. Außerdem waren sie Ursache für vielerlei Not und Grausamkeit auf der Welt.

Der Kanzler trat ans Fenster und betrachtete nachdenklich das Heerlager jenseits des Flusses. »Fünfundzwanzig Mastochsen«, murmelte er und verzog das Gesicht. Aus irgendeinem Grund war ihm gerade Otto von Wittelsbach eingefallen. Er beschloss, ihm einen Besuch im Gefängnis abzustatten.

Während Lupold in den Kerker hinabstieg, dachte er an die tote Magd. Deren Leichnam war hier unten zwischen den kühlen Mauern aufgebahrt gewesen, um ihn vor rascher Verwesung zu schützen. Bei allen dringlichen Geschäften, die es in diesen Tagen zu erledigen galt – diese beiden Bilder blieben seine ständigen Begleiter: die aus den blassen Lippen sich hervorwindende kopflose Schlange, dunkel auf dem weißen Körper, und das steinerne Dämonenhaupt über dem geköpften Leib der zweiten Toten. Von Neuem schürten diese Bilder seinen Zorn.

Beim Herrgott, er würde jenem Wahnsinnigen, der dies zu verantworten hatte, das Handwerk legen! Womöglich fand

Tankred etwas heraus. Der war nochmals im Heerlager auf Spurensuche, um vielleicht doch die beiden verdächtigen Kriegsknechte aufzuspüren. Sosehr Lupold die Vorstellung erheiterte, wie der Kaplan mürrisch zwischen den Zelten umherstapfte, um Männer mit Verbänden an den Händen zu fragen, wo sie sich ihre Verletzungen zugezogen hatten – Lupold konnte sich kaum vorstellen, dass dabei etwas herauskäme. Immerhin war Tankred klug genug gewesen, seinen Verband abzunehmen, und so waren nur noch ein blauer Fleck und eine schmale Blutkruste am Daumen zu sehen. Vermutlich würden die Krieger die Gestalt mit den abstehenden roten Ohren und dem flatternden schwarzen Gewand einfach nur verspotten. Mehr war vielleicht von einer Befragung der Bewohner des Jakobsbergs zu erwarten. Dorthin sollte sich der Kaplan vom Heerlager aus begeben.

Die Mauern, an denen Lupold entlangschritt, glänzten feucht. Eine Ratte huschte vor seinen Stiefeln über den Weg. Der Wittelsbacher befand sich nun bereits den zweiten Tag bei Wasser und Brot angekettet im Kerker. Vielleicht hatten ihn Dunkelheit, Hunger und die bedrückende Einsamkeit dieses Orts schon mürbe gemacht, und er wäre heute gesprächiger.

Der Wachposten, ein magerer Junge mit hellem Flaum unter der spitzen Nase, fuhr erschrocken zusammen, als Lupold plötzlich um die Ecke bog und vor ihm stand. Aufgeregt stieß er seinen Spieß auf den Boden, den er mit beiden Händen umklammert hielt.

»Nun, du wackerer Wächter, das ist wohl dein erster Gefangener, wie?«, fragte Lupold lächelnd. Als er keine Antwort erhielt, befahl er freundlich: »Schließ bitte auf, ich muss den Übeltäter befragen.« Schmunzelnd beobachtete er, wie der Junge zitternd den Schlüsselring von der Wand nahm, um ihn gleich wieder fallen zu lassen. Unbeholfen bückte er sich und stieß dabei seine Pike um, die polternd zu Boden fiel. Dann drehte er den Schlüssel umständlich im

Schloss und seufzte erleichtert, als die Tür mit dem Sichtgitter endlich aufschwang.

»Pass gut auf, damit er mir nichts antut«, sagte der Kanzler mit gespieltem Ernst und trat ein.

Otto hockte im schmutzigen Stroh auf dem Boden und starrte ihn an. Seine Augen waren blutunterlaufen. Wild stand ihm das mit Stroh durchsetzte dunkle Haar vom Kopf ab. Eine eiserne Kette fesselte seinen rechten Knöchel.

»Was wollt Ihr schon wieder von mir?«, knurrte er zur Begrüßung.

Lupold lehnte sich mit dem Rücken gegen die Wand und antwortete: »Immerhin bringt Ihr heute den Mund auf, Otto von Wittelsbach.«

»Könnt Ihr mich nicht in Ruhe lassen?«

»Nein! Ich werde immer wieder kommen, bis Ihr mir die Wahrheit sagt.«

»Ich hab die Frauen nicht abgemurkst. Das wisst Ihr genauso gut wie ich.«

Der Kanzler spürte die Feuchtigkeit der Wand und rückte davon ab. Der düstere Raum, nur spärlich erleuchtet von der Fackel draußen im Gang, maß etwa zwei Schritte in der Länge und anderthalb in der Breite.

Lupold schüttelte den Kopf. »Gar nichts weiß ich. Nur dass Ihr geflohen seid, nachdem hier in Bamberg auf bestialische Weise zwei Frauen ermordet wurden. Und dass Ihr Euch der Festnahme mit Gewalt widersetzt habt.« Mit Erstaunen bemerkte Lupold einen tiefen Schnitt in Ottos Handballen.

»Natürlich wehre ich mich, wenn eine Horde Bewaffneter mich überfällt!«, rief der Gefangene aufgebracht.

»Man hat Euch nicht überfallen. Es gab den offiziellen Befehl, Euch als Mordverdächtigen festzunehmen.«

Der Wittelsbacher stieß ein heiseres Lachen aus, schüttelte wild den Kopf und schwieg trotzig.

»Ihr habt eine Wunde an der Hand.« Lupold beugte sich vor und wies auf die Verletzung. »Darf ich sie mir ansehen?«

Otto zog die Hand zurück. »Nein!«

»Wo habt Ihr Euch den Schnitt zugezogen?«

»Es ist kein Schnitt.«

»Was dann?«

»Ein Bär hat mir mit seinen Krallen den Handballen aufgerissen.« Das Gesicht des Wittelsbachers verzog sich triumphierend. »Er hat es mit dem Leben bezahlt.«

»Ein Bär?«

»Ja! Ich war in den Thüringer Wäldern zur Jagd. Da lief mir der Bär vors Schwert.« Otto maß den Kanzler mit misstrauischen Blicken. »Hermann von Thüringen hat dem Bischof einen Brief geschrieben. Darin wurde erklärt, dass ich sein Gast war und so weiter. Ihr habt ihn doch gelesen, oder etwa nicht?«

Der Kanzler musterte Otto und dachte dabei fieberhaft nach. Glaubte der Wittelsbacher etwa, jenes Schreiben bekunde seine Unschuld? Es hatte tatsächlich den Anschein. Warum sonst sollte er den Brief überhaupt erwähnen? Ja, es war sogar völlig unlogisch, dass er den Inhalt des Schreibens kannte, wenn es eine Anklage enthielt. Plötzlich war Lupold sich ziemlich sicher: Hermann spielt mit Otto ein falsches Spiel. Er hat ihn aus irgendeinem Grund angelogen. Vielleicht weil er den Wittelsbacher in eine Falle locken will? Aber warum? Und in welche Falle?

»Ihr kennt also den Inhalt dieses Briefs?«

»Natürlich!« Otto nickte heftig. »Hermann hat ihn mir offengelegt.«

»Hm. Ihr versteht folglich nicht, warum Ihr verhaftet wurdet.«

Das Gesicht des Wittelsbachers überzog sich mit der bekannten Zornesröte. Er sprang auf und rief wütend: »Wie könnt Ihr noch so scheinheilig fragen? Der Thüringer bekundet meine Unschuld, und trotzdem werde ich in den Kerker geworfen! Das soll ich verstehen? *Ihr* solltet es mir erklären!«

Lupold war froh über die Fußfessel, die den Wittelsbacher

daran hinderte, sich auf ihn zu stürzen. Die Hände des Gefangenen fuhren wie gefährliche Pranken durch die Luft, und die Kette klirrte, als er daran riss.

»Eure Festnahme wurde befohlen«, erklärte er kühl und rückte wieder näher zur Wand. »Ihr werdet unter Verschluss gehalten, bis der Fall geklärt ist.«

»Unter Verschluss gehalten! Wer? Wer hat das befohlen? Nennt mir seinen Namen! Ich will wissen, wer es ist!«, schrie der Gefangene mit wutverzerrtem Gesicht.

»Es tut mir leid, aber das darf ich Euch nicht sagen«, erwiderte Lupold und versuchte ruhig zu bleiben. Die drohende Gestalt des Wittelsbachers flößte ihm Angst ein, und er spürte kalten Schweiß auf der Stirn.

»Philipp!«, brüllte Otto. »Der steckt dahinter! Sagt ihm, dass ich der Mörder gar nicht sein kann. Die zweite Frau wurde getötet, als ich in Thüringen war. Und Hermann hat dies in seinem Brief bezeugt.«

»Die Angaben in dem Brief sind sehr ungenau. Es steht nur geschrieben, dass Ihr Euch auf der Wartburg aufhieltet. Aber der Landgraf schreibt leider nicht, wann das war.« Lupold wies auf Ottos Hand. »Noch dazu kommt mir dieser Schnitt höchst verdächtig vor. Der Mörder stieg durch ein eingeschlagenes Fenster von Sankt Stephan. Wir wissen, dass er sich dabei an einer Scherbe verletzte.«

»Es ist kein Schnitt! Das waren die Krallen eines Bären. Das habe ich Euch bereits gesagt.«

»Natürlich liefert Ihr Euch nicht selbst ans Messer.« Lupold bemühte sich, seiner Stimme einen gleichmütigen Klang zu verleihen, und wechselte das Thema. »Was war übrigens der Zweck dieses Treffens auf Hermanns Burg? Wenn ich nicht irre, war auch noch Heinrich von Istrien zugegen. Worüber wurde denn gesprochen?«

»Ich sage kein einziges Wort mehr!« Der Wittelsbacher zerrte erneut an seiner Fußfessel. Dann drehte er sich zur gegenüberliegenden Wand, und Lupold wusste, dass nun nichts mehr aus ihm herauszubekommen war. Trotzdem wartete er noch eine Weile. Als Otto jedoch wie versteinert stehen blieb, trat er schließlich zur Tür, wo der junge Wächter blass und erschrocken wartete.

»Schließ gut ab!«, wies Lupold ihn an.

Nachdenklich schritt der Kanzler durch die dunklen Gänge nach oben. Gleich würde er im Gästetrakt der Bischofspfalz Kaplan Tankred treffen. Ob der wohl etwas Wissenswertes herausgefunden hatte?

Während Lupold auf die Ankunft des Kaplans wartete, rief er sich Ottos Befragung im Kerker noch einmal ins Gedächtnis zurück. Immer eindeutiger schien ihm der Wittelsbacher ein Spielball der Mächtigen zu sein. Wenn man so wollte, hatte das ganze Übel mit Philipps Entschluss begonnen, die Verlobung seiner Tochter Kunigunde mit dem Wittelsbacher zu lösen. Aber hatte er, der Kanzler, dem König nicht selbst zu diesem Schritt geraten? Immer noch glaubte Lupold, dass der König richtig gehandelt hatte, diesem Rat zu folgen. Nicht nur deshalb, weil Otto jähzornig und gewalttätig, ja vielleicht sogar ein Doppelmörder war, sondern weil man die Entscheidung auch als rein politische Notwendigkeit betrachten musste. Zu der Zeit, als Kunigundes Verlobung beschlossen wurde, war es wichtig gewesen, das einflussreiche Haus Wittelsbach an den Stauferkönig Philipp zu binden, der damals alles andere als sicher auf dem Thron saß. Nun aber ging es, und das hatten die jüngsten Verhandlungen mit dem Papst nur allzu deutlich gezeigt, um etwas viel Wichtigeres. Als wie wertvoll hatte es sich doch erwiesen, über Kunigunde – sozusagen als politischen Wertgegenstand – wieder frei verfügen zu können! Schließlich war sie auf diese Weise zum Zünglein an der Waage geworden, das den Ausschlag gab, Innozenz zu seiner positiven Entscheidung bezüglich der Kaiserfrage zu bewegen.

Otto von Wittelsbach schien allerdings kaum in der Lage zu sein, solche Zusammenhänge zu erkennen und zu billigen. Verdächtig allerdings der Schnitt an seiner Hand!

Lupold ging einige Schritte auf und ab und schlenderte zum Fenster. Sein Blick blieb an der Domruine hängen. Einst hatte er selbst das Bischofsamt innegehabt und konnte somit nachvollziehen, wie es Eckbert schmerzen musste, das Gotteshaus als Ruine in Schutt und Asche zu sehen. Ansonsten wurde er aus dem Bamberger Bischof aber nicht schlau. Von großer Wichtigkeit war gewiss die Frage, welche Rolle der Kirchenfürst bei jenen Verwicklungen spielte, die sich wie unheilvolle Schatten drohend über ihren Köpfen zusammenbrauten. Oder, so grübelte Lupold, erliege ich mit meiner Furcht vor nahendem Unheil nur wieder einer Wahnvorstellung ähnlich jener, die mich so oft auf Reisen durch die Wälder heimsucht?

Andererseits, Heinrich von Istrien, immerhin Eckberts Bruder, traf sich mit Hermann von Thüringen! Wurde da ein Komplott geschmiedet und – war der Bamberger in dieses Komplott verwickelt? Beinahe noch wichtiger schien in diesem Zusammenhang die Überlegung, welche Rolle bei diesen undurchsichtigen Machenschaften Otto von Wittelsbach zugedacht war. Passte es in den Plan eines Ränkeschmieds, dass er im Kerker saß, wo er ganz offensichtlich niemandem von Nutzen war? Allerdings auch niemandem schaden kann, fügte Lupold in Gedanken hinzu. Sollte man den Wittelsbacher nicht lieber auf freien Fuß setzen, um damit die Pläne eines möglichen Intriganten zu vereiteln? Kaum war dem Kanzler dieser Einfall gekommen, verwarf er ihn wieder. Dort, wo Otto sich jetzt befand, war er am sichersten vor anderen und – am allermeisten – vor sich selbst.

Zuletzt vielleicht die schwierigste Frage: Wie fügten sich die beiden Morde in alle diese Zusammenhänge ein? Gab es überhaupt Zusammenhänge? Oder war es am Ende so, dass der Tod der beiden Frauen mit Politik gar nichts zu tun hatte? Eine zufällige Gleichzeitigkeit verschiedener Ereignisse? Als frommer Kirchenmann glaubte Lupold eigentlich nicht an Zufälle. War nicht alles Vorsehung oder göttlicher Wille?

Mit wehendem Talar hastete schließlich der Kaplan über den Hof der Pfalz. Der Kanzler schüttelte den Kopf und empfand schon fast Bedauern mit diesem seltsamen Vogel. Tankred eilte die Stufen der hölzernen Außentreppe herauf, das spitze Gesicht vorgestreckt, die abstehenden Ohren vom Laufen gerötet.

Schon trat er ein. Nach der üblichen steifen, wortlosen Verbeugung zog er ein weißes Tuch aus dem Ärmel, schwenkte es wild wie eine Friedensfahne und tupfte sich damit die feinen Schweißperlen von der Stirn.

»Dieses Heerlager ist …« Er hielt inne, stopfte das Tuch umständlich zurück in die Gewandfalten, um dann entrüstet auszurufen: »Wie Sodom und Gomorrha! Stellt Euch vor: Würfelspiel, Schlägereien, Huren!«

»Kriegsknechte sind raue Kerle«, bestätigte Lupold.

»Wenn Ihr mich fragt, eine wahre Brutstätte für Mord und Totschlag.«

»Habt Ihr irgendetwas Konkretes herausgefunden?«

»Was heißt konkret?« Der Kaplan ließ sich ächzend in einen Stuhl fallen und streckte die Beine von sich. »Die stecken doch alle unter einer Decke. Einer bestätigt nur, was der andere behauptet. Und wenn es eine noch so große Lüge ist. Außerdem sind es zu viele. Genauso gut könnte man versuchen, die berühmte Nadel im Heuhaufen zu finden.«

»Habt Ihr auch nach Männern mit Handverletzungen gefragt?«

»Natürlich.«

»Und?«

»Man hat mich ausgelacht. Von einem Hauptmann erhielt ich die Antwort: Täten wir alle Soldaten verhaften, die sich an der Hand verletzt haben, wäre das halbe Heerlager leer.«

»Also keine Spur? Keine Verdächtigen?«

»Tatsächlich konnte ich sogar zwei Männer mit eingebundenen Händen ausfindig machen. Aber die behaupteten, sie hätten sich verletzt, als sie einen Streit zwischen böhmischen Kriegsknechten schlichten wollten, die sie daraufhin mit ihren Messern angegriffen hätten.«

»Hm, das bringt uns nicht weiter.« Mitleidig betrachtete Lupold den Kaplan, der recht erschöpft wirkte. Der Saum seiner Priesterrobe war schlammverschmiert, und auch der Rest des Gewands machte einen ziemlich mitgenommenen Eindruck. Sein schmales Gesicht war bleich. Aus einem Tonkrug goss der Kanzler Wasser in einen Becher.

»Hier, trinkt erst einmal einen Schluck!« Er schob Tankred das Gefäß hin, bevor er fragte: »Wie ging es denn weiter? Wart Ihr noch am Jakobsberg? Haben die Leute dort irgendwelche hilfreichen Beobachtungen gemacht?«

Dankbar ergriff der Kaplan den Becher und trank in hastigen Zügen. Dann antwortete er: »Keiner will etwas Ungewöhnliches gesehen haben.« Er trank das Wasser aus, wischte sich über den Mund und fragte: »Seid Ihr wenigstens mit Otto von Wittelsbach weitergekommen? Oder war er wieder so verstockt und weigerte sich, Fragen zu beantworten?«

»Nicht ganz. Dieses Mal hat er einige bemerkenswerte Einzelheiten erzählt.«

Erwartungsvoll blickte Tankred den Kanzler an. Als dieser stumm blieb, rief er: »Darf ich das nicht erfahren? *Was* hat er erzählt?«

Wortlos schritt Lupold im Raum auf und ab. Sein Gesicht wirkte verschlossen. Dann blieb er am Tisch stehen, nahm den Krug und goss Wasser in sein eigenes Trinkgefäß. Er hob es an die Lippen und trank. Vorsichtig stellte er den Becher wieder zurück und wischte mit dem Ärmel über den Mund. Mit wachsender Ungeduld beobachtete ihn der Kaplan.

»Also«, begann Lupold bedächtig, »Otto behauptet nach wie vor, er sei unschuldig, obwohl ihn ein Schnitt an der Hand verdächtig macht.«

»Das war ja zu erwarten!« Tankred trommelte mit den Fingern auf den Tisch.

»Er sagt, er sei die ganze Zeit über in Thüringen gewesen. Deshalb könne er gar nicht der Mörder sein.«

»Habt Ihr ihm den Brief gezeigt, den Hermann uns schickte?«

»Nein. Er kam von selbst auf einen Brief zu sprechen.«

»Auf *einen* Brief?«

»Ja, aber Ottos Brief schien einen gänzlich anderen Inhalt zu haben als der unsere.«

Der Kaplan schüttelte den Kopf. »Das verstehe ich nicht.«

»Nun, er behauptet, Hermann von Thüringen habe uns einen Brief geschrieben, in dem eindeutig seine Unschuld bewiesen wird. Darin werde erklärt, dass Otto zur Tatzeit auf der Wartburg weilte und deshalb nicht der Mörder sein könne.«

»Aber das stimmt doch überhaupt nicht!«

»Otto trug es aber sehr überzeugend vor.«

»Dann versteht er sich eben aufs Lügen.«

Lupold nahm seine Wanderung durch den Raum wieder auf, rieb sich das Kinn und murmelte: »Das glaube ich nicht.«

»Nicht?«

»Nein! Otto von Wittelsbach erweckte den Eindruck, als verstehe er überhaupt nicht, was ihm im Augenblick widerfährt. Erst wird ihm die Braut weggenommen. Dann beschuldigt man ihn des Doppelmords. Und schließlich landet er auch noch im Kerker. Stellt Euch einmal vor, er sei wirklich unschuldig! Wie erginge es Euch an seiner Stelle?«

»Das lässt sich schwer sagen. Ich halte es auch nicht für unbedingt erstrebenswert, mich in Otto von Wittelsbach zu versetzen.«

Lupold blieb stehen und blickte dem Kaplan ernst in die Augen. »Ich glaube«, sagte er, »darum geht es auch nicht. Es geht vielmehr um ein Ränkespiel, das meiner Meinung nach betrieben wird. Da bin ich mir ziemlich sicher. Und ich kann mir kaum vorstellen, dass ausgerechnet Otto der Drahtzieher sein soll. Vielmehr erscheint es mir so, als wolle ihn jemand opfern.«

»Wie kommt Ihr darauf?«

»Durch den Brief. Ihr erinnert Euch, was tatsächlich darinstand?«

»Ja, Hermann von Thüringen schrieb, Otto sei plötzlich aus Eisenach verschwunden und zwei Tage später blutverschmiert wiederaufgetaucht.«

»Richtig. Und zwar genau zu jenem Zeitpunkt, als der zweite Mord geschah. Wir sollen also glauben, dass Otto der Täter ist.«

»Der er auch ist!«

»Vorausgesetzt, Hermann hält es mit der Wahrheit.«

Der Kaplan runzelte die Stirn. »Warum sollte er das nicht tun?«

»Genau das ist die Frage«, fuhr Lupold nachdenklich fort. »Nehmen wir einmal an, Ihr hättet einen solchen Brief geschrieben. Fiele es Euch dann ein, Otto von Wittelsbach über den Inhalt aufzuklären – dass er in Euren Augen ein Mörder sei?«

»Auf keinen Fall.«

Der Kanzler presste die Lippen aufeinander und wiegte nachdenklich den Kopf. »Seht Ihr, genau das ist der Punkt. Otto hat uns von einem Brief Hermanns erzählt. Allerdings sollte dieses Schreiben angeblich seine Unschuld beweisen.«

»Und weiter?« Tankred versuchte zu verstehen, was Lupold ihm gerade erklärte. Aber es gelang ihm nicht, eine Schlussfolgerung zu ziehen. »Worauf wollt Ihr hinaus?«

»Also gut, noch einmal«, begann der Kanzler geduldig von vorn. »Hermanns Brief beschuldigt Otto des Mords.« Lupold hielt inne und tippte sich mit der Fingerspitze gegen das Kinn. »Von diesem Brief hat er Otto bestimmt nichts erzählt.«

»Natürlich nicht.«

»Stattdessen erzählt er dem Wittelsbacher von einem

Schreiben, in dem steht, dass er der Täter nicht sein kann, weil er die Wartburg nicht verlassen hat.«

»Das kann Otto auch erfunden haben.«

»Was ich wiederum ebenfalls für höchst unwahrscheinlich halte.«

»Und warum?«

»Weil es ein zu großer Zufall wäre. Stellt Euch einmal vor: Hermann schickt einen Brief los, und zur selben Zeit *erfindet* Otto einen anderen, ohne von dem ersten zu wissen.«

Die Augen des Kaplans weiteten sich. Der Ausdruck des Erstaunens auf seinem Gesicht wich plötzlichem Verstehen. »Ihr habt recht. Meine Güte! Selbstverständlich gibt es nur dieses eine Schreiben, das wir in Händen halten. Der Thüringer hat Otto belogen.« Nun überzogen sorgenvolle Falten seine Stirn. »Er plant also irgendeine unsaubere Sache.«

Bekümmert hob Lupold die Hände. »Davon müssen wir ausgehen.«

»Aber was führt er gegen den Wittelsbacher im Schild?«

»Das Schlimme ist – ich glaube nicht einmal, dass es sich um eine Intrige gegen Otto handelt. Vielmehr steht zu befürchten, dass es um eine weit wichtigere Person geht.«

»Und die wäre?«

Lupold holte tief Luft. »Ich habe es schon einmal gesagt und wiederhole es nun«, antwortete er und stieß den Atem aus. »Um den König.«

Später saß der Kanzler allein in seinem Gästezimmer am Schreibpult und starrte auf das Pergament, das vor ihm lag. Rechts oben hatte er eine Schlange hingemalt, mit einem Kreuz an jener Stelle, wo sich der Kopf des Reptils befinden sollte, darunter mit unbeholfenen Strichen die Umrisse eines menschlichen Leibs, den er durch zwei ausladende Halbkugeln – und mit schadenfrohem Lächeln, weil er dabei an den Kaplan dachte – zu einem Frauenkörper stilisiert hatte. Die linke obere Hälfte des Pergaments zierte ein Dämonenhaupt; das teuflische Grinsen war ihm trefflich gelungen.

Auf den enthaupteten Leichnam hatte er hier verzichtet. In die Mitte des Pergaments schrieb er vier Namen: Hermann von Thüringen, Heinrich von Istrien, Eckbert, Bischof von Bamberg, Otto von Wittelsbach. Nach längerem Nachdenken malte er noch ein Wort hinzu: Frauen.

Nun betrachtete er stirnrunzelnd den unteren, noch leeren Teil des Pergaments. Schließlich griff er wieder zur Feder. Er tauchte den Kiel ins Tintenfass und schrieb: »2 Morde und 25 Mastochsen«.

Als Lupold am Abend die Kerze auf dem Tisch entzündete und dabei in Gedanken murmelte: »Ein Tag mit gutem Beginn und schlechtem Verlauf kommt letztlich doch noch zu einem geruhsamen Ende«, klopfte es an der Tür, und der Diener meldete den Bischof. Noch bevor dieser den Raum betrat, ahnte Lupold, dass er sich, was sein Urteil über diesen Tag betraf, zum zweiten Mal getäuscht hatte.

Der Bischof trat ein. Eine Weile schwieg er unheilvoll. Dann verkündete er mit versteinerter Miene: »Man hat die nächste Leiche gefunden.«

Lupold versuchte, Ruhe zu bewahren. »Wieder eine Frau?«

»Das kann man noch nicht so genau sagen.«

Fragend blickte der Kanzler den Kirchenmann an.

Eckbert sank in einen Stuhl in der Ecke neben der Tür. »Die Leiche ist bis zur Unkenntlichkeit entstellt. Zermalmt von einer eingestürzten steinernen Wendeltreppe.«

18
Küchenjunge

Die Kunde vom dritten Leichenfund innerhalb einer Woche verbreitete sich wie ein Lauffeuer in Bamberg. Ausschließlich darüber wurde geklatscht – und über nichts anderes. Der Küchenknecht, der Maria die schauerliche Nachricht zutrug, war neu. Sie hatte ihn nie zuvor gesehen.

»Stell dir vor«, rief er aufgeregt, »wahrscheinlich hat man auch die umgebracht!«

»Wen hat man umgebracht?« Maria betrachtete den Jungen genauer, der mit dem Korb voll Feuerholz vor ihr stand. Er machte einen netten Eindruck, mit schlaksigen langen Armen und Beinen, die seinen Bewegungen etwas Tollpatschiges verliehen. Maria fühlte sich an einen jungen Hund erinnert. Aus seinem offenen Gesicht blickten sie ehrliche Augen bewundernd an, und seine Wangen glänzten vor Eifer.

»Die Frau!«, rief er aus. »Ein schauerlicher Tod! Sie wurde von einer Wendeltreppe erschlagen.«

Maria stapelte das Holz neben dem Herd auf. »Eine Wendeltreppe zum Einsturz bringen? Wie soll das denn gehen?«

»Weiß ich auch nicht. Aber so war es.«

Der Junge, der nun den leeren Korb mit beiden Händen vor sich hielt, überragte sie um Haupteslänge.

»Du bist neu hier?«, fragte Maria freundlich.

»Ja. Man hat mich für eine Magd eingestellt, die sich ständig um die Arbeit drückte. Angeblich war ihr Kind krank.«

Maria erschrak und dachte an Mathilde. »Weißt du, wie die Magd heißt?«

»Nein.« Seine Miene hellte sich wieder auf. Er stellte den Korb vor sich auf den Boden und streckte die Hand aus. »Aber ich heiße Konrad.«

»Maria.« Abwesend ergriff sie seine Hand, die er nun heftig schüttelte. Sie sah die Entlassene mit ihrem freundlichen

Lächeln vor sich und erinnerte sich an deren stets hilfsbereite Art. Nun stand Mathilde also ohne Arbeit und mit einem kranken Kind da! Wie sollte sie ihren Sohn und sich ernähren? Wie für einen Bader zahlen, falls der geholt werden musste? Hoffentlich half ihr jemand!

Noch immer wurde ihre Hand geschüttelt, und Konrad strahlte sie an.

»Lass los!«, befahl Maria und befreite sich von dem kräftigen Händedruck. »Was stehst du hier herum und hältst Reden? Ich muss anschüren. Also geh, bring mir noch mehr Holz!«

Konrad betrachtete seine Hand. »Ich bring dir so viel Holz, wie du brauchst.«

Mit dem Beil spleißte Maria ein Holzscheit zu Spänen, die sie zum Anzünden des Herdfeuers benötigte. Dabei dachte sie wieder an Mathilde. Die Freundin, die Einzige, mit der sie über alles hatte reden können, fehlte ihr jetzt schon. Wem sollte sie nun erzählen, wie sehr sie ihren Vater und den kleinen Bruder vermisste? Wem konnte sie beichten, dass ihr das Herz fast zersprang, wenn sie an *ihren* Ritter dachte, und wie sie sich danach sehnte, ihn wiederzusehen?

Konrad kam zurück. Trotz seiner ungelenk wirkenden Bewegungen schien er sehr kräftig zu sein. Den großen, schweren Korb mit dem Brennholz, den sie kaum heben konnte, trug er mühelos, als wäre er federleicht, und stellte ihn am Herd ab. Wieder sah er sie mit seinem Welpenblick an.

»Hier hast du dein Holz.«

»Stell es da hin!«, befahl Maria.

In diesem Augenblick betrat der Koch die Küche. Er sah sich misstrauisch um. »Was tut ihr da?« Die Worte klangen barsch und waren ausschließlich an Maria gerichtet.

»Ich helfe Maria«, antwortete Konrad beflissen und stellte sich vor sie.

Die dunklen Blicke des Kochs flogen umher. Dann holte er ohne Vorwarnung aus und schlug Konrad mit der flachen

Hand ins Gesicht. »Noch kaum einen Tag hier, und schon glaubst du, das große Wort führen zu können, Bürschchen! Kein Mensch hat dich gefragt!«

»Herr, ich …«

Der Koch verpasste ihm eine zweite schallende Ohrfeige.

»Halt's Maul! Dir werd ich schon noch beibringen, wie man sich als Küchenknecht zu benehmen hat. Du redest, wenn es dir erlaubt ist. Ansonsten hältst du die Klappe. Verstanden?«

Einen Lidschlag lang erwiderte Konrad den drohenden Blick des Kochs. Bei den Ohrfeigen war er zusammengezuckt, aber er hatte sie hingenommen. Nun senkte er den Blick und rieb sich die schmerzende Wange.

»Jawohl, Herr«, antwortet er leise.

»Überhaupt … was lungerst du hier herum?«

»Ich sollte Holz für die Küche hacken und dann heraufbringen. Das hab ich getan.«

Der Küchenmeister ließ ihn einfach stehen und baute sich vor Maria auf. »Jetzt zu dir. Du meinst wohl, weil du eine hübsche Fratze hast, kannst du dir alles erlauben. Du weißt genau, dass es verboten ist, mit Bediensteten oder Knechten herumzumachen …«

»Herr, das hat sie bestimmt nicht getan!« Konrad wollte sich erneut zwischen den Koch und Maria schieben.

Zum dritten Mal traf ihn die kräftige Hand des Küchenmeisters im Gesicht. »Verdammt noch mal! Hab ich dir nicht soeben gesagt, du sollst deinen vorlauten Mund halten?« Das Gesicht des Kochs war vor Wut gerötet, und Konrad glaubte schon, er werde gleich noch einmal zuschlagen. Doch diesmal schob er ihn lediglich grob zur Seite und schrie Maria an. »Wenn ich dich noch einmal erwische, dass du irgendeinem Kerl schöne Augen machst, dann sollst du mich kennenlernen. So etwas dulde ich nicht in meiner Küche.«

Maria, die gar nicht erst versuchte, sich zu verteidigen, stand stumm, mit gesenktem Kopf da.

Der Zeigefinger des Kochs, der auf Maria deutete, zitterte

sichtbar vor Wut. »Du läufst sofort nach Michael und holst die bestellten Hühner ab. Und bilde dir bloß nicht ein, du könntest unterwegs trödeln.«

»Wo soll ich die Hühner denn abholen?«, fragte Maria verängstigt.

»Was glaubst du denn – beim Steinmetz?«, fauchte der Küchenmeister.

»Wohl nicht«, antwortete Maria leise.

Der Koch packte Konrad und schob ihn zur Tür. »Du gehst mit«, knurrte er, »und hilfst ihr beim Tragen!«

Der steile Weg, der sich zum Kloster Sankt Michael hinaufwand, schmiegte sich an die Holzbalustraden, die den Jakobsberg umschlossen. Mit Schaudern dachte Maria an den entsetzlichen Fund, den Mathilde und sie vor drei Tagen weiter oben im Obstgarten gemacht hatten. Und inzwischen gab es eine dritte Leiche. Auch eine Mordtat? Und bestand vielleicht ein Zusammenhang zwischen den grässlichen Geschehnissen? Welch ein Mensch musste das sein, der zu so etwas imstande war? Maria dachte an die beiden Kriegsknechte, die sie belästigt hatten. Ob sie die Mörder waren?

Vor ihnen tauchte eine gebeugte Gestalt auf. Ein weißhaariger, runzeliger Alter versuchte, einen mit Säcken beladenen Karren den Berg hinaufzuschieben. Die zerrissene Jacke schlotterte ihm um die spitzen Schultern, dunkle Beinlinge mit Löchern und Schmutzflecken umhüllten die dürren Schenkel. Nun blieb er stehen, das ganze kümmerliche Gewicht gegen den Karren gestemmt. Der schmale, knochige Brustkorb hob und senkte sich. Maria befürchtete schon, der Wagen könne zu schwer für ihn werden und, über ihn hinweg, den ganzen Weg wieder herunterrollen.

Doch noch ehe sie etwas tun konnte, sprang Konrad dem Alten bei und nahm ihm das Gewicht des Karrens ab, indem er sich ohne besondere Anstrengung dagegenlehnte.

»Lass mich dir helfen«, bot er an, während der Alte mit zusammengekniffenen Augen gegen die Sonne blinzelte.

»Wollt ihr mich bestehlen?«, rief der Mann mit heiserer Stimme und musterte Konrad und Maria mit misstrauischen Blicken. Offensichtlich war er es nicht gewohnt, dass man ihm Hilfe anbot.

»Aber nein!«, erwiderte Konrad freundlich. »Es sieht doch jeder, dass der Weg für dich zu steil ist, wenn du auch noch den Karren schieben musst. Also, nimm meine Hilfe an und sorg dich nicht um deine Ware. Du kannst neben mir bleiben. Ich gehe ganz langsam.«

Der Alte hob die Hand zum Schutz gegen die Sonne über die Stirn. Nachdem er Konrad aus wässrigen Augen von oben bis unten gemustert hatte, nickte er schließlich. »Es gibt eine Menge schlechter Menschen auf dieser Welt. Aber du machst mir einen ehrlichen Eindruck, Junge. Und du siehst kräftig aus. Dir macht es sicher weniger Mühe als mir, den Karren hochzuschieben.«

Maria flüsterte Konrad etwas ins Ohr und trat dabei unruhig von einem Bein aufs andere. Sogleich erwachte das Misstrauen des Alten von Neuem, und er krächzte: »Was tuschelst du da, Mädchen? Führt ihr am Ende doch etwas im Schilde?«

»Nicht doch!«, rief Konrad. »Sie hat mir nur zugeflüstert, dass wir eigentlich in Eile sind, weil wir im Kloster Hühner für den Koch des Bischofs holen sollen.« Er wandte sich an Maria. »Lauf du schon los und lass dir das Federvieh aushändigen! Ich komme bestimmt noch rechtzeitig, um dir beim Tragen zu helfen.«

Maria hob den Türring im Maul des eisernen Löwenkopfs und ließ ihn wieder fallen. Dumpf schlug er auf das schwere Eichenholz der Klosterpforte. Bald darauf hörte sie ein Schlurfen auf der anderen Seite der Tür. Ächzend schwang diese auf, und ein ungewöhnlich kleiner Mönch, der ihr kaum bis zu den Schultern reichte, sah zu ihr hoch. Sein schwarzer Habit war penibel sauber, die Gebetsperlen und das Holzkreuz hingen ordentlich am dünnen Ledergürtel.

Nun senkte sich sein Blick auf Marias bloße Füße. Sie sah den Halbkreis der Tonsur, die so exakt ausrasiert war, dass sie sich nur wundern konnte. Die Stimme, mit der er nun zu ihr sprach, erinnerte sie, wie auch seine ganze Gestalt, an ein Vögelchen, um das man schützend die Hand legen sollte.

»Warum klopfst du am Haupteingang? Für Mägde und Knechte gibt es die Seitenpforte.«

»Verzeiht«, antwortete Maria bescheiden. »Das wusste ich nicht.«

»Was willst du?«, piepste der Mönch. Sein Gesicht war grau und beinahe faltenlos. Lediglich um seine Augen spannte sich ein feines Netzwerk aus hauchdünnen Fältchen.

»Der Koch des Bischofs schickt mich. Ich soll Hühner abholen.«

»Davon weiß ich nichts.« Wieder glitt der strenge Blick des Mönchs über sie hinweg. Dann trat er zur Seite, deutete in den Klosterhof und sagte: »Du musst dir deine Hühner selbst suchen.«

Maria bedankte sich artig. Der kleinwüchsige Mönch murmelte irgendetwas und verschwand wieder mit schlurfenden Schritten.

Aufs Geratewohl wandte sie sich nach links und ging unter den Bogen des Kreuzgangs bis zum anderen Ende des Klosterhofs. Dort spähte sie in einen offenen Raum, dessen Inneres im Schatten lag.

»Ist da jemand?«

Sie hörte nur das Echo ihrer eigenen Stimme. Der düstere Raum schien als Abstellkammer zu dienen; allerlei Gerätschaften für die Garten- und Feldarbeit standen hier herum. Ein schmaler Lichtstreifen schimmerte durch einen Türspalt an der gegenüberliegenden Wand. Rasch durchquerte sie die dunkle Kammer. Das angelehnte Tor quietschte in den Angeln, als sie es aufstieß. Sie trat hinaus. Geblendet kniff sie für einen Moment die Augen zu.

Unter ihr lag die Stadt.

Maria staunte. Zum ersten Mal sah sie Bamberg von oben: den tiefer liegenden Domberg mit der lang gezogenen Bischofspfalz und der Brandruine des Doms, flankiert von den Kirchen Sankt Jakob und Sankt Stephan. Die Dächer der Domherrenhöfe glänzten noch nass vom morgendlichen Regen, und vereinzelt blinkten Ziegel im Sonnenlicht wie silberne Fischschuppen.

Maria wandte sich nach links und folgte der Außenmauer des Klosters. Hier fiel der grasbewachsene Hang steil zum Fluss hin ab, unterbrochen vom äußeren Klosterwall. Sie sah das Dorf zwischen den beiden Flussarmen, dahinter, bis in die Wälder hinein, das zu gewaltiger Größe angewachsene Heerlager. Überall stiegen Rauchsäulen schräg in den Himmel, die Fahnen flatterten im sanften Wind.

Marias Blick wanderte zurück zu den Behausungen der Siedlung, wo auch ihr Vater und der kleine Bruder wohnten. Rasch hatte sie die flache Hütte entdeckt, doch sie war enttäuscht, als sie in der Umgebung niemanden erkennen konnte. Wie es wohl ihrem Vater und dem kleinen Bruder ging? Sie vermisste beide schmerzlich.

Sie schritt weiter an der Mauer entlang und hatte schon beinahe zur Hälfte das Kloster umrundet, ohne einen Hühnerhof oder Stall zu entdecken. Abermals blieb sie stehen. In der Ferne erstreckten sich bewaldete Hügel, die sanfte Wellen an den Horizont zeichneten.

»Maria!«

Beim Klang der warmen, weichen Stimme schoss ihr das Blut in die Wangen. Reinmar war von der rohen Holzbank aufgesprungen, die an der Klostermauer stand. Sein Gesicht strahlte vor Freude.

»Maria! Ich habe dich schon in der Pfalz gesucht.« Er verdrehte die Augen. »Aber der Truchsess bewacht die Küche wie ein Zerberus. Er ist der Meinung, ich hätte dort nichts zu suchen.«

Rasch trat Maria auf Reinmar zu. Der Boden unter ihren Füßen schien zu schwanken. Der Ritter zog sie zur Bank und setzte sich neben sie. »Der Truchsess ist sehr streng.« Sie spürte, wie sein Körper ihre Seite berührte.

»Das kann ich bestätigen«, lachte Reinmar. »Umso mehr freue ich mich, dich hier zu treffen.«

»Ich soll für den Bischof im Kloster Hühner abholen, aber ich finde den Hühnerhof nicht.« Sie spürte den sanften Druck seiner Hand und fühlte sich plötzlich geborgen.

»Ich helfe dir gleich, ihn zu suchen. Aber lass uns noch ein Weilchen plaudern.« Sein Blick glitt über die Hügel am Horizont. »Es ist schön, neben dir zu sitzen und zu träumen.«

Marias Blicke folgten der Richtung, in die er sah. Sie wagte nicht zu fragen, wovon er träumte, genoss nur seine Nähe.

Als könne er ihre Gedanken lesen, sagte er: »Erzählst du mir von deinen Träumen?«

Einen Augenblick lang dachte sie an die Lederschuhe, an die Schmuckketten und die teuren Kleider, die sie auf dem Markt gesehen hatte. Doch dies waren nur Dinge, Gegenstände, die sie schön fand. Der Traum tief in ihrem Innern sah anders aus. Vorsichtig antwortete sie: »Ich träume davon, ein glückliches Leben zu führen.«

Sie sah sein Lächeln, als er nickte. »Das ist eine kluge Antwort, und das ist ein schöner Traum. Glück kann so vieles sein. Für jeden etwas anderes.«

Ein kühler Wind kam auf und strich über das Gras zu ihren Füßen. Die Sonne verschwand hinter den Wolken. Fröstelnd zog Maria die Schultern hoch und ließ es zu, dass er näher rückte und einen Arm um sie legte. Sie spürte seine Wärme.

Nun wagte sie doch die Frage. »Und du? Wovon träumst du?« Sie war sicher, dass er die Antwort schon kannte und sie nur aussprechen musste. Doch er dachte lange nach, bevor er ihr das Gesicht gänzlich zuwandte und ihr in die Augen sah.

»Ich darf keine eigenen Träume haben. Ich bin ein Ritter,

der seinem König die Treue geschworen hat. Ich folge ihm, wohin er geht. Ein König ist ständig unterwegs. Er regiert sein Reich vom Rücken seines Pferds aus.«

Heimlich musterte sie ihn, versuchte sein Mienenspiel zu deuten. »Vielleicht hast du dann den Traum, einmal an einen Ort zu gelangen, an dem du bleiben kannst?«

»Es wäre wirklich schön, einen solchen Ort zu haben. Bei einem Menschen, der einen aufrichtig liebt.« Er wurde ernst. »Doch zuerst muss man den Ort in sich selbst suchen. Wenn er da nicht ist, gibt es ihn nirgendwo.« Seine Fingerspitzen fuhren die Linien ihrer Wangen nach, doch plötzlich sank seine Hand herab. »Da kommt jemand.« Er blickte dem näher kommenden Jungen entgegen und fragte leise: »Können wir uns noch einmal hier treffen?«

»Wann?«

»Morgen Abend, wenn die Sonne untergeht.«

Sie öffnete den Mund und schloss ihn wieder. Sie erkannte Konrad, der an der Mauer entlanglief und seine Schritte beschleunigte, als er sie entdeckte.

»Hier bist du!«, rief er. Sein Blick ruhte kurz auf dem Ritter und kehrte dann vorwurfsvoll zu ihr zurück. »Was sitzt du da? Ich habe dich überall gesucht.« Wieder starrte er den Ritter an, während Maria sich rasch erhob und den Rock glattstrich. Sie beobachtete, wie es hinter seiner Stirn arbeitete und sich ein trotziger Zug um seinen Mund legte.

»Kommst du jetzt endlich?« Er blickte auf seine Füße. »Ich hab die Körbe mit den Hühnern schon geholt. Sie stehen vorn im Klosterhof.«

19
Kreuz

Als Maria und Konrad im Hof der Bischofspfalz eintrafen, herrschte dort helle Aufregung. Eine Menschentraube hatte sich um etwas versammelt, das die Leute wie magisch anzog. Maria gelang es nicht, über die zahlreichen Köpfe hinwegzuspähen, sosehr sie sich auch reckte. Konrad, getrieben von Neugierde, drängte vorwärts. Er stellte die Körbe mit dem gackernden Federvieh achtlos vor Marias Füße und wühlte sich frech zwischen den Gaffern hindurch.

Maria blieb nichts anderes übrig als zu warten, bis er zurückkam. Die Gefahr, dass irgendwelches Gesindel im allgemeinen Trubel die Hühner stahl, war schlichtweg zu groß.

Die Wächter des Bischofs rannten herbei und trieben die Schaulustigen mit derben Sprüchen und groben Hieben ihrer Speerschäfte auseinander. Damit wurde der Blick auf einen ausgeschirrten Leiterwagen frei, auf dem ein blutiges, schmutziges Bündel lag. Maria glaubte eine menschliche Hand zu erkennen, die seitlich zwischen den Leitersprossen heraushing. Doch schon langte einer der Soldaten nach der Deichsel, zwei andere griffen in die Speichen der hohen Wagenräder, der Karren rollte davon und verschwand hinter einem hohen Tor. Ein rundlicher Mann in besticktem Umhang eilte kurzatmig herbei. Maria erkannte den Kanzler des Königs, der sie und Mathilde nach dem Auffinden der kopflosen Leiche befragt hatte. Er redete gestenreich auf die Wächter ein. Diese öffneten die Torflügel noch einmal für ihn und schlossen sie dann sogleich wieder.

Dann kehrte auch Konrad zurück. Seine Schritte, sonst flink und unbekümmert, als gelänge es ihm kaum, seine Kraft und Lebenslust zu zügeln, wirkten schleppend und müde. Das kalkweiße Gesicht sah völlig verstört, ja entsetzt aus. Er hockte sich neben den Hühnerkörben in den Staub und starrte vor sich hin. Besorgt legte ihm Maria eine Hand auf die Schulter.

»Was liegt auf dem Leiterwagen?«

Konrads Stimmer klang leise, fast tonlos. »Eine Frau.«

Ungeduldig packte Maria ihn an der Schulter. »Ja und?«

»Ihr Gesicht … ihr Körper … vollkommen zerschlagen und zerquetscht.«

Auch Lupold war entsetzt angesichts der blutigen Masse, die er anstelle einer menschlichen Gestalt zu sehen bekam. Lediglich aus der Tatsache, dass die Haare kunstvoll zu einem Kranz geflochten waren, schloss er, dass es sich bei der Toten um eine Frau handelte. Als er die Pferdedecke, die man über ihren Körper geworfen hatte, noch einmal anhob und ein Stück nach unten schob, bestätigte der Anblick ihrer zerschundenen Brüste seine Vermutung. Rasch zog er dem Leichnam die Decke über den Kopf. Gerade wollte er die leblose Hand zurückschieben, die zwischen den Sprossen aus dem Wagen heraushing, da bemerkte er, dass da etwas steckte. Er löste ein einfaches Holzkreuz aus den starren Fingern.

»Was ist das?«, fragte der Bischof, der hinter ihn getreten war.

Lupold hob den kleinen Gegenstand in die Höhe. »Ein Kreuz.« Er betrachtete es genauer. »Seltsam«, murmelte er.

Bischof Eckbert griff nach dem Kreuz. »Was stört Euch daran? Es ist ein Symbol für das Leiden unseres Herrn.«

»Ja …«, begann Lupold vorsichtig. Er rieb sich die Nasenwurzel und dachte laut. »Aber warum finden wir es in der Hand der Toten?«

»Glaubt Ihr, das hat etwas zu bedeuten?«

Lupold antwortete ausweichend. »Ich glaube zweierlei. Erstens: Diese Treppe ist nicht zufällig eingestürzt, als die Frau unglücklicherweise darunter stand oder vielleicht sogar darauf herumkletterte. Es war Absicht, also Mord. Und zweitens: Ich bin mir sicher, dass wir es wieder mit jenem

Täter zu tun haben, der bereits die anderen beiden Frauen tötete.«

Wieder drehte Eckbert beunruhigt an seinem silbernen Brustkreuz. »Derselbe Täter? Ihr seht also Übereinstimmungen zu den vorherigen Morden? Nun gut, es ist wieder eine Frau ...«

»Es gibt ein deutliches Muster. Ich spreche von dem Kreuz. Darin sehe ich erneut eine Botschaft des Mörders. Er will uns etwas mitteilen.«

»Aber was?«

»Vielleicht nur, dass er gewitzter ist als wir und dass er planmäßig vorgeht. Er gibt uns Hinweise, und insgeheim lacht er sich ins Fäustchen, weil wir nicht in der Lage sind, sie zu deuten.«

»Ich weiß nicht«, erwiderte der Bischof stirnrunzelnd. »Mir ist das alles ein bisschen weit hergeholt. Kann man von einem Kreuz, das die Frau vielleicht nur zufällig in der Hand hielt, auf denselben Täter schließen?«

»Nun, auf der ersten Toten finden wir eine kopflose Kreuzotter. Der anderen wird anstelle ihres abgeschlagenen Haupts ein steinerner Teufelskopf aufgesetzt. Diese hier hält in der Hand ein Kreuz. Alles eindeutig christliche Symbole: die Schlange, der Teufel, das Kreuz.«

»Aber«, gab der Bischof zu bedenken, »eine Frau wurde erwürgt, die andere geköpft ...«

»Und diese hier gesteinigt.«

»Erklärt mir bitte den Zusammenhang!«

»Das will ich gern tun.« Ernst musterte Lupold den Bischof. Doch bevor er weitersprach, warf er noch einen Blick auf das unförmige Bündel, das vor ihnen lag. Wer war diese Frau? Hoffentlich fand man zumindest das bald heraus! Nun holte er tief Luft und erklärte: »Sankt Jakobus und Sankt Stephan waren Märtyrer. Wie Ihr wisst, wurde Jakobus enthauptet. Der Leiche, die im Kirschgarten gefunden wurde, fehlte ebenfalls der Kopf. Und der lag auf dem Altar in der Kirche des Heiligen.«

»Gütiger Himmel!«, rief der Bischof erschrocken. »Jetzt weiß ich, was Ihr meint! Sankt Stephan …«

Lupold nickte. »Versteht Ihr nun? Ich bin mir sicher, Euer Kaplan kennt dazu eine treffliche Geschichte.« Einer plötzlichen Eingebung folgend, trat er zum Fußende des Leiterwagens und hob die Pferdedecke an. Dann winkte er den Bischof näher. »Seht her! Die Füße der Toten sind schmutzig und mit Schwielen und Hornhaut überzogen. Diese Frau ist ihr Leben lang barfuß gegangen. Das heißt, unsere Suche kann sich auf das einfache Volk beschränken.« Der Kanzler bedeckte die Füße der Toten wieder und fuhr fort: »Und noch etwas.«

Fragend hob Eckbert die Brauen.

»Otto von Wittelsbach können wir guten Gewissens wieder auf freien Fuß setzen. Denn diese Frau hat er wohl kaum getötet. Er saß die ganze Zeit bei Euch im Kerker.«

Als der Kanzler von der Befragung des Steinmetzen zurückkehrte, wartete Eckbert bereits auf ihn. »Ist Tankred noch nicht eingetroffen?«, rief er sogleich.

»Nein«, antwortete Lupold. »Er ist seit gestern Abend nicht wieder erschienen. Ich habe mich auch schon gewundert.«

Lupold gab dem Wunsch des Kirchenoberhaupts nach, sich die Leiche erneut anzusehen. Dabei drehte es dem Bischof fast den Magen um. Er wurde bleich, würgte und wandte sich rasch ab.

»Warum?«, brachte er schließlich hervor und schüttelte immer wieder den Kopf. »Warum tut ein Mensch so etwas?«

»Unsere Aufgabe ist es, dies herauszufinden«, entgegnete Lupold.

»Welche Auskunft habt Ihr vom Steinmetz erhalten?« Sämtliche Farbe war aus Eckberts Gesicht gewichen.

»Der Mann ist völlig am Ende. Er glaubt, es sei alles seine Schuld.«

»So?« Die Lippen des Bischofs zitterten immer noch leicht.

»Ja. Die Stufen der Wendeltreppe waren noch nicht vermauert, sondern nur probeweise aufeinandergestapelt.«

Eckbert schien höchst überrascht. »Wirklich? Warum denn das?«

»Der Steinmetz hat es mir erklärt. Einige Stufen waren offensichtlich unsauber gefertigt. Er wollte prüfen, ob sie trotzdem tauglich wären. Also hat er einen Teil der Treppe behelfsmäßig aufbauen lassen.«

»Hätte man das Ganze danach nicht wieder auseinandernehmen müssen?«

»Eigentlich schon. Deswegen macht der Meister sich auch solche Vorwürfe. Er sagt aber, sie hätten den Abbau auf den nächsten Tag verschoben, weil es bereits dunkel wurde.«

»Das klingt ziemlich verantwortungslos.« Eckbert trat vom Leiterwagen mit der Toten zurück und ging einige Schritte auf und ab. »Ich werde den Steinmetz bestrafen lassen.« Abermals blieb er stehen. »Ich meine, jeder konnte den Kirchturm betreten und hätte sich damit in höchste Lebensgefahr begeben. Nicht auszudenken, wenn Kinder auf den Gedanken gekommen wären, die Baustelle zum Spielen zu nutzen! Was dann?«

Lupold war dem Bischof gefolgt. Nun schob er den hohen Torflügel auf, und Sonnenlicht flutete herein.

»Gehen wir ein paar Schritte!«, sagte er und nahm Eckbert am Arm.

Sie überquerten nebeneinander den Hof der Bischofspfalz. Die Menge der Schaulustigen hatte sich zerstreut, nur der Pferdeknecht war noch mit dem Gaul beschäftigt, der den Leiterwagen gezogen hatte.

Lupold sprach als Erster wieder. »Die Erklärung des Steinmetzen klang in meinen Ohren nachvollziehbar. Er sagte, da es dunkel wurde, konnte man ausschließen, dass spielende Kinder gefährdet wären. Außerdem lehnten die Arbeiter die ausgebaute Tür in die Öffnung. Sie ist sehr schwer und kaum zu bewegen. Ein Mann hätte es vielleicht geschafft, aber kein Kind.«

»Wäre es möglich, dass ein Einzelner die Treppe zum Einsturz brachte?«

Lupold machte eine unbestimmte Handbewegung. »Der Steinmetz war sich nicht sicher. Seiner Aussage zufolge rüttelte er vor dem Verlassen des Turms an den Stufen und dann an der Tür – alles schien fest.«

»Aber einen absichtlich herbeigeführten Einsturz wollte er nicht ausschließen, oder?«

»Nein.«

Nachdenklich schritt der Bischof neben Lupold her. »Ich frage mich«, fasste er seine Überlegungen zusammen, »wie der Mörder es wohl zuwege brachte. Er kann doch schwerlich der Frau befohlen haben, sich unter die Treppe zu stellen und darauf zu warten, dass diese auf sie herabstürze.«

Der Kanzler zog Eckbert am Ärmel auf den Weg, der zum Stephansberg führte. »Wohl kaum. Ich vermute, er hat sie zuerst erschlagen. Mit einem großen Stein zum Beispiel. Wenn alles so stattfand, wie ich es mir vorstelle, muss er sehr kräftig sein, und die Tat stellte für ihn keine allzu große Kraftanstrengung dar. Er hat die Tote unter die Treppe gezerrt und ihr in aller Ruhe das steinerne Grab bereitet.«

Sie folgten dem Weg, der sich nun durch den Torbogen wand. Hier blieb der Kanzler stehen und wies auf die Statue des heiligen Stephan. »Von *einem* Vorfall habt Ihr noch keine Kenntnis. Seht, der Figur fehlt die rechte Hand!«

Der Kirchenmann trat zu dem Bildwerk und betastete den Armstumpf. »Wie mit dem Schwert abgeschlagen.«

»Die Hand wurde dort oben gefunden.« Lupold deutete auf die Wiese, die vor ihnen lag. »Sie lag dergestalt ausgerichtet, dass sie genau auf den Kirchturm von Sankt Stephan deutete.«

»Ist das nicht seltsam?« Eckberts Blick folgte dem ausgestreckten Arm des Kanzlers.

»Das finde ich ganz und gar nicht«, brummte dieser schließlich. »Es passt sogar sehr gut in jenes Bild, das allmählich immer deutlicher wird.«

Eckbert musterte Lupold mit fragendem Blick.

»Der Mörder legt eine Spur«, erklärte der Kanzler. »Er fühlt sich uns überlegen und glaubt, er kann mit uns spielen.« Nach einer Pause fuhr Lupold grimmig fort: »Ich hoffe nur, dass er sich damit gehörig auf dem Holzweg befindet.«

Für einen Moment standen die beiden Männer schweigend neben der Statue des heiligen Stephan und blickten nachdenklich zur Kirche hinauf. Schließlich fragte der Bischof: »Ihr wisst, was es mit dem Märtyrer auf sich hat?«

Lupold schob das Kinn vor. »Ja, er wurde gesteinigt. Allerdings habe ich den Grund dafür vergessen.«

»Stephanus war der erste Märtyrer der Christenheit. Von den Juden in Jerusalem wurde er der Gotteslästerung in seinen Predigten bezichtigt. Als er vor Gericht seinen christlichen Glauben bekannte und erklärte, das Christentum sei die neue Religion in Nachfolge der jüdischen, vermochte er seine Verteidigungsrede nicht einmal zu Ende zu halten. Die Juden steinigten ihn noch unter dem Stadttor.«

Lupold bückte sich, als suche er etwas zwischen den Füßen. Dabei murmelte er: »Unter dem Stadttor, sagt Ihr?«

Eckbert war in seinen Ausführungen kaum aufzuhalten. Ohne auf Lupolds Frage einzugehen, hob er den Zeigefinger und fuhr belehrend fort: »Übrigens war einer der Wortführer jener Saulus, der später als glühender Verfechter des Christentums zu Paulus wurde. Es heißt, bei der Steinigung bewachte er sogar die Kleidung jener falschen Zeugen, die vor Gericht gegen Stephanus ausgesagt hatten.«

»Hier!«, rief Lupold, der anscheinend nur mit einem Ohr zugehört hatte. »Seht Ihr? Blut!«

Eckbert nahm den doppelt faustgroßen Stein entgegen, den der Kanzler ihm unter die Nase hielt. Der dunkle, beinahe schwarze Fleck auf der Oberfläche des Brockens war zweifellos Blut.

»Er hat die Frau mit diesem Stein erschlagen«, erklärte Lupold, während der Bischof den Stein in seiner Hand anstarrte. »Hier unter dem Tor – wie in der Geschichte des heiligen Stephanus, die Ihr mir gerade erzählt habt. Dann hat er sie zum Kirchturm geschleppt, unter die Treppe geworfen und diese zum Einstürzen gebracht.«

»Einfach abartig!«, rief der Bischof. »Aber ich glaube, Ihr habt recht. Vermutlich hat es sich genauso ereignet.« Er gab Lupold den Stein zurück und schüttelte ratlos den Kopf. »Was wollt Ihr tun? Es wäre eine Schande, wenn wir den Mörder bis zur Hochzeit immer noch nicht gefangen hätten.«

»Ich werde ihn fangen«, erwiderte der Kanzler grimmig. »Verlasst Euch darauf.«

Wenig später trafen sie sich erneut in der Pfalz. Lupold stand am Fenster und blickte nachdenklich auf die Stadt hinab, als der Bischof in den Festsaal eilte, wo er den Kanzler zu finden gehofft hatte.

»Es gibt zwei Neuigkeiten!«, rief er schon von Weitem, und seine Stimme hallte laut durch den Raum. »Welche wollt Ihr zuerst hören?«

»Die schlechte«, brummte der Kanzler und wandte sich langsam zu dem Bischof um.

»Wie Ihr wünscht. Eine wirklich schlechte Nachricht gibt es eigentlich gar nicht. Wir wissen jetzt ziemlich sicher, um wen es sich bei der Toten handelt.«

»Sprecht!«

»Ihr hattet recht. Es war eine einfache Frau. Eine Dirne, die im Heerlager ihre Liebesdienste verkaufte. Einige Soldaten haben die Leiche gesehen und an ihrem Körper erkannt, dass sie die Vermisste ist.«

»An ihrem Körper ... so, so!« Lupold machte sich dazu seine eigenen Gedanken.

»Und an der Art, wie die Haare geflochten waren«, fügte Eckbert hinzu. »Sie sagten, sie trug sie so – mit um den Kopf gewundenen Zöpfen. Erst wenn einer schon gezahlt hatte, öffnete sie ihr Haar. Das war offensichtlich ihre Besonderheit.«

»Aha. Nun, immerhin erfahren wir schon nach kurzer Zeit, wer das Opfer ist. Wie lautet die andere Neuigkeit?«

»Die zweite ist folgende …« Die stämmige Figur des Bischofs straffte sich, und er wartete. Für Lupolds Geschmack war diese Pause ein wenig lang, und er musste es sich verkneifen, ungeduldig mit dem Fuß aufzustampfen. Endlich bequemte sich Eckbert weiterzusprechen.

»Ein Schäfer hat etwas gesehen.«

»Ja, was denn?«

»Geduld! Ich will der Reihe nach berichten. Der Hirte befand sich auf der Suche nach einem Lamm, das ihm weggelaufen war. Er suchte hier und dort, konnte es aber nirgends finden. So gelangte er schließlich in die Nähe des Stephansbergs.«

Lupold, der die Arme vor der Brust verschränkt hatte, unterdrückte den Drang, ungeduldig mit den Fingern zu trommeln.

»Das Lamm blieb immer noch verschwunden. Dafür sah er aber unsere Tote.«

»Halt!«, unterbrach ihn der Kanzler. »Das kann nicht sein. Die Leiche lag doch begraben unter den Treppenstufen. Er konnte sie doch gar nicht sehen.«

»Nicht die Leiche! Er sah die Frau, als sie noch am Leben war.«

»So? Aber woher wusste er denn, dass sie die Tote ist?«

»Weil er sie kannte und danach erfuhr, dass sie ermordet wurde. Die Sache hat sich in Bamberg verbreitet wie ein Lauffeuer.«

»Er kannte also die Dirne?«

»Ja, sie war die Schwester der Frau seines Bruders.«

Lupold verdrehte die Augen. »Werter Bischof, verzeiht meine Ungeduld. Aber könnt Ihr nicht endlich zum Kern der Sache kommen? Warum sollte es uns weiterhelfen, dass der Schäfer das Opfer, seine Schwägerin, eine Hure, noch vor ihrem Tod sah?«

»Sie war nicht allein.«

Mit einem Mal war die Ungeduld des Kanzlers verflogen. Er wusste sofort, dass es von ungeheurer Wichtigkeit war, wen der Schäfer zusammen mit der Frau gesehen hatte. Er packte den Arm des Bischofs und rief: »Wer war bei ihr?«

»Es waren zwei Männer. Der eine war ein Ritter. Ein Mann von sehr gutem Aussehen und mit langen blonden Haaren, sodass der Schäfer zunächst glaubte, es sei ebenfalls eine Frau. Doch er trug Brustpanzer und Schwert.«

Der Bischof sah, wie der Kanzler erschrocken zusammenzuckte und blass wurde.

»Und der zweite Mann?«, fragte Lupold.

Eckberts Schweigen zog sich in die Länge. Auf seiner Stirn zeigten sich tiefe Sorgenfalten. »Der Schäfer sagte aus, er kennt den zweiten Mann«, murmelte er schließlich.

»Wer ist es?«

Dieses Mal dauerte es noch länger, bis Eckbert antwortete. »Mein Truchsess.«

Lupold zog einen Stuhl heran und sank darauf nieder, als befürchte er, nicht mehr stehen zu können. »Verzeiht, mir ist soeben ein wenig schwindelig geworden.« An den Armstützen des Stuhls suchte er mit den Händen Halt. »Euer Truchsess und ein Ritter des Königs«, konnte er nur stammeln.

Eckberts bisher sorgenvoller Gesichtsausdruck zeigte höchstes Erstaunen. »Ihr wisst, wer der Ritter ist?«

Lupold nickte schwach. »Die Beschreibung des Schäfers ist eindeutig.«

»Also haltet Ihr auch seine Geschichte für kein Hirngespinst?«

»Keineswegs«, stöhnte der Kanzler. Er sank auf dem Stuhl vollends zusammen und senkte den Kopf. Atemlos flüsterte er: »Es kann nur Reinmar sein. Er ist ein Ritter des Königs. Wir müssen ihn und den Truchsess rasch finden und sofort festnehmen lassen.«

Eckbert, der zum Fenster getreten war, wandte sich wieder zu Lupold um. »Die Suche nach dem Truchsess können wir uns sparen. Er kommt gerade über den Hof.«

20
Lüge

In dieser Nacht fand Maria kaum Schlaf. Ruhelos wälzte sie sich auf ihrem Strohlager hin und her. Noch nie waren ihr die Geräusche der Nacht so laut vorgekommen. Überall in der Gesindekammer raschelte es, wenn sich jemand im Schlaf bewegte, und aus einer Ecke tönte lautes Schnarchen. Eine Stimme murmelte Wortfetzen im Traum. Jemand stand auf, schlurfte hinaus, um Wasser zu lassen. Es dauerte nicht lange, da hörte Maria schon wieder das Schaben der bloßen Füße draußen auf dem gestampften Lehmboden. Nun kehrte die Magd zurück und richtete sich geräuschvoll auf ihrem Lager ein.

Eine Weile lag Maria still und starrte in die Dunkelheit. Sie versuchte zu begreifen, was mit ihr geschah. Es bebte und wogte in ihrem Innern, und sie kam sich vor wie ein einsames Blatt, an dem der Sturm reißt, um es davonzuwirbeln. Maria wusste nicht, war dieses Gefühl wunderschön – oder schrecklich?

Nun mochte sie nicht mehr still liegen. So leise wie möglich erhob sie sich und schlich in den Hof hinaus. Ein Feuer brannte auf der anderen Seite und warf die lang gezogenen Schatten der Wachleute an die steinerne Wand der Pfalz. Sie hörte, wie sich die Männer unterhielten. Zwischen Wolkenlücken blinkten verloren einige Sterne, eine dünne Mondsichel hing schräg am Himmel. Maria lehnte sich mit dem Rücken an die Wand und hob den Kopf in den Nacken.

Tränen stiegen ihr in die Augen, und ihr Blick verschwamm. Leise begann sie zu weinen und spürte, wie ihr die Tränen an den Wangen hinunterliefen, bis sie salzig die Lippen benetzten. Ein Schluchzen stieg in ihrer Kehle auf, schüttelte ihren Körper und verebbte langsam wieder. Weinte sie vor Glück? Es fühlte sich an, als wolle ihr Herz zerspringen.

Alles *seinetwegen.*

Sein Bild schwebte ständig vor ihren Augen. Jede Faser ihres Körpers sehnte sich nach ihm. Sie benötigte ihn dringender als die Luft zum Atmen. Das Herz tat ihr so weh, dass sie es beinahe nicht mehr aushielt.

»Morgen«, flüsterte sie, »morgen sehe ich dich wieder.«

Die Männer am Feuer standen still und schienen zu lauschen. Einer rief: »Ist da jemand?«

Maria presste den Rücken gegen die Wand und hielt den Atem an. Ein Käuzchen schrie, und in der Ferne bellte verloren ein Hund. Wieder wurde ihr Körper geschüttelt, und sie zog die Schultern hoch.

Ich friere, dachte sie. Dann schlich sie, eng in den Schatten geduckt, zurück in die Schlafkammer der Mägde. Dort lag sie auf ihrem Strohsack, mit offenen Augen. Als das erste Morgenlicht fahl hereindrang, fasste sie ihren Entschluss. »Ich muss es tun«, flüsterte sie sich selbst Mut zu.

Die Zeit bis zum Abend schien stillzustehen.

Endlich senkte sich die Sonne im Westen rot über die Dächer.

Maria war erstaunt und auch ein wenig erschrocken, wie leicht ihr die Lüge über die Lippen kam. Vielleicht lag es auch daran, dass ein anderer Koch Dienst tat. Der war ein dicker alter Kerl mit einem gutmütigen Lächeln, das auf seinem breiten Gesicht beinahe ständig die Augenwinkel und die wulstigen Lippen umspielte.

»Mein Vater ist krank, und außer mir hat er niemanden, der sich um ihn kümmert. Darf ich zu ihm, um ihn zu pflegen, wenn ich verspreche, nicht zu spät zurückzukommen?«

Das Lächeln auf dem Gesicht des Kochs hatte sich kaum verändert, war sogar noch gütiger geworden. »Lauf schon los, Kindchen! Dein Vater hat Glück, dass er eine so gute Tochter hat.«

Für einen Moment plagte Maria das schlechte Gewissen. Die erste Lüge ihres Lebens hatte dieser Mann wahrhaftig nicht verdient. Frei von Argwohn, glaubte er ihr alles, ja, er bemitleidete sie sogar.

Doch jetzt, da sie im Dämmerlicht der einbrechenden Nacht den Domberg hinaufeilte, spürte sie nichts von der Last der Lüge. Im Gegenteil, sie fühlte sich federleicht. Mühelos trugen ihre Beine sie den steilen Weg hinauf.

Dunkel ragte die Klostermauer vor ihr auf. Maria blieb stehen, damit sich ihr Atem beruhigte, und sie stützte eine Hand gegen den steinernen Wall. Er fühlte sich kühl an. Sie presste die Finger aufs Herz – es pochte laut und schnell. An der Mauer entlang schlich sie zur Pforte, drückte dagegen und fuhr zusammen, als diese quietschend aufschwang. Dann lauschte sie in die einbrechende Nacht hinaus. Vom Heerlager jenseits der Flussarme wehte der leichte, warme Wind gedämpfte Geräusche herüber, und Maria sah die Feuer, die aufflackerten wie Irrlichter.

Ob er schon auf mich wartet?

Sie rannte die Wiese hinauf. Der warme Abendwind strich über das hohe Gras und kräuselte es wie die Oberfläche eines Sees. Nun sah sie flackernden Kerzenschein und ging darauf zu.

Da war er! Ihr Herz setzte einen Schlag lang aus, und sie spürte, wie ihre Knie weich wurden. Sein blondes Haar fiel auf einen dunklen Umhang herab. Als er sie sah, sprang er auf, als wolle er sie umarmen. Sie war enttäuscht, als er es nicht tat, sondern nur ihre Hand ergriff.

»Maria! Ich freue mich so sehr, dass du kommen konntest.«

»Ja!« Marias Gesicht strahlte, und sie erwiderte den sanften Druck seiner Hand. Er führte sie zur Bank, und sie setzten sich.

Sie fing an zu reden, sagte irgendetwas und spürte, wie sehr sie seine Nähe herbeigesehnt hatte. »Die Mägde dürfen die Pfalz nur mit Erlaubnis verlassen. Am Abend ist es überhaupt verboten wegzugehen. Ich hatte Glück, dass der andere Koch Dienst tat.«

»Jetzt bist du da.« Für einen Moment wurde der Druck seiner Finger stärker.

Maria nickte. Sie holte tief Luft und stieß sie wieder aus. »Aber es war nicht einfach. Ich musste eine Lüge ersinnen.«

»Eine lässliche Lüge, damit wir zusammen sein können. Ich denke, sie wird dir vergeben werden.«

Verlegen stimmt sie in sein Lachen ein und versuchte ihre Befangenheit zu überwinden. Sie folgte seinem Blick über die steil abfallende Wiese hinunter zum Fluss. Auf der anderen Seite, jenseits der letzten Gebäude der Stadt, reichte der Wald bis zu den dunklen Hügeln am Horizont.

»Es ist schön, so in die Ferne zu blicken«, sagte sie.

Er ließ sie lange auf eine Antwort warten. Schließlich sagte er: »Wäre ich ein anderer, bliebe ich vielleicht hier.« Er legte ihr einen Arm um die Schultern.

Ohne nachzudenken, schmiegte sie sich an ihn. »Ist das denn nicht möglich?«

»Nein. In wenigen Tagen ziehe ich mit dem König in den Krieg.«

Sie erschrak. Das Wort *Krieg* beschwor Furchtbares vor ihrem inneren Auge herauf. Es stand für Tod, Zerstörung, Verderben. Fröstelnd zog sie die Schultern hoch. Sie sah ihn, spürte ihn, liebte ihn. Doch er würde fortgehen, um zu kämpfen, um vielleicht zu sterben. Trotzdem tat sie, als verstünde sie. »Das muss wohl so sein.«

Seine Antwort war einfach »Ja«.

Sie blickten zum Horizont, wo die Nacht wartete, mit Sehnsucht in den Augen, als sei es erstrebenswert, dorthin zu gelangen. Sie dachte an ihr Leben, das in seiner alten Form bedeutungslos schien, seit sie ihn getroffen hatte. Sie spürte, dass auch er Liebe für sie empfand. Hätte er sonst hier neben ihr gesessen und den Arm um sie gelegt?

Obwohl sie die Antwort bereits kannte, fragte sie: »Ist es möglich, dass der König dich von deinem Eid entbindet? Dann könntest du vielleicht hierbleiben.«

Er sah sie an. Der Blick aus seinen hellen, leicht schräg

stehenden Augen, die sie an Wolfsaugen erinnerten, berührte sie tief.

»Maria.« Seine Fingerspitzen strichen über ihre Haut. »Könntest du einen Mann lieben, der andere für sich kämpfen lässt? Wäre ich noch ein Ritter für dich, wenn ich mich hinter deinem Rock verstecken würde? Du verlörst alle Achtung vor mir, und am Ende bliebe für uns beide nichts. Es ist ganz einfach – und doch wiederum nicht: Ich bin ein Ritter. Deshalb ziehe ich in den Krieg, um für die Sache meines Königs und die Ehre Gottes zu kämpfen.«

Er beugte sich zu ihr hinüber und fing mit dem Finger eine Träne auf, die ihr die Wange hinablief. Die Zärtlichkeit dieser Geste überwältigte sie. Sie musste um Worte ringen und konnte nur flüstern: »Versprichst du mir, dass du wiederkommst?«

»Wenn du mir einen Kuss dafür schenkst«, antwortete er. Sein Blick war unergründlich.

Sie hob das Gesicht und spürte seine Lippen.

Von irgendwoher hörte sie Stimmen, unbestimmt zunächst, wie ein fernes Grollen, das sich rasch näherte. Sie spürte, wie er erstarrte, und fühlte sich weggeschoben. Reinmar wich zurück, sprang auf.

Überall waren Männer mit Schwertern und Speeren, die schrien durcheinander und zogen einen immer enger werdenden Kreis um ihren Ritter. Einer stieß sie weg, und sie fiel ins Gras.

Ihr Entsetzen wuchs, als sie sah, wie die Häscher ihn niederwarfen und ihm die Hände auf den Rücken banden. Dann zerrten sie ihn auf die Füße und trieben ihn vor sich her.

Um Maria kümmerte sich niemand.

IV. Buch
Sankt Gangolf

Maria!
Ich dachte – du seist jene Blume,
die ich suche!
In deinem Herzen las ich
meine Sehnsucht,
in deinen Augen
meinen ew'gen Traum!
Doch deine gierigen Lippen haben alles nur zerstört.

21
Nürnberg

Lupolds Ritt nach Nürnberg, wo er den König treffen sollte, schien von vornherein unter einem schlechten Stern zu stehen. Eigentlich verbot ihm sein klarer Verstand, abergläubisch zu sein. Wenn es um Reisen ging, war jedoch alles anders. Vermutlich hing dies mit der Panik zusammen, die ihm unterwegs ein ständiger und hartnäckiger Begleiter war. Um diese Angst zu besiegen oder zumindest zu besänftigen, hatte der Kanzler ein Ritual entwickelt, denn er hatte gelernt, dass es kein besseres Mittel gegen die Furcht gab, als sie durch striktes Befolgen eines exakt ausgearbeiteten Plans sowie die Einhaltung bestimmter Handlungsabfolgen zu bekämpfen. So galt es, am Tag der Abreise nicht zuerst mit dem linken, sondern mit dem rechten Fuß ins Beinkleid zu steigen und danach den Gang zum Fenster mit einem Paternoster zu begleiten. Der Diener wurde angewiesen, dunkle Kleidung bereitzulegen, wohingegen die begleitenden Ritter hell gewandet sein sollten. Und vieles, vieles mehr.

Lupold war gezwungen worden, einen Tag früher zu reisen als geplant. Bisher hatte er es immer erfolgreich vermieden, am Tag des Herrn aufzubrechen – stattdessen war er dem Beispiel des Schöpfers gefolgt, am siebten Tag zu ruhen. Doch Philipp hatte einen Eilboten gesandt. Dessen Nachricht lautete, der Kanzler habe sich unverzüglich beim König einzufinden, es gebe wichtige Angelegenheiten zu besprechen, die keinen Aufschub duldeten. Wohl oder übel musste Lupold also seinen Grundsatz dem königlichen Befehl unterordnen und bereits am Sonntag aufbrechen.

Als er aber zu Tagesbeginn auf den Innenhof der Pfalz treten wollte, prasselte ein heftiger Schauer nieder, und er beschloss zu warten, bis sich das schlechte Wetter verzogen hätte. Doch obwohl am Horizont bereits ein heller Streifen zu sehen war, wollte und wollte der Regen nicht aufhören.

Lupold wurde schließlich immer ungeduldiger, bis er entschied, allen Wetterlaunen zum Trotz keinen weiteren Aufschub mehr zu gewähren. Es goss wie aus Kübeln, als er auf den Hof hinaustrat, wo der Pferdeknecht mit einem tänzelnden schwarzen Hengst auf ihn wartete.

Lupolds bevorzugte Pferde waren Schimmelstuten. Er hasste Hengste – insbesondere schwarze – und behauptete allen Ernstes, ihnen wohne der Teufel inne. Bei diesem Tier mit den geblähten Nüstern, den angelegten Ohren und den trommelnden Hufen war dieser Gedanke nicht einmal allzu abwegig.

Bereits jetzt schon nass bis auf die Haut, protestierte der Kanzler. »Soll ich etwa diesen Satan reiten?«

Der Stallknecht zerrte den Kopf des Hengsts nach unten und hob verunsichert die Schultern. »Herr, es ist das beste Pferd im Stall. Der Bischof hat befohlen, dass Ihr's bekommen sollt. Der Hengst gehört ihm persönlich.«

Der Rappe schien Lupold aus bösen Augen anzustarren. Er stieg und wirbelte mit den Vorderhufen hoch in der Luft. Lupold hegte keinen Zweifel, dass er eingeschüchtert werden sollte. Das Wiehern, das der Hengst ausstieß, klang in seinen Ohren wie höhnisches Gelächter.

Ein Ritter aus Lupolds Gefolge hatte schließlich ein Einsehen und lenkte seinen Schimmel heran. Er stieg ab und schlug vor: »Herr, lasst uns tauschen. Ihr nehmt meinen Wallach und gebt mir dafür den Hengst.«

Der Kanzler stimmte unwirsch brummend zu. Insgeheim war er jedoch ungeheuer dankbar für das Angebot, denn vor dem Schwarzen hatte er schlichtweg Angst.

Bei strömendem Regen ritten sie los.

Sie erreichten Nürnberg im Dämmerlicht und bei Dauerregen. Lupolds Laune befand sich auf dem Tiefpunkt, ebenso seine körperliche Verfassung. Alle Knochen schmerzten, und er war völlig durchnässt. Missmutig lenkte er den Schimmel unter dem Stadttor hindurch. Er begriff immer noch nicht, warum der König ausgerechnet Nürnberg als Aufenthaltsort vor der Hochzeit gewählt hatte. Gewiss, die vom ersten Stauferkönig Konrad III. begonnene Kaiserburg war von Philipps Vater Friedrich Barbarossa mit den auf die Felsen gesetzten Mauern und den darin eingegliederten Wohnbauten zu Ende gebaut worden. Vielleicht handelte es sich um eine der vom Gefühl gelenkten häufigen Entscheidungen des jungen Königs, die mit politischer Vernunft nicht das Geringste zu tun hatten. Doch Erinnerungen an seinen Vater, der auf dem letzten Kreuzzug ums Leben gekommen war, hätten sich bestimmt auch in Frankfurt oder Würzburg pflegen lassen. Die Städte lagen unmittelbar an der Strecke von Hagenau nach Bamberg, und mit beiden Orten war der alte Kaiser nicht weniger verbunden gewesen als mit Nürnberg. Schließlich wurde in Frankfurt seinerzeit durch die Wahl der Fürsten der Grundstein für Friedrich Barbarossas Königswürde gelegt, und auf jenem berühmten Würzburger Hoftag anno 1188 war die Kreuznahme erfolgt, die letztlich das Schicksal des Kaisers besiegelte.

Es war schlicht unsinnig gewesen, an Bamberg vorbeizureiten, nur um kaum eine Woche später dorthin zurückzukehren. Manchmal fiel es dem Kanzler schwer, den Entscheidungen seines Königs zu folgen, auch wenn Philipp brieflich erklärte, »er wolle nur dem Rummel vor der Hochzeit entgehen«.

Die Hufe der Pferde klapperten auf den Bohlen der Zugbrücke. Zwei königliche Wächter, die Philipps Kanzler erkannten, grüßten und winkten die Reisegesellschaft durch das hohe Tor. Über sich bemerkte Lupold die spitzen Eisenzähne des Fallgitters, das heruntergelassen werden konnte, wenn Feinde die Burg bedrängten.

Nachdem sie in den Burghof eingeritten waren, hastete sogleich Philipps Kammerdiener herbei. Hinter ihm kamen die Pferdeknechte, um die Rösser festzuhalten. Ächzend hievte sich Lupold von seinem Schimmel.

Der Diener verbeugte sich tief. »Herr, der König wartet

bereits. Ich soll Euch umgehend zu ihm führen.« Er wollte vorausgehen, doch Lupold schnauzte ihn an. »Ich finde den Weg allein!«

Wieder einmal bedauerte der Kanzler die eigene üble Laune. Der Kammerdiener konnte wirklich nichts für die misslichen Umstände der Reise. Doch nach einem Höllenritt wie diesem war er einfach nicht imstande, einen milderen Ton anzustimmen.

»So ist das nun einmal«, knurrte Lupold und rieb sich die Knie, die zu allem Übel auch noch schmerzten, als er die Stufen zu den Gemächern hinaufstieg, in denen ihn der König erwartete. »An irgendjemandem muss ich meinen Ärger doch auslassen.«

Philipp lief mit langen Schritten auf und ab, und die Ungeduld, mit der er seinen Kanzler erwartete, war ihm deutlich anzusehen.

»Lupold, endlich!«, rief er, blieb stehen und rieb sich mit schmerzverzerrtem Gesicht die Wange. »Dieser Zahn bringt mich um!«

»Warst du immer noch nicht beim Bader?«

Der König zwang sich zu einem gequälten Lächeln. »Du weißt doch, wie ungern ich so einen aufsuche. Danach geht es mir stets noch schlechter. Ich habe mir von einem heilkundigen Mönch eine Kräutertinktur aus Kamille geben lassen und die Stelle damit eingerieben. Aber sie hat bisher noch nicht geholfen. Im Gegenteil, es wird immer schlimmer.«

Lupold schüttelte den Kopf. »Der Zahn muss gezogen werden.«

Der König befühlte die schmerzende Stelle mit der Zunge. »Lass uns über etwas anderes reden! Deine Aufstellungen und Rechnungen sind äußerst genau und sicher zutreffend, wenngleich mir angesichts der Höhe der Kosten die Haare zu Berge stehen.«

Lupold verzog das Gesicht. »Krieg ist immer teuer.«

»Ich meine die Hochzeit meiner Nichte.« Philipp grinste. »Aber natürlich hast du recht. Nun, dein Eilbote meldete, es sei dir gelungen, die Frauenmorde aufzuklären. Das ist die beste Nachricht seit Tagen! Der Gedanke, ein solcher Unhold laufe während der Festlichkeiten frei herum und könne jederzeit wieder zuschlagen, hätte vielen die Feierlaune gründlich verhagelt.«

»Wir haben zwei Verdächtige festgenommen«, erklärte Lupold.

»Gleich zwei?« Der König wirkte erstaunt. »Haben sie die Morde zusammen begangen? Sind sie geständig?«

»Nein. Aber einer von beiden ist es gewesen. Das zumindest steht fest. Wir wissen nur noch nicht, welcher. Sie beschuldigen sich gegenseitig.«

Philipp befühlte die geschwollene Wange. »Das musst du mir genauer erklären. Wer sind die Männer?«

»Der eine ist der Truchsess des Bischofs«, begann Lupold und machte eine Pause, bevor er fortfuhr. »Bei dem anderen handelt es sich um einen deiner Ritter – Reinmar. Ein Schäfer sah die beiden mit der Dirne, die später ermordet wurde.«

»Und weiter?«

»Der Truchsess sagt aus, der Ritter habe die Frau mit einem Stein erschlagen.«

»Also hat er dir den Mord gemeldet?«

»Nein, er redet erst seit seiner Verhaftung.«

»Dann ist *er* wahrscheinlich der Täter. Sonst hätte er sich doch vorher mitgeteilt.«

Lupold wiegte zweifelnd den Kopf. »Die Ermordete war eine Dirne, mit der er sich offensichtlich eingelassen hatte. Seine Erklärung, warum er schwieg, bis wir ihn fassten, klingt einigermaßen nachvollziehbar. Er wollte nicht, dass sein Weib etwas erfährt.«

»Hm, dann ist also doch der Ritter der Mörder.«

»Der erklärt, der Truchsess habe die Dirne im Streit erschlagen. Die Frau habe ihn ausgelacht, weil er die bezahlten Dienste wegen mangelnder Manneskraft nicht in Anspruch nehmen konnte.«

Philipps Miene verriet Ratlosigkeit. »Warum hat er den Mord dann nicht sofort gemeldet? Hätte er den Truchsess nicht festhalten können?«

»Er behauptet, Knechte des Mörders lauerten ihm auf, als er den Fliehenden verfolgte. Sie sperrten ihn ein. Erst am nächsten Morgen gelang ihm die Flucht.«

Der König schüttelte den Kopf. »Eine Geschichte klingt erfundener als die andere. Wer, glaubst du, war es tatsächlich?«

»Das hoffe ich bald herauszufinden. Notfalls durch eine peinliche Befragung.«

Philipp erhob sich und schritt wieder auf und ab. »Jedenfalls bin ich froh, dass Otto nicht der Täter ist. Dann hätte ich immer das Gefühl, eine gewisse Mitschuld zu tragen. Schließlich wäre in dem Fall meine Aufhebung der Verlobung der Auslöser für die Morde gewesen. So bleibt mein einziger Kummer: Der Mörder ist vielleicht ein Ritter aus meinem Gefolge.«

»Ob es nun der Truchsess war oder der Ritter – wir müssen überlegen, wie wir mit dem Täter verfahren«, brummte Lupold.

»Ein solcher Übeltäter hat grundsätzlich den Tod verdient, also wird er aufgeknüpft.«

Der Kanzler blieb neben dem König am Fenster stehen. Sein Blick fiel auf den viereckigen Bergfried im Innenhof. Ein auffallendes Merkmal des Vestnerturms, wie er genannt wurde, war sein klobiger Unterbau.

Lupold wandte sich Philipp zu. »Zweifelsfrei hat er den Tod verdient. Die Frage ist nur, *wann* wir das Urteil vollstrecken. Vor den Feierlichkeiten oder danach.«

»Das Volk ist begierig darauf, einen Verbrecher am Galgen baumeln zu sehen. Von überallher kommen die Leute, um zu gaffen.«

»Das schon. Doch ist eine Hinrichtung nicht ein wenig

unpassend als Vorveranstaltung für eine Hochzeit? Manch einer könnte darin ein böses Vorzeichen für die Ehe sehen.«

»Da hast du auch wieder recht.« Philipp wirkte ratlos. Abermals legte er eine Hand auf die schmerzende Wange.

»Wir können den Entschluss auf später vertagen«, schlug Lupold vor. Wie immer, wenn er sich entscheiden sollte, tat Philipp sich schwer. Also wechselte der Kanzler rasch das Thema. »Es geht ein Gerücht um, von dem du wissen solltest.«

»Ein Gerücht?«

»Ja.« Lupold betrachtete die dünnen Rauchsäulen, die über Nürnbergs Dächern in den bleigrauen Himmel aufstiegen. Der Regen hatte aufgehört. »Man erzählt sich hinter vorgehaltener Hand, eine Vermählung Ottos mit der Tochter Heinrichs von Schlesien sei geplant.«

»Tatsächlich? Der Wittelsbacher und ... wie heißt das Mädchen?«

»Gertrud. Ein hübsches Ding.«

»Ja, ich erinnere mich. Sehr zart und hellhäutig.« Der König runzelte die Stirn. »Die Ärmste! So ein zerbrechliches Wesen und Otto, dieser Klotz! Wer steckt denn hinter der Vereinbarung?«

»Hermann von Thüringen. Angeblich hat er die Sache eingefädelt.« Lupold wunderte sich einmal mehr über die Denkweise seines Königs. Als Herrscher und zukünftiger Kaiser sollte er frei von Empfindsamkeiten sein. Ehen wurden in diesen Kreisen niemals der Gefühle wegen geschlossen. Ihr Sinn waren gewinnbringende Verträge, die mehr Macht, Geld und Land zum Ziel hatten – und nichts anderes. Doch offensichtlich empfand Philipp Mitleid mit Gertrud. Braut und Bräutigam schienen so gegensätzlich wie Himmel und Hölle. Doch wer weiß, überlegte der Kanzler, oft ist das ja gar keine schlechte Voraussetzung. Philipp dachte vielleicht auch allzu sehr an seine eigene ungewöhnlich glückliche Ehe mit der byzantinischen Kaisertochter

Irene, die er Maria nannte, und daher mochte sein Mitleid mit der schönen Schlesierin rühren.

Auch hinter Philipps Stirn arbeitete es. Nun fragte er: »Was verspricht sich der Thüringer davon, wenn er sich für einen Wittelsbacher verwendet?«

»Da tappe ich auch noch im Dunkeln. Wie es scheint, hat Hermann Heinrichs Frau Hedwig beschwatzt, die in der Ehe bestimmt, was geschieht.«

»Hedwig ist die Schwester von Bischof Eckbert, also eine Andechs-Meranierin.« Der König dachte laut. »Sie erhofft sich durch eine Verbindung mit dem Haus Wittelsbach einen Vorteil.«

»Womit sie ja recht hat. Die Andechs-Meranier strecken ihre Fühler nach allen Richtungen aus. Deine Nichte Beatrix heiratet Herzog Otto von Meranien. Eine Verbindung mit den Wittelsbachern wird ihren Einfluss weiter erhöhen.«

»Dagegen habe ich nichts einzuwenden, solange sie auf unserer Seite stehen und mich gegen Otto den Welfen unterstützen.«

Dazu schwieg der Kanzler. Philipp schien zu verdrängen, dass die Haltung der Andechs-Meranier ganz und gar nicht eindeutig war. Zwar hielten sie nach außen hin die Fahnen für den Stauferkönig hoch, doch was sie wirklich dachten, wusste niemand. Insgeheim sprach man sogar von fürstlichen Aufrührern, denen die Andechs-Meranier anhingen. Diese würden mit der schlesischen Verlobung sicher erstarken. Alles in allem ließ sich gewiss nicht von treuen Verbündeten sprechen, die für die Sache des Königs ihr Leben geopfert hätten. Ihr ganzes Vorgehen erschien mehr als fragwürdig.

»Du sagst nichts? Bist du anderer Meinung?«, wollte Philipp nun wissen.

Lupold zögerte. Es hatte keinen Sinn, den König zu verunsichern oder ihm gar Angst einzujagen. Andererseits – bestand nicht gerade die Aufgabe eines Kanzlers darin, im Zweifelsfall seinem Herrn die Augen zu öffnen?

»Gewissermaßen schon«, begann Lupold vorsichtig,

»wenngleich Heinrich von Istrien deutlich von dir abgerückt ist, was nicht weiter verwundert. Schließlich bist du der Grund, warum er die oberpfälzischen Kirchenlehen nicht in Besitz nehmen kann.«

»Wohl wahr. Aber genau deshalb habe ich doch deinen Rat befolgt, Beatrix mit dem Burgunderherzog zu vermählen, der auch Andechs-Meranier ist. Ist der Ehevertrag erst einmal unterzeichnet, muss das Haus eindeutig und geschlossen Partei für mich ergreifen.«

Wieder zog Lupold es vor, nicht alle seine Bedenken auszusprechen. Zum einen stand für ihn außer Zweifel, dass Hermann der Thüringer als Ehevermittler nichts weiter war als ein übler Kuppler und dass sein Bemühen gewiss nicht das Ziel hatte, den Wittelsbacher zum höchsten Glück auf Erden zu verhelfen. Vielmehr glaubte der Kanzler fest an ein Ränkespiel, das seinem König schaden sollte. Zum andern war es wohl richtig, dass die geplante Hochzeit die Familie der Andechs-Meranier enger an den König bände. Doch würde das ausreichen, die alten Zwistigkeiten beizulegen? Eckbert, der Bamberger Bischof, mochte so schön tun, wie er wollte, Lupold würde ihm dennoch nicht restlos und blind vertrauen, sondern stets ein wachsames Auge auf ihn haben.

»Eigentlich bin ich dieses berechnende Vorgehen leid«, seufzte Philipp mit einer Hand auf der schmerzenden Wange. »Warum nur sind die Dinge immer so kompliziert? Könnte es nicht einfach so sein, dass ein Mann und eine Frau zusammenleben, weil sie beide es *wollen*? Muss das Ganze immer von politischem Nutzen sein? Ich habe manchmal das Gefühl, meine eigenen Töchter verkauft zu haben wie Vieh auf dem Markt.«

»Wir können froh sein, dass du Töchter hast. Sie stellen einen unschätzbaren Wert dar.« Lupold belächelte erneut die Gefühlsduselei seines Königs. Ihm selbst, der im Hintergrund die Fäden zog, hatte es diebische Freude bereitet, der hohen Kunst der Vermählungsdiplomatie zu frönen. Bereits im Jahr zuvor, auf dem Hoftag zu Zinzig, hatte er höchstpersönlich den Heiratskreisel zum Drehen gebracht, indem er mithilfe eines ausgeklügelten Vertrags Philipps Tochter Maria mit dem gerade erst geborenen Sohn Herzog Heinrichs I. von Brabant »verlobte«. Heinrich von Brabant, ein bisher wankelmütiger Verbündeter, wurde dadurch als staufischer Verbündeter gewonnen.

Als Nächstes verpflichtete die Verlobung einer weiteren Tochter Philipps die Böhmen mit ihrer stets schwankenden Haltung der Sache des Königs. Der Vertrag wurde auf dem Augsburger Reichstag im November unterzeichnet, barg allerdings nicht nur Vor-, sondern auch Nachteile. Kunigunde wurde mit Wenzel verlobt, dem Sohn König Ottokars von Böhmen. Dieser Wenzel entstammte nicht Ottokars erster, sondern seiner zweiten Ehe. Bei seiner ersten Frau, die er verstoßen hatte, handelte es sich um Adela, eine Schwester des Markgrafen Dietrich von Meißen. Also hatte die Verlobung zur Folge, dass man den Meißener mit dem Bündnis vor den Kopf stieß und ihn sich zum Gegner machte. Der Kanzler hatte seine Aufgabe darin gesehen, sorgfältig abzuwägen, bei welcher Partei die Vorteile höher einzuschätzen waren. In diesem Fall entschied er sich gegen den Markgrafen und für die Böhmen.

Lupold betrieb diese Form der Politik mit Leidenschaft. Philipp hingegen widerstrebten solche Winkelzüge ganz und gar. In der Vergangenheit hatte der Kanzler immer wieder versucht, Philipp von der Wichtigkeit einer Machtpolitik zu überzeugen, die so und nicht anders gehandhabt werden musste.

»Wir benutzen die Menschen nur«, war Philipps Meinung dazu.

»Nicht doch!«, gab Lupold zurück. »Gott hat seinen Königen Töchter geschenkt, damit sie ihr Land vermehren.«

»Gott hat dabei bestimmt nicht daran gedacht«, widersprach Philipp, »dass es Menschen wie dich gibt, denen es nur um politische Vorteile geht und die nur eins im Sinn haben, nämlich einen Vorteil dadurch zu erringen, dass am Ende kein Mensch mehr versteht, worum es am Anfang überhaupt ging.«

Lupold lachte laut heraus. Dies war nicht der einzige Zug, den er an seinem feinfühligen König so schätzte. Philipp hatte trotz aller Schwierigkeiten, Entscheidungen zu treffen, die Gabe, gewisse Sachverhalte auf den Punkt zu bringen. Diesmal hatte er damit wieder einmal ins Schwarze getroffen.

Entgegen seinen Prinzipien nahm Lupold das Angebot zu einem Schluck Wein an. König und Kanzler erhoben die Becher und stießen an.

»Auf Bamberg und die Vermählung meiner Nichte Beatrix!«, rief Philipp.

Nachdenklich hielt Lupold den Becher hoch. Dann leerte er ihn in einem Zug.

»Der Wein schmeckt ein wenig sauer«, erwiderte er und verzog das Gesicht.

Sie hatten noch nicht über den geplanten Krieg gesprochen.

22

Sturz

Nachdem am frühen Morgen alle wichtigen Fragen geklärt worden waren, brach der königliche Zug in Nürnberg auf.

Lupold versuchte an der Seite seines Königs zu reiten, was sich als schier unmöglich erwies. Philipps Pferd, ein hoch gewachsener Falbe mit schlanken Fesseln und edel geschwungenem Hals, tänzelte seitlich versetzt den Weg entlang. Immer wenn es Lupold gelungen war, seinen gutmütigen Schimmel etwa auf gleiche Höhe mit dem Hengst zu treiben, tat dieser zwei, drei Galoppsprünge nach vorn.

»Siehst du?«, rief Philipp begeistert. »Welch ein Temperament! Er kann es nicht ertragen, wenn er nicht mindestens eine Länge vorn liegt. Im Wettlauf besiegt er bestimmt jedes andere Ross.«

Sehr zu Lupolds Leidwesen hatte der König beschlossen, mit einem schnellen Vortrupp dem Hofstaat vorauszureiten. Er wollte Bamberg rasch erreichen, ohne unterwegs eine Herbergsnacht verbringen zu müssen. Dies bedeutete allerdings, dass die Reisegruppe einen großen Teil des Wegs im gestreckten Galopp bewältigen musste. Erst nach einer schieren Ewigkeit wurde die Order gegeben, für eine Weile langsamer zu reiten, um die Pferde zu schonen.

»Eine Unterhaltung mit dir ist äußerst mühsam«, keuchte der Kanzler, der nun im Trab kräftig durchgeschüttelt wurde.

»Was sagst du?«, schrie Philipp über die Schulter zurück und stieß einen aufmunternden Ruf aus, als der Falbe die Vorderhufe hob, Schlamm und nassen Sand aufschleuderte und davongaloppierte. Lupold sah ihm nach, bis er die Vorhut erreicht hatte, wo Philipp den Hengst beinahe auf der Stelle wendete und in wildem Galopp zurückkam.

»Sollten die Tiere nicht geschont werden?«, fragte der Kanzler und ächzte im Sattel.

Philipp strahlte übers ganze Gesicht. »Der Bursche ist kaum zu bändigen!«

Lupold teilte die Begeisterung seines Königs keineswegs. »Mir wäre der *Bursche* ein klein wenig zu stürmisch«, stöhnte er. Das Reiten strengte ihn an, und er sehnte sich nach einer Pause.

»Er ist ein Geschenk Marias. Sie hat den Hengst eigens für mich aus Konstantinopel kommen lassen.«

Wie immer nannte der König seine Gemahlin bei dem Namen, den sie zu Ehren der Gottesmutter seit ihrer Hochzeit angenommen hatte. Eigentlich hieß sie Irene und war die Tochter Isaaks, des Kaisers von Konstantinopel, und seiner Frau Irene Komnenos. Trotz ihrer jungen Jahre hatte sie bereits ein äußerst bewegtes Leben hinter sich. Lupold machte nie ein Hehl aus seiner Bewunderung für Philipps Gemahlin, auch wenn sie mit ihrem markanten Kinn keine Schönheit war. Bereits mit zwölf Jahren war sie mit König Roger vermählt worden, dessen Vater, der Normannenkönig, sich auf der Suche nach Verbündeten gegen Kaiser Heinrich IV. an den Kaiser von Konstantinopel gewandt hatte. Doch noch im selben Jahr machte Rogers überraschender Tod die junge Irene zur Witwe. Und dann geriet sie in ihrer neuen Heimat Sizilien zwischen die Mühlsteine eines erbarmungslosen Machtkampfs. Obwohl Papst Coelestin sich gegen den Kaiser gestellt und auf die Seite der Normannen geschlagen hatte, überrannte Heinrich Sizilien förmlich. Als er gesiegt hatte, fiel ihm unter anderem die junge Witwe Irene als Gefangene in die Hände. Sofort erkannte er ihren großen Nutzen in Bezug auf seine Politik gegenüber Konstantinopel. Kalt berechnend sah er in ihr ein wertvolles Unterpfand und verlobte sie mit seinem Bruder Philipp. Kaiser Isaak, der die Bedrohung seines Reichs durch den nun noch mächtigeren Staufer erkannte, willigte in die Ehe ein, um Heinrich als Verbündeten zu gewinnen. Eigentlich hatte Philipp seine über alles geliebte Gemahlin demnach dem Machthunger des eigenen Bruders zu verdanken.

Endlich wurde doch noch ein Halt eingelegt. Der Vortrupp hatte zwei Feuer entzündet, und aus den großen Kesseln, die rasch darübergehängt worden waren, duftete verführerisch der Eintopf, den der Küchenmeister in Nürnberg vorbereitet hatte. Ehrerbietig machte man dem König und seinem Kanzler Platz. Stühle und ein Tisch wurden aufgestellt, dampfende Schalen gereicht, Schwarzbrotkanten verteilt. Hungrig zog Lupold sein Essbesteck aus dem Gürtel, brach ein Stück Brot ab und tauchte es in die Brühe.

»Erzähl mir mehr von den Mordfällen!«, verlangte Philipp. »Immerhin werde ich über den Täter – ob es nun der Truchsess ist oder der Ritter – zu Gericht sitzen. Bisher weiß ich nur, dass er das Leben dreier Frauen auf dem Gewissen hat.« Philipp stutzte. »Du sagtest, der Name des Ritters sei Reinmar?«

Lupold blies in den dampfenden Eintopf. »Ja. Es ist dein blonder Minnesänger, dessen Stimme du so bewunderst. Erinnerst du dich? Bei Eckberts Festbankett in Bamberg war er einer der Sänger.«

Überrascht hielt Philipp die Schale in der Schwebe, die er gerade an die Lippen heben wollte. »Dieser Schönling, dessen Gesicht geradezu weibische Züge trägt, bringt Frauen um?«

»Im Augenblick kann weder er noch der Truchsess einer Frau ein Leid zufügen«, beschwichtigte der Kanzler den König. »Wir haben den Ritter in den Kerker gesperrt, und der Truchsess sitzt angekettet im bischöflichen Weinkeller.«

»Ein Mann mit so schöner Stimme und von solchem Aussehen hat möglicherweise derlei grausame Taten begangen?«, wiederholte der König ungläubig.

»Der Schein trügt oft. Hinter manch einer Fratze verbirgt sich ein guter Mensch. In nicht wenigen wohlgeformten Körpern steckt ein Mörderherz.«

Philipp trank von der Brühe und verzog das Gesicht. »Dieser Zahn! Bald kann ich überhaupt nichts mehr zu mir nehmen.« Er stellte die Holzschale ab und überlegte. »Die

Erste wurde erwürgt, und dann hat man ihr eine Schlange in den Rachen geschoben …«

»Deren abgehackten Kopf der Mörder auf die Scham der Toten legte«, vollendete Lupold. »Die Nächste enthauptete er und setzte ihr einen Teufelskopf auf. Die Dritte hat er gesteinigt.«

»Aber warum nur?«

»Wir bekommen es noch heraus, wer auch immer es war. Bisher schweigen beide Männer wie ein Grab.«

Philipp beobachtete den Kanzler, der hungrig seinen Eintopf verschlang. »Es wäre wichtig zu wissen, warum der Mörder die Frauen auf solch grausame Weise umbrachte«, murmelte der König. »Glaubst du, er ist dabei einem bestimmten Plan gefolgt? Oder ist er einfach nur abartig veranlagt – ein Wahnsinniger?«

»Alles möglich«, antwortete Lupold kauend. »Zu dem einen Punkt: Ich bin mir nicht gänzlich sicher, aber ich glaube, Fundorte und Tötungsarten sollen uns auf eine Spur locken, natürlich ohne den Mörder zu entlarven. Damit hat er sich zum Glück getäuscht.« Lupold wischte sich mit dem Ärmel über die Mundwinkel. »Er tötet seine Opfer auf die Art, wie die Heiligen ums Leben kamen. Sankt Jakob wurde enthauptet, der heilige Stephan gesteinigt.«

»Aber was bedeutet die Schlange auf der ersten Toten?«

»Warte! Ich zeige dir etwas.« Der Kanzler schob die leere Schale beiseite, erhob sich und eilte zu seinem Pferd. Dort machte er sich an den Packtaschen zu schaffen. Gleich darauf kam er mit einem Stück Pergament zurück. Er legte es vor dem König auf den Tisch und strich es mit dem Handrücken glatt.

»Dies ist ein Riss, den mir Bartholomäus, der Prior von Sankt Michael, hat zukommen lassen. Das fertige, mit Farben und Blattgold geschmückte Bild wird Teil eines Buchs sein, das deine Nichte als Hochzeitsgeschenk von den Bambergern erhalten soll.«

Philipp beugte sich vor. Die Zeichnung zeigte einen Engel,

der in der Rechten ein Schwert hielt. Im unteren Teil des Pergaments erkannte der König einen weiteren Engel. Dessen Umrisse waren mit schrägen schwarzen Strichen ausgefüllt, und Flammen umzüngelten ihn. Sein Gesicht wirkte böse, und um einen seiner Arme wand sich eine Schlange.

»Dieser Riss wurde in der Klosterkirche von einem kunstvollen Deckengemälde kopiert«, erklärte Lupold. »Er zeigt den Kampf des Erzengels Michael mit Luzifer.« Der Kanzler deutete auf die Flammen. »Siehst du – Luzifer wird vom Erzengel in den Schlund der Hölle gestoßen. Die Schlange dient als Symbol für das Böse.«

»Das Kloster scheint begabte Zeichner unter den Mönchen zu haben.« Philipp begleitete seine Worte mit anerkennendem Nicken.

»Prior Bartholomäus erklärte mir, der Ritter habe Sankt Michael des Öfteren besucht. Manchmal saß er allein in der Kirche, oder er fand sich im Skriptorium ein, um zu lesen.«

»Hast du ihn nicht auch in Sankt Michael gefangen genommen?«

»Vor den Mauern des Klosters. In Begleitung eines Mädchens. Maria, eine Küchenmagd. Ein hübsches Kind.«

»Vielleicht sollte sie das nächste Opfer sein.«

»Wenn er es war, durchaus möglich. Gottlob müssen wir keine weiteren Mordtaten mehr befürchten.«

Philipp schob das Essgeschirr mit dem Eintopf beiseite. Er hatte kaum etwas genossen. Nun erhob er sich und winkte einen Ritter herbei. »Lasst die Männer aufsitzen! Wir reiten weiter!«, befahl er diesem. An Lupold gewandt, fügte er hinzu: »Den Rest erzählst du mir unterwegs.«

Wie bereits zuvor erwies sich dieses Unterfangen als äußerst mühsam. Wieder wollte Philipps feuriger Hengst keinesfalls zulassen, dass der Schimmel des Kanzlers gleichauf mit ihm lief. Versuchte Lupold trotzdem, seinen Wallach neben ihn zu lenken, galoppierte der Hengst mit wenigen Sprüngen davon. Lupolds Schimmel war zu langsam und zu träge, um den Vorsprung aufzuholen. Also versuchte der Kanzler, das Gespräch mit dem König aufrechtzuerhalten, indem er ständig die Stimme erhob. Dieses laute Rufen nahm das ungestüme Pferd aber wiederum als Ansporn zu noch schnellerem Galopp.

Die temperamentvollen Antritte des Hengsts veranlassten Philipp zu immer neuer Verzückung über dessen ungewöhnliche Fähigkeiten. Dies äußerte sich in Ausrufen wie »Ich liebe dieses Pferd!« oder »Hast du gesehen, wie mühelos er deinen Schimmel hinter sich lässt?«.

Lupolds Stimme war inzwischen rau vom Schreien. Schenkel und Rücken schmerzten ihn, weil er ständig den Schimmel anzutreiben versuchte. Wieder einmal wurde ihm klar, wie vernarrt Philipp in Pferde war. Auf dem Rücken eines edlen Rosses schien der König ein anderer Mensch zu sein. Nichts war dann von jener Melancholie zu spüren, die ihn zuweilen umgab wie ein dunkler Schatten, nichts erinnerte an sein grüblerisches Wesen oder sein Zaudern, wenn es um Entscheidungen ging. Keine Spur von jenen weichen, manchmal immer noch knabenhaften Zügen, die einem so mächtigen Mann ganz und gar nicht zu Gesicht standen.

Vielleicht, so sinnierte Lupold, während der Hengst seinen bockigen Tanz vollführte, als stäche ihn der Hafer, vielleicht sollte der König schwierige Entscheidungen ausschließlich im Sattel treffen. Möglicherweise wäre es von großem Vorteil, würde er knifflige Verträge stets mit beiden Stiefeln fest in den Steigbügeln unterzeichnen.

»Wo steckt denn unser Sorgenkind im Augenblick?«, rief Philipp, schon wieder drei Längen voraus, über die Schulter zurück.

»Wer?«, schrie Lupold und versuchte den Schimmel aus dem rüttelnden Trab zu einer weicheren Gangart zu bewegen.

»Otto von Wittelsbach!«

»Das weiß ich nicht!«, keuchte der Kanzler. »Vermutlich

ist er wieder nach Thüringen geritten, zu seinem neu gewonnenen Freund Hermann.«

»Zu wem?«, rief Philipp, wendete den Hengst und ritt zurück.

»Hermann von Thüringen!«

»Gut möglich, wenn du es sagst«, stimmte Philipp zu und umkreiste seinen Kanzler im Galopp.

Lupold überlegte, ob er dem König von seinen Befürchtungen hinsichtlich eines Komplotts berichten sollte, entschied sich aber dagegen. Zwar konnte er Vermutungen anstellen, dass Hermann und die Andechs-Meranier etwas im Schilde führten, doch die Anzeichen hierfür waren höchst undeutlich, und Beweise gab es erst recht nicht. Lupold musste an das Sprichwort denken, man solle »das Pferd nicht scheu machen«, und grinste innerlich über dieses Gedankenspiel. Für seinen Geschmack musste Philipps Pferd nicht erst *scheu* gemacht werden.

»Wir haben in Nürnberg über den Feldzug gesprochen. Aber wie steht es um den Aufmarsch des Heers?«, rief der König nun.

»Es fehlen immer noch die Burgunder. Von den Ungarn ist bisher auch nur ein Vortrupp eingetroffen.«

»Die Burgunder und die Hauptstreitmacht der Ungarn sammeln sich in …« Den Rest verstand Lupold nicht. Philipps Hengst hatte die Kreisbahnen verlassen und seinem unbändigen Vorwärtsdrang nachgegeben.

»Wo?« Lupolds Stimme überschlug sich beinahe.

»Quedlinburg!« Der König verschwand in gestrecktem Galopp zwischen den Bäumen.

Lupold sparte sich ein Kopfschütteln. Sein Körper war durch den harten Trab schon genug durchgeschüttelt worden. Das sah Philipp ähnlich. Während er, der Kanzler, als Verantwortlicher für den reibungslosen Aufmarsch des Heers sich jeden Tag die Haare raufte und fragte, wo die restlichen Truppen blieben, wusste der König längst, dass sie sich an einem anderen Ort versammelten, enthielt ihm diese

Nachricht aber vor. Oder – und auch das hätte zu Philipp gepasst – er hatte schlicht vergessen, ihn davon in Kenntnis zu setzen, weil er es für unwichtig hielt.

Der Unfall geschah an jener Furt, deren Überquerung Lupold auf der Hinreise wegen Hochwassers vermieden hatte.

Inzwischen hatten sich die Fluten so weit zurückgezogen, dass eine Gefahr für Pferd und Reiter nicht mehr zu bestehen schien. Philipp hatte dem Hengst die Zügel locker gelassen, was zur Folge hatte, dass Lupold nicht nachkam, genauso wenig wie der Vortrupp, der eigentlich als Schutz des Königs und seines Kanzlers gedacht war. Neben der ständigen Furcht, wegen des aberwitzigen Vorwärtspreschens vom Schimmel abgeworfen zu werden, plagte Lupold natürlich wieder die Angst vor Überfällen. Ständig sah er im Geist über den Weg gespannte Seile, die sein Pferd zu Fall bringen und ihm den Hals brechen sollten.

So hielt er nun schweißgebadet neben dem König an. Endlich hatte er ihn eingeholt, weil dieser an der Furt zu warten geruhte.

»Gütiger Himmel!«, keuchte Lupold, dessen Hände zitternd die Zügel hielten. »Ich bin zu alt für derlei wildes Reiten und sehne den Tag herbei, da dein Pferd lahmt.«

»Gott bewahre!«, rief Philipp lachend. »Dieses Ross will ich noch lange gesund zwischen meinen Schenkeln spüren.« Er drehte sich um. »Wo bleiben nur die anderen?«

Der Kanzler rang noch immer nach Luft. »Sie sind nicht so lebensmüde wie ich und versuchen erst gar nicht, es mit dir aufzunehmen.«

»Du hast es ganz gut überstanden, ein wenig außer Atem, aber sonst gänzlich unversehrt. Glaub mir, es gibt nichts Schöneres als einen quicklebendigen Hengst!« Wieder lachte Philipp glücklich.

Lupold wollte gerade widersprechen, als es geschah: Der Falbe bewegte sich unruhig seitwärts und streifte dabei den

Schimmel. Der schnappte nach dem Hinterteil seines Widersachers und biss kräftig zu. Der Hengst schlug aus und brachte damit Lupolds Wallach zum Steigen. Verzweifelt klammerte sich der Kanzler an die Mähne, aber es half nichts. Er wurde hinuntergeschleudert und schlug hart auf dem Boden auf.

»Ist etwas geschehen?«, rief Philipp erschrocken, während er sein ausschlagendes Pferd zu beruhigen versuchte.

»Ich bin so ein lausiger Reiter«, stöhnte der Kanzler mit schmerzverzerrtem Gesicht und hielt sich die Schulter. »Ich glaube, sie ist gebrochen.«

23
Wiedersehen

Lupold, mehr kauernd als sitzend, verlagerte stöhnend sein Gewicht und versuchte die Beine hochzulegen. Selten in seinem Leben war es ihm gelungen, Schmerzen mit Würde zu ertragen. So auch jetzt nicht. Er litt. Das Brennen und Stechen in der verletzten Schulter waren schier unerträglich, und hätte die Möglichkeit bestanden, so wäre er am liebsten vor Selbstmitleid gestorben. Die Schiene, die einer von Philipps Quacksalbern angebracht hatte, war sperrig, drückte und verlieh ihm das Aussehen eines dicken Vogels mit gebrochener Schwinge. Mit Schaudern dachte Lupold an jenen Moment, als ihm die Schulter eingerenkt worden war. Sie war nicht gebrochen, wie er anfangs vermutet hatte, sondern aus dem Gelenk gesprungen.

Neben der Schulter schmerzte ihn auch der Kopf. Um die Qual des Einrenkens erträglicher zu machen, hatte der Medikus ihm reichlich Wein einflößen lassen. Aufgrund der Wirkung des geistigen Getränks hatte er die Behandlung wie durch einen Schleier erlebt. Lediglich in jenem kurzen Augenblick, als an seinem Arm gerissen wurde, um das Gelenk wieder einzurichten, hatte ihm der Schmerz fast die Besinnung geraubt. Nun musste er zu den Torturen der Verletzung auch noch einen dröhnenden Schädel ertragen, denn er war den Genuss von Wein ganz und gar nicht gewohnt.

In diesem Augenblick kündigte der Kämmerer den Kaplan an. Ächzend versuchte sich Lupold aufzurichten. Ein stechender Schmerz fuhr in den beschädigten Arm. Er schrie auf, gerade als Tankred mit spöttisch gehobenen Brauen den Raum betrat. Der sonst so missmutig dreinblickende Priester wirkte gut gelaunt, ja geradezu heiter. Erbost nahm Lupold zur Kenntnis, dass Tankred keine Ausnahme von der Regel machte: Die meisten Menschen ergötzen sich am Leid der anderen, solange es nicht ihr eigenes ist.

»Gott segne Euch!«, rief Tankred. Dabei klang seine Stimme tragend und lauter als notwendig. »Ihr verzeiht, wenn ich darauf verzichte, Euch die Hand zu schütteln.«

Statt einer Antwort stieß Lupold ein Stöhnen aus und strafte den Kaplan mit einem vernichtenden Blick.

»Ich äußerte gleich meine Bedenken, als der Bischof befahl, für Euch seinen Hengst zu satteln«, fuhr Tankred unbeeindruckt fort. »Das Pferd kann ein wahrer Teufel sein. Mich überrascht es nicht, dass es Euch abgeworfen hat.«

»Es war nicht der Hengst«, knurrte Lupold.

»Oh«, flunkerte der Kaplan scheinheilig, »das wusste ich nicht. Welches Pferd war es dann, das Eurer Reitkunst widerstand?«

»Ist es nicht einerlei, von welchem Gaul ich fiel?«, fauchte Lupold. »Und hört endlich auf, Euch an meinem Leid zu weiden!«

In gespieltem Bedauern verzog der Kaplan das Gesicht. »Aber das war nie meine Absicht. Glaubt mir, ich wollte mich nicht an Euren schlimmen Schmerzen ergötzen. Es ist nur dieses Gestell an Eurem Arm ...«

»Was ist damit?«

»Es sieht einfach zu komisch aus!« Der Kaplan schnitt eine tragische Grimasse. Der Kanzler sollte nicht merken, wie sehr er sich beherrschen musste, um nicht laut loszulachen.

»Hört auf damit!«, knurrte Lupold. »Sagt mir lieber, ob Ihr den Ritter oder den Truchsess zu einem Geständnis bewegt habt!«

»Weder den einen noch den anderen. Bisher habe ich aus beiden so gut wie nichts herausbekommen.«

»So gut wie ...«

»Ja.« Tankred war nun wieder ernst und bot nahezu das gleiche Bild wie in den vergangenen zwei Wochen, an das Lupold sich inzwischen gewöhnt hatte: Aus einem spitzen Gesicht mit Segelohren, das stets angespannt und viel zu ehrgeizig wirkte, traf ihn ein humorloser Blick aus blassgrauen Augen. »Sie beschuldigen sich weiterhin gegenseitig.«

Lupold rückte sich auf seinem Lager zurecht und stöhnte laut auf. »Verdammt!« Vorsichtig legte er eine Hand auf die verletzte Schulter.

Der Kaplan vollführte eine vielsagende Handbewegung. »Selbstverständlich ließ ich nicht locker. Aber sie schweigen nur noch verstockter und hartnäckiger. Es ist ihnen schlichtweg nichts zu entlocken.«

»Hm!« Wieder verlagerte der Kanzler mit verzerrtem Gesicht und unter lauten Schmerzensäußerungen das Gewicht. »Das scheint mir wahrlich nicht sonderlich ergiebig.«

»Vielleicht sollten wir den Geständnissen ein wenig auf die Beine helfen. Der Bischof hat hierfür seine Männer …«

»Ihr meint, durch Folter Aussagen erzwingen? Ich weiß nicht recht.«

Tankred blickte verwundert. »Warum nicht?«

»Nun, weil man am Ende nie genau weiß, ob man tatsächlich die Wahrheit herausgefunden hat. Aber um die Wahrheit geht es schließlich – und um nichts anderes. Manch ein armer Teufel hat unter der Folter Taten gestanden, die er nie im Leben begangen hat, nur um den Qualen ein Ende zu bereiten, die oft viel schlimmer sind als der Tod. Deshalb stehe ich solchen Maßnahmen misstrauisch gegenüber.«

»Es wurde durch Folter aber auch schon so manches Geständnis gewonnen, das sonst niemals zustande gekommen wäre«, gab Tankred zu bedenken.

»Ich bleibe dabei«, beharrte Lupold. »Es wird dann schwer zu entscheiden, wer von den beiden die Wahrheit gesprochen hat und wer nicht.«

Im Hintergrund räusperte sich vorsichtig der Kammerdiener. »Herr, die Magd ist hier.«

Der Kanzler winkte unwirsch. »Sie soll eintreten.« Ängstlich vermied er dabei heftige Bewegungen und blieb mit dem Blick zur Tür sitzen. Die Angemeldete trat ein. Sie hielt den Kopf tief gesenkt.

»Tritt vor!«, befahl Lupold. Die Magd folgte zögernd der Aufforderung und blickte nach wie vor auf den Boden.

»Sieh mich an!« Der Kanzler verlieh seiner Stimme absichtlich einen barschen Klang. »Du warst bei dem Ritter, als wir ihn festnahmen.«

Langsam hob Maria den Kopf. Lupold las in ihrem Gesicht. Es war nicht schwer, die Furcht darin zu erkennen.

»Ja.«

»Hast du sonst nichts dazu zu sagen?«

Stumm schüttelte Maria den Kopf.

Tankred schaltete sich ein. Seine Stimme war von Ungeduld und Schärfe geprägt. »Gott hat dir die Gabe zum Sprechen geschenkt. Also mach gefälligst den Mund auf!«

»Herr ...«

»Du hast dich heimlich mit ihm getroffen. Es ist Mägden verboten, abends die Pfalz zu verlassen. Trotzdem hast du es getan.«

Es war offensichtlich, dass die Magd nicht wusste, was sie darauf antworten sollte.

»Warum hast du dich mit ihm getroffen?«

Maria presste die Finger, die zu zittern begannen, zur Faust. »Ich ...«

Vorsichtig bewegte Lupold den Kopf. Er ahnte, was die Magd bewogen haben mochte, sich bei einbrechender Dämmerung gegen alle Verbote aus der Bischofspfalz hinauszuschleichen, um sich mit diesem Ritter zu treffen. Er bemühte sich, seinen Ärger zu unterdrücken. Maria, dieses hübsche, unschuldige Mädchen, war vielleicht auf einen gerissenen Verführer hereingefallen, nur weil er blondes Haar hatte und ihr schöne Augen gemacht hatte.

»Weißt du überhaupt, warum wir ihn festgenommen haben?«, fragte er mit wesentlich milderem Tonfall.

»Nein, Herr. Aber er hat bestimmt nichts getan.«

Nun war sich der Kanzler sicher. Die beinahe heftige Antwort der Magd ließ keinen Zweifel zu.

»Du einfältiges Stück!« Der Kaplan war vorgetreten, und

Lupold befürchtete schon, er werde Maria packen und sie schütteln. »Er wird verdächtigt, drei Frauen ermordet zu haben. Und du warst vielleicht als nächstes Opfer auser-sehen. Verstehst du das denn nicht?«

Der geradeaus gerichtete Blick der Magd wirkte ängstlich und hilflos. Lupold sah, wie sich ihre Fingerknöchel weiß färbten und sie die Lippen zusammenpresste. Er wäre gern aufgestanden und auf sie zugegangen. Vielleicht mochte eine väterliche Geste sie dazu bewegen, der Tränenflut nachzugeben, die sich gewiss in ihr aufstaute. Nach dem Ausweinen, wenn genug Nähe entstanden wäre, hätte sich die Wahrheit wie von selbst gefunden.

Aber der bohrende Schmerz in der Schulter hinderte ihn daran, sich zu erheben, und so blieb er mit hochgelegten Beinen sitzen, das versehrte Gelenk auf das lächerliche Gestell geschnallt. Trotzdem suchte er das Vertrauen der Magd zu gewinnen und sprach mit sanfter Simme.

»Maria, möglicherweise ist der Mann äußerst gefährlich. Du hast selbst eines der Opfer gefunden.« Lupolds Worte wurden noch eindringlicher. »Halt dir das Bild dieser Ärmsten vor Augen! Möchtest du so enden? Er hat ihr den Kopf vom Leib geschlagen. Mitleidslos. Aber damit nicht genug. Erinnere dich an das Dämonenhaupt, das er ihr dann aufgesetzt hat! Maria, du musst mir glauben, so etwas tut kein ehrbarer Mensch. Wer das getan hat, muss verrückt sein.«

»Er hat es nicht getan! Niemals!« Nun brach es doch aus Maria heraus, aber nicht in Form von Tränen, sondern mit diesen scheinbar wütend hingeschleuderten Worten. Lupold, der über eine gute Menschenkenntnis verfügte, wusste, dass die Magd in diesem Augenblick nicht von Zorn erfüllt war, sondern von Angst, Angst vor den eigenen übermächtigen Gefühlen.

»Maria ... ich weiß, du liebst ihn.« Der Kanzler flüsterte nun beinahe. »Aber du musst dir eines vor Augen halten, ich bitte dich inständig darum. Wenn er es war, dann wohnt in deinem Herzen ein dreifacher Mörder, der Frauen erwürgt, köpft oder steinigt. Wir haben zwei Verdächtige gefangen genommen, von denen einer der Täter ist, so viel steht fest. Also, wenn du etwas weißt oder auch nur ahnst, dann sag es mir. Früher oder später werden wir den Mörder überführen. Mit oder ohne deine Hilfe.«

Den ganzen Tag über bis spät in den Abend hinein war Maria außerstande, einen klaren Gedanken zu fassen. Als der Mann, der im Dienst des Königs stand, sie entließ, eilte sie hinaus. Nachdem sich die Tür hinter ihr geschlossen hatte, stand sie einfach still, als wären ihre Füße nicht mehr in der Lage, sie weiterhin zu tragen. Dann kamen die Tränen, vereinzelte Perlen zunächst, die ihr über die Wangen liefen und salzig auf den Lippen schmeckten, doch dann eine Flut, die sie nicht aufhalten konnte, bis es vorüber war. Traumwandlerisch gelangte sie in die Küche, wo ihr die Stimmen des Kochs und Konrads an die Ohren drangen, ohne sie tatsächlich zu erreichen. Wie betäubt verrichtete sie die eine oder andere Arbeit, wusste aber nicht, was sie tat. Sie erwartete eine Strafe, die seltsamerweise ausblieb. Aber sie machte sich nichts vor. Ein Mann wie der Koch verpasste kaum eine Möglichkeit, Untergebene die Folgen von Ungehorsam spüren zu lassen.

Später, in der Mägdekammer, dachte sie daran wegzulaufen. Doch wohin? Zu ihrem Vater? Der verstünde niemals, was sie umtrieb. Sie ahnte seine Gedanken: Zuerst war sie des Diebstahls verdächtigt worden. Dafür hatte sie eine gnädige Strafe erhalten, fast schon ein Geschenk, wenn man bedachte, dass sie für den Bischof arbeiten durfte. Man hatte Vertrauen in sie gesetzt, und sie hatte dieses Vertrauen missbraucht.

»Du undankbares Stück!«

Das würde ihr der Vater an den Kopf werfen. »Man lässt dich für den Bischof arbeiten, und was tust du? Du hast nichts Besseres zu tun, als einem Kerl hinterherzurennen wie eine läufige Hündin!«

Wenn sie Glück hatte, würde er sie nur halb tot schlagen – und nicht ganz.

Nun schliefen die anderen Mägde, und Maria schlich sich hinaus. Sie drückte den Rücken an die kalte Steinmauer und hob den Kopf. Der Sternenhimmel spannte sich über ihr. Sie wünschte, sie wäre ein Vogel und könnte weit, weit wegfliegen.

Aber was halfen solche Gedanken? Sie hatte das Gefühl, den Boden unter den Füßen zu verlieren, denn sie war nicht in der Lage, vollständig zu verstehen, was der Kanzler des Königs behauptet hatte. Der Mann, den sie über alles liebte, wurde beschuldigt, ein dreifacher Mörder zu sein. Sie sah das Bild der Geköpften vor sich. Es war so schrecklich! Sie musste sich auf die Lippen beißen, damit sie nicht schrie. Ihr Geliebter! Wie konnte man behaupten, er sei ein solches Ungeheuer?

Ein Gedanke durchzuckte sie. Plötzlich wurde ihr klar, dass es nur eine Möglichkeit gab, die Wahrheit herauszufinden. *Sie* musste ihm die Frage stellen, von Angesicht zu Angesicht. »Bist du ein Mörder?« Ihre Aufgabe war es, in seinen Augen zu lesen. Wäre sie stark genug, die Wahrheit zu erkennen – und sie auch zu ertragen? Sie spürte, wie ihr ganzer Körper zitterte, und presste sich noch fester gegen die Mauer. Sie zog die Schultern hoch. Gütiger Himmel, hilf mir! Ich muss es wagen! Heilige Maria, steh mir bei! Was soll ich denn nur tun?

Sie stieß sich von der Wand ab, hastete zum Gesindehaus und schlich von dort zum Hauptgebäude. Schließlich fand sie den Gang, der in die Kellergewölbe führte, wo die Kerker lagen.

Der Gestank von rußenden Fackeln, die von Zeit zu Zeit die Gänge in flackerndes gelbes Licht tauchten, begleitete sie auf ihrem Weg nach unten. Wurden die Gefangenen bewacht? Fieberhaft überlegte sie, was dann zu tun sei. Wie sollte sie die Wächter dazu überreden, mit dem Gefangenen sprechen zu dürfen?

Ihre bloßen Füße verursachten kaum ein Geräusch auf dem gestampften Lehmboden. Trotzdem kam es ihr vor, als hallten die Schritte überlaut von den feuchten Wänden wider. Sie blieb stehen und lauschte. War da etwas? Sie hielt den Atem an. Vor ihr beschrieb der Gang eine scharfe Biegung. Vorsichtig setzte sie einen Fuß vor den anderen, hielt wieder inne und schob den Kopf in jene Richtung, aus der das Geräusch gekommen war. Ja, nun hörte sie es deutlicher. In den vergangenen Nächten, als sie wach gelegen hatte, waren diese Töne Begleiter ihrer aufgewühlten Gedanken und Träume gewesen, das leise, aber beständige Ein und Aus des menschlichen Atems.

Plötzlich erschreckte sie ein lautes Schnarchen, doch gleich darauf erstarb es wieder. Sie wartete, bis das heftige Pochen ihres Herzens wieder ruhiger geworden war. Nun nahm sie ihren ganzen Mut zusammen. Zwei ängstliche, hastige Schritte genügten, um im Fackellicht alles zu sehen: Das rostige Eisengitter vor dem Kerker schien den Körper ihres Geliebten zu zerschneiden. Seine Hände hielten die Stäbe umklammert, er stand aufrecht, die blonden Haare wirr und wild auf dem stolzen Haupt – mit einem Blick, der auszudrücken schien, wie groß das Unrecht war, das ihm widerfuhr.

Der junge Wächter schnarchte leise, ein Bürschchen mit dürren Armen und Beinen, die Schulter an einen Strohballen gelehnt. Der Kopf war ihm auf die Brust gesunken. Er schlief mit rosigen Wangen tief und fest.

Marias Blicke flackerten ängstlich zwischen dem Wächter und dem Gefangenen hin und her. Was sollte sie tun? Tausend Gedanken schossen ihr durch den Kopf. Was würde geschehen, wenn der Soldat aufwachte? Würde er Alarm schlagen? Sie gleichfalls einsperren? Dann stand sie vor dem Gitter. Durch die Stäbe suchte sie seine Hand.

»Maria! Warum bist du gekommen? Es ist viel zu gefährlich«, raunte er entsetzt.

Seine Stimme, weich wie Samt. Die Augen, verschwommen, voller Sehnsucht! Wonach? Nach ihr? Nach der Freiheit? Sie fand keine Worte, sah ihm nur ins Gesicht, wollte es berühren, zwischen ihre Hände nehmen.

»Maria, du musst rasch wieder verschwinden!« Sein Flüstern klang rauer, ungeduldiger.

»Ich ... ich musste dich sehen ...« Mühsam kamen ihr die Worte über die Lippen. Sie vermochte sich kaum zu rühren, schien wie versteinert.

»Ja, aber jetzt geh! Wenn man dich hier findet, sperrt man dich auch ein.«

Nur langsam gelang es ihr, die Augen von ihm abzuwenden. Ihre Blicke glitten an der Gangwand entlang. Da sah sie einen Schlüssel an einem Ring hängen. Der Brustkorb des schlafenden Wächters hob und senkte sich gleichmäßig. Maria zitterte am ganzen Körper. Ihre Zähne schlugen aufeinander, als wäre es bitterkalt, dabei glühte ihr Gesicht. Da ist der Schlüssel, dachte sie.

Wie aus weiter Ferne klangen die aufgeregt geflüsterten Worte. Durch die Gitterstäbe spürte sie den starken Druck seiner Finger. Sie waren so kalt! Sein Daumen rieb über ihren Handrücken. Sie wollte die Augen schließen und nichts anderes spüren als seine Berührungen.

Aber ich muss ihn doch fragen!

»Maria, wenn du noch lange zögerst, wacht er auf. Ich bitte dich um alles in der Welt, geh endlich!«

Maria und Reinmar erstarrten und hielten den Atem an, als der Wächter sich bewegte und stöhnte. Er hob den Kopf, ließ ihn auf die andere Schulter sinken und ächzte im Schlaf.

»Jetzt schnell!«

»Bist du ein Mörder?«

Erschrocken hob sie die Hand zum Mund, starrte ihn an. Wie konnte sie die schrecklichen Worte zurücknehmen, die sie soeben ausgesprochen hatte, ohne es zu wollen? Oder hatte sie es doch gewollt? Sein Gesicht verschwamm vor ihren Augen, sie sah durch einen Tränenschleier, wie sein Mund sich öffnete und wieder schloss.

»Drei Frauen«, hauchte sie. »Sie behaupten, du warst es.«

»Maria! Bitte, sieh mich an!« Er senkte den Blick in ihre flackernden Augen. »Sag mir, warum ich so etwas tun sollte! Nenn mir nur einen Grund! Weißt du, wie die Frauen getötet wurden?«

Maria nickte schwach.

»Ich habe dich in den Armen gehalten, dich geküsst.« Sein Flüstern wurde eindringlicher, und das Stroh unter seinen Füßen raschelte, schwach nur, doch so laut in der Stille. Der Atem des Wächters ging gleichmäßig. Er schlief mit ernstem rosigem Jungengesicht.

»Maria, glaubst du wirklich, ich könnte so etwas tun?«

Benommen schüttelte sie den Kopf. Unendliche Erleichterung erfasste sie, und Tränen liefen ihr die Wangen hinunter. Für einen Moment schien alles stillzustehen. Das Bild ihres kleinen Bruders tauchte plötzlich im Geist vor ihr auf, er saß auf ihrem Schoß, die Arme um ihren Hals geschlungen, und blickte stolz zu ihr auf – weil sie seine große Schwester war, aus keinem anderen Grund.

»Maria.« Nun war seine Stimme ruhig und gefasst. »Morgen werde ich den Folterknechten des Bischofs übergeben. Wer weiß, was dann geschieht. Ich muss es dir sagen.« Sein Blick wurde zärtlich. »Ich liebe dich. Und jetzt geh. Ich bitte dich.«

Sie wischte sich die Tränen ab. Ihre Augen waren nun trocken und klar, deutlich sah sie den Geliebten, der hinter dem Gitter stand. Wieder raschelte das Stroh. Ein Gefühl durchflutete sie wie ein mächtiger warmer Strom, und ein Ruck ging durch ihren Körper.

»Nein. Ich gehe nicht – nicht ohne dich. Ich liebe dich auch.« Entschlossen trat sie an dem schlafenden jungen Wächter vorbei zur Wand. Vorsichtig nahm sie den Schlüssel vom Haken. Behutsam, ohne ein Geräusch zu verursachen, steckte sie ihn ins Schloss und drehte ihn.

Zuerst schlichen sie vorsichtig den Gang entlang. Wenig später, als sie sich außer Hörweite der Wache wähnten, rannten sie los, Hand in Hand.

»Du bist verrückt!«, keuchte der Befreite.

»Ja, ich bin verrückt!«, rief Maria voller Glück zurück.

24
Kerzen

»Wohin gehen wir?«

Marias Wangen brannten vor Aufregung. Der rasche Lauf durch das hohe Gras der Sommerwiese hinab zum Fluss hatte sie atemlos gemacht. Fest umklammerten ihre Finger die kühle Hand des Geliebten. Die silberne Mondsichel spiegelte sich in einer fahlen Spur auf dem schwarzen Wasser, das zu stehen schien.

»Ich muss ein Versteck finden, um nachzudenken. Wie kann ich meine Unschuld beweisen?« Reinmar blickte nach vorn. Maria bewunderte die unbeweglichen, blassen Konturen seines Gesichts. Im nächtlichen Mondlicht wirkte es wie ein aus Stein gemeißelter Engelskopf.

»Komm!«, drängte er. Sie ließ sich von ihm zum Ufer führen und hob den Rocksaum, als sie durch das flache Wasser der Furt hinüber zur anderen Seite wateten. Zwischen den schemenhaften Hütten in der Ferne flackerten die Feuer des Heerlagers.

»Sollen wir uns im Wald verstecken?«, flüsterte Maria, immer noch atemlos. In ihrem Kopf schwirrten tausend Gedanken wie Vogelschwärme umher. War es Wirklichkeit, oder umgaukelte sie ein Traum, aus dem sie gleich erwachen würde, um sich verwundert die Augen zu reiben? Konnte es sein, dass sie, die einfache Magd, tatsächlich an der Hand ihres Ritters, ihres Geliebten, durch die Nacht eilte? War es möglich, dass das Schicksal ihr so viel Glück bescherte?

Reinmar beschleunigte seine Schritte: »Nein! Im Wald finden sie mich rasch. Ohne Pferd und Verpflegung komme ich nicht weit. Und du musst noch vor Tagesanbruch in die Pfalz zurück.« Er zog an ihrer Hand und blickte sich um, wie um zu lauschen, während er weiterlief. Für einen Moment streiften seine hellen Wolfsaugen sie.

»Hast du es auch gehört?« Er lief mit seitwärts gewandtem Kopf.

»Nein … was?«

»Ich dachte, uns folgt jemand.«

Schon zog er sie weiter. Maria verstand seine Furcht vor Verfolgung. Er war gerade erst dem Kerker entronnen. Vielleicht hatte man die Flucht bereits entdeckt. Dann würde man ihn überall suchen. Sie fühlte ein Prickeln auf der Haut und verspürte einen ungeheuren Stolz: Ich bin bei dir und kann dir helfen! Ich habe dich aus dem Gefängnis befreit!

Die dunklen Umrisse einer steinernen Kirchenfassade tauchten vor ihr auf.

»Das ist Sankt Gangolf!«, rief Maria heiser.

Ein Finger legte sich auf ihren Mund. Sogar diese Berührung genoss sie.

»Leise!«, bat er eindringlich.

»Hier bin ich so oft mit meinem Vater gewesen«, flüsterte sie, nachdem er die Hand zurückgezogen hatte. Beinahe bedauerte sie, dass ihre Lippen ihn nun nicht mehr fühlten, schmeckten. »Wir beteten für Mutter, als sie gestorben war.«

»Die Kirche ist Maria geweiht. So ist auch ihr Name: Sankt Maria. Genau wie der deine.«

Während sie ziegelgedeckte Steinbauten passierten, wunderte sich Maria. Sie flüsterte: »Mein Vater hat beim Bau des zweiten Kirchturms mitgeholfen, damals, nach dem furchtbaren Brand. Aber er hat mir oft erzählt, die Kirche wurde dem heiligen Gangolf geweiht, einem Märtyrer.«

»Maria ist die Schutzpatronin«, erklärte Reinmar und zog sie weiter. Düster reckten sich die Kirchtürme in den Nachthimmel. »Komm, rasch, bevor uns jemand entdeckt!«

Knarrend schwang das hohe Holzportal auf. Der schwere Geruch von Weihrauch lag in der Dunkelheit, und Maria sah weit vor sich am Ende des Langhauses den schwachen rötlichen Schein des Ewigen Lichts. Sie spürte den kräftigen

Druck seiner Finger. Mit dumpfem Klang fiel die schwere Tür ins Schloss, und seine geflüsterten Worte verhallten im hohen Kirchenschiff.

»Hier ist es noch dunkler als draußen«, raunte Maria und zog fröstelnd die Schultern hoch. Links und rechts erstreckte sich schattenhaft das Querschiff mit den düsteren Säulenreihen und der flachen Holzdecke.

»Verständlich, dass du dich fürchtest«, hörte sie ihn sagen. Er drückte ihre Hand. »Du darfst auch nicht lange bleiben. Ich will nicht, dass du in noch größere Gefahr gerätst. Vergiss nicht, sie halten mich für einen Mörder. Meine Flucht wird als Beweis gelten, dass ich schuldig bin.«

»Ich habe keine Angst. Du bist ja bei mir.«

Er nickte. »Ich möchte mit dir zusammen beten. Aber danach musst du bitte gehen.«

Seine Hände schoben sie sanft vorwärts. Obwohl sie ihn an ihrer Seite spürte, empfand sie die Dunkelheit im hohen Kirchenschiff als beklemmend. Sie verscheuchte den flüchtigen Gedanken des Unbehagens. Nichts hatte sie jemals mehr herbeigesehnt als diesen Augenblick. Ihr Geliebter war hier bei ihr, sie spürte seine Hände, seinen Körper. Schauer durchrieselten sie, wenn sie ihn ansah, wenn er sie berührte. Und nun hatte er sie auch noch hierhergeführt, in *ihre* Kirche mit dem Marienaltar, ihre Zufluchtsstätte. So manche Träne war geflossen, wenn sie der Gottesmutter ihre Sorgen und Nöte anvertraut hatte.

Sie gelangten zur ersten Bankreihe vor dem Altar. »Reinmar.« Zitternd kam sein Name über ihre Lippen. »Ich …«

»Leise! Sprich nicht! Warte hier kurz. Ich hole Kerzen, damit es nicht so dunkel ist.«

Sie setzte sich auf die Bank. Der rote Schein des Ewigen Lichts flackerte über das Marienbild mit dem gütigen Gesicht und den zum Gebet gefalteten Händen. Wie ein dunkler Schatten eilte Reinmar davon und kehrte mit einem brennenden Kienspan und Kerzen zurück, die er auf den Gebetsstuhl vor ihnen stellte.

Gelbe Flammen flackerten. Maria atmete tief ein und aus, die Lichter wogten hin und her. Sie sah, wie er neben ihr niederkniete, die Augen schloss und die Hände faltete. Auch sie begann zu beten, lautlos, ohne die Lippen zu bewegen: Ave Maria voll der Gnaden …

Sie hielt inne. Betrachtete sein schönes Profil. Plötzlich war jegliches Glücksgefühl verschwunden. Verzweifelt stieß sie aus: »Reinmar, was soll nur aus uns werden?«

Er wandte sich ihr zu. »Maria!« Mit beiden Händen umfasste er ihr Gesicht, und der Blick aus seinen hellen Augen schien ihr Innerstes zu durchdringen. Dies und die Berührung seiner Hände ließen sie erneut erzittern. »Wir müssen auf Gott vertrauen. Ich habe für uns gebetet.«

Sie nickte. »Ich auch – zur Gottesmutter.« Sie schluckte und wollte hinzufügen: Für unsere Liebe.

Immer noch hielt er ihr Gesicht in den Händen wie eine wertvolle Schale. Als könne er ihre Gedanken lesen, flüsterte er: »Ich habe für unsere Liebe gebetet und dass wir für immer zusammen sein können.« Langsam senkten sich seine Hände. Er griff neben sich. Plötzlich stand neben den Kerzen ein Becher. Woher hatte er den? Er hob ihn hoch, reichte ihn ihr. »Du hattest recht – auf unserer Bank über der Stadt. Nach nichts sehne ich mich mehr als nach einem festen Ort, nach einer Heimat. Wie auch immer dies alles ausgeht: Davon träume ich – mit dir zusammen an jenem Ort zu weilen.«

Sie hielt das kühle Gefäß umfasst. Sie fühlte sich schwach und lehnte sich an ihn. Die schwankende Flüssigkeit im Kelch schimmerte dunkel und geheimnisvoll. Ihr Blick glitt zu den Kerzen hinüber. Sie war nicht in der Lage, einen klaren Gedanken zu fassen, alles kam ihr vor wie ein Traum: der Ort, die Kerzen, der Becher – und auch er selbst.

»Trink!«, verlangte er leise und sah sie an. Rann ihm tatsächlich eine Träne über die Wange? Wärme durchflutete ihr Herz. Weinten etwa auch Männer, wenn sie liebten? Wirkte er deshalb mit einem Mal so hilflos, weil er genauso die

Ohnmacht seiner Gefühle fürchtete wie sie? Was konnte sie tun, damit er glücklich war?

Zögernd setzte sie das Gefäß an die Lippen. »Ich liebe dich.« Ihre Lippen formten die drei Worte. Sie spürte den kalten Rand des Gefäßes. Langsam hob sie den Kopf.

Ein Knarren und Ächzen hallte durch das Kirchenschiff. Erschrocken hielt sie inne. Die Kerzen erloschen. Sie spürte den Atem des Geliebten am Ohr.

»Rasch!«, hauchte er. »Wir müssen uns trennen! Lauf an der Wand entlang und schlüpf durch das Tor, damit man dich nicht sieht! Komm morgen zur Mittagszeit zum Dom! Steig hinter den Bauhütten die Stufen hinab. Dort erwarte ich dich.«

Maria zitterte vor Angst. Doch sie gehorchte. Wie ein Schatten huschte sie davon.

»Wer ist da?«, hallte eine krächzende, ängstliche Stimme durch die Dunkelheit.

Der alte Küster rieb sich die Augen und wunderte sich. Spielte ihm sein hohes Alter einen Streich? Deutlich hatte er den Kerzenschein gesehen und die Geräusche gehört. Er lauschte in die Dunkelheit. Nichts! Die Fackel über seinem Kopf beleuchtete flackernd sein bleiches, runzliges Gesicht. Zögernd durchschritt er das Kirchenschiff. Bei der ersten Bank angelangt, entdeckte er die Kerzen, erkannte, dass drei davon noch vor Kurzem gebrannt hatten. Auch den Becher erblickte er. Er hob ihn hoch, roch daran und stellte ihn wieder ab.

Nun drehte er sich um und rief abermals: »Ist da jemand?« Doch nur der Nachklang seiner eigenen Stimme war zu hören.

»Gespenster«, murmelte er kopfschüttelnd und schritt nach vorn, um die Kerzen an den richtigen Platz zu räumen. »Hier müssen Geister umgegangen sein.«

25
Brief

Beinahe gelangweilt parierte Otto von Wittelsbach den Streich. Sein Gegner, ein Ritter aus den Reihen des Thüringer Landgrafen, war seinen Schwertkünsten bei Weitem nicht gewachsen, so wie die beiden anderen auch, die er zuvor schon im Fechtkampf mit großer Überlegenheit besiegt hatte.

»Ha, welch plumper Angriff!«, höhnte er und schwang die Waffe gegen Hermanns Ritter, der sich beharrlich zu wehren versuchte. Gerade noch gelang es ihm, einem gewaltigen Hieb auszuweichen, der ihm bestimmt den Schädel gespalten hätte, obwohl ein solider Helm darauf saß. Doch nun prasselten die Schwerthiebe in so kurzen Abständen auf den Ärmsten nieder, dass er ohne jeden Anflug von Tapferkeit sein Heil in der Flucht suchte.

»Bleib stehen, du feige Wanze, damit ich dich zerquetsche!«, schrie der Wittelsbacher, vor Anstrengung keuchend, und setzte dem Fliehenden nach. Dessen schweres Kettenhemd und die eisernen Schutzplatten über Armen und Beinen hinderten ihn am schnellen Laufen. Mühelos holte Otto ihn ein und warf ihn zu Boden. Sofort hob er das Schwert hoch über den Kopf und weidete sich an den furchtsam aufgerissenen Augen des Besiegten.

Lachend eilte der Thüringer Landgraf herbei. »Halt, halt«, rief er, »du sollst ihn nicht umbringen! Ich brauche meine Ritter noch. Der Kampf war doch nur ein Kräftemessen zum Spaß. Du hast gezeigt, dass du der Beste bist.«

Auf Ottos gerötetem Gesicht zeigte sich ein zufriedener Ausdruck, und er setzte die Schwertspitze an den blanken Hals seines Opfers. Wenigstens eine Weile wollte er sich an der nackten Angst des Manns ergötzen.

»Sieh nur, wie der Wurm sich windet!«, grinste er verächtlich und drückte dem Ritter die Schwertspitze tiefer in die Haut.

»Genug!« Beschwichtigend legte Hermann eine Hand auf Ottos Schwertarm, doch dieser riss verärgert die Waffe zurück. Dann, rascher als ein Wimpernschlag, schnitt sein Schwert über die Wange des am Boden Liegenden und hinterließ eine blutig klaffende Spur.

»Steh auf, du Feigling! Du willst ein Ritter sein?« Der Wittelsbacher lachte hämisch und warf sich in die Brust. »Jedenfalls weißt du jetzt, was es bedeutet, sich mit Otto von Wittelsbach messen zu wollen. Es soll dir eine Lehre sein!«

Hermann von Thüringen zog Otto fort. Diesmal duldete dieser die Hand auf seinem Arm, und seine Miene hellte sich auf, als der Landgraf rief: »Von meinen Rittern wird es jedenfalls keinem mehr einfallen, dich herauszufordern!«

»Es sei denn, es gibt noch jemanden, der sich nach einer Tracht Prügel sehnt«, knurrte der Wittelsbacher, wischte mit einem Tuch sorgsam die Klinge seiner Waffe sauber und schob sie mit einer geringschätzigen Bewegung zurück in die verzierte Lederscheide am Gürtel.

Sie näherten sich dem geräumigen Kriegszelt, über dem das Banner mit dem Bärenwappen des Thüringers wehte. Im Eingang hockte auf einem Feldstuhl Heinrich von Istrien, der in dieser Haltung noch bulliger als gewöhnlich wirkte. Seine wachen Augen in dem bärtigen Gesicht zeigten Spuren von Erheiterung über den ungleichen Kampf, dessen Zeuge er von hier aus geworden war.

»Meine Güte, mit dem Schwert macht dir niemand etwas vor!«, begrüßte er Otto und schlug ein Bein über das andere. »Ich kann von Glück reden, dass ich mir noch nie deinen Zorn zugezogen habe.«

Der Wittelsbacher strich mit der Hand über den Schwertknauf und konnte kaum verbergen, wie er die Schmeichelei genoss. »Heinrich von Istrien, du bist ein so guter Freund, mir fiele es nicht im Traum ein, dir zu zürnen.« Er hieb dem kräftigen Mann so hart auf die Schulter, dass dieser zusammenzuckte. Dann rief er: »Nach dem unbefriedigenden Gerangel mit Hermanns Rittern täte ein Schluck Wein gut, damit ich meine Verachtung für diese Jammerlappen hinunterspülen kann.«

Der Thüringer Landgraf streifte Otto mit einem stechenden Blick. Doch sofort hatte er sich wieder in der Gewalt, setzte ein geschöntes Lächeln auf und gab seinem Diener einen Wink. Der verschwand im Zelt, kehrte kurz darauf mit einem Becher Wein zurück und reichte ihn dem Wittelsbacher mit einer Verbeugung. Otto leerte den Inhalt in einem Zug, wischte sich über den Mund und warf das leere Gefäß achtlos in den Staub.

»Hol mir mein Pferd!«, befahl er dem Diener.

Heinrich von Istrien stemmte sich vom Stuhl hoch. »Ich gehe auch, es ist spät geworden.«

»Warte!«, bat Hermann. Er hob warnend die Brauen und wies mit leichtem Kopfnicken auf den Wittelsbacher, der sein Ross in Empfang nahm und sich in den Sattel schwang. »Es gibt noch etwas zu bereden.«

Otto rief einen Abschiedsgruß, hieb seinem Pferd die Sporen in die Flanken und galoppierte davon. Hermann und Heinrich von Istrien warteten schweigend, bis er in einer Staubwolke verschwunden war.

»Setzen wir uns!«, schlug der Thüringer vor.

Sie nahmen Platz, und Heinrich deutete hinter sich. »Dieses Zelt ist bemerkenswert. Du kannst von Glück sagen, über solche Annehmlichkeiten zu verfügen, wenn du in den Krieg ziehst.«

»In der Tat, es ist sehr wohnlich, wenn es einmal steht. Zum Aufbau benötige ich allerdings mindestens zwei Dutzend Männer. Es ist das Geschenk eines ungarischen Fürsten, der einmal bei mir als Gast weilte. Eine Hochzeit zwischen meiner Tochter und seinem Sohn war geplant. Doch daraus wurde nichts, weil die politische Lage sich änderte. Dieses Zelt, das Hochzeitsgeschenk, war aber schon angekommen. Bisher hat es der Ungar noch nicht zurückverlangt.« Hermann grinste, doch dann verfinsterte sich seine Miene. »Einer Antwort wert wäre natürlich die Frage, warum ich als Landgraf behelfsmäßig vor der Stadt hausen muss, wie behaglich auch immer ich untergebracht bin. Warum quartiert mich dein werter Bruder nicht in der Bischofspfalz ein, wie es mir zustünde? Für dich fand sich immerhin auch ein Platz.«

»Nun, dem eigenen Bruder konnte Eckbert schwerlich sein Haus verweigern«, versuchte Heinrich zu beschwichtigen. »Was dich betrifft, so muss ich ihn in Schutz nehmen. Der König ist mit einem Hofstaat von mehr als vierhundert Mann in Bamberg eingefallen. Alle in der Pfalz unterzubringen erwies sich als unmöglich. Also musste er den meisten Fürsten und übrigen Würdenträgern eine andere Bleibe zumuten.«

»Den meisten – doch nicht mir! Ich hätte guten Grund, deinem Bruder zu grollen. Aber deshalb bat ich dich nicht zu bleiben.«

»Wegen Philipp? Wegen Otto von Wittelsbach?«

»So ist es.« Der Thüringer blickte sich um, wie um sicherzugehen, dass niemand lauschte, beugte sich vor und sprach mit gedämpfter Stimme weiter. »Wie du weißt, habe ich Otto überredet, den König um ein Empfehlungsschreiben bezüglich seiner Heirat mit der Schlesierin Gertrud zu bitten.«

Heinrich lauschte aufmerksam und nickte stumm.

»Otto ist meinem Rat gefolgt. Er hat mich sogar gebeten, das Schreiben an Philipp für ihn aufzusetzen. Natürlich bin ich seiner Bitte nur allzu gern nachgekommen.«

»Sehr gut«, bemerkte Heinrich. »Nun kommt es also darauf an, dass der König dem Vater der Braut von einer Heirat abrät.«

Hermann wiegte den Kopf. »Daran hege ich keinen Zweifel. Schließlich hat der König die Verlobung zwischen Otto und seiner Tochter höchstpersönlich aufgelöst. Und er hatte guten Grund dazu. Alle Welt weiß, wie hitzig und unberechenbar der Wittelsbacher ist. Selbst wenn Philipp Otto gegenüber ein schlechtes Gewissen hat, kann er sich schwerlich als Bürgen für ihn einsetzen. Das wäre wider sein besseres Wissen.«

»Wenn aber doch?«

Die Mundwinkel des Thüringers verzogen sich fast unmerklich. Dennoch war zu erahnen, dass dieses feine Lächeln keineswegs freundliche Gedanken begleitete. »Natürlich habe ich schon daran gedacht. Es wäre dumm, eine solch wichtige Sache dem Zufall zu überlassen.«

»Aber wie willst du Philipp daran hindern, sich wohlwollend zu äußern?«

»Entscheidend ist nicht, *was* Philipp schreibt, sondern dass sein Brief in unsere Hände gelangt.«

Der Istrier runzelte fragend die Stirn. »Wieso?«

Mit einer überheblichen Geste lehnte sich Hermann von Thüringen zurück. »Nun, ganz einfach. Wir brauchen diesen Brief, so oder so. Nur wenn wir das Schreiben haben, können wir es Otto zuspielen.«

»Das verstehe ich. Was sollte es aber nützen, wenn der Wittelsbacher einem Brief entnimmt, dass er der beste nur denkbare Schwiegersohn wäre.«

»Selbstverständlich lesen *wir* den Brief vorher.«

»Und dann?«

»Entspricht der Inhalt unseren Vorstellungen, dann leiten wir ihn sofort an Otto weiter. Wenn nicht, müssen wir ihn ändern, einen uns genehmen Text schreiben, mit Worten, die den Wittelsbacher so in Zorn versetzen, dass er nur noch daran denkt, Philipp mit seinem Schwert zu zerhacken, bis nichts mehr von ihm übrig ist.«

Heinrich von Istrien sprang auf und lief erregt umher. »Du willst einen Brief des Königs *fälschen*?«

»Pst, nicht so laut! Selbstverständlich nur im äußersten Notfall. Natürlich wäre es auch keine vollkommene Fälschung. Das königliche Siegel zu entwenden würde ein allzu großes Wagnis darstellen – eine solche Tat könnte allzu leicht entdeckt werden.«

Der Thüringer Landgraf hatte sich ebenfalls erhoben und hakte sich nun bei Heinrich unter. Beschwörend, beinahe flüsternd sprach der weiter. »So oder so wird Otto dermaßen erregt sein, dass er bestimmt nicht auf das Siegel achtet. Selbst wenn wir den schlimmsten Fall annehmen – glaub mir, eine noch so plumpe Fälschung würde ihren Zweck erfüllen. Stell dir vor, ich trete vor Otto hin, wedle ihm mit einem Schreiben vor der Nase herum, schaue recht bekümmert drein und erkläre ihm, dass ich einen Brief bekommen habe, in dem der König von der Heirat abrät. Was, glaubst du, wird Otto tun?«

»Er wird es dir, blind vor Wut, aus der Hand reißen.«

»Richtig – blind vor Wut! Und deshalb außerstande, das bereits aufgebrochene Siegel genau zu überprüfen. Er wird es gar nicht sehen.«

»Vermutlich hast du recht.«

Hermann blieb stehen und umklammerte den Arm des Istriers. »Ich wiederhole: Meiner Meinung nach müssen wir den Brief nicht fälschen. Der König wird nie und nimmer eine Empfehlung für den Wittelsbacher aussprechen. Darauf setze ich mein bestes Pferd.« Er ließ Heinrichs Arm los, trat nachdenklich zu seinem Feldstuhl und nahm Platz. Nun sah er den Istrier von unten herauf an.

»Du musst den Brief besorgen.«

»*Ich?* Wie denn?«

»Setz dich wieder!« Hermann wies auf den anderen Stuhl. Zögernd kam Heinrich der Aufforderung nach. »Hör zu! Philipp wird den Brief in seiner Kanzlei schreiben lassen. Es gibt drei Möglichkeiten: Erstens, du stiehlst den Brief. Die Gefahr, entdeckt zu werden, ist allerdings sehr groß.«

»Zu groß.«

»Es käme darauf an, wie du dich anstellst.«

»Gleichgültig, wie vorsichtig ich wäre, der Zufall könnte immer …«

Mit einer ungeduldigen Handbewegung unterbrach Hermann den Istrier. »Wer nicht wagt, der nicht gewinnt. Wie dem auch sei … Möglichkeit zwei: Du bestichst einen Kanzleisekretär, und der besorgt dir den Brief. Es gibt immer jemanden, der alles tut, wenn nur die Bezahlung ansehnlich genug ist.«

Heinrich kaute auf einem Daumennagel herum. »Und drittens?«

»Das wäre die einfachste und sicherste Lösung. Heinrich von Schlesien ist schließlich dein Schwager.«

»Gewiss, das ist er.«

»Dann wird er verstehen, dass du besorgt um das Wohl seiner Tochter bist.«

Heinrich von Istrien blickte den Thüringer abwartend an. »Ja, und?«

»Du erklärst ihm, du hättest von dem Brief des Königs gehört und erführst gern seinen Inhalt. Dann fragst du ihn geradeheraus, ob Philipp einer Heirat Gertrudes mit Otto von Wittelsbach wohlwollend oder ablehnend gesonnen ist. Einerlei, wie die Antwort lautet – du zeigst dich überrascht und fragst, ob es möglich wäre, einen Blick auf das Schreiben zu werfen. Ich bin mir sicher, er händigt es dir aus. Als Nächstes schlägst du vor, den Brief deinem Bruder Eckbert zu zeigen, damit auch der sich ein Urteil bildet. Du und Eckbert, ihr seid schließlich die Brüder seiner Frau Hedwig. Er wird dir diese Bitte nicht abschlagen. Vielmehr wird ihn deine Sorge um das Wohl seiner Tochter rühren.«

Hermann beobachtete, wie es hinter Heinrichs Stirn arbeitete. Bedächtig nickte dieser nun. »Du hast recht. So könnte es gelingen.« Immer noch dachte er angestrengt nach. »Aber warum bist du so sicher, dass Otto daraufhin tatsächlich das Schwert gegen seinen König erhebt?«

Verächtlich ruhten Hermanns graue Augen auf den beunruhigt klopfenden Fingern seines Gegenübers.

»Lass das meine Sorge sein«, schloss er und strich sich über die Raubvogelnase. »Otto von Wittelsbach ist nichts weiter als ein Tier. Gib einem Pferd die Sporen, und es galoppiert los. Reiz einen Stier, und er greift an. So einfach ist das.«

26
Zuflucht

Maria sah das fackelbeschienene Gesicht des Alten unter dem Bogen der Kirchenpforte. Er schien zu warten, zu lauschen, gebückt, wie auf einen Stock gestützt. Nun humpelte er mit seitlich gewandtem Kopf ein, zwei Schritte vorwärts.

»Wer ist da?«, krächzte er mit hoher Greisenstimme.

Sie wartete, bis sie die schlurfenden Schritte und das Pochen des Stocks auf dem Steinboden hörte. Die krumme Gestalt tastete sich an den Kirchenbänken entlang. Maria schlich zum Eingang, lautlos auf nackten Füßen, huschte hinaus und rannte los, ohne Ziel, bis ihr Herz zu zerspringen drohte. Irgendwo kauerte sie sich ins hohe Gras, um zu warten, bis ihr Atem sich beruhigte. Als sie aufsah und sich umblickte, fand sie sich am Ufer des Bachs unterhalb von Sankt Michael wieder. Genau an dieser Stelle hatte sie ihn getroffen, sich nach seinen Lippen gesehnt, die den ihren so nahe waren. Ihren Geliebten.

Bist du wirklich mein? Am Bach, der im Mondlicht silbern glitzernd dahinfloss, stellte sie sich diese Frage. Wie oft hatte sie sich gewünscht, bei ihm zu sein, seine Nähe zu spüren. Wie hatte sie gezittert, gebangt, gehofft – ja, sogar eine Lüge ersonnen und ihn aus dem Kerker befreit. Dabei hatte sie ihr ganzes Leben aufs Spiel gesetzt – denn was sollte aus ihr werden, wenn man sie fand?

Mit beiden Händen fasste sie ins Wasser und kühlt sich mit dem klaren Nass das brennende Gesicht. Warum nur wurde es ihr in der Brust so eng? Hatte sie sich nicht stark gefühlt an seiner Seite, unbesiegbar, ohne Angst? Die Augenblicke in Sankt Gangolf erschienen ihr nun unwirklich wie ein Traum. Aber sie hatte doch nicht geträumt! Die Kerzen, der Becher, von dem sie kosten sollte. Seine Stimme, aus der sie die Verzweiflung herausgehört hatte, weil er nicht wusste, wie er seine Unschuld beweisen sollte. Wie konnte sie ihm nur helfen?

Er hatte sie gebeten, sofort in die Pfalz zurückzukehren. Doch das war unmöglich. Jener Mann, der ihr erklärt hatte, Reinmar sei vielleicht ein Mörder, schloss bestimmt messerscharf: Nur Maria konnte ihn befreit haben. Sollte er daran noch Zweifel hegen, so würden die Mägde, mit denen sie die Schlafkammer teilte, diese Zweifel ausräumen, denn dort hatte man ihre Abwesenheit bestimmt bald bemerkt. Es stand immer eine auf, um hinauszugehen, und auch nachts gab es Dienste, die für den Bischof erledigt werden mussten.

Wenn ich doch nur jemanden hätte, mit dem ich darüber reden könnte!

Wie ein gehetztes Tier sprang sie auf, entdeckte ihren Schatten im Bach, unruhig, zerrissen von den Wellen.

Was soll ich nur tun? Morgen – ja morgen, natürlich, da gehe ich zum Dom ... Keiner darf mich sehen. Aber bis dahin? Wo soll ich mich verstecken? Ich kann mich doch nicht im Wald verkriechen wie ein wildes Tier.

Sie rannte wieder los, den Bach entlang zum Fluss. Hinüber durch die seichte Furt, vorbei an den Häusern, immer weiter. Dann stand sie still. Sie war vor der Hütte ihres Vaters angelangt. Der darf mich nicht entdecken, sonst nimmt er einen Stock und schlägt mich tot.

Sie lauschte an der Tür.

In der Stille vernahm sie nichts als das Pochen ihres Herzens. Soll ich es wagen? Sie presste ein Ohr an das raue Türholz. Die Sehnsucht nach einer wärmenden Decke, die sie über sich breiten konnte, war so übermächtig. Doch nicht wegen der Kühle der Nacht zitterte und fror sie – die Kälte kam tief aus ihrem Innern. Sie drückte gegen die Tür, die laut ächzend aufschwang. Sonst hörte sie nichts als das Singen des Winds und das verlorene Bellen eines Hunds.

Sie lauschte. Leises Schnarchen drang ihr ans Ohr; also schlief der Vater. Mit angehaltenem Atem betrat sie die Hütte. Mühelos fand sie sich in der Dunkelheit zurecht, wusste blind, wo sich das Lager befand, auf welcher Seite der Vater lag und wo der Bruder. Sie duckte sich und ließ sich auf das aufgeschüttete Stroh gleiten, das leise raschelte. Sie hob die Decke ein wenig an und schob ihren Körper neben den kleinen Bruder, der gleichmäßig atmete. Sie schmiegte sich an ihn, er seufzte im Schlaf und bewegte sich eine Weile unruhig. Aber er wachte nicht auf.

So blieb sie liegen, bis die Nacht sich dem Ende entgegenneigte. Die Augen zu schließen wagte sie nicht, damit sie nicht einschlief und am Morgen vom Vater entdeckt würde. Und so starrte sie zur Decke hinauf, ohne sich zu rühren, obwohl ihr war, als müsse sie vor Sehnsucht und Furcht zerspringen.

Der Mond stand am Himmel, als sie sich wieder aus der Hütte stahl. Noch hatten die Hähne nicht gekräht. In der Stille der scheidenden Nacht machte sie sich auf den Weg zum Domberg. Viele Straßen und Häuser waren schon für die königliche Hochzeit geschmückt.

Sie eilte dahin, getragen von der Hoffnung, dass in der Pfalz alles wie immer seinen Lauf nähme. Dann nämlich wäre der Küchenjunge der Erste, der dort seine Arbeit verrichtete. Ihm oblag es, die Herdfeuer anzuschüren und alles bereitzustellen, was man zum Tagesbeginn benötigte.

Da sie sich auskannte, wusste sie von einem Schlupfloch in der Mauer, durch das man in die Gebäude gelangen konnte, ohne von den Wachen entdeckt zu werden. Der Durchlass lag am östlichen Ende, nahe der Andreaskapelle, wo das verheerende Feuer nicht nur den gesamten Dom, sondern auch Teile der Bischofsresidenz zerstört hatte. An dieser Stelle war ein Spalt im steinernen Wall behelfsmäßig mit Brettern verschlossen worden. Schob man ein Brett zur Seite, konnte man hindurchschlüpfen und sich in der Nähe des Gesindehauses ins Innere der Pfalz schleichen.

Konrad kniete vor dem Herd und blies so heftig in die Glut, dass die Funken stoben. Er hatte Maria noch nicht bemerkt, die hinter einem Türpfosten stand und sich wie gehetzt umblickte. Ihr pochendes Herz schlug ängstlich. Doch wie sie gehofft hatte, befand sich außer ihm niemand in der Küche. Beinahe dankbar ließ sie die Blicke für einen Augenblick auf den kräftigen Schultern und dem ebenmäßigen, knabenhaften Gesicht ruhen, das ernst und aufmerksam auf das Feuer gerichtet war. Noch einmal blies der Junge in die aufspringenden Flammen. Dann hielt er inne und wandte den Kopf, als fühle er Marias Anwesenheit.

»Konrad«, flüsterte sie.

Er fuhr herum. »Maria!«

»Pst! Nicht so laut! Sag, bist du allein?«

Er blickte sich um. »Ja, natürlich. Um diese Zeit schläft doch noch alles.«

»Ich weiß. Konrad … du musst mir helfen.«

Sie bemerkte seine Verwunderung. Er blickte sie mit großen Augen an, dann sprang er auf, lief zu ihr und zog sie in die Mitte des Raums.

»Was ist? Warum brauchst du Hilfe?«

»Das kann ich dir nicht erklären. Aber ich muss fort von hier … mich verstecken.«

»Verstecken? Wieso …«

Sie widerstand der Versuchung, ihn zu packen und zu schütteln. War es doch ein Fehler gewesen, hierherzukommen? Was erwartete sie von diesem Jungen, auf dessen Kinn der erste Flaum spross? Wie sollte ausgerechnet er ihr helfen, zumal sie nicht einmal wusste, wie diese Hilfe aussehen sollte?

»Ich musste … etwas tun«, stammelte sie.

Du machst nur dumme Sachen!, wollte er sofort aufbrausen, doch da sah er ihren flehenden Blick.

»Bitte, sei leise!« Sie ergriff seine Hand. »Kennst du einen sicheren Ort, an dem ich mich verstecken kann? Nicht lange. Nur bis zum Mittag.«

»Willst du mich auch noch in Schwierigkeiten bringen?«

»Nein, natürlich nicht!« Sie spürte, wie der Mut sie verließ. Er hatte vollkommen recht. Schlimm genug war schon *ihre* aussichtslose Lage. Doch die war nur ihr selbst zuzuschreiben. Sie war ihrem Herzen, der Liebe gefolgt. Was nun geschah, war die Antwort darauf, dass sie ihren Gefühlen so bedingungslos vertraut hatte.

Während Konrads vorwurfsvolle Miene jetzt echte Sorge zeigte und Maria gleichzeitig fieberhaft überlegte, wohin sie sich noch wenden konnte, stieg plötzlich im Wirrwarr ihrer Gefühle die bange Frage auf: Handle ich recht oder unrecht? Bin ich ein schlechter Mensch? Verurteilt, verdammt, obwohl ich nichts Böses wollte? Nur weil ich auf die Stimme meines Herzens hörte? Sie wollte es hinausschreien: Wie kann die Liebe etwas Schlimmes sein?

Doch sie wandte sich nur mit leiser Stimme an Konrad. »Vergiss, was ich gesagt habe. Ich bitte dich nur um eins: Verrat niemandem, dass ich hier war!«

»Was denkst du von mir?«, hörte sie Konrad entrüstet rufen, während sie sich schon zum Gehen wandte. Eine Mischung aus Enttäuschung und Verlorenheit breitete sich in ihrem Innern aus. Sie hatte zu spüren geglaubt, dass Konrad Zuneigung für sie empfand. Doch nun begriff sie, dass es selbstsüchtig und gedankenlos von ihr gewesen war, hierherzukommen und ihn um Hilfe zu bitten. Sie durfte ihn nicht auch noch ins Unglück stürzen.

»Halt, warte!« Sie spürte seinen festen Griff auf ihrem Arm. »Lauf nicht fort!«

Sie drehte sich um und blickte in sein ernstes Gesicht.

»Natürlich will ich dir helfen, wenn ich kann.« Er überlegte. »Am besten, ich bringe dich zu meiner Tante. Sie ist alt und lebt allein in ihrer Hütte. Dort sucht dich kein Mensch.«

Maria stieß den angehaltenen Atem aus. »Danke! Das werde ich dir nicht vergessen. Du bist ein wahrer Freund. Es ist auch nicht für lange. Bis zur Mittagszeit bin ich wieder weg.«

»Wohin gehst du dann?«

»Zum Dom«, antwortete Maria und hätte sich im gleichen Augenblick am liebsten die Zunge abgebissen. Das war doch ihr Geheimnis! Konrad indes schien ihre Antwort nicht gehört zu haben und zog Maria an der Hand mit sich fort.

»Komm rasch! Wir müssen uns beeilen, solange es noch dunkel ist. Bald ist die ganze Stadt auf den Beinen, um sich auf die königliche Hochzeit vorzubereiten. Da könnten wir allzu leicht entdeckt werden.«

Konrad führte Maria zu einer Hütte jenseits des linken Flussufers, wo der Sumpf begann. Wahllos aus morschen Brettern zusammengezimmert, schien ein einziger kräftiger Windstoß sie umwerfen zu können. Während Konrad zum Eingang lief, betrachtete Maria zweifelnd den schiefen Verschlag.

»Warte hier!«, flüsterte er, hob einen schmutzigen Vorhang hoch und verschwand dahinter. Eine Zeit lang herrschte Stille, dann war eine keifende Frauenstimme zu hören, unterbrochen von Konrads beschwichtigenden Worten. Schließlich schob eine runzelige alte Hand, die einer Hühnerklaue glich, den Stofffetzen zur Seite, und Maria sah sich einem gebeugten, zahnlosen Weib mit zerfurchtem Gesicht gegenüber. Ein stechendes Augenpaar musterte sie feindselig.

»Ich dulde keine Fremden in meinem Haus.«

Noch ehe Maria etwas erwidern konnte, erschien Konrad neben der Alten, drängte sie zur Seite und sagte: »Hör nicht auf sie! Komm herein!«

Zögernd folgte Maria der Aufforderung. Mit einem unsicheren Seitenblick auf die Alte bückte sie sich und trat durch die niedrige Öffnung. Sofort schlug ihr ein modriger Geruch entgegen.

»Aber …«, wollte Maria beginnen, doch Konrad unterbrach sie.

»Es ist nicht besonders sauber oder groß. Doch suchen wird dich hier niemand. Ruh dich eine Weile aus. Und wenn du gehen musst, dann geh! Ich begleite die Tante zur Armenspeisung an die Klosterpforte.«

Er berührte noch einmal ihre Schulter, nickte ihr zu und verließ die Hütte. Allmählich gewöhnten sich Marias Augen an die Dunkelheit. Was sie sah, machte sie mutlos. In dem engen Raum gab es nur einen wackeligen Tisch – keinen Stuhl, nicht einmal eine Feuerstelle. Auf dem zusammengedrückten Strohlager lag eine schmutzige Decke.

»Konrad …«, begann sie, doch er war schon verschwunden. Verwirrt und ängstlich kauerte sie sich vor das Bett. Sie strich die Decke glatt und legte sich zögernd nieder. Obwohl sie geschworen hätte, darauf kein Auge zutun zu können, spürte sie die bleierne Müdigkeit nach der durchwachten Nacht. Sie gähnte und streckte sich aus. Sie dachte an Reinmar, ihren Geliebten.

Bald werde ich dich wiedersehen. Und dann wird alles gut.

Sie fiel in tiefen Schlaf.

V. Buch
Dom

Tod. Verderben
– das Ende.

27

Tot oder lebendig

Mitsamt seinem Sessel ließ sich Lupold an seinen Aussichtsplatz tragen. Während er dabei stöhnte, als wühle eine rot glühende Schwertspitze in seiner Schulter, schalt er die beiden Diener aus, die sich doch redlich Mühe gaben, ihn so sanft wie möglich wieder abzusetzen.

»Ihr groben Metzgergesellen, könnt ihr nicht besser aufpassen? Was bildet ihr euch ein? Dass ihr einen Mehlsack oder ein Fass Wein durch die Gegend schleppt? Ich bin ein Mensch aus Fleisch und Blut! Ich bin verletzt! Ich leide!«

Die Diener zogen sich, Entschuldigungen stammelnd, fluchtartig zurück. Lupold tastete ächzend nach der Schiene, die seine Schulter schützte, und schimpfte weiter vor sich hin. Doch das Schauspiel, das sich unter ihm im Hof der Bischofspfalz abspielte, nahm ihn immer stärker gefangen.

Gerade traf die Braut mit ihrem Hofstaat ein. Rasch füllte sich der große Platz mit Wagen und Rittern, deren Rüstungen in der Morgensonne blitzten. Die Hufe der schweren Schlachtrösser stampften und wirbelten Staubfahnen auf.

»Der Herr bewahre mich davor, jemals auf einen solchen Teufel steigen zu müssen«, murmelte Lupold und musterte misstrauisch die massigen Pferde. Obwohl er wusste, dass sie sich nicht einmal durch Schlachtenlärm aus der Ruhe bringen ließen, flößten sie ihm größte Furcht ein. Er stellte sich vor, wie hoch und schmerzhaft der Sturz von einem solchen Tier wohl wäre. Sofort spürte er wieder das qualvolle Pochen in der Schulter.

Nun erschien König Philipp persönlich im Hof, um seine Nichte zu begrüßen. An seiner Seite schritt seine Gattin Maria Irene in einem hermelinbesetzten wertvollen Mantel, über dessen Rücken ihr Haar wie ein schwarzer Schleier fiel. Auch der Bamberger Bischof Eckbert sowie Bischof Konrad von Speyer waren zugegen. Letzterer stellvertretend für ihn,

Lupold, der bekanntlich außerstande war, sich würdevoll wie ein Kanzler zu bewegen.

Die Sänfte wurde abgestellt, und neugierig schob Lupold den Kopf vor. Er wollte die Prinzessin sehen, die angeblich von engelsgleicher Schönheit war. Nur ungern gestand er sich seine Schwäche für schöne Frauen ein. Für einen Kleriker waren dies sündige Gedanken. Und so seufzte der Kanzler nur schwermütig, als der Vorhang der reich verzierten Sänfte zur Seite geschoben wurde und er einen Blick auf das schlanke, blondgelockte Wesen erhaschte, das die zarten Füße auf das Pflaster des Hofs setzte.

»Herzog Otto von Andechs-Meranien, du bist ein verdammter Glückspilz«, knurrte er, und während die Herolde die Trompeten hoben und eine Fanfare erschallen ließen, hörte der Kanzler eilige Schritte, die durch den Festsaal hallend näher kamen. Lupold drehte den Kopf so weit wie möglich, ohne dass seine Schulter dabei allzu sehr schmerzte, und er sah Kaplan Tankred herbeieilen. Dessen blasses Gesicht wirkte noch spitzer als sonst, die blutleeren schmalen Lippen waren fest zusammengepresst. Er schien verärgert und bemühte sich nicht, dies zu verbergen.

»Es ist unglaublich, mit welchen Nichtigkeiten man mich schon in aller Herrgottsfrühe belästigt!«

»Guten Morgen zunächst einmal«, knurrte der Kanzler, nicht weniger schlecht gelaunt.

»Jaja! Stellt Euch vor, man lässt mich zu nachtschlafender Zeit aus dem Bett holen, bloß damit ich mir die Geschichte eines tumben Küsters anhöre, der nachts in seiner Kirche Lichter sieht und Geräusche hört.«

Lupold, der nur mit einem Ohr zuhörte, bestaunte immer noch mit wehmütigem Blick die anmutige Gestalt der Königsnichte. Abwesend murmelte er: »Geräusche … so, so …«

»Da sieht ein Tattergreis Gespenster, und man hat nichts Besseres zu tun, als ihn zu mir zu schicken, damit er mir mit seiner haarsträubenden Geschichte die Zeit stiehlt.«

Seufzend löste der Kanzler den Blick von der Braut und widmete sich endlich gänzlich dem Kaplan. »Inwiefern waren die Geschichten denn *haarsträubend*?«

»Nun, er behauptet, er sei aus irgendeinem Grund aufgewacht, den er sich nicht erklären könne. Gewöhnlich wache er um diese Zeit nie auf, er habe einen sehr festen Schlaf. Einer inneren Stimme folgend, sei er dann zur Kirche geeilt.«

»Einer inneren Stimme folgend?«

Der Kaplan machte eine unbestimmte Handbewegung vor der Stirn. »Ich sagte ja, der Alte stahl mir die Zeit.«

»Um welche Kirche handelt es sich denn?«

»Die Kirche der heiligen Gottesmutter Maria.«

»Bischof Eckbert nannte mir bei meiner Ankunft in Bamberg die Namen der Kirchen.« Lupold kratzte sich vorsichtig an der Stirn. »Heißt sie nicht Sankt Gangolf?«

»Wie man's nimmt. Beide, Maria und Gangolf, sind Schutzpatrone des Stifts. Als Geistlicher bevorzuge ich die Gottesmutter als Schutzheilige.«

»Dagegen ist nichts einzuwenden. Erzählt weiter!«

»In der Kirche sah er Licht, zumindest glaubte er dies. Als er dann aber eintrat, war alles dunkel. Er ging nach vorn, wo er Kerzen mit angebrannten Dochten fand. Außerdem war da noch ein Becher.«

Auf dem Hof der Bischofspfalz unter ihnen erklangen erneut die Trompeten. Der offizielle Teil der Begrüßung war vorüber. Lupold beobachtete, wie sich der große Platz leerte.

»Kerzen und ein Becher? Was befand sich in dem Gefäß?«

»Der Alte sagt, es sei weder Wein noch Wasser oder Bier gewesen.«

»Was dann?«, fragte Lupold mit wachsender Aufmerksamkeit.

»Er konnte es nicht sagen. Er habe daran gerochen und die Flüssigkeit dann ausgegossen.«

»Wo ist er jetzt?«

»Der Küster?«

»Nein, der Becher.«

Tankred schüttelte den Kopf. »Das weiß ich nicht. Vermutlich hat ihn der Alte gereinigt und irgendwo abgestellt.«

Lupold rückte auf seinem Sitz hin und her. »Seltsam, findet Ihr nicht?«, stöhnte er.

Der Kaplan zuckte mit den Schultern. »Hirngespinste eines Greises.«

»Hm. Wisst Ihr was? Säßen der Truchsess und der Ritter nicht angekettet im Kerker hier unter uns – ich wäre zutiefst beunruhigt und würde befürchten, wir könnten bald die nächste Frauenleiche finden.«

»Warum das?«

»Ein Becher, gefüllt mit einer unbekannten Flüssigkeit. Das passt doch eigentlich zu den Seltsamkeiten, mit denen wir es im Zusammenhang mit den Morden zu tun hatten.«

»Aber Gott sei Dank müssen wir uns mit solcherlei Ärgernissen nicht mehr herumplagen«, sagte Tankred.

»Nun gut! Vermutlich habt Ihr recht.« Lupold verlagerte ächzend sein Gewicht. »Wer war eigentlich dieser heilige Gangolf?«

Tankred legte die Stirn in Falten. »Er war ein Ritter und Märtyrer aus Burgund, der zu Lebzeiten Wunder vollbrachte. Angeblich ließ er im ausgedörrten Garten seiner Gemahlin aus einem Stein, den er nur mit der Hand berührte, eine Quelle sprudeln.«

»Wie wurde er dann zum Märtyrer?«

Die Falten auf der Stirn des Kaplans wurden tiefer. »Durch seine Frau.«

Lupold stieß ein lautes Kichern aus, das er sofort bereute, als ihm der vertraute stechende Schmerz in die Schulter schoss. Nun sagte er mit gequältem Lächeln: »Würde dann nicht manch ein verheirateter Mann behaupten, er sei ein Märtyrer?«

Tankred war sichtlich beleidigt. »Wollt Ihr nun die Geschichte Sankt Gangolfs hören oder nicht?«

»Doch, doch, Kaplan, verzeiht meinen plumpen Scherz! Ich bitte Euch, erzählt weiter!«

»Wie Ihr wünscht.« Tankred zögerte, wie um zu überlegen, und fuhr fort. »Dieser Ritter Gangolf hatte in der Tat ein böses Weib. Sie betrog ihn – und zwar ausgerechnet mit einem Priester. Gangolf fand es heraus und stellte sie zur Rede. Sie bestritt alles. Da verlangte er von ihr, sie solle zum Beweis ihrer Unschuld ihren rechten Arm in die Wunderquelle tauchen.«

»Was geschah dann?«

»Sie lachte und stieß den Arm bis zur Schulter ins Wasser.«

Laute Satzfetzen drangen bis in den Festsaal herauf. Lupold erkannte Konrad von Speyers tiefe, tragende Stimme, dazwischen die helle, melodische des Königs.

»Und weiter?«

»Als sie den Arm wieder herauszog, war nur noch blanker weißer Knochen übrig.«

»Wie abstoßend!«, warf Lupold ein, doch der Kaplan überhörte die Bemerkung.

»Sie verfluchte ihren Gatten und floh mit dem Priester. Später kehrte der Geistliche unter dem Vorwand zurück, er wolle um Verzeihung bitten. Er reichte dem Ritter einen Becher mit Wein als Versöhnungstrunk ...«

An dieser Stelle legte der Kaplan eine Pause ein und blickte nachdenklich vor sich hin.

»Warum erzählt Ihr nicht weiter? Was geschah dann?«

»Der Wein in dem Becher war vergiftet«, fuhr Tankred stockend fort, als sei er mit seinen Gedanken plötzlich ganz woanders.

»Ein Becher mit vergiftetem Wein!«, rief Lupold. »Vielleicht sah der alte Küster doch keinen Geist. Ich bin mir ziemlich sicher, dass der Kelch tatsächlich Gift enthielt. Das müssen wir sofort nachprüfen.«

Tankred winkte ab. »Ich sagte doch, der Küster hat den Inhalt ausgegossen.«

»Stimmt, das war mir entfallen.«

Der Kanzler rieb sich das Kinn. Dann wurde er blass, denn ihm war ein erschreckender Gedanke gekommen.

»Um Himmels willen! Wir müssen sofort nachsehen, ob unsere Verdächtigen noch in ihren Zellen sitzen!«

Als Tankred mit hastigen Schritten davoneilte, wäre er um ein Haar mit König Philipp zusammengestoßen, der, begleitet von Bischof Konrad von Speyer, den Festsaal betrat.

»Nanu«, wunderte sich Philipp, »da hat's aber einer eilig!«

Tankred verbeugte sich, bat hastig um Verzeihung und stürzte hinaus. Philipp wandte sich erstaunt an den Kanzler. »Ist etwas vorgefallen?«

Wie betäubt schüttelte Lupold den Kopf: »Nein – vor der Hochzeit geht nur alles ein wenig drunter und drüber.«

Er hielt es für unangebracht, den König über seinen Verdacht in Kenntnis zu setzen, der dreifache Mörder könne geflohen sein. Vielleicht war Lupolds Vermutung ja auch falsch, der Kelch in Sankt Gangolf und die Geschichte der Vergiftung des Heiligen standen in keinerlei Zusammenhang miteinander, und alles war nur purer Zufall. Doch obwohl er nicht an einen solchen Zufall glaubte – zu genau passte alles in das Muster der bisherigen Morde – und obwohl er sicher war, dass einer der beiden Inhaftierten dahintersteckte, schwieg der Kanzler.

Philipp wollte auch gar nicht mehr wissen. Er wedelte mit einem Stück Pergament, auf das er mit fahriger Handschrift einige Worte gekritzelt hatte. »Kannst du mir dies ins Reine schreiben, mit meinem Siegel versehen und Heinrich dem Schlesier zukommen lassen?«, fragte er und reichte Lupold das Pergament. »Und sorg bitte dafür, dass es Otto nicht in die Hände fällt. Er könnte dann noch wütender auf mich werden.«

Mit gerunzelter Stirn überflog der Kanzler das aufgesetzte Schreiben. Aus den flüchtig hingeworfenen Zeilen war Philipps Meinung über Otto klar ersichtlich. Er beschrieb den Wittelsbacher als grausam, gefühllos und unberechenbar. Er, der König, wisse nicht, wie sich die Verbindung zwischen einem so ungehobelten, groben Kerl mit einem schönen, zarten Wesen wie der Tochter des Schlesiers vereinbaren lasse.

In einfachen Worten: Er riet entschieden von einer Vermählung ab.

Unschlüssig hielt Lupold das Schreiben in den Händen. Seine Gedanken kreisten immer noch um die befürchtete Flucht des Mörders. Wann kam nur der Kaplan zurück, um ihm die gute Nachricht zu überbringen, dass alles nur ein Zusammentreffen von Zufällen, dass seine Vermutung zwar logisch, aber doch falsch war? Eine andere hastige Überlegung, die der Kanzler in diesem Augenblick anstellte, beschäftigte sich mit der Frage nach der Sicherheit seines Herrn. Philipps Brief war natürlich richtig und notwendig, doch er bereitete ihm jetzt schon Magenschmerzen. Nähme der Wittelsbacher eine erneute Zurückweisung hin? Und Hermann von Thüringen mit seinem aufdringlichen Bemühen um Ottos Gunst durfte Lupold auch nicht vergessen. Wenn tatsächlich eine Verschwörung angezettelt wurde, dann stellte dies eine erhebliche Gefahr dar. Eigentlich sollte sich Lupold als Kanzler nicht ablenken lassen, auch nicht von einem Frauenmörder – es ging schließlich um die Sicherheit des Königs.

Philipp unterbrach Lupolds fieberhafte Überlegungen. »Ich verlasse mich wie immer auf dich. Verfass den Brief so eindeutig wie nötig. Es muss klar darin zu lesen sein, dass ich Ottos Heiratspläne nicht gutheißen kann.«

Konrad von Speyer hatte sich bisher still im Hintergrund gehalten. Nun schaltete er sich ein. »Darf ich erfahren, worum es geht?«

»Aber gewiss!« Philipp hatte sich bereits zum Gehen gewandt. »Lupold, erklär du es ihm, ich bin in Eile. Maria hat mir einen neuen Vollbluthengst aus Burgund mitgebracht.

Ich muss ihn unbedingt reiten, bevor die Feierlichkeiten beginnen. Und bitte vergiss den Brief nicht!« Er rieb sich mit der schon charakteristischen Bewegung die geschwollene Wange und eilte mit gequältem Lächeln davon.

»Hat noch immer kein Bader nach deinem Zahn …?«, rief Lupold ihm hinterher, brach dann aber mitten im Satz ab, da der König den Festsaal bereits verlassen hatte und ihn nicht mehr hören konnte.

»Verzeiht meine Neugier – was hat es mit diesem Schreiben auf sich?«, fragte Bischof Konrad.

Lupold seufzte. »Es geht um Otto von Wittelsbach. Es steht zu befürchten, dass ihn der Inhalt des Briefs in Rage versetzen wird.«

Konrad hob die Brauen. »Sein Zorn ist allerdings landauf, landab bekannt. Was sollt Ihr denn Schlimmes über ihn schreiben?«

»Ihr habt doch gewiss gehört, dass der Wittelsbacher mit Gertrud von Schlesien verlobt werden soll.«

»Ja.«

»Eine Vermählung der beiden hat Gertruds Vater an die Bedingung geknüpft, dass der König persönlich und wohlwollend für Ottos noblen Charakter bürgt«, fuhr Lupold fort.

»Ach, du lieber Himmel! Jetzt verstehe ich: Philipps Schreiben soll alles andere enthalten als eine Empfehlung für Otto als zukünftigen Ehemann.«

»Genauso ist es«, bestätigte der Kanzler düster. »Erst wurde die Verlobung des Wittelsbachers mit Philipps Tochter gelöst, dann nahm man ihn fest, obwohl er unschuldig war – und nun das! Otto darf nie etwas vom Inhalt des Briefs erfahren. Kaum auszumalen, was er dann anstellen könnte!«

»Wir sollten darauf achten, dass der Wittelsbacher in nächster Zeit dem König nicht zu nahe kommt«, murmelte der Bischof sichtlich betroffen.

»Allerdings. Und bei aller Begeisterung für die Festlichkeiten dürfen wir keinesfalls Philipps Sicherheit außer Acht lassen.«

Mit besorgter Miene stimmte Konrad zu. »Der Schutz des Königs, vor allem während der Festlichkeiten, muss Vorrang vor allem anderen haben. Kein leichtes Unterfangen, wenn ich an den Trubel in der Stadt und im Heerlager denke.«

Wieder nickte der Kanzler. »Zumal ich den Verdacht hege, dass auch Hermann von Thüringen irgendeinen finsteren Plan ausheckt, den ich noch nicht durchschaue.«

»Hermann von Thüringen wechselt die Seiten häufiger als das Hemd. Er ist ein Intrigant.«

»Gewiss. Und Otto hat sich in letzter Zeit immer wieder zu ihm geflüchtet. Wie ich den Thüringer kenne, hat er den Wittelsbacher bestimmt nicht aus Nächstenliebe mit offenen Armen aufgenommen. Es ist ja bekannt, dass Hermann dem König nicht gerade wohlgesinnt ist. Meiner Meinung nach könnte er leicht auf den Gedanken kommen, Otto als willkommenes Werkzeug für irgendwelche finsteren Rachegelüste zu missbrauchen.«

Eine Zeit lang versanken die beiden Männer in Schweigen. Schließlich ergriff Konrad von Speyer wieder das Wort. »Jedenfalls könnt Ihr heilfroh sein, dass Euch bei all diesen Unwägbarkeiten nicht noch irgendwelche frei herumlaufende Verrückte im Nacken sitzen. Noch einmal meinen Glückwunsch und meine Bewunderung, dass Ihr die Verdächtigen so rasch gefasst habt. So werden die Feierlichkeiten nicht darunter leiden, dass bei den Leuten die Furcht vor einem Mörder umgeht.«

Bischof Konrad hatte kaum geendet, als der Kaplan den Festsaal betrat, gefolgt von einem jungen Wachsoldaten, der hinter ihm herschlich wie ein geprügelter Hund. Nicht nur angesichts dessen trauriger Gestalt ahnte Lupold Böses; auch Tankreds Miene verhieß noch weniger Gutes als gewöhnlich.

Lupold wartete, bis der Kaplan vor ihm stand. Dann fragte er: »Was habt Ihr zu berichten?«

Tankred warf dem Wächter einen vernichtenden Blick zu. Dessen Gesicht war feuerrot angelaufen, er schlotterte vor Angst.

»Dem Ritter ist die Flucht gelungen.« Die Stimme des Kaplans klang tonlos.

Lupold in seinem Sessel, Schulter und Arm an das lächerliche Gestell gefesselt, spürte, wie der Boden unter seinen Füßen schwankte.

»Nein!«, stöhnte er. »Bitte sagt, dass es nicht wahr ist!«

»Doch!« Tankred wandte sich zu dem Jungen, dessen Mundwinkel hilflos zuckten. »Er ist während seines Wachdiensts eingeschlafen. Irgendjemand hat die Gelegenheit genutzt und den Gefangenen befreit. Wer auch immer es war, er konnte ganz einfach mit dem Schlüssel, der an der Wand hing, die Tür aufschließen.«

Lupold spürte, wie die heiße Wut in ihm hochstieg, und er schrie: »Du milchgesichtiger Trottel! Verdammt! Erklär es mir! Wie konnte er fliehen?«

Noch nie hatte Tankred den Kanzler so zornig erlebt. Jedes seiner wild ausgestoßenen Worte wurde von einem kurzen Ruck seines Körpers begleitet. Wenn er könnte, dachte der Kaplan, würde er dieses Häuflein Elend von einem Wächter erwürgen.

Lupold stöhnte vor Schmerzen, die er erst jetzt, nach seinem Zornesausbruch, zu spüren schien.

»Das wirst du mir büßen!«, schrie er, immer noch aufgebracht. »Und nun erklär mir, wie du es wagen kannst, während deines Wachdiensts zu schlafen!«

Der Beschuldigte starrte auf den Boden zwischen seinen nackten Füßen. Die Angst schüttelte ihn.

»Herr, ich ...«

»Sieh mich an, wenn du mit mir sprichst!«

Die Augen des Jungen flackerten.

»Also?«

Endlich hob er den Kopf. Er öffnete den Mund und schloss ihn wieder. Dann stotterte und flehte er: »Herr ... ich bitte

Euch um Gnade ... ich musste den ganzen Tag daheim auf dem Feld arbeiten und danach ...«

»Genug!«, donnerte Lupold und fasste sich fluchend an die schmerzende Schulter. »Hör auf mit dem Winseln und verschwinde, du Bauerntrampel! Geh mir aus den Augen, bevor ich mich vergesse! Deine gerechte Strafe wirst du noch erhalten.«

Der Gescholtene hob an, noch etwas zu sagen. Als er aber Lupolds Blick sah, wandte er sich hastig um und stürzte aus dem Raum. Der Kanzler sank stöhnend in den Sessel.

»Dass es ausgerechnet heute passieren muss, am Tag vor der königlichen Hochzeit! Weiß Bischof Eckbert schon von dem neuen Unheil?«

Tankred schüttelte den Kopf. »Nein, ich bin auf kürzestem Weg zu Euch geeilt.«

»Damit mir die Hiobsbotschaft als Erstem zu Ohren kommt.« Mit finsterer Miene dachte Lupold nach. »Holt mir die Magd ... Maria. Ihr wisst schon, die hübsche Kleine, die bei dem Ritter war, als wir ihn verhafteten. Vielleicht kann sie uns irgendeinen Hinweis geben.«

»Sie ist ebenfalls verschwunden.« Die Worte des Kaplans waren kaum zu verstehen.

»Wie bitte?«

»Es ist wahr. Sie ist heute Nacht aus dem Gesindehaus verschwunden und seither nicht mehr aufgetaucht.«

»So ein verfluchtes ...«, schrie der Kanzler, doch dann presste er die Lippen zusammen, und seine Stimme wurde ebenfalls leise. »Sie hat ihn befreit! Dieses dumme, vergaffte Ding hat einen dreifachen Mörder aus dem Kerker geholt.«

»Glaubt Ihr also inzwischen, dass es der Ritter ist?«, fragte der Kaplan.

»Natürlich, warum sollte er fliehen, wenn er es nicht war?«, fauchte Lupold. »Der Truchsess ist ja wohl noch da. Oder habt Ihr das nicht überprüft?«

»Bei ihm war ich zuerst.«

»Also kann er nicht gleichzeitig in Sankt Gangolf gewesen

sein. Damit ist zumindest diese Sache klar. Wir können ihn auf freien Fuß setzen.«

Tankred blickte zu Boden. »Was sollen wir jetzt tun?«

Lupold fuchtelte mit seinem gesunden Arm in der Luft herum. »Was wohl? Ruft den Hauptmann! Alle Ritter und Knechte, die wir hier entbehren können, müssen sofort mit der Suche beginnen.«

»Wo denn?«

»Überall!«, fuhr der Kanzler den Kaplan an, und die Furcht kroch düster und kalt in ihm hoch. Genau das, was hätte vermieden werden sollen, war eingetreten. Jene Männer, die zum Schutz des Königs bestimmt waren, musste er nun abziehen, um so schnell wie möglich den entflohenen Mörder einzufangen …

… und diese Magd Maria zu finden, lebend – oder tot.

28
Warten

»Maria! Wach auf!«

Wie aus weiter Ferne drangen die Worte an ihr Ohr.

Zunächst glaubte sie, die Stimme sei Teil eines wundervollen Traums, und nur unwillig gestand sie sich ein, dass sie gerade aus tiefem Schlaf erwachte. Nicht die schönen Bilder, die noch schemenhaft in ihrem Kopf trieben wie Morgennebel über den Wiesen, entsprachen der Wirklichkeit. Vielmehr nahm die greifbare Welt nach und nach immer klarere Formen an, zunächst als beißender Gestank nach Unrat und Schimmel, der ihr in die Nase stieg, und dann, als sie zögernd die Augen öffnete, in Form einer schmutzstarrenden winzigen Hütte, zusammengezimmert aus morschen Brettern.

Über ihr schwebte Konrads besorgtes Gesicht.

»Ich dachte, du bist längst wieder fort.«

Sie wischte sich über die Augen. Wie gern wäre sie ins Traumland zurückgekehrt, geborgen in den Armen ihres Ritters, der sie beschützend umschlang. Noch glaubte sie, den wiegenden Galopp des weißen Rosses zu spüren, das sie über bunte Wiesen trug, als schwebe ein himmlisches Wesen über das wogende Meer aus Blumen und Sommergras.

Mit einem Ruck setzte sie sich auf. Erschrocken blickte sie umher, nahm die schäbige Enge der Hütte und das düstere Zwielicht wahr. Die krumme Gestalt der Alten stand im windschiefen Eingang.

»Bist du immer noch da?«, keifte sie.

Maria sprang auf und versuchte an der Alten vorbei einen Blick nach draußen zu erhaschen. »Ist die Mittagszeit schon vorüber?«

Konrad lachte unsicher. »Es ist bereits Abend. Die Sonne geht gerade unter.«

»Warum hast du mich nicht geweckt?«, rief Maria verzweifelt. »Du wusstest doch, dass ich zur Mittagszeit beim Dom sein wollte.«

»Ich war hier, aber du hast so fest geschlafen. Da hab ich die Tante überredet, dich nicht zu stören.«

»Aber jetzt musst du verschwinden«, krächzte die Alte dazwischen und schob sich, auf ihren Stock gestützt, in die Hütte.

Fieberhaft versuchte Maria einen klaren Gedanken zu fassen. Vor Stunden hätte sie ihren Geliebten schon treffen sollen! Jetzt war es Abend. Bestimmt war er nicht mehr da, sondern auf der Flucht, vielleicht ganz und gar verzweifelt. Und sie hatte ihn im Stich gelassen, weil sie nicht rechtzeitig aufgewacht war. Sie spürte, wie ihr die Tränen in die Augen schossen und sie blind machten. Grob schob sie Konrad zur Seite und drängte sich an der Alten vorbei ins Freie. Dort sog sie gierig die frische, kühle Luft ein. Die Dämmerung fiel herab wie ein großer Schatten.

»Wohin willst du?«, rief Konrad, während sie zunächst unschlüssig einige Schritte auf und ab ging. Dann rannte sie los, ohne ihm zu antworten.

Gespenstisch wirkte die Brandruine des Doms in der Abenddämmerung. Nur wenige feuergeschwärzte Mauerreste stachen wie faulige Zähne in den Himmel. Zögernd kletterte Maria über den Schutt und die Gesteinsbrocken.

Den ganzen Weg hierher war sie auf der Hut gewesen. Die in der Stadt umherstreifenden Wächter waren kaum zu übersehen. Bestimmt fahndete man inzwischen überall nach ihr und dem Ritter. Aber sie kannte die Schleichwege und hielt sich stets im Schatten der Mauern, während die Suchtrupps in der einbrechenden Nacht zwar gefährlich wirkten, aber doch gut sichtbar ihren Dienst verrichteten.

Ihr nackter Fuß rutschte auf einem flachen Steinsims aus, als unter ihrem Tritt das morsche Mauerwerk nachgab, sie der Länge nach hinschlug und sich das Knie verletzte. Warm rann ihr das Blut über Knie und Unterschenkel. Gedankenlos wischte sie darüber und achtete nicht auf die Schmerzen. Dann erreichte sie die hölzernen Dombauhütten, die sich in die Dämmerung duckten. Dahinter entdeckte sie den Eingang zur Apsis, der sich auftat wie ein dunkler Schlund.

»Reinmar«, flüsterte sie, »bist du hier?«

Sie erhielt keine Antwort und hob die Stimme. »Reinmar, wo bist du?«

Wieder nichts. Natürlich war er schon weg. Aufs Neue stiegen ihr Tränen in die Augen.

Schritt für Schritt tastete sie sich die abgeschlagenen Stufen in die Finsternis hinunter.

Dort, zwischen den angebrannten Trümmern, unter dem schwarzen Balken eines angekohlten Holzkreuzes, das düster aufragte, kauerte sie nieder, um wider alle Hoffnung auf ihn zu warten.

»Reinmar, bitte, komm doch!«, flüsterte sie mit tränenerstickter Stimme.

29

Festzug

»Und?«

Der Kaplan schüttelte den Kopf. »Nichts.«

»Verdammt!« Lupold schlug mit der geballten Faust auf die Sessellehne und schrie vor Schmerz auf. »Das gibt es nicht! Irgendwo muss er doch stecken! Wo mag er sich nur verbergen?«

»Vielleicht ist er längst über alle Berge.«

»Nein, er ist noch hier.«

Trotz der frühen Morgenstunde drang aus der Stadt der Lärm der Menschenmenge herauf. Der Festzug, der bald aufbrechen sollte, zog die Menschen an. Lautes Geschrei mischte sich mit Hufgetrappel, den dumpfen Paukenschlägen der Trommler und dem Gedudel fahrender Musikanten.

»Wie könnt Ihr Euch so sicher sein?«, fragte der Kaplan.

»Er ist noch nicht fertig. Versteht Ihr mich? Er *muss* das Mädchen töten.«

»Glaubt Ihr etwa, er hat sie bereits umgebracht?«

»Dann hätten wir ihre Leiche gefunden.«

»Vielleicht hat er sie irgendwo versteckt.«

Der Kanzler schüttelte den Kopf und winkte ungeduldig einen Diener herbei. »Das ist nicht seine Art. Er will, dass wir sehen, was er tut. Er hat uns bereits bewiesen, dass wir ihn nicht einsperren können. Nun will er zeigen, dass er weiterhin töten kann ...« Lupold schnippte mit den Fingern. »Geradeso, wie es ihm beliebt. Und wir sind machtlos.«

Tankred kratzte sich am Kinn. »Mir geht etwas anderes nicht aus dem Sinn. Wir sollten die Möglichkeit in Betracht ziehen, dass die Kerzen und der Becher in Sankt Gangolf nichts mit den Morden zu tun haben.«

»Worauf wollt Ihr hinaus?«, fragte Lupold.

»Vielleicht ist der Ritter nur aus Angst vor der Folter geflohen. Haben die merkwürdigen Gegenstände in Sankt

Gangolf womöglich eine völlig andere Bedeutung? Es gibt genug Menschen, die kein Dach über dem Kopf haben. Kommt es nicht immer wieder vor, dass wir Herumtreiber oder Fahrende aus unseren Kirchen verscheuchen müssen? Auch die Kerzen und der Becher ließen sich damit erklären.«

»Denkbar wäre es schon. Aber ich halte es für unwahrscheinlich«, brummte der Kanzler. Allerdings hatte auch er schon daran gedacht und dem Bischof gegenüber seine Bedenken geäußert, was die Freilassung des Truchsessen betraf. Dessen Geschichte klang mehr als fadenscheinig. Sollte es sich bei der Begebenheit in Sankt Gangolf um keinen Mordversuch nach dem bekannten Muster handeln, sondern um bloßen Zufall, dann galt der Truchsess auch weiterhin als möglicher Täter. Allerdings hatte Eckbert heftig widersprochen. »Ihr wollt ihn weiterhin eingesperrt lassen, bloß weil Ihr Euch nicht sicher seid? Wie stellt Ihr Euch das vor? Bei der königlichen Hochzeit ist der Truchsess mein wichtigster Mann. Ohne ihn geraten die Festlichkeiten außer Rand und Band.«

Also hatte Lupold der Freilassung zähneknirschend zugestimmt. Was blieb, war ein ungutes Gefühl. Wie sollte er in dem furchtbaren Durcheinander, das in der Pfalz und in der ganzen Stadt herrschte, auch noch den bischöflichen Beamten im Auge behalten? Es war unmöglich.

Der herbeigerufene Diener stand immer noch wartend neben dem Kanzler. Nun räusperte er sich mit vorgehaltener Hand und fragte: »Herr, habt Ihr einen Wunsch?«

»Ja«, knurrte der Kanzler. »Schieb mich ganz zum Fenster, damit ich besser hinaussehen kann. Aber pass bloß auf, dass du mich nicht durchschüttelst! Sonst kannst du etwas erleben.«

Eingeschüchtert machte sich der Diener ans Werk und verschob den Stuhl Stück um Stück.

»Es wird immer schwieriger, dort unten irgendjemanden ausfindig zu machen«, klagte der Kaplan. »Seit es hell geworden ist, wimmelt die Stadt nur so von Menschen. Niemand will den Festzug und die Hochzeitsfeierlichkeiten versäumen. Jetzt drängen auch noch die Soldaten aus dem Heerlager in die Straßen. Es ist kaum ein Durchkommen. Alle wollen den König sehen und die Braut, seine Nichte. Es hat sich herumgesprochen, wie schön sie ist.«

Als Antwort brummte Lupold etwas Unverständliches. Endlich war es ihm möglich, von seinem Platz aus das Geschehen zu verfolgen. Er ließ die Blicke schweifen. Die Stadt hatte sich überreich geschmückt. Überall wehten Wimpel und Fahnen, bunte Girlanden flatterten zwischen den Häusern und Hütten. Der Lärm, den die wachsenden Menschenmassen verursachte, schwoll immer stärker an.

»Wo bist du – du gemeiner Mörder?«, murmelte der Kanzler, mehr an sich selbst als an den Kaplan gewandt. Er starrte hinunter, als könne er so herausfinden, wo sich der Gesuchte versteckte. »Ich weiß, dass du dich irgendwo dort herumtreibst und nur Böses im Schilde führst.«

Finster musterte er die schwarze Domruine, die zwischen den bunt geschmückten Häusern noch bedrohlicher wirkte als gewöhnlich. Schließlich kehrte sein Blick zum Innenhof der Pfalz zurück. Gerade fuhren die großen Wagen vor, auf denen der Hofstaat des Königs und die geladenen Fürsten zur Feier der Hochzeit durch die Stadt fahren sollten.

»Ich habe ganz und gar kein gutes Gefühl«, knurrte der Kanzler. Unten auf dem Hof bemühte sich Bischof Eckbert höchstpersönlich um die richtige Reihenfolge der Festwagen. Seine sonst so ruhigen, beinahe majestätischen Bewegungen wirkten ruckartig und gehetzt, Wangen und Stirn glänzten vor Schweiß.

Während Lupold überlegte, auf wessen Seite der Andechs-Meranier stand, sagte der Kaplan: »Verzeiht, wenn ich es so unverblümt sage, aber sie ist und bleibt eine einfache Magd.«

»Schweigt!«, brauste Lupold auf und bereute sofort die hastige Bewegung, die er dabei machte. Wieder einmal, wie so oft in letzter Zeit, war er jähzornig gewesen, ein Charakterzug, den er an sich früher nie festgestellt hatte. Aber was bildete sich dieser Kaplan ein, so daherzureden, als wäre das Leben einer Magd völlig bedeutungslos?

»Sie ist ein Mensch wie Ihr und ich! Sie sollte den Großteil ihres Lebens noch vor sich haben. Wenn dieser Wahnsinnige sie tötet, so ist das *unsere* Schuld, Eure und meine! Wir hatten ihn bereits gefangen genommen, und nur durch unsere Unachtsamkeit ist er wieder entkommen.«

»Es war dieser Wachsoldat …«

Lupolds Stimme überschlug sich beinahe. »*Wir* haben den Ritter unterschätzt! *Wir* hätten wissen müssen, dass dieser grüne Junge, kaum trocken hinter den Ohren, kein geeigneter Aufpasser für einen grausamen Mörder ist.«

»Bitte, beruhigt Euch doch!« Tankred wirkte betroffen. »Es lag mir fern, das Leben der Magd als wertlos zu erachten. Ihr müsst Euch deswegen doch nicht aufregen.«

»Ich rege mich aber auf!«, schrie Lupold. Dann hielt er inne, wie um zu überlegen. Er räusperte sich, bevor er wesentlich leiser fortfuhr: »Es geht nicht allein um die Magd. Eine Menge anderer Umstände bereiten mir ebenso große Sorge. Seht mich doch einmal an!« Er fuchtelte mit dem gesunden Arm vor dem Schultergestell herum. »Ein Mörder ist auf der Flucht. Wir mussten den Truchsess freilassen. Was, wenn er doch der Täter ist? Dann kann er das Morden ungestört fortsetzen. Und morgen beginnt der Heerzug. Aber wie, bitte sehr, soll ich ihn begleiten, wenn ich nicht einmal laufen kann, geschweige denn reiten?«

»Das königliche Heer wird auch ohne Euch siegen«, versuchte Tankred zu beschwichtigen.

Lupold tat so, als hätte er den Einwand nicht gehört, und fuhr grimmig fort: »Außerdem bin ich für die Sicherheit des Königs verantwortlich. Doch ich kann nichts tun, um sein Leben zu schützen. Nicht das Geringste.«

Der Kaplan wies hinunter in den Hof, wo die Ritter des königlichen Hofstaats Aufstellung nahmen. »Glaubt Ihr im Ernst, irgendjemand wird es wagen, den König während des

Festzugs anzugreifen, wenn er von mehr als hundert seiner besten Ritter umgeben ist?«

»Es muss ja nicht unbedingt während des Festzugs etwas geschehen«, beharrte Lupold.

Tankred schüttelte den Kopf. »Ich glaube, Ihr sorgt Euch zu Unrecht. Ihr werdet sehen: Morgen, wenn alles vorüber ist, wird sich Euer König gesund und wohlbehalten auf den Heerzug begeben. Es stünde Euch gut an, wenn Ihr Euch ein wenig beruhigen würdet.«

»Wie soll ich mich denn beruhigen?«, fauchte Lupold, der sich schon wieder kaum beherrschen konnte. »Ihr habt leicht reden, könnt Euch frei bewegen und seid in der Lage, Euch leichtfüßig hierhin und dorthin zu begeben. Ich aber bin an einen Stuhl gefesselt, den Arm in dieses erniedrigende Marterwerkzeug gespannt!«

Kaplan Tankred trat einen Schritt vor und winkte aufgeregt mit der Hand. »Seht nur, gleich geht es los! Der Hofstaat betritt den Platz. Gleich werden wir den König sehen. Und die Braut.«

»Dort sollte ich jetzt auch sein, bei meinen Leuten und nicht hier oben am Fenster wie ein Greis.« Lupold schüttelte traurig den Kopf und wies nach unten, wo die Mitglieder der königlichen Kanzlei den ihnen zugewiesenen Festwagen begutachteten. Mit schmerzlichem Bedauern stellte er fest, dass alle geistlichen Würdenträger, auch Kapläne und Schreiber, vollständig versammelt waren, dass nur er fehlte: der Vorgesetzte der Kanzlei und amtierende Verwalter des königlichen Haushalts.

»Was ist mit Euch? Seht Ihr Euch den Festzug nicht aus der Nähe an?«, fragte er den Kaplan.

Tankred lächelte dünn. »Ich bleibe bei Euch, wenn Ihr nichts dagegen habt. Von diesen Fenstern aus bietet sich eine vorzügliche Übersicht. Ich bin ein Betrachter. Für mich haben die Dinge aus der Ferne ihren Reiz.«

Während Lupold das Gesagte mit einem Ohr aufnahm, hatte er das Gefühl, seine Gedanken bewegten sich im Kreis und drehten sich dabei immer wieder um dasselbe, ohne dass er entscheidend weiterkam. Wie sollte er so viele Aufgaben auf einmal lösen? Wie gleichzeitig den König schützen, eine mögliche Verschwörung verhindern, den Truchsess beobachten, einen flüchtigen Mörder nebst vermeintlichem Opfer aufspüren, während er selbst unfähig war, in irgendeiner Weise einzugreifen?

Unten im Hof erklang die Fanfare. In das Schmettern der Trompeten mischten sich die aufgeregten Rufe der Menge. Der Festzug hatte Aufstellung genommen, alle Wagen waren voll besetzt. Schwer bewaffnete Ritter bildeten den Anfang, gefolgt von den Fahnenträgern, die nun die Stangen hoben. Es folgten die Musiker mit Trommlern, Trompetern, Pfeifern und Beckenschlägern. Dann wurde die gewaltige Feldpauke auf einem der vorderen Wagen geschlagen.

»Sie warten nur noch auf den König und das Brautpaar«, erklärte Lupold, dessen Gedanken jedoch weiter um die ermordeten Frauen und ihren flüchtigen Mörder kreisten.

Ein festlich gekleideter großer Mann schritt über den Platz und setzte sich an die Spitze der Prozession vor die königliche Leibgarde.

»Wer ist das?« Der Kaplan blinzelte kurzsichtig und deutete auf die stattliche Erscheinung mit dem Marschallstab in der Hand.

Lupold musterte Tankred mit gerunzelter Stirn. »Ihr kennt Reichsmarschall Heinrich von Kalden nicht?«

»Doch, natürlich«, erwiderte der Kaplan hastig, dann gestand er mit einem Achselzucken ein: »Meine Augen lassen mich in letzter Zeit ein wenig im Stich. Vermutlich lese ich zu viel bei schlechtem Licht.«

Lupold lächelte versöhnlich. Selten genug überwand sich der Kaplan, eine Schwäche einzugestehen.

»Der Baldachin hinter der Leibgarde ist für Philipp und das Brautpaar bestimmt.«

Bischof Eckbert, im Festornat mit Mitra und Stab, eilte

mit raumgreifenden Schritten am Festzug entlang und nahm vor dem Baldachin Aufstellung.

»Neben den fürstlichen Gästen könnt Ihr die Geschwister des Bräutigams sehen«, erklärte der Kanzler weiter. »Heinrich von Istrien, Berthold von Andechs und Gertrud. Sie ist mit großem Gefolge eigens aus Quedlinburg angereist, wo ein Großteil des ungarischen Heers lagert. Dort drüben auf dem Wagen, das sind die Ungarn.«

Tankreds Blicke folgten Lupolds ausgestrecktem Arm, und von Zeit zu Zeit nickte er zustimmend.

»Dahinter der Truchsess von Waldburg, der Landgraf von Thüringen und Otto von Wittelsbach.« Der Kanzler hatte den letzten Namen absichtlich ohne besondere Betonung ausgesprochen. Doch insgeheim verband er das Auftreten des Pfalzgrafen mit einer lauernden Gefahr, die von dessen bulliger Gestalt auszugehen schien.

Ein weiterer Trompetenstoß verkündete den Anmarsch des Königs und des Brautpaars. Philipp, im Königsmantel, mit Krone und Zepter, begab sich unter den Baldachin, gefolgt von Graf Otto von Andechs, an dessen Arm Beatrix von Burgund einherschritt, die Nichte des Königs.

Lupolds Augenmerk indes galt nicht Philipp und dieses Mal auch nicht der schönen Braut. Seine ganze Aufmerksamkeit war auf die Personengruppe dahinter gerichtet. Heinrich von Istrien und Hermann der Thüringer schritten nebeneinander her, misstrauisch beäugt von Otto von Wittelsbach, dessen massiger Körper unter all den Hochzeitsgästen ganz besonders auffiel. Der Kanzler sah, wie die beiden Grafen die Köpfe zusammensteckten, als gebe es etwas Geheimes zu bereden. Von Zeit zu Zeit schielte einer von ihnen zum Wittelsbacher hinüber.

Lupold beugte sich so weit wie möglich vor, um besser sehen zu können. Zeigte Hermanns Miene tatsächlich einen Ausdruck des Triumphs?

Zum dritten Mal dröhnten die Posaunen über den Platz. Langsam setzte sich der Festzug in Bewegung.

»Welchen Weg nimmt die Prozession?«, hörte er sich selbst fragen. Seine Stimme klang abwesend.

»Es ist alles genauestens geplant und vorbereitet. Der Weg führt über vier Stationen: zuerst hinauf zum Kloster Sankt Michael, von dort aus nach Sankt Jakob. Dann zur Stephanskirche. Und schließlich nach Sankt Gangolf. Von dort aus wieder hierher, auf den Domplatz, wo der Bischof die Trauung vornehmen wird.«

Bestimmte Sätze in den Ausführungen des Kaplans hatten Lupold stutzig gemacht. Doch sosehr er sich auch bemühte, es wollte ihm nicht gelingen, den Grund für seine neuerliche Beunruhigung zu finden. Alles, was sich ihm einprägte, als sich die Prozession nun Wagen um Wagen aus der Bischofspfalz zum Domberg bewegte, war jener siegessichere Ausdruck auf dem Gesicht des Thüringer Landgrafen, als er nun mit einem falschen Lächeln Heinrich von Istrien den Rücken zukehrte und sich Otto von Wittelsbach zuwandte.

Ein aufgeregter Eckbert von Bamberg, der mit hastigen Schritten den Raum betrat, unterbrach Lupolds Gedankengang. Der Bischof blickte sich suchend um und fragte mit einer hilflosen Geste: »Ist er hier etwa auch nicht?«

»Wer denn?«

»Mein Truchsess! Alles geht drunter und drüber. Und er ist wie vom Erdboden verschluckt.«

Der Kanzler erstarrte. Die letzten Wagen verschwanden in einer Staubwolke. Das sich entfernende Trommeln und Pfeifen der Spielleute steigerte sich zu einem gleichmäßigen Rhythmus, der in Lupolds Ohren wie der hastige Schlag eines ängstlichen menschlichen Herzens klang.

30
Freund

Feierlich zog die Prozession über den mit Rosenblüten und Efeu bestreuten Domplatz.

»Gleich ist es so weit!« Hermann hielt sich dicht neben Heinrich von Istrien, damit dieser ihn verstehen konnte. Schon jetzt war das Getöse der vielen Menschen ohrenbetäubend. Die riesige Feldpauke gab den Ton an, und die Menge, die den Weg des Festzugs säumte, nahm den Takt auf, stampfte mit den Füßen und klatschte laut in die Hände. Die Musikkapelle, die hinter der königlichen Leibgarde hermarschierte, versuchte den Lärm mit Trompetenstößen, Pfeifen und Trommelschlägen zu übertönen.

Während Heinrich von Istrien mit starrem Lächeln dem Volk zuwinkte, nickte er zustimmend in Hermanns Richtung.

Der erste Tag des Sommers zeigte sich strahlend, mit tiefblauem Himmel und hellstem Sonnenschein. Bamberg war bis unter alle Giebel mit Blumengirlanden und bunten Tüchern geschmückt. Zehntausend Menschen drängten sich in den Straßen und Gassen. Zu den Bürgern und Handwerkern hatten sich Landleute aus der Umgebung sowie Kriegsknechte aus dem Heerlager gesellt. Ein derartiges Durcheinander, wie es überall herrschte, hatte es in dieser Stadt noch nie gegeben.

Mit grimmiger Miene schritt Otto von Wittelsbach neben Hermann und dem Andechser Heinrich von Istrien einher. Nun hakte sich der Thüringer Landgraf bei ihm unter und schrie ihm ins Ohr. »Einfach großartig, wie die Menschen dich bewundern!«

Ottos gerötetes Gesicht zeigte freudige Überraschung. »Sie jubeln aber auch dem König und dem Brautpaar zu«, dröhnte er.

»Vor allem aber dir. Du bist mit Abstand die stattlichste

Erscheinung im gesamten Festzug. Das Volk bestaunt dich wegen deiner ruhmvollen Kriegstaten und deiner sagenhaften Körperkraft.«

Hermann verstand nicht, was Otto ihm zurief, denn selbst dessen tragende Stimme ging in den Jubelrufen unter, die sich erhoben, als König Philipp unter dem Baldachin das Zepter huldvoll in Richtung der Menge schwang.

Hermann wartete, bis der Lärm ein wenig abgeebbt war, dann formte er die Hände zu einem Trichter und rief: »Wie steht es eigentlich um deine Hochzeit? Wann können wir dich beglückwünschen?«

»Gertruds Vater wartet noch auf Philipps Empfehlung!«, schrie Otto zurück. Dann beäugte er besorgt das Mienenspiel des Thüringers, dessen lächelndes Gesicht plötzlich wie versteinert wirkte.

Hermann blickte sorgenvoll drein und rief: »Macht der Schlesier seine Zustimmung etwa von einer Empfehlung des Königs abhängig?«

»Natürlich. So ist es abgemacht.«

Bekümmert schüttelte Hermann den Kopf. Gleichzeitig bemerkte er zufrieden, wie Ottos Lächeln, das dieser für die Zuschauer gezeigt hatte, von einem Augenblick zum anderen erstarb.

»Was ist?«, schrie der Wittelsbacher gegen den Festtrubel an. »Wenn du etwas weißt, heraus mit der Sprache!«

Schweigend schritt der Thüringer weiter. Während er huldvoll nach links und rechts winkte, wechselte er heimlich einen wissenden Blick mit Heinrich von Istrien, der sich nur mühsam ein schadenfrohes Grinsen verkniff.

»Warum sagst du nichts?«, schrie Otto. Sein Gesicht war dunkelrot angelaufen, und die eng stehenden Augen traten hervor.

Hermann tastete nach dem Brief unter seinem Umhang. Er fühlte das kreisrunde königliche Wachssiegel. Wie auch immer Heinrich es zuwege gebracht hatte, den Brief an sich zu bringen, ob durch Diebstahl, Bestechung oder Überredungskunst – er befand sich in seinem Besitz. Doch gleich würde ihn Otto von Wittelsbach in seinen groben Händen halten. Und wenn es auch nur annähernd stimmte, was Heinrich ihm vor dem Festzug hastig über den Inhalt des Schreibens zugeflüstert hatte, dann war das Schicksal des Stauferkönigs besiegelt.

Zufrieden beobachtete er, wie es hinter Ottos Stirn arbeitete. Hermanns Verachtung für den Wittelsbacher wuchs immer mehr. Dessen Dummheit wurde nur noch von seiner Eitelkeit und seinem übertriebenen Stolz übertroffen. Dieser hünenhafte Mann war so einfältig, dass man ihn durchschauen und lenken konnte wie ein kleines Kind.

»Hat Philipp etwas gesagt?«, schrie Otto so laut, dass einige Festteilnehmer ihn überrascht anstarrten.

Wieder schwieg Hermann von Thüringen scheinbar bekümmert, während sich die Prozession langsam den ansteigenden Weg zwischen den Häusern hinaufbewegte. Hier standen die Menschen so dicht, dass der Festzug zum Halten kam und die Ritter der königlichen Leibgarde mit Schieben, Drängeln und dem einen oder anderen Stockhieb den Weg bahnen mussten. Die kalten grauen Augen des Thüringers musterten Otto. Als er sah, dass dieser vor Ungeduld schier platzte, schwang er den kurzen Oberkörper herum und rief nur ein Wort: »Ja!«

Otto wartete einen Augenblick lang mit misstrauisch gerunzelter Stirn. Als Hermann keine Anstalten machte weiterzusprechen, packte er ihn am Arm: »Was – ja? Ich will wissen, was Philipp dazu meint!«

Der Thüringer hob die Brauen.

»Spuck's aus! Hat er mich empfohlen oder nicht?«

Hermann fühlte seinen Arm wie in einen Schraubstock gezwängt. Als sich die Prozession weiterschob, sagte der Intrigant: »Der König hat nur eine Andeutung gemacht.« Hermann spürte, wie Ottos Finger ihm beinahe den Arm zerquetschten. Obwohl er vor Schmerzen aufschreien wollte, biss er die Zähne zusammen. »Aber ich habe mich zum

Schweigen verpflichtet. Wenngleich ... du bist schließlich mein Freund ...«

Das Dröhnen der gewaltigen Feldpauke im Ohr, verstand der Thüringer nicht, was Otto brüllte. Doch an dessen zornrot angelaufenem Gesicht ließ sich ablesen, dass er einen Fluch ausgestoßen hatte. Und seine Augen glitzerten tückisch.

Hermann zog den Brief unter dem Umhang hervor. Während er nach dem Pfalzgrafen schielte, der neben ihm herstampfte wie ein wütender Stier, drehte er absichtlich das königliche Siegel so, dass es gut sichtbar war. Otto musste den Wachskreis erkennen, der den Herrscher mit Krone, Reichsapfel und Zepter auf dem Thron zeigte, auch wenn das Siegel gebrochen war.

»Was hast du da?«, rief Otto und griff nach dem Schreiben.

»Es ist besser, wenn du das nicht liest.« Der Thüringer mimte den Besorgten. Er tat so, als zöge er den Brief zurück, doch nur so weit, dass Otto ihn noch erreichen konnte. Das Erwartete geschah. Der Wittelsbacher beugte sich mit einer hastigen Bewegung zu ihm herüber, und schon hielt er Philipps Schreiben in seiner Pranke. Mit fliegenden Händen riss er das Pergament auf und las es mit flackerndem, beinahe irrem Blick. Während der Zug sich weiterbewegte, blieb er stehen. Zunächst stierte er nur auf das Schreiben. Dann stieß er einen Schrei aus. Als Hermann sah, wie er nach dem Schwert griff, fiel er ihm in den Arm.

»Nein! Ich weiß, was du fühlst. Aber jetzt ist nicht der geeignete Augenblick.« Er drängte den Wittelsbacher weiter. »Versuch ein Lächeln! Wink dem Volk zu! Lass dir nichts anmerken!«

Ottos Fingerknöchel am Schwertknauf wurden weiß. Er schien bereit, sich sofort auf den König zu stürzen.

»Hör mir zu! Du kannst es jetzt nicht tun. Du bist ein tapferer Krieger. Also gedulde dich bis zum richtigen Zeitpunkt. Der ist nahe. Bald ist die Rache dein.«

Während der Thüringer nach außen hin lächelnd auf Otto von Wittelsbach einredete und ihn dabei stetig vorwärtsschob, stieg ein Triumphgefühl in ihm auf wie ein loderndes Feuer. Sein Plan würde gelinge! Denn nun galt es nur noch, Ottos ohnmächtigen Zorn so lange zu zügeln, bis der Festzug vorüber war. Nach der Prozession und der Hochzeitszeremonie, wenn Philipp sich in seine Gemächer zurückgezogen hätte und die königliche Leibgarde sich am reichlich fließenden Wein berauschen würde, dann wäre es an der Zeit, Otto loszulassen wie eine entfesselte Bestie – die geradewegs dem Schlund der Hölle entstiegen war.

31
Schatten

Das Stampfen der Feldpauke weckte Maria. Sie erschrak fürchterlich. Das dröhnende Schlagen schien sich unmittelbar über ihr zu befinden, obwohl sie nichts sah als einen viereckigen Ausschnitt tiefblauen Himmels. Nun erschallten Posaunen. Pfeifen und Trommeln setzten ein, begleitet von den Jubelschreien einer riesigen Menschenmenge.

Mit einem Ruck setzte sie sich auf. Da fiel es ihr wieder ein. Sie war am Abend hinunter in die Gewölbe des abgebrannten Doms geklettert, um auf ihren Geliebten zu warten. Doch der war nicht gekommen. Sie musste eingeschlafen sein. Und nun war Sonntag, der erste Sommertag. Heute fand die königliche Hochzeit statt. Die Menschen, die aus der Stadt, und jene, die aus dem ganzen Land gekommen waren, weil der Bischof und der König sie eingeladen hatten, veranstalteten den ungeheuren Lärm.

Sie überlegte, ob sie hinaufsteigen sollte, um im allgemeinen Trubel unterzutauchen und fortzulaufen. Aber wohin? Auf der ganzen Welt fiel ihr kein Ort ein, an den sie hätte fliehen können. Sie spürte, wie die Tränen ihre Augen blind machten. Der Mann, den sie über alles liebte, kam bestimmt nicht mehr. Er nähme sie nicht in die Arme, um sie zu trösten und zu beschützen, weil *sie* ihn im Stich gelassen hatte, als er sie so dringend brauchte. Hier, an demselben Ort, wo sie nun hockte wie ein aus dem Nest gefallener Vogel, hatte er gestern vergebens auf sie gewartet, hatte sich vielleicht genauso nach ihr verzehrt wie sie sich nach ihm.

Doch sie war nicht gekommen. Sie hatte in einer schmutzigen Hütte auf dem mit Unrat übersäten Boden gelegen und geschlafen. Geschlafen, während er sein Leben aufs Spiel setzte, um sich an einen Ort zu stehlen, wo er mit ihr allein sein konnte. Ein haltloses Schluchzen schüttelte ihren Körper. Oh, wäre ich doch tot! Kein Mensch hat sich je so verlassen gefühlt wie ich.

Langsam wurde der Lärm schwächer, entfernte sich. Doch immer noch schien das Pochen aus ihrer Brust zu kommen. Und unverändert hallten die Rufe der Menschen unter dem blauen Frühsommerhimmel.

Sie schloss die Augen, wurde etwas ruhiger. Eine gleichgültige Mattigkeit erfasste sie. Mit den Armen umfasste sie die Knie und rollte sich unter dem Kreuz zusammen wie eine Katze.

Was ist mit mir geschehen?

Die vergangenen Tage waren wie ein reißender Strudel gewesen, wie ein sich immer schneller drehender Kreisel aus einzelnen Bildern, die durcheinanderwirbelten – beginnend mit ihrer Flucht vor dem unsäglichen Händler, mit seinem verfluchten Schuh an ihrem Fuß, dazwischen der aufgerissene Mund des schreienden Kochs, ihr einsamer Abstieg in den finsteren Kerker – die Ereignisse hatten sich überstürzt, und sie wusste nicht, wie ihr geschah. Über allem strahlte immer wieder *sein* Gesicht, so ernst, so schön, mit Augen, die sie betrachteten, als gäbe es auf der Welt nichts anderes als die Liebe.

Doch nun hatte sie alles verloren: ihr Zuhause, den Bruder, den Vater, die einzige Liebe – und damit wohl auch ihr Leben.

Am besten, sie blieb einfach liegen, eingerollt im Schoß des altehrwürdigen Doms, den ein schreckliches Feuer zerstört hatte. War nicht auch die Liebe ein alles verzehrendes Feuer?

Über den davontreibenden Lärm legte sich die Stille.

Sie wurde ganz ruhig.

Ein Schatten schwebte über ihr, stahl das Licht. Sie dachte an eine Wolke, die über den Himmel zog und die Sonne verdeckte. Die Dunkelheit, wohltuend zunächst, schien zu flackern.

Sie hielt den Atem an. Lauschte.

Sie hörte jemanden herabsteigen. Ihr pochendes Herz stockte.

»Reinmar – bist du es?«, flüsterte sie.

32

Kreuzweg

Der Lärm von zehntausend Menschen summte über der Stadt wie ein riesiger Bienenschwarm.

Lupold saß am Fenster der Bischofspfalz und grübelte. Ein undeutlicher Gedanke kreiste in seinem Kopf, aber er bekam ihn nicht zu fassen. Er musste etwas mit dem Bericht des Kaplans zu tun haben, vermutlich eine Kleinigkeit, doch wahrscheinlich von entscheidender Bedeutung. Lupold ahnte, dass er die Lösung bereits im Kopf hatte. Aber wo? Lag der Schlüssel in jenen Dingen, die der Mörder bei seinen Opfern hinterlassen hatte? Wo gab es eine Verbindung zwischen einer Schlange, einem Teufelskopf, einem Holzkreuz und einem Becher – eine Verbindung, die sich auch weiterspinnen ließ? Gewiss, alles hatte in irgendeiner Form mit dem christlichen Glauben zu tun. Doch welchen Gegenstand, welches Symbol würde der Mörder als Nächstes wählen? Und selbst wenn man es wüsste, wie könnte man davon auf ein mögliches Versteck schließen oder auf den Ort, an dem das nächste Opfer sein Ende finden sollte?

Natürlich gab es einen Zusammenhang zwischen den Heiligen und der Todesart der Frauen. Um das zu erkennen, bedurfte es keines überragenden Scharfsinns. Das Muster war eindeutig und passte. Nur, wie sollte man herausfinden, welchen Heiligen der Mörder als Vorbild für seine nächste Tat gewählt hatte? Auf welche Weise konnte man Michael, Jakobus, Stephan und Gangolf verknüpfen? Lupold gelang es nicht, dies zu klären. Die Heiligen hatten in alten Zeiten gelebt, waren auf verschiedene Weise gestorben, aus jeweils unterschiedlichen Gründen.

War Sankt Gangolf Plan oder Zufall? Galt es, die Suche auf den Ritter zu beschränken, oder musste man auch den verschwundenen Truchsess mit einbeziehen? Lupold bezweifelte dies. Doch konnte er sicher sein? Er beschloss, auch noch die letzten beiden Leibwächter Philipps loszuschicken, um möglichst rasch den königlichen Beamten aufzuspüren – ob er nun schuldig oder unschuldig war.

War für den Mörder Sankt Gangolf als Tatort ausgeschieden, nachdem er dort sein Werk nicht hatte vollenden können? Das Bild der Magd Maria tauchte vor dem Kanzler auf.

»Verdammt, so ein hübsches Ding!«, rief er verzweifelt und bemerkte erst jetzt Tankred, der in den großen Festsaal der Pfalz zurückgekehrt war und ihn neugierig musterte.

»Ihr führt Selbstgespräche?«, fragte der Kaplan und hob die gewöhnlich nach unten weisenden Mundwinkel ein klein wenig.

Lupold ging auf die Bemerkung nicht ein. »Wart Ihr in Sankt Gangolf, wie ich Euch gebeten hatte?«

»Ja, aber die Wachen haben nichts Verdächtiges beobachtet. Der Mörder ist nicht so dumm, noch einmal dorthin zurückzukehren.«

Der Kanzler seufzte. »Es war nur eine schwache Hoffnung, gegründet auf den Umstand, dass er vermutlich bei seinem vierten Mordversuch von dem alten Küster gestört worden war. Ich glaubte fest daran, dass er alles daransetzen würde, sein Werk zu vollenden. Also war es nur logisch, dort Posten aufzustellen, um ihn zu erwischen, falls er doch wiederaufgetaucht wäre.«

»Logisch schon. Nur leider haben die Posten weder den Ritter noch die Magd gesehen. Ich fürchte, er kommt nicht mehr. Die Wächter dürften überflüssig sein.«

»Schon möglich. Aber sie bleiben! Auch wenn die Aussicht auf Erfolg noch so gering ist. Wir dürfen kein Wagnis mehr eingehen. Es sind ja auch nur zwei Mann.«

»Zwei Mann, die vielleicht andernorts dringender gebraucht werden«, wandte Tankred ein und wies hinunter auf Bamberg. »Die Stadt ist ein Hornissennest. Ihr habt keine Vorstellung, weil Ihr nicht dort wart. Ich habe noch nie so viele Menschen auf einem Fleck gesehen. Sie drängen, tanzen, schreien ohne Unterlass. Überall sind Musikanten mit Trommeln und Pfeifen, Akrobaten, Diebe, Kriegsknechte. Es ist … ich kann es nicht in Worte fassen. Unmöglich, dort jemanden zu finden. Jeder könnte sich da verstecken. Die Zahl der Männer, die wir zur Verfügung haben, um den Mörder oder sein mögliches Opfer zu finden, ist einfach lächerlich gering. Wir fassen ihn nie!«

Tankred lauschte dem immer wieder aufbrandenden Lärm. Auch im Hof der Bischofspfalz herrschte reges Treiben. Bereits seit Tagen liefen die Vorbereitungen für das abendliche Festbankett mit über sechshundert geladenen Gästen. Immer noch traf ein Fuhrwerk nach dem anderen ein und wurde abgeladen, die Festtafel aufgebaut.

»Solange die Prozession im Gang ist, können wir leider auch die königliche Leibgarde nicht einsetzen. Diese hundert Mann, alle hervorragend ausgebildet, wären uns bestimmt eine große Hilfe. Aber sie sind fester Bestandteil des Hochzeitszugs. Zöge man sie ab, stünde Philipp sozusagen entblößt da. Was würde das Volk dazu sagen – ein König ohne seine Leibgarde? Undenkbar!«

Lupold rutschte auf seinem Sitz hin und her. Immerhin konnte er sich wieder ein wenig bewegen, ohne dass die Schulter unerträglich schmerzte. Er blickte hinunter auf die Stadt. Der Hochzeitszug bewegte sich auf die Furt zu.

»Was wissen wir eigentlich über diese Magd Maria?«

»Nicht viel. Ihr Vater ist Fuhrknecht, die Mutter offensichtlich vor längerer Zeit gestorben. Sie hat noch einen jüngeren Bruder. Bevor sie hier anfing, wohnte sie in einer der armseligen Hütten dort unten.«

»Seit wann arbeitet sie für den Bischof?«

»Noch nicht lange. Sie wurde zur Küchenarbeit verpflichtet, als Strafe, weil man sie des Diebstahls bezichtigte. Sie soll versucht haben, auf dem Markt ein Paar Schuhe zu stehlen. Ein Ritter bezeugte angeblich ihre Unschuld.«

»Ein Ritter?«, rief Lupold. »Etwa *der Ritter*? Hat sie ihn so kennengelernt?«

Tankred hob die Schultern. »Schon möglich. Es gab ein ziemliches Durcheinander auf dem Markt. Jeder Beteiligte behauptete etwas anderes. Der Händler beschuldigte die Magd, diese bestritt alles. Der Ritter war kurz darauf spurlos verschwunden und konnte nicht befragt werden.«

Lupold überlegte. »Haben wir eigentlich die väterliche Hütte in Augenschein genommen?»

Der Kaplan nickte. »Sie wird regelmäßig überprüft. Aber Vater und Sohn behaupten, sie hätten Maria schon seit Tagen nicht mehr gesehen. Sie scheinen die Wahrheit zu sagen.«

Lupold starrte hinunter und rief: »Wo ist sie? Sie kann sich nicht einfach in Luft auflösen. Irgendjemand muss sie doch gesehen haben!«

Der Hochzeitszug hatte die Furt überquert. Sogar im Wasser standen die Menschen, manche bis zu den Hüften. Nun staute sich die Prozession auf dem engen Weg zwischen den einfachen Holzhütten. Auch hier drängten sich unzählige Menschen, die Fahnen, Wimpel und Tücher schwenkten, sodass es aussah, als woge ein farbenprächtiges Meer hin und her.

»Jetzt stecken sie fest«, kommentierte der Kanzler. »Ich wusste nicht, dass die Prozession auch noch durch die Siedlung zieht.«

»Das Ziel ist Sankt Maria. Die Kirche ist die vorletzte Station, bevor der Hochzeitszug zum Domberg zurückkehrt.«

Der Kanzler horchte auf. Jenes unbestimmte Gefühl, dass er bereits wusste, was von enormer Wichtigkeit war, beschlich ihn erneut. Doch abermals misslang es ihm, den Gedanken zu fassen oder gar die Schlussfolgerung daraus zu ziehen.

»Wiederholt, was Ihr soeben gesagt habt!«, forderte er den Kaplan auf. Dieser blickte fragend auf.

»Warum?«

Ungeduldig schüttelte Lupold den Kopf. Sein Blick war

starr auf den Festzug tief unten in der Siedlung gerichtet. Dieser befand sich noch etwa einen Steinwurf von der Kirche des heiligen Gangolf entfernt, die Tankred Sankt Maria nannte.

»Sankt Maria ist die vorletzte Station, bevor der Zug zum Domplatz zurückkehrt«, wiederholte Tankred mit leisem Unmut in der Stimme. »Meint Ihr das?«

»Ja! Irgendein Gedanke schwirrt mir im Kopf herum, und ich bin mir sicher, er hat etwas mit dem Muster zu tun, dem der Mörder folgt. Aber ich komme einfach nicht dahinter. Erzählt mir mehr!«

»Worüber? Über Sankt Gangolf?«

»Macht schon!«

Der Kaplan legte die Stirn in Falten. »Über den Ritter Gangolf wisst Ihr bereits Bescheid?«

»Ja, er wurde von einem Priester vergiftet.«

»Im Auftrag der eigenen Ehefrau, die den Pfaffen aus Rache anstiftete.«

»Weiter! Was wisst Ihr über Sankt Gangolf?«

Tankred deutete auf die Siedlung. »Seht, der Zug hat die Kirche erreicht! Jetzt dauert es nicht mehr lange, und die Prozession zieht zum Domberg, wo Bischof Eckbert die Trauung vollzieht.«

Ungeduldig fuchtelte der Kanzler mit dem gesunden Arm. »Ihr sollt mir von Sankt Gangolf erzählen! Die Zeit läuft uns davon.«

Der Kaplan beobachtete, wie die Prozession weiterzog. Es fiel ihm schwer, Lupolds Aufregung zu verstehen. »Allzu viel gibt es nicht zu berichten. Als Gründer wird Bischof Gunther in den Büchern geführt. Unter ihm wurde die Kirche in der Nähe der Nord-Süd-Handelsstraße erbaut. Hauptpatronin war und ist die Gottesmutter Maria. Deshalb findet das Patroziniumsfest auch an Mariä Himmelfahrt statt. Nebenpatrone sind Johannes der Täufer und der besagte Ritter Gangolf, der Märtyrer. Das Kirchweihfest wird am Dreifaltigkeitssonntag gefeiert.«

Der Kaplan hielt inne, um zu überlegen. Unten im Tal bewegte sich die Prozession auf die zweite Furt zu, die zum Stadttor führte.

»Weiter!«, drängte Lupold.

»Soweit ich weiß, wurde Sankt Maria als dritte der vier Bamberger Kirchen erbaut. Zuerst wurde das Benediktinerkloster Sankt Michael gegründet, und zwar unter Eberhard, dem ersten Bischof der Stadt. Damals regierte noch Kaiser Heinrich. Sankt Stephan entstand danach, Papst Benedikt VIII. selbst weihte die Kirche. Als letzte folgte Sankt Jakob, erbaut von Bischof Otto.«

Der Festzug hatte die zweite Furt durchquert und war unter den Jubelrufen der Menschen am Fuß des Dombergs in den engen Gassen aus ihrem Blickfeld entschwunden.

Nachdenklich klopfte Lupold auf die Sessellehne. »Der Weg des Hochzeitszugs war aber anders.«

»Ich verstehe nicht …«

»Die Kirchen wurden in genannter Reihenfolge erbaut. Die Route der Prozession entspricht nicht dieser Reihenfolge.«

»Natürlich nicht. Sie nahm den kürzesten Weg. Man wallfahrtete einfach von einer Kirche zur nächsten. Sonst hätte es einen Zickzackkurs quer durch die Stadt gegeben.«

»Sie nahm den kürzesten Weg«, wiederholte Lupold gedankenverloren.

»Richtig! Wie Ihr sicher wisst, wurden die Bamberger Kirchen nach dem Vorbild Roms in Kreuzform um den Dom herum gebaut. Es heißt, die Form des heiligen Symbols schützt die Stadt vor Feuer, Krieg und Seuchen.«

Der Kanzler fasste sich an die Stirn. Ächzend, doch überraschend schnell stemmte er sich aus dem Sessel hoch. Er stieß einen Schrei aus, wobei nicht zu erkennen war, ob vor Schmerz oder aus einem anderen Grund. Er packte den Kaplan an seinem Priestergewand und zerrte daran.

»Tankred!«, schrie er. »Das ist es! Das Kreuz! Der Mörder hat uns selbst den Weg gewiesen, indem er seinem dritten Opfer ein Holzkreuz in die Hand gab. Wie konnten wir so blind sein?«

Fragend starrte der Kaplan auf Lupolds Hand. Dessen Stimme überschlug sich beinahe.

»Gütiger Himmel! Versteht Ihr nicht? Der Dom! Er wird versuchen, Maria dort zu ermorden.«

Tankred sah den Kanzler an, als hätte dieser den Verstand verloren. »Wieso im Dom?«

»Die Reihenfolge der Morde! Er hat getötet, so wie die Kirchen um den Dom herum erbaut wurden. Denkt an den Weg der Prozession! Sankt Michael. Sankt Jakob. Sankt Stephan und schließlich Sankt Gangolf.«

Tankred fürchtete um seinen Talar, der unter Lupolds Griff zu zerreißen drohte. Doch dann dämmerte ihm die Bedeutung dessen, was der Kanzler mit heiserer Stimme hervorgestoßen hatte. Die gleiche Erregung packte ihn. Während er langsam zustimmend nickte, schrie der Kanzler immer weiter.

»In Sankt Gangolf hatte er schon alles vorbereitet. Er wollte sie vergiften. Aber dann wurde er gestört. Und nun kann er nicht mehr dorthin zurückkehren. Das weiß er. Also gibt es nur noch einen Ort, an dem er vollenden kann, was er begonnen hat, aus welchem Grund auch immer. Den Dom.«

»Aber vom Dom ist kaum etwas übrig, er ist abgebrannt«, gab Tankred zu bedenken.

»Trotzdem! Die unterirdischen Gewölbe sind damals nicht eingestürzt. Er *muss* dort unten sein.«

»Wer ist *er*? Der Ritter oder der Truchsess?«

»Das ist doch einerlei! Nehmt eine Handvoll Soldaten, und seht sofort nach! Los, los!«

»Hier gibt es keine Soldaten mehr«, wandte Tankred ein. »Die wenigen, die sich noch in der Pfalz aufhielten, suchen inzwischen den Mörder in der Stadt. Und Philipps letzten beiden Leibwächter habt Ihr selbst losgeschickt, um den Truchsess aufzuspüren.«

»Einerlei!«, rief Lupold erregt und schob den Kaplan mit dem gesunden Arm vorwärts. »Dann geht Ihr eben allein. Aber seht Euch vor! Und vor allem – beeilt Euch, bevor es zu spät ist und er die Arme ermordet!«

Tankred warf einen letzten Blick aus dem Fenster. Gerade erreichte die königliche Leibgarde als Spitze der Prozession den Domberg. Mit einer Hand raffte er den Rock seines Talars zusammen und eilte davon.

33
Finsternis

Tankred hastete hinunter auf den Innenhof der Bischofspfalz. Fuhrwerk um Fuhrwerk, beladen mit Fässern, lebendem und geschlachtetem Vieh, Brot und anderen Nahrungsmitteln, rollte auf den großen Platz. Befehle wurden geschrien. Entlang des Hauptgebäudes entstand für mehr als sechshundert Gäste die riesige Festtafel; sie sollte von Mauer zu Mauer reichen. Stämmige Knechte schleppten Tischplatten herbei, um sie auf die bereitstehenden Böcke zu wuchten. Eine ganze Wagenladung mit Rosenblüten und Sommerblumen war geliefert worden, um die Tische festlich zu schmücken. Bereits seit dem Vortag brannten Feuer, über denen Küchenhilfen Ochsen, Hammel und Schweine drehten. In einer Ecke richteten zwei Dutzend Mägde Hühner, Gänse und sogar Schwäne und Pfauen bratfertig her.

Verzweifelt wühlte sich der Kaplan durch das wahnwitzige Treiben. Es schien kaum ein Durchkommen zu geben. Zudem brannte die Frühsommersonne vom Himmel herab, und die zahlreichen Kochfeuer qualmten und heizten die stickige Luft noch mehr auf. Mit einer hastigen Bewegung wischte sich Tankred den Schweiß von der Stirn. Grob stieß er einen Jungen zur Seite, der mit großen staunenden Augen im Weg stand und beinahe seinen Korb mit Hühnereiern fallen ließ.

»Schläfst du am helllichten Tag?«, schimpfte Tankred und bahnte sich weiter mühevoll einen Weg. In seiner Eile wurde er immer kopfloser, zumal er inzwischen verstand, warum Lupold derartig außer sich geraten war. Die plötzliche Erleuchtung des Kanzlers mutete so logisch an, dass Tankred kaum verstand, warum sie nicht früher auf die Lösung gekommen waren. Zur Aufregung gesellte sich nun der Ärger, dass er das Muster, nach dem die Morde ausgeführt worden waren, nicht früher durchschaut hatte. Es war eindeutig. Spätestens als der alte Küster den nächtlichen Spuk um Kerzen und Becher meldete, dachte Tankred, hätte mir die Vorgehensweise des Frauenmörders klar sein müssen. Stattdessen habe ich mich geärgert, von einem vermeintlich senilen Alten um den morgendlichen Schlaf gebracht worden zu sein. Nur Lupold, dieser kauzige alte Fuchs, hat die Zusammenhänge letztlich erfasst. Es sei denn, der Küster sah in Sankt Gangolf tatsächlich Gespenster. Vielleicht waren es Fahrende, die dort übernachten wollten. Oder der gerissene Mörder legte absichtlich eine falsche, für uns deutlich lesbare Spur …

Doch in solchen Überlegungen wollte und durfte er sich jetzt nicht verlieren. Schließlich galt es, nicht noch mehr zu versäumen, und die Wahrscheinlichkeit, den Gesuchten an besagtem Ort aufzuspüren, war immerhin gegeben.

Schweißgebadet stürzte der Kaplan durch den Torbogen hinaus auf den Domplatz. Die Leibgarde des Königs stand aufgereiht wie eine Mauer und zwang ihn zum Stehenbleiben. Alles kam ihm mit einem Mal unwirklich vor. Die Prozession auf dem großen Platz hielt inne, und trotzdem herrschte ein gewaltiger Lärm und schien vom Stillstand des endlosen Zugs ablenken zu wollen. Was nahm Tankred in seiner Verwirrung denn überhaupt noch wahr? Das Hauptportal der Bischofspfalz unbewacht, wie er es noch nie erlebt hatte? Oder den gewaltigen Schlägel, der mit ohrenbetäubendem »Bumbum« gegen die Kuhhaut der riesigen Feldpauke drosch? Die Baldachinträger, fast noch Kinder, in festlicher Kleidung und mit freudig erregtem Ernst in den Gesichtern? Oder die Miene des Königs, streng, doch gleichzeitig weich und verletzlich, mit zur Schau gestelltem Stolz? Das glückliche Lächeln des Bräutigams, der den mit Bändern umwundenen Blütenstock trug, und neben ihm die strahlende Schönheit der Braut? Bischof Eckbert, undurchschaubar, in Festornat, mit Mitra und Stab, gefolgt von einer Gruppe kirchlicher Würdenträger, unter denen auch er, Tankred, sich eigentlich befinden sollte?

Dann geriet, eingerahmt von Grafen und Fürsten, die Hand am Schwertknauf, rotgesichtig und zornig, Otto von Wittelsbach in sein Blickfeld. Dahinter die Brandruine des Doms, ein schwarzes Schandmal, ein stummes Zeugnis der Vergänglichkeit, des faulenden Verfalls. Absurder Hintergrund für dieses Bild der bunten Festlichkeit, des lauten Prunks, des ausgelassenen Feierns!

Alle diese Eindrücke stürmten auf den Kaplan ein, während er nur einen kurzen Augenblick lang vor der königlichen Leibgarde verweilte, weil sie ihm den Weg versperrte. Als er weitergehen wollte, trat ein Leibgardist vor und hob die Hand. »Halt! Hier könnt Ihr nicht durch!«

Ratlos sah Tankred sich um.

»Es ist für das gemeine Volk auch verboten, Waffen zu tragen. Das dürfen heute nur die hohen Herren.«

»Ich bin ein Priester Gottes. Ich trage kein Schwert.«

Der Soldat lachte rau. »Trotzdem müsst Ihr außen herumgehen. Es ist verboten, während der Trauung die Reihen des Festzugs zu durchqueren.«

Tankred öffnete den Mund. Doch statt etwas zu erwidern, hob er nur abwehrend die Hände. Dann nickte er. Er musste hinüber, auf die andere Seite des Platzes, und es kam ihm vor, als gelte es, einen gefährlich reißenden Fluss zu durchqueren.

Er wandte sich nach rechts. Akrobaten, Musikanten und Gaffer standen und sprangen um ihn herum. Er hätte sie gern verscheucht wie einen lästigen Fliegenschwarm. Der Lärm, der ihn umgab, schwoll immer stärker an, während er schwitzend weiterrannte. Trommeln, Pauken und Becken dröhnten, als hämmerten sie hinter seinen pochenden Schläfen, Trompetenstöße und Posaunenfanfaren schienen sich gegen seinen Drang zu stemmen, rasch voranzukommen. Beinahe wäre er gestolpert und gefallen. Doch er fing sich, wurde langsamer, dann wieder schneller. Überall tanzten, hüpften, schrien Menschen mit fröhlichen, heiteren, verzerrten Gesichtern, sprangen ihm ständig in den Weg. Er sah nur noch aufgerissene Münder, Mäuler!

Schwer atmend erreichte er das Ende des Platzes. Gehetzt schweifte sein Blick von der Menge zum Dom, zu den Resten, die das Feuer von dem einst prunkvollen Bau übrig gelassen hatte. Er kletterte über Schutt und verbrannte Mauerreste, beschmutzte, zerriss sich das Gewand, erreichte die Bauhütten.

Jetzt starrte er hinab in den Eingang zu den Gewölben. Ein dunkler Schlund! Er lauschte und hörte nur den eigenen keuchenden Atem.

Vorsichtig berührte er die erste ausgetretene Stufe. Seine Sandalen knirschten auf dem groben Sand, der die Steine bedeckte, tasteten sich weiter, vom gleißenden Tageslicht hinab in die Dunkelheit der Gewölbe, wo er nichts außer den Schatten eines düster aufragenden riesigen Kreuzes erkannte.

»Seht Euch vor!«, schrie verzweifelt eine weibliche Stimme.

Doch das Letzte, was er mitbekam, war ein heftiger Schlag auf den Kopf. Dann herrschte nur noch Finsternis.

34
Feuer

Mühsam öffnete Tankred die Augen. Zunächst glaubte er, das dumpfe Geräusch, das er vernahm, sei die Feldpauke, die sehr nahe sein musste. Doch dann spürte er, dass das Dröhnen in seinem Kopf saß. Er stöhnte auf, als der Schmerz seinen Schädel zu sprengen drohte. Etwas Nasses rann ihm über das Gesicht, er leckte mit der Zunge darüber und schmeckte Blut.

Nun versuchte er die Hände, dann die Füße zu bewegen. Verzweifelt ruckte er mit dem Kopf, dann mit dem ganzen Körper. Als ihm der Schmerz wie eine heiße Welle hinter die Stirn schoss, hielt er kurz inne – und erkannte, dass er an Fesseln zerrte.

»Bemüht Euch nicht!«, sagte eine angenehme, aber kalte Stimme ganz dicht an seinem Ohr. »Ich habe Euch gut festgebunden. Ihr kommt nicht los.« Über ihm erschien ein helles, klares Augenpaar und musterte ihn kühl. »Gleich werdet Ihr sterben. Maria und ich sehen Euch dabei zu.«

Tankreds Blick irrte umher. Er streifte die kantigen Umrisse eines Altars zwischen steinernen Rundsäulen, die das Gewölbe stützten. Dahinter duckte sich ein niedriger Durchgang, der zu jenem unterirdischen Raum führte, der einst die Krypta des Doms unter dem Ostchor gewesen sein musste. Dort flackerte unstet der schwache Schein eines Lichts.

»Wo ist die Magd?«, rief der Kaplan.

»Ich bin hier, neben Euch!«

Tankred wandte den Kopf und sah sie: Keine fünf Armlängen von ihm entfernt stand Maria an einer Steinsäule, die Hände auf dem Rücken gefesselt. Ihre Stimme zitterte, und Tankred spürte ihre Verzweiflung.

»Ich wollte Euch warnen, doch es war zu spät. Er schlug Euch nieder und band Euch an das Kreuz.«

Der Kaplan hob den Kopf und erblickte über sich den

angekohlten Querbalken des Kreuzes. Selbst bis hierher war das verheerende Feuer damals vorgedrungen. Der blonde Ritter legte seinen Gürtel ab und zog das Schwert aus der Scheide.

Dem Kaplan kroch die Furcht eiskalt den Rücken hinunter. Arme und Beine zitterten, und er presste den Körper fest an das Holz des Kreuzes, damit der Mörder seine Todesfurcht nicht bemerkte. Doch dieser lächelte nur.

»Hört auf zu zittern! Mit Angst hat noch kein Mensch den Tod besiegt.«

Tankred schluckte und versuchte seiner Stimme einen festen Klang zu geben. »Was habt Ihr mit der Magd vor?«

»Mit Maria? Um das herauszufinden, werdet Ihr nicht lange genug leben.«

»Lasst sie frei! Sie hat Euch nichts getan.«

Der Ritter fuhr herum. Erschrocken sah der Kaplan den plötzlich aufflammenden Hass in dessen Augen.

»Mir nichts getan? Ihr wisst nicht, wovon Ihr sprecht.«

Tankred hörte, wie die Magd aufschluchzte. Tränen stiegen ihr in die Augen, sie schrie und zerrte an den Fesseln, bis ein Weinkrampf sie schüttelte und sie den Kopf hin und her warf wie im Wahnsinn.

Wieder tat der Ritter etwas Überraschendes. Er trat zu ihr, legte die Arme um sie und wiegte sie wie ein weinendes Kind. Dabei summte er: »Leise … weine nicht, Maria … du musst nicht weinen … hier unten hört dich niemand. Das Gewölbe fängt dein Schreien auf, und der Hochzeitslärm ist zu laut. Hörst du, wie sie feiern? Bald bist du erlöst.«

»Hört auf!«, schrie Tankred und beobachtete, wie sich die Magd verzweifelt der Umarmung zu entwinden versuchte.

Tatsächlich ließ der Peiniger sie los und wandte sich grinsend an Tankred. »Es hat lange gedauert, bis Ihr kamt. Ich dachte, Ihr hättet mich schon in Sankt Gangolf aufgespürt. Doch da war es nur ein alter Küster, der nicht schlafen konnte. Aber das ist gut so. Nun haben wir alles noch vor uns.« Er bückte sich, griff nach einer Holzlatte, die am Boden lag, und wog sie in der Hand. »Wer hat es herausgefunden? Ihr? Oder der Kanzler?« Er hob ein weiteres Holzstück auf. »Ich wette, der Kanzler. Er ist klüger als Ihr.«

In Tankreds Kopf raste der Schmerz. Gehetzt blickte er sich nach einem Ausweg um. Doch die Angst und das Hämmern hinter seinen Schläfen lähmten jeden klaren Gedanken. Wie aus einer anderen Welt klang der Lärm des Festzugs zu ihm herab. Was hat dieser Wahnsinnige vor?, dachte er. Er will uns beide töten. Die Magd und mich. Warum?

Nun regte sich ein Rest von Stolz und Trotz in seiner Brust. Sofort hörte das Zittern seiner Glieder auf, und er rief: »Wenn Ihr mich tötet, dann sterbe ich wie Jesus, unser Herr, am Kreuz!«

Der Ritter legte einen Armvoll Holz vor Tankred auf den staubigen Boden. »Oh, nein! Diese Ehre wird Euch nicht zuteil. Ich werde Euch verbrennen wie einen Ketzer.«

Das blanke Entsetzen stieg in Tankred hoch. Nun stand der Ritter wieder vor ihm.

»Seht Ihr, wie gut es ist, dass so viel Holz hier herumliegt? Das macht es mir einfach. Ich staple es um Euch herum auf, und dann zünde ich es an.« Sein Lächeln wirkte freundlich. »Wisst Ihr, woher die Bretter und Balken stammen? Ich sag's Euch. Kennt Ihr den Traum Eures Bischofs? Natürlich kennt Ihr ihn. Er möchte diesen Dom wiederaufbauen, noch gewaltiger und prunkvoller als zuvor.« Das Lächeln erstarb. »Das Feuer vernichtete das Gotteshaus, so wie es Euch vernichten wird. Er wollte schon einmal mit dem Bau beginnen. Aber das Geld ging ihm aus. Also warfen die Arbeiter das vorbereitete Holz einfach hier herunter. Nun ist es da. Und ich kann es gut gebrauchen.«

»Ihr seid wahnsinnig!«, schrie der Kaplan, der spürte, wie die schiere Panik immer mehr Besitz von ihm ergriff, während der Scheiterhaufen wuchs, sich höher und höher auftürmte.

Der Mörder hielt inne. Er musterte Maria, dann wieder den Kaplan. Sein Gesicht glich einer schönen Maske.

»Ich werde jetzt die Kerze holen, die seit gestern in der Krypta zu Ehren des Brautpaars brennt, um das Feuer damit zu entzünden.« Er hob das Schwert auf, wandte sich um, schritt auf den schmalen Durchgang zu und verschwand.

Tankreds Blicke irrten hilflos umher. »Wir müssen etwas tun! Er will uns beide töten.« Rasend vor Furcht und Schmerz riss er an den Fesseln. Plötzlich aber hielt er inne, lauschte, wandte den Kopf und flüsterte: »Da oben ist jemand.«

Beide, er und die Magd, blickten furchtsam und doch hoffnungsvoll zur Treppe, die wie ein schmales, heller werdendes Band nach oben führte. Von dort erklang nun eine zaghafte Stimme: »Maria? Bist du da unten?«

»Hier! Hier bin ich!«, rief die Magd heiser.

Ein nacktes Paar Füße erschien oben auf der ersten Stufe. Dann hastete ein Junge die Treppe herab, groß, dürr, mit ungelenken Bewegungen.

»Maria!« Erschrocken flogen seine Blicke von ihr zu dem Kaplan.

»Konrad! Wie kommst du hierher …?«

»Du wirst überall gesucht. Da fiel mir ein, dass du zum Dom wolltest.«

Endlich gelang es Tankred, einen klaren Gedanken zu fassen. »Beeil dich! Der Mörder ist hier und kommt gleich zurück. Binde uns los! Los, mach schon!«

Wie versteinert stand der Junge da, nur seine Augen waren in Bewegung.

»Rasch! Bevor es zu spät ist!«, zischte Tankred. »Das Mädchen zuerst!«

Konrad begriff immer noch nicht, was er sah. Maria, die Hände auf den Rücken gebunden, daneben ein Priester, gefesselt an ein hölzernes Kreuz. Endlich kam Bewegung in den schlaksigen Körper, und er stürzte auf Maria zu.

»Schnell!«, rief Tankred.

Mit zitternden Händen versuchte Konrad ihre Fesseln zu lösen. »Der Knoten ist zu fest. Ich schaffe es nicht!«, keuchte er.

Der Kaplan, als könne er dem Jungen damit helfen, riss an den Stricken, mit denen er selbst gebunden war. Doch nun erstarrte er und lauschte.

»Gütiger Himmel! Ich höre ihn zurückkommen!«

Auch Konrad hielt inne. »Wer denn?«

»Der Frauenmörder! Hör zu! Es hat keinen Zweck. Du läufst sofort los und holst Hilfe.«

»Ich bleibe hier und befreie Euch!«

Trotz der Schmerzen schüttelte Tankred entschieden den Kopf, denn er sah schon den flackernden Lichtschein näher kommen. »Nein! Er ist zu stark und brächte dich mühelos um. Du kannst uns nur helfen, indem du die Leibgarde des Königs holst. Lauf, so schnell du kannst! Sofort! Bevor es zu spät ist. Ich halte den Mörder so lange wie möglich hin.«

Konrad zögerte. Ein stiller Kampf fand in ihm statt. Er warf noch einen Blick auf Maria. Schließlich wandte er sich mit einer beinahe zornigen Bewegung um. Dann rannte er, unglaublich behände für den ungelenken Burschen, die Stufen hinauf und verschwand in dem kleinen Rechteck, als hätte ihn der Sonnenschein aufgesogen.

Da stand der Ritter, eine brennende Wachskerze in der Hand. Er hob den Kopf wie ein Tier, das Gefahr wittert.

»Erklärt mir, warum Ihr tötet!«, rief der Kaplan rasch, um ihn abzulenken.

Der Ritter bückte sich, stellte die Kerze ab und legte das Schwert achtlos daneben. Nun trat er vor Tankred. Seine hellen Haare umgaben ihn wie ein bleicher Kranz. »Warum? Ihr versteht es doch nicht.«

»Ich habe ein Recht auf die Wahrheit«, erklärte Tankred und fügte hinzu: »Bevor ich sterbe.«

Nachdenklich betrachtete der Mörder den Priester und nickte. »Nun gut. Ihr wollt den Tod hinauszögern. Warum nicht? Zeit ist für mich nicht von Belang, wenn es um das Sterben geht.«

Der Kaplan wartete.

»Die Wahrheit lautet, dass überall Verderbtheit und Lüge herrschen.«

»Der Lügner bist du!«, schrie Maria. »Du hast mir deine Liebe versprochen! Aber du bist nur ein gemeiner Mörder!«

Der Ritter starrte geradeaus, als er antwortete: »Maria, nicht ich habe die Liebe verraten, sondern du.«

»Ich? Ich habe alles getan! Alles geopfert für die Liebe!« Tankred hörte die Magd aufschluchzen. »Und alles verloren! Du willst mich sogar töten. Nur weil ich dich liebte.«

»Nicht wegen der Liebe.« Der Mörder schüttelte den Kopf. »Die Liebe ist das höchste Gut, das Gott den Menschen schenkte. Mit Jesus und der Gottesmutter sandte er die Liebe in reinster Form auf die Erde. Verstehst du – die *reine* Liebe. Die du mit deinen unreinen Lippen verraten hast.«

Ungläubig starrte Maria den Ritter an. Ihr Mund öffnete und schloss sich wieder. Sie war unfähig, etwas zu erwidern.

»Um nichts anderes geht es im Leben«, fuhr der Irrsinnige fort. »Die reine, vollkommene Liebe, losgelöst von allem Körperlichen. Denn der Körper der Menschen ist nur eine leere, hässliche, verdorbene Hülle.« Seine Stimme bekam einen eifernden Klang. »Maria, ich habe mein Leben damit verbracht, nach dieser vollkommenen Reinheit zu suchen. Doch überall fand ich nur schmutzige, verderbte Gier. In dir glaubte ich endlich die Reinheit unserer Gottesmutter gefunden zu haben. Erinnerst du dich an unsere erste Begegnung? Ich weiß es noch, als wäre es heute gewesen. Du saßt im Staub der Gosse wie eine wunderschöne, leuchtende Blume. Dieser Anblick hat mich so tief in meinem Innersten gerührt, dass es schmerzte. Maria, ich wähnte mich am Ende meiner Suche. Dein unschuldiges Gesicht, deine Schönheit – neben diesem verunstalteten, gierigen Händler. Es war wie der Himmel neben der Hölle.«

»Ihr seid verrückt!«, rief der Kaplan. »Vollkommen wahnsinnig!«

»Ich dachte, Ihr als an Keuschheit gebundener Priester könntet es vielleicht verstehen. Verehrt Ihr nicht auch die Muttergottes? Das Wunder der unbefleckten Empfängnis?«

»Gütiger Himmel! Ihr meint es tatsächlich ernst!« Beinahe hätte Tankred laut herausgelacht. »Ihr tötet Menschen auf grausame Weise, und im gleichen Atemzug sprecht Ihr von Verehrung. Was geht nur in Eurem kranken Hirn vor? Wer glaubt Ihr zu sein?«

Mit gerunzelter Stirn und gesenktem Kopf schwieg der Ritter einen Augenblick lang. Die Stille in dem düsteren Gewölbe wirkte unheimlich, ein Lufthauch brachte die Kerze zum Flackern, und Tankred hoffte schon, sie werde erlöschen.

»Seht Ihr? Wie das Lebenslicht! So leicht zu löschen, ein Windhauch genügt.« Der Mörder beugte sich zur Kerze hinab und schob sie näher an den aufgeschichteten Scheiterhaufen heran. Dann fuhr er mit ruhiger Stimme fort: »Ihr fragt mich, wer ich bin? Ich sage es Euch. Ich bin der Erlöser. Ich bin der Engel der reinen Liebe, der Ritter Gottes, ausgesandt wie einst der Erzengel Michael, um das Böse zu besiegen, das auf der Erde wohnt, seit Eva im Paradies Adam den Apfel reichte.«

»Deshalb habt Ihr also das Morden bei Sankt Michael begonnen. Allmählich verstehe ich.«

Die Stimme des Ritters wurde immer erregter. »Ihr kennt das Deckengemälde in Sankt Michael? Der Erzengel besiegt das Böse.«

Tankred musterte die irren Augen des Ritters, in denen sich der flackernde Kerzenschein spiegelte.

»Als ich mit dieser Frau zum Kloster ging, trat sie beinahe auf die Kreuzotter. Das war ein Zeichen Gottes. Ich packte die Schlange und tötete sie.«

»Ihr habt ihr den Kopf abgetrennt. Und dann die Frau erwürgt.«

»Sie war böse wie die anderen beiden auch. Alle drei haben sich mit mir eingelassen, nur mit dem Ziel, die Lust ihres Fleisches zu befriedigen, ihre Geilheit – sogar diese Kaufmannsfrau. Sie verdienten den Tod.«

»Ihr hasst die Frauen!«, rief Tankred erschauernd. »Was ist der Grund? Hat eine Euch ausgelacht, weil Eure Männlichkeit versagte?« In den Wolfsaugen des Ritters blitzte es bösartig.

»Ich wusste, Ihr versteht es nicht.« Er ging in die Hocke und hob die Kerze auf.

Verzweifelt schielte Tankred zu dem Lichteinfall schräg über seinem Kopf hinauf. Wo blieben nur die Retter? Lange konnte er diesem Wahnsinnigen nicht mehr Einhalt gebieten. Die Geräusche der verschiedenen Musikinstrumente hatten aufgehört. Doch immer noch war das Jubeln und Schreien der Menschenmenge hier unten in den Gewölben deutlich zu hören. Er musste dem Ritter recht geben: Hilfe war nicht zu erwarten. Und seine Rufe wären im allgemeinen Lärm untergegangen.

»Ihr haltet Euch also für den Erzengel Michael, der das Böse von der Erde vertreiben will? Und diese Frau musste sterben, weil sie *böse* war?« Tankred stieß ein Lachen aus, das höhnisch klingen sollte. »Was folgte dann? Was habt Ihr als Nächstes getan?«

»Das wisst Ihr doch.« Der Mörder hatte seine Hände wie eine schützende Schale um die Kerze gewölbt. »Ich folgte der Form des Kreuzes. Schließlich bin ich ein Ritter des Kreuzes.«

Tankred bemühte sich, mit ruhiger Stimme zu sprechen und seine wachsende Furcht nicht zu zeigen. »Aber Ihr habt die nächsten zwei Frauen getötet, wie die Märtyrer starben. Darin sehe ich keinen Sinn.«

»Indem ich sie tötete, wurden sie wieder rein. Das ist der Sinn. Ihr Leben musste geopfert werden, so wie das Böse in die Hölle geworfen wird, damit das Gute bleibt. Also starben sie den Märtyrertod.«

Tankred versuchte erst gar nicht, dieser absurden Logik zu folgen. Immer heftiger packte ihn das Grauen vor diesem Ungeheuer, das in so schöner Gestalt vor ihm stand.

»Wir haben Euch gefasst!«, rief er verzweifelt.

»Es war leicht, Euch wieder zu entkommen.«

»Nur weil ich dir geholfen habe!« Maria wurde von Schluchzern geschüttelt. »Ich tat es, weil du mir deine Unschuld und deine Liebe beteuert hattest. Und ich glaubte dir.«

»Maria, du wirst immer in meinem Herzen wohnen«, beteuerte der Ritter und blickte die junge Frau ernst an. »Ich liebe dich auch. Aufrichtig.«

»Aber du willst mich töten!«, schrie sie.

»Weil ich es tun *muss*! Gibt es etwas Schrecklicheres, als gezwungen zu sein, den Menschen zu töten, den man inniger liebt als alles auf der Welt? Ich werde Euch beide töten. Ich habe den Grund dafür erklärt. Und jetzt ist es genug!« Er hob die Kerze und hielt die Flamme an das Holz.

Tankred war noch nicht zum Aufgeben bereit. »Halt! Wartet! Ihr wart im Kerker gefangen. Wir haben Euch durchsucht und fanden kein Gift. Wie also gelangte es nach Sankt Gangolf?«

»Das Fläschchen mit dem Gift und den Becher hatte ich schon lange vorher dort versteckt. Es war alles gut geplant.«

Tankred hatte Mühe, die aufkommende Panik zu unterdrücken. »Eines muss ich noch wissen. Nur eine einzige Sache.«

Der Mörder wartete, während die Flamme das Holz ankohlte.

»Was werdet Ihr tun, wenn Ihr uns getötet habt? Werdet Ihr aufhören, wenn Ihr Euer Ziel erreicht habt?«

Die Frage schien den Ritter nachdenklich zu stimmen. Er zog die Kerze ein wenig zurück. Schließlich sagte er langsam: »Der Weg zum Ziel ist die Sehnsucht. Doch wer möchte schon leben, wenn die Sehnsucht stirbt?«

»Ich verstehe nicht. Oder doch? Ihr tötet die Frauen

dann, wenn es Euch gelingt, ihr Herz zu erobern? Ist es das?«

In einer kaum wahrnehmbaren Bewegung näherte sich die Flamme abermals dem Scheiterhaufen.

»Nicht ihr Herz! Ihren Körper!« Der Mörder seufzte. »Und noch etwas erkläre ich Euch. Danach werdet Ihr sterben.« Wieder lächelte der Mörder und durchbohrte Tankred mit kalten Blicken. »Ihr kennt die fünf Wunden Jesu?«

»Ich bin Priester. Natürlich.«

»Christus erlitt am Kreuz fünf Wunden. Zwei an den Händen, zwei an den Füßen ...«

»Das weiß ich.«

»Jede Wunde verlangte nach einem Opfer.«

»Welch verworrenes Zeug redet Ihr da ...«

Ungerührt fuhr der Wahnsinnige fort: »Ein römischer Soldat fügte Jesus mit der Lanze die fünfte Wunde zu, unmittelbar unter dem Herzen.«

»Ihr wolltet also nach Maria noch eine weitere Frau töten?«

»Nein. Für die letzte Wunde Jesu werde ich selbst sterben.«

Wieder starrte Tankred verzweifelt nach oben. Nun war er sich sicher. Es kam niemand mehr. Der Junge war vor Angst einfach weggelaufen und hatte sich irgendwo verkrochen. Es gab keine Hilfe für ihn und die Magd.

»Ihr wollt Euch selbst töten?«

Der Ritter wiegte den Kopf hin und her. »Da, wo Ihr gleich verbrennen werdet. Am Kreuz Christi. Das Schwert ins Herz.« Er wies auf seine Waffe, die am Boden lag. »Seht Ihr? Es hat die Form eines Kreuzes.«

Die Flamme zischte.

Tankred fürchtete um seinen Verstand. »Aber das passt doch nicht zusammen!«, schrie er. »Ihr wolltet Maria in Sankt Gangolf das Leben nehmen. Von nun an tötet Ihr am falschen Ort.«

Das Lächeln des Ritters wirkte freundlich, und seine

Worte klangen sanft. »Es ist nicht wichtig. Die Orte sind nur ein Spiel. Ich wollte Euch und den Kanzler des Königs daran teilhaben lassen. Es machte mich neugierig, wie lange es dauern würde, bis Ihr die Regeln verstanden hättet. Fünf Leben werden gleich geopfert sein. Für jede Wunde Christi eines. Es ist doch gleichgültig, wo! Ich kann es hier vollenden. Genauso wie an jedem anderen Ort. Es macht keinen Unterschied.«

Tankred hörte, wie Maria aufschrie. Nun schrie er selbst, vor Wut, Panik und Ohnmacht.

Dann, während die Flammen gierig nach dem Holz leckten, begann er verzweifelt zu beten.

35
Leibgarde

»Hiergeblieben, Bürschchen!«

Der Wachposten hielt Konrad fest am Kragen gepackt und schien nicht gewillt, so schnell wieder loszulassen. Seine Arme waren dicker als Konrads Beine, und seine Pranke zog mit solcher Kraft an der Jacke, dass der Stoff zu reißen drohte.

Konrad versuchte, ruhig zu bleiben. Er spürte, dass es zwecklos war, mit dem riesigen Kerl zu streiten, der ihn am Schlafittchen hielt. Genauso war ihm im Gewölbe unter der Domruine schlagartig klar geworden, dass der Priester recht hatte: Gegen einen erwachsenen bewaffneten Mann konnte er nichts ausrichten, obwohl er für sein Alter kräftig war. Es war wirklich das Klügste gewesen, loszulaufen, um Hilfe zu holen. Noch immer fiel es ihm schwer zu begreifen, was dort unten geschehen war oder geschah. Aber es hatte keinen Sinn, darüber nachzugrübeln. Er musste schnell handeln, damit die Gefangenen gerettet wurden.

Für Maria hätte er alles getan. Auch wenn sie den Ritter vorgezogen hatte. Beunruhigend, aber auch erregend war das, was er für sie empfand. Dabei war er wütend auf sich selbst gewesen, wenn ihm in ihrer Gegenwart das Blut in die Wangen geschossen war. Jetzt packte ihn der Zorn bei dem Gedanken, dass ein Mörder sie bedrohte. Wie von selbst ballten sich seine Fäuste, und er wäre am liebsten umgekehrt, um ihr Leben zu retten, selbst auf die Gefahr hin, dass ihn das Schwert des Widersachers niedergestreckt hätte.

Aber er hatte auf die flehend gerufenen Worte des Priesters gehört und war losgestürmt, obwohl der Knoten an Marias Fesseln sich spürbar gelockert hatte. Er war so schnell gelaufen, wie er nur konnte – und jetzt geriet er mitten in den sich auflösenden Festzug. Die Menschenmenge drängte ihn hierhin und dorthin, er kam sich vor wie in einem zähen

Sumpf, aus dem es kein Entrinnen gab. Die königliche Hochzeit war vorüber, doch die Menschen dachten gar nicht daran, nach Hause zurückzukehren. Im Gegenteil, nun drängten auch noch jene auf den Domplatz, die sich bisher auf die Stadt verteilt hatten, um den Festzug zu bestaunen. Und er, mittendrin, stemmte sich verzweifelt gegen den Strom an und wollte um jeden Preis ans andere Ende des Platzes gelangen. Dort entdeckte er die Leibgarde, die er zu Hilfe holen sollte. Sie hatte einen Ring um den König, den Bischof und das Brautpaar gebildet, um diese sicher in die Pfalz zu geleiten.

Dann endlich hatte er es doch geschafft und sich bis zum Tor durchgekämpft, das auf den Innenhof der Bischofspfalz führte. Doch da ergriff ihn der Wachposten, ein riesiger bärtiger Kerl mit gefährlichen Augen unter buschigen Brauen, und wollte ihn nicht mehr loslassen.

»Es darf keiner hinein, bis das Fest beginnt!«, knurrte der Riese und hob Konrad fast von den Füßen.

»Ich bin Küchenjunge beim Bischof«, versuchte er eine hastige Erklärung. »Ich muss zurück, sonst bekomme ich Schwierigkeiten.«

»Besser, *du* bekommst Schwierigkeiten als ich. Bist wohl heimlich abgehauen, um die schöne Prinzessin anzuglotzen.«

Konrad verlegte sich aufs Flehen. »Bitte, lass mich los! Ich kenne eine Stelle, wo ich durchschlüpfen kann.«

Der Wachposten lachte laut und schüttelte Konrad kräftig durch. »Nichts da! Ich liefere dich persönlich in der Küche ab. Eine Tracht Prügel schadet dir gewiss nicht.«

Konrad spürte, wie die Angst um Maria ihm die Kehle zuschnürte. Er sah ihre vor Furcht aufgerissenen Augen, ihre Verzweiflung und spürte das angstvolle Zittern ihrer Hände, als er versucht hatte, ihre Fesseln zu lösen. Vielleicht war der Mörder gerade dabei, sie umzubringen, während er hilflos in der Pranke des Wächters hing und zappelte wie ein Fisch am Haken.

Ohne weiter darüber nachzudenken, was der Mann mit

ihm anstellen könnte, hieb er ihm mit aller Kraft das Knie in den Schritt. Zunächst geschah überhaupt nichts. Der Riese hielt ihn nach wie vor in erbarmungslosem Griff. Nur seine Augen verdrehten sich, und er riss den Mund auf, wie um tief Luft zu holen. Dann klappte sein Oberkörper nach vorn. Als Konrad schon glaubte, der eiserne Griff werde sich niemals lockern, ließ er endlich los.

Konrad nahm die Beine in die Hand und rannte zwischen zeternden Bediensteten und fluchenden Fuhrknechten über den Hof. Dabei kümmerte es ihn wenig, dass er eine Magd streifte, die daraufhin ihre Hühner losließ, die gackernd und flügelschlagend die Freiheit suchten, dass er vor ein Fuhrwerk lief und die Pferde scheu machte und schließlich einen fein gekleideten Angehörigen des königlichen Hofstaats niederstieß, der sich verdutzt auf den Hosenboden setzte.

Er scherte sich auch nicht um die drei Wachposten, die ihm inzwischen auf den Fersen waren, sondern hastete in das Gebäude hinein, die Treppen hinauf, geradewegs in den Festsaal.

Dort blieb er schwer atmend stehen – und erschrak fürchterlich. Umgeben von einem Dutzend Leibgardisten, neben dem Bischof und drei anderen Herren, einer von ihnen mit dem Arm in einem seltsamen Holzgestell, stand zweifelsfrei der König. Er trug noch den Purpurmantel, hielt das Zepter in der Hand, und auf seinem Haupt saß die Krone.

Fast hätte Konrad auf der Stelle wieder kehrtgemacht und wäre davongerannt. Doch dann dachte er an die Gefahr, in der sich die beiden Gefangenen befanden. Er nahm seinen ganzen Mut zusammen und rief: »Ihr seid der König! Ihr müsst helfen! Bitte! Ein Mann hält die Magd und den Priester gefangen. Er will sie umbringen.«

»Was redest du da, Bursche? Wer hat dich überhaupt hereingelassen ...«, schimpfte einer der Herren, doch er wurde unterbrochen von dem Mann mit dem eigenartigen Gerüst am Arm.

»Die Magd Maria und der Kaplan?«

Konrad nickte eifrig. »Ja, Herr. In den Gewölben unter der Domruine. Schnell, schnell! Er will den Priester verbrennen und danach Maria töten.«

»Gütiger Himmel! Also doch!« Der Mann beugte sich vor und redete leise, aber eindringlich auf den König ein.

»Junge, meine Männer werden dich begleiten. Zeig ihnen den Weg! Beeil dich!«, sprach der König schließlich.

»Ja, Herr!«, konnte Konrad nur stottern. Als er sah, dass die königliche Leibgarde sich um ihn scharte, stürmte er los.

Philipp, sein Kanzler Lupold, Bischof Konrad von Speyer und der Gastgeber, Bischof Eckbert, blieben zurück. Als der König gerade zum Sprechen ansetzen wollte, eilte der bischöfliche Truchsess in den Saal. Er stammelte Entschuldigungen und wollte nicht aufhören, sich vor Philipp zu verbeugen, bis Eckbert ihn unterbrach. »Menschenskind! Wo seid Ihr gewesen? Wir dachten, Ihr seid geflohen.«

»Geflohen?«, stammelte der Truchsess. »Warum denn? Ich war im Heerlager … die Ochsen …«

»Das ist doch jetzt völlig unwichtig!«, schimpfte der Kanzler, und Philipp rief ungehalten: »Könnt Ihr mir nicht einfach verständlich machen, was Ihr von mir wollt?«

Das Gesicht des bischöflichen Angestellten wurde noch bleicher. Zwischen zusammengepressten, strichförmigen Lippen stieß er hervor: »Herr, ich bitte untertänigst um Verzeihung.«

»Himmelherrgott, warum denn?«, fuhr Lupold ihn an.

»Weil … der Küchenjunge … einfach so eingedrungen ist«, stammelte der Truchsess.

»Ist schon gut«, erwiderte Lupold, und seine Stimme klang keineswegs freundlicher als zuvor. Dann, als wäre der Truchsess gar nicht mehr anwesend, wandte er sich wieder an den König: »Es war nicht gut, dass du alle Leibgardisten mit dem Jungen fortgeschickt hast. Wie steht es jetzt um deine Sicherheit?«

Philipp lächelte müde. »Was machst du dir Sorgen? Die Prozession ist vorüber, das Paar vor dem Festaltar auf dem Domplatz getraut. Der Jubel der Menge klingt mir noch immer in den Ohren. Heute Abend feiern wir. Morgen ziehen wir in den Krieg. Hier bei Bischof Eckbert bin ich so sicher wie in Abrahams Schoß.«

Der Bamberger Bischof erhob sich. Auch er trug noch die Festkleidung mit Mitra, Stab und Bischofsmantel. »Es ehrt mich, dass Ihr meine Gastfreundschaft so sehr lobt, König Philipp«, sagte er. »Wenn Ihr erlaubt, werde ich mich darum kümmern, dass dieser ereignisvolle Tag einen würdigen Abschluss erhält.«

»Gewiss.« Der König nahm die untertänige Verbeugung des Bischofs, bevor dieser den Raum verließ, mit einem nachdenklichen Lächeln zur Kenntnis.

Auch Lupold wunderte sich. »Wo will er hin? Ich dachte, er nimmt an der Besprechung über den Abmarsch des Kriegszugs teil. Schließlich sollte ihm am meisten daran liegen, dass alles reibungslos vonstatten geht und das Heer die vorgegebenen Wege einhält. Sonst nimmt sein Land erheblichen Schaden.«

»Vielleicht kommt er bald zurück«, meinte Konrad von Speyer.

Der Kanzler fuhr sich beunruhigt durch das Haar. Als er noch dazu auf seinem Stuhl umherrutschte, erntete er einen fragenden Seitenblick des Königs.

»Der Mörder sitzt doch in der Falle. Die Leibgarde lässt ihn nicht entkommen. Warum bist du so besorgt?«

»Weil ich mir Vorwürfe mache. Ich hätte es gar nicht erst so weit kommen lassen dürfen. Alles war doch deutlich vorherzusehen. Nur ich war zu befangen, um die Zusammenhänge zu erkennen. Vielleicht kostet meine Dummheit nun weitere Menschenleben.«

»Ich vertraue darauf, dass meine Leute Schlimmeres verhindern. Auf sie ist Verlass.«

»Hoffen wir es. Ich habe jedenfalls ein durch und durch

schlechtes Gefühl.« Lupold stöhnte. »Es war falsch, diesen Kaplan Tankred allein loszuschicken. Es musste mir klar sein, dass er gegen den Mörder nichts auszurichten vermag. Aber ich wusste mir einfach nicht anders zu helfen. Alle Ritter begleiten den Festzug. Wäre ich nur nicht von diesem verdammten Gaul gefallen! Alles Unglück begann damit, dass ich bewegungsunfähig wurde.«

»Alles wird sich zum Guten wenden, glaub mir«, versuchte Philipp seinen Kanzler zu beschwichtigen. Er schnitt vor Schmerzen eine Grimasse und brummte: »Und gleich morgen, bevor wir aufbrechen, lasse ich mir diesen vermaledeiten Zahn ziehen.«

Die Blicke aller richteten sich auf den Eingang. Doch statt der königlichen Leibgarde, die den Kaplan, die Magd und einen gefangenen Ritter mit sich führen sollte, standen plötzlich Heinrich von Istrien und Otto von Wittelsbach am anderen Ende des Festsaals. Hinter ihnen drängte ein halbes Dutzend weiterer Männer in den Raum. Ottos Gesicht war feuerrot und vor Zorn verzerrt. Erschrocken hob Lupold die Hand zum Mund, während der König den Wittelsbacher stirnrunzelnd betrachtete.

»Otto«, rief er, »was hat dich so aufgebracht?«

Der Wittelsbacher zog das Schwert. Sein Mund war weit geöffnet, wie zu einem Schrei. Er hob die Waffe.

Philipp, der sich an die zahlreichen Vorführungen erinnerte, die der Pfalzgraf gern mit seiner Waffe gegeben hatte, schüttelte den Kopf. »Otto, wir wissen, wie kunstvoll du mit dem Schwert umzugehen verstehst. Aber glaub mir, wir haben im Augenblick andere Sorgen. Bitte, nicht jetzt!«

Lupold hatte, zunächst starr vor Schreck, alles beobachtet. Er sah den Wittelsbacher mit gezücktem Schwert und aufgerissenem Mund, wie herausgelöst aus der Gruppe seiner Begleiter. Ohne den geringsten Zweifel zu hegen, wusste er sofort, was geschehen würde. Er hörte, wie Otto schrie: »Dies ist kein Spiel!«

Der Kanzler schnellte aus seinem Sessel hoch. Den

Schmerz, der ihm dabei in die Schulter schoss, spürte er kaum.

Während Pfalzgraf Otto von Wittelsbach schwertschwingend herbeistürzte, warf sich Lupold – den rechten Arm in ein lächerliches Gestell geschnallt – dem Tobenden entgegen, verzweifelt bemüht, Philipp, seinem König, das Leben zu retten.

36
Herz

Tankreds weit aufgerissene Augen starrten in Todesangst auf die emporzüngelnden Flammen. Obwohl seine Knöchel und Handgelenke bereits wund gescheuert waren und bluteten, zerrte er ohne Unterlass an den Fesseln.

Inzwischen hatte er jegliche Hoffnung auf Rettung aufgegeben, die Gedanken rasten ihm wild durch den Kopf: Herr im Himmel, ich werde sterben! Jesus Christus, warum stehst du mir nicht bei?

Bis zu jenen Tagen, da er die ermordeten Frauen zu Gesicht bekommen hatte, war ihm der Tod nur am Sterbebett eines alten Manns begegnet. Dieser war friedlich eingeschlafen, und damals war dessen Hinscheiden in Tankreds Vorstellung von Erhabenheit begleitet gewesen.

Nun schüttelte ihn die Todesangst. Fromm und von hehren Vorstellungen geleitet, hatte er es sich einst ausgemalt: Wenn der Herr mich ruft, werde ich in stillem Gebet, mit Ehrfurcht und voller Freude auf das Himmelreich still und sanft entschlafen, ein Kreuz mit meinem Heiland in den gefalteten Händen. Nun stieß ihm ein Kreuz schmerzhaft in den Rücken, anstatt eines Gebets jammerte, heulte und winselte er, und seine Zähne schlugen so heftig aufeinander, dass er sich auf die Zunge gebissen hatte. Er schmeckte Blut, und die Hitze des Feuers stieg immer unbarmherziger vor ihm auf.

Ein Schrei, ausgestoßen von der Magd, riss ihn aus seiner Panik. Er sah, wie der Ritter, der vor ihm stand, ihn aufmerksam betrachtete. Er hörte ihn mit seiner melodischen Stimme, bar jeglichen Hohns oder Spotts, doch auch ohne die geringste Spur von Mitleid oder Bedauern sagen: »Priester, Ihr seid ein armseliger Feigling.«

Hasserfüllt spie Tankred ihm entgegen: »Und Ihr seid ein Mörder und werdet für Eure Taten ewig in der Hölle schmoren!«

»Zunächst einmal werdet *Ihr* schmoren«, lautete die ungerührte Antwort.

Maria, die den Schrei ausgestoßen hatte, litt die gleiche Todesangst wie der Kaplan, um den die Flammen des Scheiterhaufens unaufhaltsam hochzüngelten. Sie war unfähig zu begreifen, was mit ihr und um sie herum geschah. Die strahlend schöne Gestalt ihres Geliebten hatte sich vor ihren Augen in einen todbringenden Unhold verwandelt. Kaltes Grauen packte sie, nicht nur angesichts ihres nahen Endes, das Reinmar ihr bereiten würde, sondern ebenso angesichts seines schändlichen Verrats. Wie war es möglich, dass sie jenem blendenden Schein so bedingungslos verfallen war? Was hatte sie verhext, einem Wildfremden zu vertrauen, einem Mörder, der nicht nur drei Frauen auf grausamste Weise getötet hatte, sondern der sich augenscheinlich auch an der Todesangst eines Priesters weidete?

Wieder schrie sie, hoch, schrill, so laut es ihre Lungen hergaben – ein Schrei der Furcht, der Verzweiflung, des Zorns, ein Schrei um Hilfe, die nicht kam, ein Schrei, der laut in dem Gewölbe widerhallte.

Sie sah, wie der Kaplan sich hinter den lodernden Flammen am Kreuz wand. Nun stieß er keuchend hervor: »Wenn Ihr mich schon töten müsst, so verschont wenigstens die Magd!«

Ein verächtliches Lachen war die Antwort.

Maria erstarrte, als sie plötzlich begriff, worauf ihre Finger seit geraumer Zeit herumtasteten, ohne dass sie es bemerkt hatte. Der Knoten, der ihre Fesseln zusammenhielt!

»Sagt es mir! Warum? Sagt mir – wie! *Wie* wollt Ihr sie töten?«, brüllte der Priester wie rasend.

Marias Hand tastete über den Knoten, fühlte den schmalen Freiraum, den offensichtlich Konrad in seinem hastigen Versuch, sie zu befreien, geschaffen hatte.

»Ihr Herz«, sagte der Ritter und fügte scheinbar ohne Zusammenhang hinzu: »Wie gut, dass das Holz hier unten so trocken geblieben ist! Seht Ihr? Es erzeugt keinen Rauch. Sonst wärt Ihr schon längst erstickt. So ist es nur die Hitze, die Euch immer mehr zu schaffen macht, die Euch röstet. Und natürlich Eure Angst. Soll ich es Euch sagen? Bald müsst Ihr Euch nicht mehr fürchten. Was einem lange vorkommt, geht in Wahrheit ganz schnell vorüber.«

Maria schob einen Finger in den Knoten.

»Wie? Wie wollt Ihr die Magd töten?«, keuchte der Kaplan.

»Sie hat mir ihr Herz versprochen. Ich werde es mir holen.«

Verzweifelt nestelte Maria, zog, schob, drückte. Plötzlich löste sich der Knoten. Die Fessel rutschte.

Sie erstarrte förmlich, als der Ritter das Unfassbare aussprach.

»Ich nehme das Schwert. Öffne damit ihr verderbtes Fleisch. Und reiße es heraus, ihr reines, sündenloses Herz.«

Da stürzte Maria vorwärts, wie gelenkt von einer fremden Macht, als ihre Hände den Griff des Schwerts fanden. Sie hob es hoch und zielte …

Irgendetwas musste der Peiniger in Tankreds Augen gesehen haben, er fuhr herum, schnellte vorwärts und starrte ungläubig auf die blitzende Klinge seines eigenen Schwerts.

Mit aller Kraft, die ihr Wut und Todesangst verliehen, stach Maria zu. Er sah, während er niedersank, dass sie an ihm vorbei zum Scheiterhaufen sprang und den brennenden Stapel mit einer großen Latte auseinanderschlug. Ein Funkenregen ging nieder. Dem Sterbenden schien, als seien überall im Raum einzelne Feuer verteilt, und plötzlich ragte wieder das Kreuz vor ihm auf, hoch und düster. Leer. »Wo … ist … der Pfaffe? Wie …?«

Noch einmal tauchte ihr Gesicht neben dem kreuzförmigen Griff des Schwerts vor ihm auf, das tief in seiner Brust steckte.

»Du bist … so schön«, keuchte Reinmar. Blut sickerte ihm aus den Mundwinkeln.

»Warum?« Maria sagte zunächst nur dieses eine Wort. Sie kniete neben ihm nieder. Seine Lippen öffneten und schlossen sich wieder. Wieder sah sie ihn so, wie er ihr zum ersten Mal begegnet war – ein strahlender Ritter, das blonde Haar, die hellen Augen, das schöne Gesicht. Tränen stiegen ihr in die Augen.

»Sag mir, warum!«

Er zuckte wie im Krampf. Kaum vernahm sie seine Stimme.

»Du … hast … mich … geküsst.«

Eine Träne fiel auf seine Wange. »Du wolltest mich töten wegen eines Kusses?«, fragte sie ungläubig.

Sein Blick brach. Als Maria sah, wie er starb, wurde sie von unbeherrschbarem Schluchzen geschüttelt.

Kaum bemerkte sie, dass sie plötzlich von Leibgardisten umringt war. Konrad hob sie auf. Während sie an seiner Schulter den Tränen freien Lauf ließ, spürte sie verwundert: Hier, unter der Erde, in einem finsteren Gewölbe, dem Tod nur deshalb entronnen, weil sie eigenhändig getötet hatte, fühlte sie sich in den Armen des Jünglings geborgen.

37
Philipp

Lupold nahm die Geschehnisse zunächst wie ein unbeteiligter Beobachter wahr. Er sah Otto von Wittelsbach, Pfalzgraf von Bayern, durch den Raum geradewegs auf ihn zustürmen, dabei wild sein Schwert schwingend. Er bemerkte das zornrote Gesicht, die weit geöffneten, blutunterlaufenen Augen, den aufgerissenen Mund. Er schloss mit seinem Leben ab.

Doch dann wurde er von der Faust des Wittelsbachers, dem er sich in den Weg stellte, so heftig getroffen und zur Seite geschleudert, dass er taumelnd gegen die Wand krachte und benommen liegen blieb. Dabei empfand er keinerlei Schmerzen. Mit gewissem Erstaunen sah er die Holzschienen aufragen, an die seine verletzte Schulter geschnallt war.

Was dann folgte, erschien ihm wie ein schrecklicher Traum. Er beobachtete das Geschehen wie aus der Ferne, als wäre alles nur ein Mirakelspiel, aufgeführt von fahrenden Schaustellern, die eine bestimmte Szene für die staunenden Zuschauer darstellten.

Bischof Konrad von Speyer schien in der Luft zu schweben, bis er langsam hinter einem Sessel zu Boden sank wie ein Blatt, das der Wind hochgewirbelt hatte, um es dann wieder sanft zu Boden gleiten zu lassen. In Wirklichkeit war es ihm gelungen, sich durch einen fluchtartigen Sprung aus der Reichweite von Ottos todbringendem Schwert zu retten. Schlimmer erging es dem Truchsess, der wohl eher zufällig dem Pfalzgrafen im Weg stand und außer dem erschrockenen Aufreißen seines blutleeren Munds keinerlei Abwehr gegen den Wittelsbacher zustande brachte. Das Schwert traf ihn am Kinn und hieb es entzwei.

Nun war der Weg zum König frei. Mit einem fürchterlichen Schrei blanken Hasses stürzte Otto sich auf Philipp. Starr vor Entsetzen musste Lupold mit ansehen, wie der

Rasende auf den König einhieb, bis dieser sterbend niedersank.

Dann floh der Mörder aus dem Festsaal.

Zunächst kauerte Lupold nur reglos in der Ecke. Alle Kraft, aller Lebenswille schienen aus seinem Körper gewichen zu sein. Nur langsam gelang es ihm, sich zitternd aufzurichten, mit pochenden, wühlenden Schmerzen in der Schulter. Es kümmerte ihn nicht. Er kroch zu dem reglosen Körper seines Königs. Neben ihm sank er nieder, bettete dessen Haupt in seinen Schoß.

Die königlichen Gesichtszüge waren unversehrt, die Augen geschlossen – so als schliefe Philipp. Doch eine tödliche Wunde klaffte am Hals des Herrschers, den Ottos schreckliches Schwert bis zur Wirbelsäule gespalten hatte.

Wie aus einer fernen Welt vernahm der Kanzler Schritte und Stimmen. Er hörte, wie Tankred, gestützt von zwei Gardisten, mehr krächzte als rief: »Alles ist gut! Dem Mörder ist endgültig das Handwerk gelegt! Die Magd hat ihn mit seinem eigenen Schwert durchbohrt.«

Der Kanzler starrte den erschöpften Kaplan in dem angekohlten Priesterrock und mit dem geschwärzten Gesicht an, ohne ihn wahrzunehmen.

»Es ist nicht mehr wichtig«, flüsterte er mit versagender Stimme. Tränen füllten seine Augen und machten ihn blind.

»Unser … König … ist … tot.«

NACHBEMERKUNG

Am 28. September anno 1197 starb Stauferkaiser Heinrich VI. völlig überraschend in Messina. Er befand sich auf dem Weg ins Heilige Land, wo er zu seinem Kreuzheer stoßen wollte. Der Tod des Herrschers löste ein politisches Erdbeben aus. Besonders die von Heinrich niedergeworfenen italienischen Städte zeigten sich sofort feindselig gegenüber allem, was sie als staufisch empfanden.

In einer goldgesiegelten Urkunde hinterließ Heinrich VI. seinen Letzten Willen. Kernpunkt des Testaments war eine friedliche Übereinkunft mit dem Papst, um seinem Sohn, dem späteren Friedrich II., die Kaiserwürde zu sichern. Doch der Kleine war noch nicht einmal getauft und als dreijähriges Kind natürlich nicht in der Lage, die vakante Machtposition einzunehmen.

Währenddessen drohte ganz Deutschland im Chaos zu versinken. Philipp, der Bruder des verstorbenen Kaisers, stellte mit Entsetzen fest, dass durch Heinrichs Tod alle Fehden und Kämpfe wieder aufbrachen, die der Regent während seiner Herrschaft mit Mühe niedergeschlagen hatte. Verschiedene Seiten drängten ihn, sich selbst für den verwaisten Thron zur Verfügung zu stellen, damit wieder Recht und Ordnung einkehrten. Schließlich sagte er zu und ließ sich zum König krönen. Allerdings erfolgte seine Wahl keineswegs einstimmig; vielmehr gab es etliche Gegner, die sich entschieden gegen einen neuen Stauferkönig aussprachen. Ihrerseits wählten sie einen Mann zum König und ließen ihn krönen, der ihnen genehm war: Otto von Braunschweig, Neffe von Richard Löwenherz, aus dem Haus der Welfen.

So ergab sich in Deutschland eine absurde Situation: In einem Reich standen sich zwei gekrönte Herrscher gegenüber. Papst Innozenz klagte über den Streit um die Krone in einem Brief an die Fürsten wie folgt: *Der Teufel, der Frieden und Ruhe mit Neid betrachtet, der einst die Römische Kirche gespalten hat, der spaltet das Römische Reich und sät Zwietracht, indem ihr euch vermessen habt, zwei Könige zu ernennen.*

Dies stellte den politischen Hintergrund für einen ehrenvollen Auftrag König Philipps an den Bamberger Bischof Eckbert dar: eine prunkvolle königliche Hochzeitsfeier in seiner Stadt auszurichten. Die Vermählung von Philipps Nichte Beatrix mit Herzog Otto von Meranien sollte am Albanstag stattfinden, dem 21. Juli 1208.

Die Ermordung König Philipps von Schwaben, des jüngsten Sohns Kaiser Friedrich Barbarossas, in der Bamberger Bischofspfalz ist eine Tatsache. Ebenso historisch eindeutig belegt ist der Name des Mörders: Otto von Wittelsbach, Pfalzgraf von Bayern.

Ein weiterer Mann, der königliche Truchsess Heinrich von Waldburg, fiel dem Attentat zum Opfer. Das Schwert des Wittelsbachers verletzte ihn so schwer, dass er den Folgen der Verwundung erlag. Bischof Konrad von Speyer, der spätere Kanzler Ottos IV., entging nur knapp dem gleichen Schicksal, angeblich, so berichtet ein Chronist, weil er sich feige hinter einem Möbelstück versteckte.

Der Bamberger Königsmord von 1208 erregte damals die Gemüter aufs Äußerste und beschäftigt heute noch zahlreiche Historiker. Zum ersten Mal überhaupt in der deutschen Geschichte war ein König Opfer einer solch schändlichen Untat geworden. Grausame Schilderungen des Tathergangs machten die Runde. In diesen musste der König teilweise gleich mehrmals den Tod erleiden: Otto habe ihn zuerst mit dem Schwert aufgespießt, dann erwürgt und schließlich erschlagen. Solche Ausschmückungen gipfeln in einer Schilderung, der zufolge der Wittelsbacher das Haupt Philipps spaltete – die eine Hälfte sei dem entsetzten Bischof Konrad von Speyer in den Schoß gefallen. Diese Version wurde später allerdings eindeutig durch Untersuchungen des königlichen Totenschädels widerlegt.

Philipp von Schwabens Leichnam wurde bereits am Tag nach der Ermordung, am 22. Juni 1208, in der Ruine des Bamberger Doms beerdigt, gehüllt in seinen Königsmantel.

Es sei mir noch eine Bemerkung zum damaligen Zustand des Bamberger Doms erlaubt. Den sogenannten Heinrichsdom vernichtete im Jahr 1185 tatsächlich ein verheerendes Feuer vollständig. Historisch belegt ist der Baubeginn einer neuen Kirche bereits ein Jahr nach dem schrecklichen Brand. Dennoch ist unklar, wann genau der tatsächliche Wiederaufbau des Doms in seiner heutigen Form mit den markanten vier Türmen begann; nur die Einweihung durch Bischof Eckbert am 6. Mai 1237 ist belegt. Chronisten berichten über die Hochzeitszeremonie für Beatrix und Otto VII. im Dom sowie über Philipps Bestattung am selben Ort im Jahr 1208. Allerdings handelte es sich bei dieser »Domversion« gewiss lediglich um ein nach dem Brand eilig errichtetes Provisorium, das mit dem heutigen Gotteshaus nichts gemein hatte.

In meinem Roman über den Königsmord an Philipp von Schwaben wird der Dom aus dramaturgischen (und auch symbolischen) Gründen als Brandruine dargestellt. Die Geschichte des Fanatikers, Psychopathen und Frauenmörders Reinmar ist ganz und gar frei erfunden.

Die Thüringer mögen es mir nachsehen, dass ich aus ihrem heute noch auf der Wartburg allgegenwärtigen Hermann einen Bösewicht gemacht habe. Zwar gibt es diverse Theorien, die ihn, wie mein Roman, zu einem Verbündeten des Mörders machen, doch bewiesen ist nichts. Allerdings war er ein höchst wankelmütiger Bündnispartner. Er verkaufte seine Gefolgschaft sozusagen an den Höchstbietenden und drehte sich dabei – politisch gesehen – wie das Fähnchen im

Wind. Für den Ausbau der Wartburg benötigte er nämlich stets Geld.

Zuletzt noch eine Anmerkung zu Reinmar dem Ritter. Mir ist bekannt, dass zu jener Zeit tatsächlich ein Minnesänger mit diesem Namen lebte: Reinmar von Hagenau, auch genannt Reinmar der Alte. Doch der Reinmar in meinem Roman ist fiktiv und hat mit dem historisch überlieferten Sänger nichts zu tun. Ich finde aber, für den Helden dieser Geschichte gibt es keinen Namen, der treffender wäre als eben – Reinmar.

DANKSAGUNG

Mein Dank gilt an dieser Stelle denen, die mir geholfen haben: vor allem meiner Mutter – wie immer – für ihr Herzblut; meiner Frau für alles. Der Familie Papsthart und Frau Kruppa dafür, dass sie das Manuskript kritisch gelesen haben. Besonders danken möchte ich Frau Dr. Sabine Freund für Anmerkungen, Korrekturen und wertvolle Verbesserungsvorschläge sowie Herrn Dr. Sven Pflefka für die Hilfe bei der Suche nach Bamberger Stadtplänen aus jener Zeit.

PERSONEN

Historische Personen

Philipp von Schwaben	deutscher König
Maria Irene Komnenos	Gemahlin des Königs
Lupold	Kanzler des Königs
Eckbert	Bischof von Bamberg
Tankred	Kaplan
Otto von Wittelsbach	Pfalzgraf
Hermann	Landgraf von Thüringen
Heinrich von Istrien	Markgraf
Heinrich von Schlesien	Herzog
Gertrud	Tochter von Heinrich von Schlesien
Konrad	Bischof von Speyer

Fiktive Personen

Bruder Michael	Mönch
Bruder Theobaldus	Mönch
Bruder Richard	Mönch
Bartholomäus	Prior von Kloster Michael
Maria	Magd
Mathilde	Magd
Konrad	Küchenjunge
Reinmar	Ritter
Hartwig	Vasall des Thüringer Landgrafen
Viktor	bulgarischer Feuerschlucker

PIPER

Martina Kempff

Die Beutefrau

Roman um die letzte Liebe Karls des Großen. 432 Seiten. Piper Taschenbuch

Drei Jahre alt ist Gerswind, die Tochter des Sachsenfürsten Widukind, als sie im Jahr 785 als lebende Kriegsbeute zu Karl dem Großen gebracht wird. Der König der Franken beschließt, das Mädchen als Geisel am Hof zu behalten – bis, viele Jahre später, etwas geschieht, was der jungen Sächsin eine unumstößliche Macht über den bedeutendsten Herrscher des Mittelalters verleiht ...

Ein fesselnder Roman um eine eigenwillige Frau, die durch ihre Liebe die europäische Geschichte des frühen Mittelalters entscheidend beeinflußte.

»Wenn Sie auf der Suche nach gut recherchierten historischen Romanen mit starken Frauenfiguren sind, dann liegen Sie bei Martina Kempff richtig.«

Brigitte

05/2263/02/L

Wolfgang Jaedtke

Steppenkind

Ein Skythen-Roman. 448 Seiten. Piper Taschenbuch

Ein namenloser Junge soll von der Hohepriesterin des Dorfes den Göttern geopfert werden, doch er kann sich retten. Als Sklave und später als Schmied lebt er fortan bei den Skythen, den legendären Reiternomaden, die im Begriff sind, aus den Steppen Mittelasiens nach Europa vorzustoßen. Dank seiner außergewöhnlichen Begabung steigt er schließlich zum Anführer einer skythischen Armee auf – und kehrt in sein Heimatdorf zurück, um Rache zu nehmen für das, was man ihm als Kind angetan hat. Dort aber stürzt ihn die Liebe zu Arinai in einen tragischen Konflikt ...

Mit bravouröser erzählerischer Dramatik zieht Wolfgang Jaedtke den Leser in den Bann der sagenumwobenen Reiternomaden, die um 700 vor Christus die südrussische Steppe unsicher machten.

05/2227/02/R